LIBRERÍAS
世界の書店を旅する

Jorge Carrión
ホルヘ・カリオン

野中邦子 訳

白水社

世界の書店を旅する

By arrangement with Literarische Agentur Mertin Inh.
Nicole Witt e.K., Frankfurt am Main, Germany
through Meike Marx Literary Agency, Japan

装丁　仁木順平
装画　西脇光重

書店とは、ある時代におけるひとつの概念にすぎない。

カルロス・パスクアル「読者の力」

なるほどわたしは、その道の大家たちの著作のなかで、わたしなどよりもはるかにみごとに、また真実味をもって扱われていることがらについて、つい話し始めることもよくある。でも、そこでお見せするのは、わたしの生まれながらの能力の試験《エセー》であって、いささかも獲得した能力の試験ではない。だから、無知なところをつかまえられたって、別にどうということはない。自分の思索や判断のことで、他人にまで責任をもつなんて、むずかしすぎてできる相談ではない。なにしろ、わたし自身に対してさえ、責任がもてないわけだし、自分でも、そうした思索に満足しているわけではないのだ。学問を探しているとおっしゃるのなら、学問が宿る場所で仕入れてくだされば いい。わたしにとって、学問ほど披瀝しかねるものはないのだから。ここにあるのは、わたしのとりとめのない夢想の結果にすぎず、別にひとさまにものごとを教えてあげようと努めているわけではなくて、わたしのことをお教えしたいと思っているだけなのだ。

ミシェル・ド・モンテーニュ「さまざまの書物について」

人間は試練を受けてこそ自分の才能がわかるものです。仔鷲は、翼を拡げ大気の流れに身をゆだねる最初の瞬間には若鳩のように震えるものです。作家が最初の作品を書きます。彼はその作品の価値を知りませんし、出版業者もまたそうです。出版業者がわれわれの望むままに金を払うのであれば、われわれもまた彼らの好みのものを売ります。成功を収めることによって商人と文学者は事態を知ります。

ドニ・ディドロ『出版業についての歴史的・政治的書簡』

目次

はしがき――シュテファン・ツヴァイクの短編小説から出発して

一篇の短編小説によって文学全体を語ろうとするのは、いまある書店、過去に存在した書店、これから現われる書店のすべてを一軒の書店で言いあらわそうとするのに似ている。なにかを語るときに、提喩〔一部で全体を、特殊で一般を表わす修辞法〕とアナロジー〔類推、たとえ。似たもので別のものを表わす〕はとくに有効な二つの修辞である。私はここでまず、過去、現在、未来のすべての書店について、一篇の短い小説、シュテファン・ツヴァイクが一九二九年に帝国末期のウィーンを舞台に書いた「書痴メンデル」に託して語り、その後、波乱に満ちた二十世紀をたどりつつ、読者と本をめぐるその他の物語に触れるつもりだ。

ツヴァイクが舞台として選んだのは、よく知られたウィーンのカフェ、たとえば「最新の情報を知るのに最も適した学びの場」――と、彼は『昨日の世界』に書いている――である〈フラウエンフーバー〉や〈インペリアル〉ではなく、まったく無名の一軒のカフェだった。物語の冒頭、「ウィーンの周辺地区」に出かけてにわか雨に遭った語り手は、雨宿りをしようと、目についた最初の店に飛びこむ。テーブルに着いたとたん、不思議な懐かしさがこみあげる。周囲の調度品を見回す。テーブル、ビリヤード台、チェス盤、電話ボックス、そして、前にもここに来たことがあると感じる。彼は記憶をたどり、電光に貫かれたように思い出す。
そこはカフェ・グルックだ。かつて書籍商のヤーコプ・メンデルが毎日、朝の七時半から閉店時間まで、山と積まれたカタログや本に囲まれて坐っていた場所である。メンデルは眼鏡越しにリストや資料をじっと見つめて記憶に刻みこもうとし、祈禱のようなリズムでたえずうなずきつつ、ちぢれた捲き毛を揺らしていた。メンデルはラビになる勉強をしようとウィーンに出てきたが、その道をそれて古書に魅了され、「書物というきらきらきらめく多神教に帰依したのだった」。こうして、偉大なるメンデルが誕生した。メンデルは「無比の記憶力」と「ダイヤモンドのような書物の頭脳」をもち、「唯一無二の記憶の奇蹟、ほかならぬ百科辞典、二本足で立つ世界カタログ」、「記憶の巨人《タイタン》」だった。

灰色のこけにおおわれた、石灰のような、よごれたひたいのうしろには、目に見えぬ精霊の文字で、かつて本の扉に印刷されたことのあるすべての人名と本の名とが、まるで鋳鋼で打ちぬかれているようだった。彼はきのう出た本も二百年前のも、どんな本でも、一目見ただけで正確に発行所、著者、新本古本の値段をおぼえ、どの本でも同時に装幀、さしえ、添えられた模写図をまちがいなく思い浮かべた。［中略］彼は書物という永遠に震動し、たえずゆすぶられる宇宙の、あらゆる植物、あらゆる滴虫類、あらゆる星を知っていたのだ。彼はどの専門でも、専門家以上の知識を持ち、司書よりも図書館のことにくわしく、たいていの出版社の在庫品を、むこうにはメモや索引があるというのに、その店主よりもよく暗記していた。しかも、彼のほうは、記憶の魔術、百もの個々の実例にあたらなければほんとうには説明できない無比の記憶力しか使わなかったのである。

比喩は美しい。彼のひたいは「灰色のこけにおおわれ」、彼の記憶にある本は生物種や星、幻影の集まりやテクストの宇宙として捉えられる。本屋を開業するための免許をもたず、ただの行商人でしかないメンデルの知識はどんな専門家や司書にもまさる。彼の移動可能な書店は、カフェ・グルックの——つねに同じ——テーブルの上という理想的な場所も含めて、いまやすべての書物愛好家および書籍蒐集家にとって、また公式のルートでは自分の求める文献がどうしても手に入らなかった人びとにとって、聖なる巡礼の地となっている。図書館で不愉快な経験をしたあと、若い大学生だった語り手は、ある友人の導きでこの伝説的なカフェのテーブルにたどり着く。この友人が水先案内となり、大学生の目の前で、ガイドブックにも地図にもなく、入門儀礼を通過した者しか知らない秘密の場所の扉が開かれる。

「書痴メンデル」は、記憶と読書の関係性をめぐる現代の短編小説というジャンルに含まれる。これら一連の作品は、ルイジ・ピランデッロの一九〇九年の「紙の世界」に始まり、ダニロ・キシュによる一九八一年の『死者の百科事典』に終わるといえるかもしれない。その途中にツヴァイクの物語があり、二十世紀半ばに書かれたホルヘ・ルイス・ボルヘスの三つの短編がある。このメタ書物的ともいうべき長い伝統は、ボルヘスの作品においてきわめて高度な成熟を果たし、超越の域に達した。そのため、それらの作品の前と後ろに目をやるとき、先駆者および後継者という位置づけで見ずにはいられない。一九四一年の「バベルの図書館」では、図書館の集合体という形をとったハイパーテクスト的な宇宙が描かれ、意味が排されたその宇宙では、読

Rabbi Jacob Mendel Morgenstern, rabbi of the Great Synagogue in Wegrow. He was the son of the rabbi of Sokolow. When the Nazis first entered Wegrow, they took him to the town square, made him clean the streets, and then bayoneted him to death.

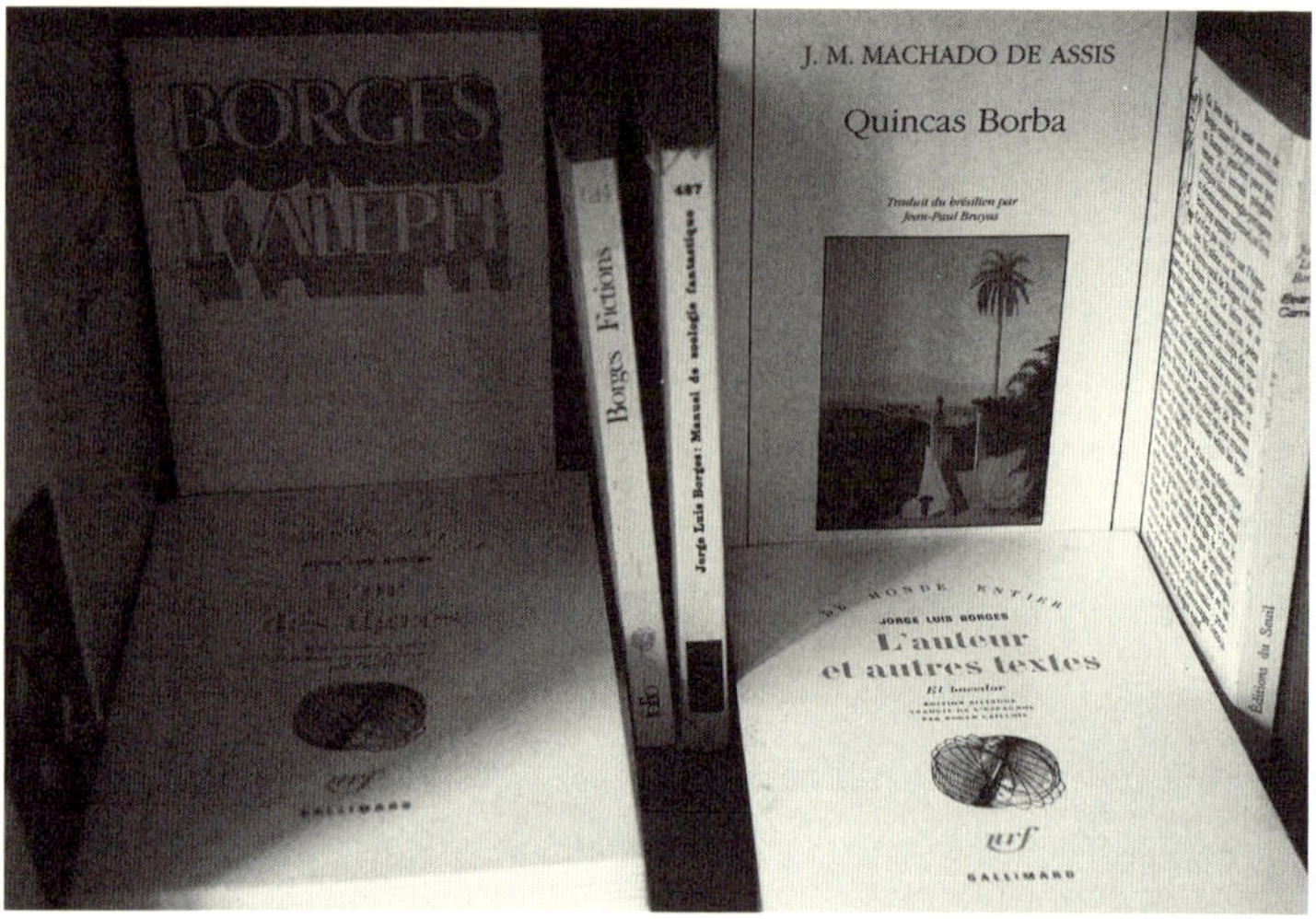

書という行為はほとんど解読に等しい（これは逆説に思える。ボルヘスの短編では、快楽のための読書が禁じられているのだ）。四年後、「スール」誌に発表された「アレフ」は、この世界のあらゆる空間と時間が凝縮されてごく小さな球体となった「バベルの図書館」をいかにして読むか、なによりも、そのような読む行為を一篇の詩に、「アレフ」という途方もない存在を「役立てる」ことのできる言葉に翻訳するという可能性についての物語である。だが、ボルヘスの短編のなかでも、とりわけツヴァイクの作品を連想させるのは一九四二年の「記憶の人、フネス」である。西洋文明の辺境に住む主人公は、メンデルと同様、記憶の天才である。

バビロン、ロンドン、ニューヨークなどは恐るべき華麗さで人間の想像力を圧倒してきた。が、そのあふれる塔やあわただしい街路には、南アメリカの貧しい場末にいる不幸なイレネオ［・フネス］の上に昼も夜も集中した現実ほどに、疲れを知らぬ現実の熱気と圧力を感じた者はいなかった。

メンデルと同じく、フネスも自分の並外れた記憶力を楽しんでいるわけではない。この二人にとって、読書はプロットを暴く過程とは縁がなく、また生活のパターンを追ったり、心理状態を理解したりすること、さらには抽象化し、関連づけ、思考し、末端神経で恐怖を感じ、快感を得ることとも関わりがない。四十四年後に登場する映画『ショート・サーキット』のロボット、ナンバー5と同様に、彼らにとって読書はデータ、無数のラベルを読みこむことでしかなく、情報を検索可能にし、処理するためのものであり、欲望は排されている。ツヴァイクの物語とボルヘスの短編は、たがいに補完し合っている。老人と若者、書物にかんする完全な記憶と世界についての完璧な記憶。脳のなかにある「バベルの図書館」と記憶のなかにしかないアレフ。二人の主人公に共通するのは、貧しく、とるに足りない社会的地位という属性だけだ。

ピランデッロの「紙の世界」でも、貧困と強迫観念に特徴づけられた読書の場面が語られる。主人公のバリッチはあまりにも熱心に本を読むせいで皮膚が紙の色や質感と同化し、しかもその趣味のために借金を抱えこむほどだが、いまや視力を失いつつある。「そこが彼の世界のすべてなのだ！　それなのに、いまや記憶の助けを借りてわずかに余韻に浸る以外、それを体感することはできなかった！」触感を通してしかわからない現実、テトリスのようにばらばらになった世界に閉じこめられた主人公は人を雇って蔵書を整理させ、書斎に秩序をもたらそうとする。そうすれば、「混沌《カオス》から己の世界を引っぱり出した」ような気がするからである。ところが、しだいに彼は不満を募らせ、孤独を感じるようになる。なぜなら、ついに本が読めなくなったバリッチは朗読係としてティルデ・パリオッキーニという女性を雇うが、その声と読み方があまりにも耳障りなので、声を出さずに読ませる――つまり黙読させる――しかなくなるからだ。そうして彼は、彼女が文章をたどり、ページを繰る速さを手がかりにして、しだいに消えていくかつての読書の記憶を呼び起こそうとする。彼の全世界は記憶のなかで再構築されるのだった。

隠喩としての図書館、移動図書館、あるいは記述可能で地図にさえも描ける写真のような再現力をもった記憶のおかげで、把握可能な規模にまで縮小された世界。

キシュの『死者の百科事典』の主人公がほかならぬ測量技師であるのは偶然ではない。彼の全人生は、十八世紀末以来――啓蒙主義と歩みを一にして――ある百科事典のプロジェクトを進めてきた無名の学者たちのある種のセクトないし集団によって、いかなる細部ももらさずに記録されてきた。その百科事典には他の百科事典――公式の、公共の、どこの図書館でも閲覧できる事典――には見つからないあらゆる歴史上の人物が載っている。物語はある北欧の図書館についての回想から始まる。そこには『死者の百科事典』の部屋――各部屋がアルファベット一文字にあてられている――がある。どの巻も書棚に鎖でつながれているので、書き写したりコピーをとったりすることができない。その場で読めるだけ読み、読んだそばから忘れていくしかない。

「わたしの記憶は、ごみ捨て場のようなものです」とフネスはいう。ボルヘスはつねに挫折について語る。彼が想像する三つの奇跡は、死あるいは不条理に直面している。われわれは知っている。カルロス・アルヘンティーノが驚くべきアレフに霊感を受けて書いた文章がどれほどばかげたものだったか。そして、図書館の隅々をたえず探索するボルヘスの司書は年老いてから、何世紀ものあいだに人類が少しずつ捨ててきた信念や期待のすべてをリストにし、報告書の最後にこう付け加える。「青年たちが本の前にひれ伏し、荒々しくページにくちづけはするが、その一字すら解読できない地方が多くあることを、わたしは知っている」。先に触れたどの短編も、これと同じ哀愁を帯びている。ピランデッロの主人公は失明し、メンデルは死に至らしめられ、「バベルの図書館」は肺疾患と自殺のために人口が減り、ベアトリス・ビテルボはすでに亡くなり、ボルヘスの父親は病床にあり、フネスは肺充血で世を去り、キシュの語り手の父親もまた消えた。六篇の作品に共通するのは、喪――ある個人の、ある世界の――である。「口では言えない憂鬱な記憶がある。回廊や磨かれた階段を幾晩うろついても、一人の司書にも出くわさないことがしばしばあった」。

だからいま私は、神託を受けるヤーコプ・メンデルの大理石のテーブルが、まるで墓石のように空しく、この部屋にぼんやりと光っているのを見たとき、一種の驚愕におそわれた。年とったいまになってはじめて、私はこういう人間が一人一人いなくなってゆくとともに、どんなに多くのものが失われるかがわかるようになった。それはまず第一に、救いようもなく単調になってゆくわれわれの世界にあっては、二度と出ないものはすべて日に日にその貴重さを増してゆくものだからである。

その非凡な性質は実例を通してしか語りえないとツヴァイクはいう。アレフを記述するのに、ボルヘスは全体を表わすはずのある存在の混沌とした断片をずらずらと並べたてるしかない。ボルヘス以後を見ると、キシュは、彼の記述する事例のひとつひとつが、無名の聖人たちによって索引づけられたごく一部にすぎないことを強調する。そして、地元のカフェのテーブルが、広大な都市の重層的な構造を解明するための扉を開く小さな鍵になる。そして、地政学的な国境に縛られない世界に足を踏み入れるための鍵を一人の男が持つことも可能だ。その鍵は、戦争や帝国の衰亡を越えて生き延びた類いまれなひとつの文化空間としてのヨーロッパを理解する手がかりになるだろう。その文化空間はつねに人を温かく受け入れる。なぜなら、そこを旅する人の脳のなかにしか存在しないからである。歴史を重要視しなかったボルヘスとはちがって、ツヴァイクは第一次世界大戦によっていかに今日の国境線が引かれるに至ったかを語ろうとする。メンデルは、生まれ故郷のものにせよ第二の祖国のものにせよ、彼の国籍を証明するいっさいの書類なしにそれまでの一生を平穏に過ごしてきた。本ばかりに占められたメンデルの世界には開戦のニュースも届かない。そしてあるとき突然、パリやロンドン――敵国の首都――の書籍商に宛てて送りつづけた葉書が検閲官（書籍への迫害という歴史の中枢にいるあの読者、本を読む人びとを密告することを仕事とする読者）の目にとまる。秘密警察はメンデルがロシア人であり、したがって潜在的な敵性外国人であることを発見する。小競り合いの最中、メンデルは眼鏡をなくす。彼は強制収容所に送られて二年をそこで過ごし、その間、なによりも愛し、必要とし、たえまなく浸っていた読書という行為が中断されてしまう。影響力のある地位の高い顧客、メンデルの才能をよく知っていた書籍蒐集家たちのおかげで、やっと収容所から出ることがかなう。だが、カフェに戻ったとき、彼はかつてのような集中力を失っていて、やがて追放と死に向かって一気に転落することになる。

メンデルがさまよえるユダヤ人、すなわち「本の民」の一員であるということ、そして東欧に生まれ、西欧社会で不運に遭い、終わりを迎えたということは重要である。たとえ、そこに至るまでの数十年間で無意識のうちに同化し、尊敬され、彼の真の非凡さを知る選ばれた少数の人びとからは崇められさえしたとしても。ツヴァイクによれば、活字になった情報と接するだけで、メンデルのエロチックな欲求はすべて満たされる。黒いアフリカの年老いた賢人たちのように、彼は知識の宝庫であり、彼の作り上げた非物質的な作品は、蓄積され、他者に分けあたえられるエネルギーなのだ。

メンデルの思い出を語るのは、かつての時代を知る唯一の生き残りで、メンデルに心から親愛の情を抱

いていた老女である。カフェの店主も従業員も変わってしまい、その店の背景にあった世界は一九一四年から一八年のあいだに消えていた。老女は（ある作家が彼女の話を聞き、証言を記録して、のちに短編に仕立てなかったとすれば）忘却を宣告された存在の記憶である。こうした記憶の喚起および調査、そして時間の隔たりによる批判的な距離のおかげで、ツヴァイクを思わせる語り手はある啓示を受け取る。

　書籍仲買人ヤーコプ・メンデルのうちに、徹底的な精神集中という偉大な神秘を、私は青年時代にはじめて見たのだった。この神秘こそ、完全に物に憑かれたこの悲劇的な運不運こそ、人を芸術家にも学者にも、ほんとうの賢人にも完全な狂人にもするものである。

　語り手は恥ずかしさを覚える。自分が手本としていた師をすっかり忘れていたからだ。その人は犠牲者でもあった。この短編全体が、その気づきのために書かれているといっていい。さらに遠回しに語られるのはある大きな移行だ。周縁部にいた若年期からなんらかの中心にたどり着いた壮年期への移行——だが、その過程で彼は、忘れるべきではなかった起源を忘れてしまった。この短編はそんな起源への旅の物語だが、その物理的な旅は記憶の旅でもあり、ついにはひとつのオマージュとなる。寛大であると同時に皮肉にも、語り手は文盲の老女の手元にメンデルのものだった艶本を残し、この世界に克明に残された彼の数少ない足跡に思いを馳せる。「この私こそ［中略］知らなければならない人間だったのである」という言葉で小説は締めくくられる。「本が作られるのは、自分の生命を越えて人々を結びあわせるためであり、あらゆる生の容赦ない敵である無常と忘却とを防ぐためだということを」。

すでに消え去ったひとつの世界に生きた一介の書籍行商人にオマージュを捧げ、彼の物語を収集し、再構築しようとするツヴァイクの行為は、ヴァルター・ベンヤミンの定義する歴史家に似ている。つまり、蒐集家であり、屑拾いである。このことについて、ジョルジュ・ディディ＝ユベルマンは評論『時間の前で』にこう書いている。「屑からは、知られざるもの——歴史において抑圧された時間の真実——の徴候的支持体が得られるだけでなく、その上、『事物の内容』、『事物に対する作業』の場そのもの、その織物が得られるのである」。フネスの記憶はがらくただらけの部屋のようだ。ここで取り上げたいくつかの短編——読書と記憶について書かれた現代の作品群の実例となりうるもの——は実際のところ、記憶と忘却の関係を追求したものである。それは事物を通して表現される関係であり、その容れ物である本、私たちが本と呼んでいる一種の工芸品を、私たちは屑として、過去の手触りを喚起させる廃墟、かすかに残る過去の思考の残滓として読む。なぜなら全体とは、かろうじて読みとれる部分、断片、混沌としたリスト、実例へとばらばらに解体されるよう運命づけられたものなのだから。

オブジェとしての、ものとしての本。私たちに知識を明かすことに抗い、本来の性質から、文化の歴史における正当な場所に置かれることを拒否する考古学の発掘現場か古道具屋、または公文書館としての書店。ときには反-空間的でさえあり、民族的あるいは国家的な空間をめぐる政策にはくみさないその性質。相続の重要性。過去の侵食。記憶と書物。無形の遺産と、その失われやすい物質における具体化。二つの顔をもつヤヌスあるいは二つの魂としての書店と図書館。警察の検閲。無国籍の空間。カフェとしての書店。そして東と西、東洋と西洋といった方位点を越えた故郷としての書店。定住者であれ放浪者であれ、同じひとつの伝統に帰属する者であれ、そこから孤立した者であれ、本を売る人びとの生活と仕事。そして、比類なき個性と連続性のあいだに生まれる緊張。本が介在する状況での出会いがもつ力とその官能性、潜在的な性的魅力。強迫観念や狂気、しかしそれと同時に、無意識の衝動、ビジネスとしての読書と、それに付随する経営問題と労働力の搾取。無数の中心と、無限に広がる周縁。書店としての世界と世界としての書店。皮肉と厳粛さ。あらゆる本の歴史と、特定の――表紙に姓名の印刷された、紙の、画素《ピクセル》の――本の歴史。普遍的であると同時に私的でもある書店。つい最近までどこかの書店や図書館や友人の書棚のなかにあったこれらすべてが、いまや――たとえ一時的にせよ――あなた自身の書棚にやってきたこの本の主題である。

　言い換えれば、いままさに、本書はひとつの異なる場所《ヘテロトピア》を出て、別の場所へ入っていこうとしている。そこでは必然的に、方向や意味が変

化をこうむる。本書はそんなふうに作用するだろう。秩序立った読書の快適さと同時に、心を乱し、平穏さを脅かす脱線と矛盾が受け入れられるだろう。可能な伝統を再創造しながらも、ここで語られるのは実例、不在と忘却でできていて再構築することのかなわない書店の地図と年代記における例外のみであることがつねに念頭に置かれるだろう。本書が提示するのは一連のアナロジーと提喩、ある歴史、またはけっして書かれることのない百科事典からかき集めた、きらめく破片や残滓の集積である。

1　いつでもひとつの旅

どんな書店にも世界が凝縮されている。あなたの国とその言語を、異なる言語が話される広大な地域へとつないでいるのは、飛行経路ではなく、書棚に挟まれた細い回廊だ。国境を越える必要はなく、一歩——ほんの一歩——踏み出すだけで、異なる地形へ、そして異なる地名と時間へと移動することができる。一九七六年に初版が印刷された本が、つい昨日刊行されて届いたばかりの本の隣にある。有史以前の人類大移動にかんする論文が、二十一世紀の巨大都市についての研究書と並んでいる。カミュ全集のあとにセルバンテス全作品が続く（その類いまれな狭い空間ほど、ジュゼップ・ビセンク・フォシュの言葉に共感できる場所はない——「新しいものがわたしを刺激し、古いものがわたしを誘惑する」）。それは大通りではなく、むしろ階段の角、あるいはたぶんただの敷居、またはそれでさえないかもしれない。振り向けば、そこではひとつのジャンルと別のジャンルが結びつき、修練や強迫観念が、しばしばそれらを補完するような正反対のものと隣り合っている。ギリシア演劇と偉大なるアメリカ小説、微生物学と写真術、極東の歴史と極西部を舞台にしたベストセラー小説、インドの詩とインディアスの年代記、昆虫学とカオス理論とが。

READ THE WORLD
EUROPEAN FICTION
EUROPEAN FICTION
BEST EUROPEAN FICTION 2012
ALEKSANDAR HEMON
CONTEMPORARY GEORGIAN FICTION
DOÑA BARBARA
STONE UPON STONE
TRAVELER OF THE CENTURY
No One
WHY THIS WORLD
THE TYRANT
VARAMO
MY TWO WORLDS
PESSOA
THE BOOK OF DISQUIET
ZONE
ASSISTED LIVING

書店の地図作成法になじむのに、そして世界――私たちが世界と呼んでいる数多くの世界――のひとつの表現である書店に足を踏み入れるのにパスポートはいらない。書店は地図とよく似ている。そこは時間がゆっくりと流れ、観光旅行が別の種類の読書へと変わる自由の領域である。それでも、サンフランシスコの〈グリーン・アップル・ブックス〉、ベネズエラの都市メリダにある〈ラ・バジェーナ・ブランカ（白鯨）〉、イスタンブールの〈ロビンソン・クルーソー389〉、モンテビデオの〈ラ・ルパ（拡大鏡）〉、パリの〈レキューム・デ・パージュ（ページの泡）〉、ケープタウンの〈ブック・ラウンジ〉、ブエノスアイレスの〈エテルナ・カデンシア（永遠のカデンツァ）〉、マドリードの〈ラファエル・アルベルティ〉、ボゴタの〈カサ・トマーダ（占拠された屋敷）〉、サンティアゴ・デ・チレの〈メタレス・ペサードス（ヘヴィメタルズ）〉、ナポリの〈ダンテ&デカルト〉、ロンドンの〈ジョン・サンドー・ブックス〉、パルマ・デ・マヨルカの〈リテランタ〉といった書店で私の心に湧き上がったのは、自分がなんらかの書類にスタンプを捺している、書店をめぐる国際的なルートの踏破を証明するスタンプを手に入れたという感覚だった。最も重要な書店、最も意義のある書店、世界最高の、世界最古の、または最も興味深い書店、あるいはただ、ブラティスラヴァでにわか雨に遭ったとき、アンマンでパソコンをインターネットに接続しなければならなかったとき、リオデジャネイロでどうしても数分間の休憩を求めて坐りたくなったとき、ペルーや日本であまりにも多くの神殿や神社めぐりに疲れ果てたとき、いちばん近くにあった書店。

最初のスタンプを手に入れたのはグアテマラシティの〈リブレリア・デル・ペンサティーボ（考える人の書店）〉だった。到着したのは一九九八年七月末で、当時のグアテマラはまだヘラルディ司教殺害事件の余波で大きく揺れていた。大司教区人権事務所の代表だった司教は、四巻におよぶ報告書「グアテマラ二度とふたたび」を刊行した二日後に惨殺された。この報告書は、およそ三十六年間の軍事独裁政権下に起こった約五万四千件におよぶ基本的人権侵害を記録したものである。司教は、顔面を識別不可能なほど何度もくりかえし殴られていた。

滞在場所を四、五回変えたその落ち着かない何か月かのあいだ、私にとって、文化センター〈ラ・クプラ（円蓋）〉——ギャラリーを併設したバー〈ロス・ヒラソレス（ヒマワリ）〉と書店、その他の店舗からなる——はわが家も同然だった。〈リブレリア・デル・ペンサティーボ〉はまだ内戦中だった一九八七年、近郊の都市アンティグア・グアテマラで誕生した。長年住んだメキシコから戻ってきたばかりだったフェミニストで人類学者のアナ・マリア・コフィーニョの粘り強さのおかげである。アルコ通りにある見慣れた建物は、以前、ガソリンスタンドと自動車修理工場だった。ゲリラと軍隊と民兵組織の発する遠い砲撃の音が、街を取り巻く火山のあたりにこだましていた。他の多くの書店、つまり世界中の書店が多かれ少なかれやっているのと同じように、この書店〈エル・ペンサティーボ〉はそれ以後、中米の国では入手しにくい本を輸入し、自国の文学を支え、新人を後援し、アート作品を展示し、エネルギーのすべてを注ぎこんで、創業したばかりの他の書店との絆をたちまち作り、やがてレジスタンスの拠点ともなった。グアテマラ文学のための出版社を設立したあと、首都のグアテマラシティにも支店を開いて、二〇〇六年までの十二年間、営業をつづけた。その場所で、私は幸せだった——そこにいた人びとは誰もそのことを知らなかったが。

この書店が閉じたあと、モーリス・エチェバリアはこう書いている。「〈ソフォス〉の存在に慣れ、また〈アルテミス・エディンテル〉が大きく成長しつつあるいま、あまりにも多くの知性が破壊させられたあとで、人びとの明晰さと知的な飢えが〈エル・ペンサティーボ〉のおかげでどれほど満たされたかをわれわれは忘れつつある」

私はインターネットで〈ソフォス〉を検索する。いまもグアテマラシティに住んでいたなら、毎夕をそこで過ごしたにちがいない場所だ。近年いたるところにできた多くの書店と同様、明るく照らされた広々とした書店にはレストランが併設され、家庭的な雰囲気に満ちている。リスボンの〈レール・デヴァガール（ゆっくり読む）〉、メキシコシティの〈エル・ペンドゥロ（振り子）〉、ニューヨークの〈マクナリー・ジャクソン〉、ミラノの〈10《ディエチ》コルソ・コモ〉、ロンドンの〈ロンドン・レビュー・ブックショップ〉と同じように、その場所は読者のコミュニティを喜んで迎え入れ、やがて店そのものが集会所、出会いの場となる。〈アルテミス・エディンテル〉は一九九八年にはすでに存在し、三十年以上も営業をつづけていて、いまでは八つの支店をもつ。私の書斎には、そのうちのどこかで買った本があるはずだが、どの支店だったか覚えていない。〈ラ・クプラ〉に入っていた〈エル・ペンサティーボ〉で、私は初めて詩人ウンベルト・アカバルの乱れ髪と顔と手を見て、マヤ族がいまも荷物を背負うのに額にかけて使っているベルト、メカパル――荷物の重量と大きさは、ときに彼らの体の三倍にもなる――についてうたった詩をそらんずることになった（「私たち／インディオにとって／空が終わるところから／メカパルが始まる」）。男がしゃがみこんで三歳の息子に話しかけていたが、ジーンズのベルトからは拳銃の台尻が突き出ていた。私はロドリゴ・レイ＝ローサの『その時は殺され……』を買った。私家版のその本は、見たこともないほど粗悪な紙に印刷されていて、それを見ると私はいまも、子供のころに母がサンドイッチを包むのに使っていた紙、民主的な選挙が実施されてからおよそ一か月後の一九九六年十二月二十八日にドン・キホーテ出版から刊行された一千部の本の感触を思い出す。その店では『グアテマラ　虐殺の記憶』も買った。虐殺と憎悪について記述した四巻からなる元の報告書「児童の軍事教育、大量の性的暴行、暴力行為の技術、兵士の心理的な性制御」を一冊にまとめた簡約版だ。この標題に並んだ言葉はどれも、書店が体現するものの対極にある。

これらのスタンプ（この本を書くときが来るまでのあいだ、旅が終わるごとにファイルにしまっておいたショップカード、絵葉書、メモ、写真、印刷物など）をすべてデスクの上に並べてみた日、それはパスポートというより、むしろひとつの世界地図のような気がした。あるいは、自分の世界を表わす地図。それは必然的に私自身のこれまでの人生に拠っている。これらの書店のうち、いったい何軒が閉店を余儀なくされ、住所を変え、店舗を増やし、さらには多国籍化し、あるいは従業員を減らし、ウェブ上のバーチャル書店に鞍替えしたか。この地図には私が旅した時間が刻み込まれており、したがってその不完全さはいかんともしがたい。いまだ訪れず記録もされていない広大な地域があり、何十軒ないし何百軒もの重要な書店はまだ記録（蒐集）されていない。しかし、それは刻々と変化してゆく落日の光景にも似た現状を歴史として記録にとどめるべきだというメッセージでもある。たとえ、各地の書店で私と同じように、旗のない大使館、タイムマシン、隊商宿《キャラバンサライ》、あるいはいかなる国家も発行することのできない書類のページに自分がいると感じた人たちに読んでもらうためだけだったとしても。なぜなら、世界中で〈エル・ペンサティーボ〉のような書店は消滅したか、いままさに消えつつあり、あるいは観光名所となってウェブ上での商売に着手したか同じ名前のままチェーン店の傘下に入り、その結果、必然的に変化し、うつろいやすい――そして抵抗しがたい――時の刻印を受け入れているからだ。そして、私の目の前に広がったコラージュは、ディディ＝ユベルマンが『アトラス、あるいは不安な悦ばしき知』で「ノマド的な認識」と呼んだものを思い起こさせた。その認識においては――書店の狭い通路に入るときと同じく――「認識的要素とともに感情的要素」が重要である。私のデスクの上のタブローには「分類化と無秩序」、あるいは「理性と想像力」が共存していた。ディディ＝ユベルマンによれば、「手術の現場として台座は動物の身体を切り離し、切り分け、破壊する」のと同時に「食物の奉納品を凝集させ、積み重ね、配置する」ためにも用いられ、結果として、「異質的なものを蒐集し、多様な関係に形態を付与する。そこでは異なる時代と空間がたえず出会い、衝突し、交差し、融け合う」。

書店の歴史は図書館の歴史とはまったく別物である。書店は連続性を欠き、制度的な支援もない。公共のニーズに応えようとする起業精神に富んだ個人の事業としてかなりの自由が許されるが、一方で、まじめな研究の対象とはならず、観光ガイドブックにもめったに載らず、学術論文のテーマとなるのは、ついにとどめの一撃が下され、神話の領域に入ってからである。たとえば、セント・ポール大聖堂の界隈にまつわる神話。アン・スコットの『十八軒の書店』によると、〈ザ・パロット〉は三十軒あった書店のうちのひとつで、店主のウィリアム・アプスリーは書籍商を営むと同時にシェイクスピア作品の版元でもあったという。あるいは、アドリエンヌ・モニエの〈本の友の家〉とシルヴィア・ビーチの〈シェイクスピア・アンド・カンパニー〉という二軒の書店を育んだオデオン通りの神話。銀河系間の通り、ロンドンできわめつけの愛書家の街であるチャリング・クロス通りにまつわる神話。この通りの名は、私がこれまでに読んだ書店について

のノンフィクション作品のなかで最高傑作といえるヘレーン・ハンフ『チャリング・クロス街84番地』によって永遠の命を得た（書籍を商うあらゆる店と同様に、そこでは書物愛好家の情熱が人間味あふれる感情とともに描かれ、コメディタッチのドラマがくりひろげられる）。サイン入りの初版本の売買を専門とする〈ゴールズバラ・ブックス〉のウィンドウで二百五十ポンドの値がついたこの本の初版本を見つけたときは興奮したものだ。ところが、すぐ近くの同じチャリング・クロス通りでは、ハンフの本に出てくる書店がどこにあったのか私に教えられる人が一人もいなかった。〈カゼッラ〉の前身であるデイ・マリーニ書店にまつわる神話。一八二五年のナポリでジェンナーロ・カゼッラによって創業したこの書店は、息子のフランチェスコが跡を継ぎ、二十世紀初頭にはフィリッポ・T・マリネッティ、エドゥアルド・デ・フィリッポ、ポール・ヴァレリー、ルイジ・エウナウディ、ジョージ・バーナード・ショー、アナトール・フランスのような作家たちがそこに集った。アナトール・フランスはハスラー・デル・キアタモーネ・ホテルに宿をとっていたが、この店を自宅の居間のように使っていた。モスクワの〈クニージナヤ・ラーフカ・ピサーチェレイ〉（作家書店）をめぐる神話。この書店は一九一〇年代末から二〇年代初頭にかけて革命後の短い自由を活用し、読書好きの人びとに知識人が運営する文化センターとしての場を与えた。図書館の歴史は、都市や地域や国家ごとに秩序立てられ、国家間の条約によって定められた国境線を守って網羅的に語ることができ、専門的な蔵書目録や各図書館の文書記録を参照すれば、蔵書の拡充や分類法の詳細がわかり、また議事録や契約書、新聞や雑誌記事の切り抜き、購入リストやその他の書類といった統計、報告書、年表を作るための資料を見つけることができる。ところが書店の歴史は、写真や絵葉書のアルバム、その場かぎりの地図、すでに消えた、または現存する書店との短期間のつながり、文学作品やエッセイの断片などからしか語り起こすことができない。

それまでに集めてきたショップカード、パンフレット、チラシ、絵葉書、カタログ、スナップ写真、メモ、コピーなどを整理していて、私はいかなる時代的ないし地理的基準にもあてはまらないいくつもの書店を見つけた。それらは他の書店のために私が引いていった目盛りやルート——概念的なものであれ、横断的なものであれ——では説明できなかった。私がここで語っているのは旅を専門とする書店のことだが、それ自体、ひとつの矛盾ではある。なぜなら、すべての書店は旅へのいざないであり、それ自体が旅だからだ。だが、これらの書店はやはりちがっている。その特異性は「専門」という単語に表われている。児童書専門店、コミック専門店、古書をあつかう店、稀覯本を売買する店と同じように。そのような書店の専門家としての視点は、空間の分割の仕方に見てとれる。ジャンルや言語や学問分野ではなく、地理的領域によって分けられているのだ。この原則をつきつめているのがアルタイル書店である。バルセロナにある本店は、私の知るかぎり、本好きな人びとにとってこのうえなく魅力的な場所で、詩集や小説やエッセイを

国別、大陸別に分けて並べている。そのため、関連する地域のガイドブックと地図がすぐ隣に見つかるのだ。旅行書専門店は、散文や詩よりも地理のほうが重んじられる唯一の場所である。アルタイル書店が掲げる案内にしたがってウィンドウディスプレイを通り過ぎると、その先には旅行者から寄せられたメッセージを貼りつけた掲示板がある。その後ろにはこの店が出している機関紙のバックナンバーが並んでいる。それから、バルセロナにかんする小説、歴史書、テーマ別のガイドブックがある。世界中の書店のほとんどがそうだが、まるで、人は必然的にまず最も身近な地元から始め、やがて最も遠い場所――宇宙――へと向かわなければならないかのように。したがって、次に来るのは世界だが、それも距離という基準に沿って並べられ、カタルーニャ、スペイン、ヨーロッパ、そしてその周囲の大陸へと続き、この店の二つのフロアにわたって広がっている。一階には世界地図があり、その奥、店の裏手には旅行代理店がある。なぜなら、掲示板、雑誌、読み物のすべてが行き着くところはただひとつ、旅立ちにほかならないからだ。

ジローナのユリシーズ書店は、またの名を〈リブレリア・デ・ビアヘス（旅の本屋）〉という。アルタイル書店の創設者アルベルト・パドロルおよびジュセップ・バルナダスと同様、この店のオーナーであるジュセップ・マリア・イグレシアスは、自身を書籍商や版元である以前にまず旅行者と定義している。同じように、作家にして探検家のカトリーヌ・ドマンが経営するパリのユリシーズ書店は、毎夏、オーナーとともにアンダイエのカジノに移動する。その象徴的な拡大として、この種の書店にはたいてい多くの地図や地球儀が置かれている。たとえばアムステルダムの〈ピエタテール（仮住まい）〉では、ガイドブックなどの本を買いに来た人びとを十以上の地球儀がこっそりと見守っている。この店の謳い文句――「旅人の楽園」――はこれ以上ないほど明確である。マドリードの書店〈デビアヘ（旅）〉は旅行代理店としての性格を前面に出している――「オーダーメイドの旅、本屋、旅行用品」。この順序によって商品が影響を受けるわけではない。実際のところ、世界中の旅行書専門店は実用的な旅行用品を商う店でもあるからだ。マドリードのもうひとつの店〈デスニベル（起伏）〉は探検と登山を専門とし、GPS搭載機器やコンパスを売っている。ベルリンの〈チャトウィンズ〉にも同じことがいえる。ここではディスプレイの多くの部分をモレスキンのノートが占めている。このノートはかつて職人芸でていねいに作られた高級品を大量生産によって蘇らせたものだが、作家のブルース・チャトウィンは『ソングライン』で書いているように、フランスの地方都市トゥールにあった家族経営の会社が一九八六年に製造を中止するまで、パリの店でずっとこのノートを買っていた。『ソングライン』はその翌年に出版された。

チャトウィンの葬儀はロンドン西部の教会で執り行なわれたが、一九八九年、その遺灰はカルダミリにあるビザンチン教会のかたわらに撒かれた。カルダミリはペロポネソス半島南部にあり、アキレウスがトロイアへの攻撃を再開できるようアガメムノンが与えた七つの都市のひとつだったが、チャトウィンの導き手の一人で彼と同じくさすらいの伝統を受け継いだ仲間のひとりでもある旅行作家パトリック・リー・ファーマーの家のそばだった。そのおよそ三十年前、イギリスの田舎に生まれたブルース・チャトウィンという無職で収入のあてもない若者が、サザビーズの見習いとしてロンドンにやってきた。将来、自分がやや虚言癖《ミトマノ》のある旅行作家になること、そしてなによりも彼自身がまさか神話《ミト》になるとは夢にも思わなかった。ベルリンの書店に自分の名がつけられることなど想像もしなかっただろう。一九五〇年代末にロンドンにやってきたとき、チャトウィンが発見したはずの多くの書店のなかではとくに二軒が際立っていた。〈フォイルズ〉と〈スタンフォーズ〉である。前者は総合書店、後者は旅行書専門店である。一方は本で満たされ、もう一方には地図が溢れていた。

　チャリング・クロス通りのまっただなかにある〈フォイルズ〉の全長五十キロメートルにおよぶ棚は、世界最大の活字の迷路を形作っていた。その当時、ここは規模の大きさで観光名所になっていたばかりでなく、店主のクリスティーナ・フォイルによって実践されたばかげたアイデアのせいで、二十世紀後半でも類のない恐るべきアナクロニズムの場と化していた。そのアイデアのひとつは、計算機やレジ、電話その他の、販売や注文の作業を楽にするテクノロジーの恩恵をいっさい拒否するというものだった。あるいは、本を著者名やジャンル別ではなく、出版社ごとに並べるというもの。商品の支払いをする客たちは三列に並んで待たされ、従業員は正当な理由なく解雇された。クリスティーナによる混沌とした経営――〈フォイルズ〉の創業は一九〇三年だった――は一九四五年から九九年までつづいた。その奇矯さは遺伝子のせいだといえるかもしれない。父親のウィリアム・フォイルも、娘に店を継がせるまでかなりの気まぐれを発揮したものだった。しかし、この書店の歴史において最も価値のある企画を実現させたのは娘のクリスティーナである。名高い文学ランチを始めたのだ。一九三〇年十月二十一日から今日までのべ五十万人の読者が、T・S・エリオット、H・G・ウェルズ、ジョージ・バーナード・ショー、ウィンストン・チャーチル、ジョン・レノンなどを含む千人以上の著者とランチをともにした。

暗黒の伝説はいまでは過去のものとなっている（あるいは本書のような文献のなかにのみ存在する）。二〇一四年、〈フォイルズ〉は規模の大きなモダンな書店に変貌し、隣接するチャリング・クロス通り一〇七番地のビルに移転した。もとセントラル・セント・マーティンズ・カレッジ・オブ・アート・アンド・デザインの建物の改修はリフシャッツ・デイヴィッドソン・サンディランズ設計事務所が請け負った。二十一世紀英国最大の書店を設計するという課題を与えられた彼らは、建物の中央に真っ白な光があふれる空っぽの大きな中庭を配置し、さらにその光を補強するために大型照明をいくつも設置した。それらはいわば、広大な半透明のテクストにおける句読点のような役割を果たし、周囲を取り巻いて上下する階段は無数の従属節を思わせる。カフェテリア――いつもにぎわっている――は最上階にあり、その隣にはトランスメディア・プロジェクト用の機材が設置された展示室と広いプレゼンテーション会場がある。店の地上階の入口に足を踏み入れると、こんな文字が迎えてくれる。「愛書家のみなさん、ようこそ。ここであなたは友に囲まれています」。クリスティーナが蘇ってこれを見たら、なんというだろう？　それはともかく、この書店のある壁ではその一面を使って、あのにぎやかな昼食会の重要性が回想され、讃えられている。

私が訪問したおりに土産として持ち帰ったしおりによれば、「探検し、記述し、インスピレーションを与えよ」が〈スタンフォーズ〉の謳い文句である。この店は、現在の〈フォイルズ〉があるのと同じチャリング・クロス通りで創業したが、ロングエーカーにある有名なコヴェント・ガーデン本店に地図の印刷と販売の部門が統合されたのは一九〇一年のことだった。それ以前から〈スタンフォーズ〉は王立地理学会と密接な関係を築き上げていた。イギリスの植民地政策が拡大し、ツーリズムが盛んになるにつれ、印刷された地図の需要が飛躍的に高まったこの時代に、〈スタンフォーズ〉は最もすぐれた地図を送り出していたからだ。各階の床に巨大な地図（ロンドン、ヒマラヤ山脈、世界地図）が描かれた三階建ての店ではガイドブックや紀行文学、旅行関連グッズなどを買うこともできるが、主役はなんといっても地図である。戦争関連の地図もある。一九五〇年代から八〇年代まで、地下には航空図と軍事地形学の部門が置かれていた。記憶によれば、私が〈スタンフォーズ〉を訪れたのは、チャトウィンがそこで地図を買っていたと誰かに聞いたか、なにかで読んだかしたからだった。もっとも、それを証明する具体的な記録はない。顧客のリストには有名人の名前が並ぶ。リヴィングストン博士やロバート・スコット隊長から、ビル・ブライソン、存命の最後の探検家の一人ランオルフ・ファイアンズまで、そして忘れてならないのは、フローレンス・ナイチンゲール、セシル・ローズ、ウィルフレッド・セシジャー、シャーロック・ホームズである。ホームズは謎めいた沼地の地図を〈スタンフォーズ〉で手に入れ、そのおかげで『バスカーヴィルの犬』の事件を解決することができた。

どちらの書店も現存している。〈フォイルズ〉はロンドンに五つの支店をもち、ブリストルにも一軒ある。〈スタンフォーズ〉はブリストルとマンチェスターに支店があり、王立地理学会にもイベントのときだけオープンする小さな店がある。チャトウィンは、旅する読者のための書店〈ダウント・ブックス〉を二年の差で経験できなかった。その一号店――メリルボーン・ハイストリートにある、厚板ガラスの巨大な窓から入る自然の採光を活かしたエドワード朝様式の建物――がオープンしたのは一九九一年のことだった。この書店は、外交官の息子に生まれたがために引っ越しが日常茶飯事だったジェイムズ・ダウントが自分の趣味を投影したものである。ニューヨークに滞在したあと、彼は人生の二つの情熱――旅と本

——に身を捧げようと決心した。今日では、ロンドンに六つの支店をもつチェーン書店となっている。パリの〈オ・ヴィウ・カンピュール〉は一九四一年以来、地図、ガイドブック、旅行関連書のほか、ハイキング、キャンプ、登山用品をあつかい、いまやフランス中に散らばった店舗は全部で三十四にものぼる。モレスキンの場合と似たような展開である。

十九世紀末から二十世紀初頭にかけて、アマチュアとプロとを問わず、大勢の画家たちがスケッチブックをたずさえて旅をするようになった。スケッチブックの紙は水彩や墨を吸収できる厚さがなければならず、素描やメモを風雨から守るしっかりしたカバーも不可欠だった。そうしたスケッチブックはフランス各地で製造され、パリで売られた。いまではオスカー・ワイルド、ファン・ゴッホ、マティス、ヘミングウェイ、ピカソがこのスケッチブックの愛用者だったことがわかっているが、それでは、いったい何千人の無名の旅人たちがこれを使ったのだろうか？　彼らのモレスキンはどこにあるのだろう？　チャトウィンはオーストラリアについて書いた前述の本のなかでモレスキンの名前を用い、それがきっかけでミラノにあった小さな会社ノド＆ノドは、一九九九年に五千冊のモレスキン・ノートを作って市場に出した。私はフィレンツェの書店〈フェルトリネッリ〉でその何冊か、あるいは初版につづいて出された限定版を見たときのことを覚えている。フェティシズムの快楽、気づきによって生まれる情熱がたちまち湧き上がった瞬間だった。熱心な読書家がポルトのレロ書店やサンフランシスコの〈シティ・ライツ〉に足を踏み入れたときに抱くのと同じ感覚である。何年ものあいだ、一冊のモレスキンを買うためにははるばる旅をしなければならなかった。かならずしもパリの書店へ行く必要はなかったが、それでも世界中のどの書店でも見つかるというわけではなかった。二〇〇八年には、五十を超える国々の約一万五千の店舗がモレスキンをあつかうようになった。需要を満たすために、デザインはいまもイタリアでなされるが、製造の拠点は中国に移された。二〇〇九年より前、世界最古の書店である〈ベルトラン〉に行きたければリスボンへ行くしかなかったが、やがて私の住んでいるバルセロナに短期間ではあったが支店ができ、そうした拡大は古い常識をくつがえすもうひとつの――もはやいくつめかわからない――勝利をもたらした。その古い常識――アウラ――は、もはやそれを体現する実体をほとんどもたない。

2　アテネ　最初の一歩

書店が集まった風変わりな市場《スーク》であるかのように、人はアテネを歩きまわり、読むことができる。その奇妙さはもちろん、退廃的な雰囲気と肌で感じる古代の感覚からくるというよりもむしろ、本のタイトルや著者の名前はいうまでもなく、店の名前や棚の表示に使われている言語によるものである。西洋の読者にとって、馴染みのないアルファベットが目につきはじめるところが東洋の始まりである。サラエヴォ、ベオグラード、アテネ。グラナダやヴェネチアの書店の棚には、遠い過去に東洋から届いたあらゆるものに使われていたアルファベットの名残は見られない。私たちが読むのはすべて自分たちの言語に翻訳されたものであり、私たちは彼らの書物もまた翻訳であったことを忘れている。古代ギリシア文明とその哲学や文学の重要性を理解するには、そこが地中海とアジアにまたがり、エトルリアとペルシアにはさまれ、リビアとエジプトとフェニキアの対岸にあったことを心に刻んでおかなければならない。いわば大使館がつらなる群島のような状況だったのだ。または放射状に広がる水道橋。あるいは異なるアルファベットをつなぐいくつものトンネルが形成するネットワーク。

二〇〇六年からずっと手元にあった一枚のショップカードを手がかりに、インターネットで長い時間を

Tableaux

かけて検索したあげく、ようやく自分が探している場所についての英語の記述――ブック・アーケード――を見つけた。「本の回廊」または「本のパサージュ」とも呼ばれるこの場所は、錬鉄の門扉を構えた二十軒ほどの店舗がつらなる一画で、ケドロス社や国立銀行出版などを含む四十五の出版社がそこに拠点を設けている。私はそのようなパサージュに置かれたたくさんの肘掛け椅子のひとつに坐り、天井の扇風機のゆっくりとした動きが熱気をかき回すなか、書店と図書館の関係についてメモをとった。なぜなら、このペズマゾーグル・アーケード――そこへ通じる通りの名から取られたもうひとつの呼び名――は、ギリシア国立図書館の真向かいにあるからだ。

このトンネルはその建物に面している。いつできたかもわからない回廊が、経歴の細部に至るまできちんと記録された歴史的建造物と向かい合っている。国立図書館の新古典主義様式の建物は、在外同胞《ディアスポラ》コミュニティのヴァリャーノス兄弟から資金援助を受け、一八八八年に礎石が置かれたのち、一九〇三年に開館した。ここには四千五百冊におよぶ古代ギリシアの手稿、キリスト教の写本、ギリシア独立戦争の重要な記録文書が収蔵されている（こうした図書館を設立するという発想が、ヘレニズム文明の愛好家でバイロン卿の戦友でもあったヨハン・ヤーコプ・マイヤーのものであったことは、ほぼまちがいないと思われる）。だが、どんな図書館もたんなる建物として片づけるわけにはいかない――収蔵するコレクションが重要なのだ。国立図書館はこれまで、アイギナ島の孤児院、古代ローマの市場の浴場、聖エレフテリオス教会、アテネ大学構内などを転々としてきた。数年後には、建築家レンゾ・ピアノの設計になる海岸沿いの堂々たる新しい建物に移転する予定である。そんなわけで、現在のアレクサンドリア図書館は、かつてのそれの弱々しいこだまにすぎない。建物は立派で、目の前には海が広がり、きらきら光る壁面に百二十のアルファベットが記され、世界中からこの図書館を見るために観光客が訪れるとはいえ、あの神話的な図書館の生まれ変わりを自称するのに十分なだけの蔵書を備えていない。

アレクサンドリア図書館の存在があまりにも強烈なので、過去、現在、未来のあらゆる図書館は影が薄くなってしまい、その図書館を育んだ多くの書店も集合的記憶から消えてしまっている。アレクサンドリア図書館は無から生まれたわけではない。紀元前三世紀の地中海地方東部において、この図書館は書籍商の主要な顧客だった。図書館は書店なしでは成り立たない。そして、書店はそもそもの始まりから版元とつながっていた。書籍の売買は紀元前五世紀よりずっと前から盛んだった。この時期、ヘレニズム文明においては口承よりも文字を使った写本のほうが優勢になり、今日の社会で古典と見なされる主要な哲学者、歴史家、詩人の作品はすでに、地中海地方東部の広範な地域でよく知られていた。アテナイオスは紀元前四世紀の詩人アレクシスの失われた作品『リヌス』から、主人公リヌスが若いヘラクレスにこう語る場面を引用している。

「ここにある美しい本のなかから一冊選びなさい。興味を引くものがないか、表題を見てごらん。ほら、ここにはオルフェウス、ヘシオドス、ケラリス、ホメロス、エピカルモスがある。演劇でもなんでも、きみの求めるものが見つかるだろう。きみがなにを選ぶかで、きみの興味と好みが露わになるはずだ」

このとき、ヘラクレスは一冊の料理本を選び、道連れの期待は肩すかしに終わる。出版業はあらゆる種類のテクストを用意し、どんな読書傾向にも応えようとするものだ。演説、詩、覚え書き、技術書、法律書、ジョーク集。そして質という点でも玉石混交である。初期の出版社は写字生の集団を抱えていて、流通する写本に含まれる異同や誤植の数は、彼らの集中力、鍛練、厳密さおよび働かされ方によっていた。時間を節約するために、一人が文章を読み上げ、他の写字生たちがそれを書き記すこともあった。こうしたやり方で、古代ローマの版元は一度に数百部の写本を市場に出すことができた。追放の身となったオウィディウスは、自分が「世界で最も読まれている」と考えて自分を励ましていた。彼の作品はローマ帝国の最果てにまで届いていたからだ。

アルフォンソ・レイエスの『古代の書物と書籍商』（著者の没後にようやく刊行されたH・L・ピナー『古典古代の書物の世界』の縮約版）には「本をあつかう人びと」についての言及がある。これは、キケロの友人で出版業のあらゆる側面に関わっていたアッティクスのような初期の版元、流通・小売業者のことである。古代ギリシア・ローマ時代の最初期の本屋は、本を売ったり貸し出したりする巡回式の屋台か小屋（一種の移動図書館）、あるいは出版社の建物に付属する店だったようだ。「古代ローマでは、少なくともキケロやカトゥッルスの時代には、本屋の存在がよく知られていた」とレイエスは書いている。「商売にはうってつけの繁華街に店を構え、学者や愛書家の待ち合わせ場所となっていた」。ホラティウスの本を出版したソシイ兄弟、マルティアリスの版元のひとつだったセクンドゥス、アトレクトゥスなど多くの事業主がフォロ・ロマーノの周辺で店を開いていた。戸口には新刊書の広告が貼り出された。とびきり高価な本でも一時的な貸し出しという形をとれば、わずかな金額で利用することができた。ローマ帝国の大都市、たとえばランスやリヨンでも似たような情景が見られた。小プリニウスは、そのような都市の立派な書店でも自分の本が売り物として置かれているのを目にして驚いた。

裕福なローマ市民が自宅の壁に本を並べて文化的な装いを凝らし、書斎を自慢するようになると、美しい本の売買が増え、本は目方で売られるようになった。個人の蔵書コレクションは、往々にして愛書家の手で築かれたが、その素材を提供するのは書店で、それらは公のコレクション、つまり図書館のお手本にもなった。図書館は民主制ではなく専制政治のもとで始まった。最初の二つは、サモス島の僭主ポリュクラテスとアテナイの僭主ペイシストラトスが建てたといわれている。図書館は権力の象徴である。紀元前三九年、ガイウス・アシニウス・ポッリオはダルマチアの戦いで得た戦利品をもとにローマ図書館を創設した。ギリシアおよびローマの書物がここで初めて一堂に会し、一般に公開展示された。四世紀のち、帝国の首都ローマには二十八の図書館ができていた。いま、それらはペルガモンやパラティーノの図書館と同じく廃墟となっている。

アレクサンドリア図書館はおそらく、史上初めて分類法を採り入れたアリストテレスの個人蔵書コレクションに触発されて作られた。個人コレクションと公共のコレクション、書店と図書館の対話は、したがって文明そのものと同じくらい古い。だが、歴史の均衡はつねに後者に傾きがちである。書店は軽く、図書館は重い。継続する現在の軽さは、伝統の重みと対比される。書店にまつわる概念のなかでも、遺産ほどそぐわないものはない。図書館は蓄積し、保存し、せいぜい短期間だけ本を貸し出す――そうすることで、本は商品でなくなるか、商品としての価値を凍結させる――が、書店が本を仕入れるのはそれらを手放すためである。書籍商は本を売っては買い、流通させる。書店を特徴づけるのは往来と通過である。図書館はつねに一歩引いている。つまり過去に目を向けているのだ。一方、書店は現在の関心に縛られていて、それゆえに苦しむことも多いが、同時に変化への抑えがたい欲求に駆られてもいる。歴史が図書館の持続性を保証するとしたら、未来はつねに書店の存続を脅かす。図書館は堅牢かつ壮大で、権力や行政府を後ろ盾にし、国家やその軍隊とつながりをもつ。ピーター・バークの『知識の社会史』によれば、ナポレオンの軍隊はフランスの図書館の貪欲さを満たすためにエジプトの歴史的遺産を略奪すると同時に「オ

ーストリア領ネーデルラントから千五百点、イタリアの主としてボローニャとヴァチカン宮殿から千五百点の文書を押収した」という。それに反して、書店は流動的かつ一時的であり、最小限の変化で時代を乗りきるアイデアを保っていられるあいだは存続できる。図書館は不動である。書店は分配し、図書館は保存する。

　書店は新刊本と既刊在庫のあいだでのせめぎ合いに加えて、たえまない危機のなかにある。そして、まさにそれが理由となって、書店は文化の規範をめぐる議論の中心とならざるをえない。古代ローマの偉大な著述家たちは、自分たちの知的生産物が一般読者のもとにどの程度届くかで影響力の度合いが決まるということに気づいていた。ホメロスの名声が確立されたのは、ちょうど書籍販売業が整理統合される二世紀前のことで、西洋の古典においてホメロスが中心的な位置を占めるようになったのは、古代ギリシアの著述家のなかでも作品の断片が最も多く保管されてきたことと直接関係している。つまり、ホメロスは筆写される機会がとくに多かったのだ。蒐集家、一般読者、書籍商、愛書家、図書館運営者によって最も広く流布され、売られ、贈られ、盗まれ、購入された。文化の伝統についての私たちの概念、作家の名前や重要な書名のリストは、古代ギリシア・ローマ時代の書店があつかったパピルスや羊皮紙の巻子本や写本、彼らが市場に流通させ、公共および私的な空間に一時的にとどまったが、やがてほとんどは無数の戦争や火災や移動によって失われたテクスト資本によって決められた。こうした規範を構築するのに、書店の立地は重要な条件である。当時、全世界の二大中心地はアテナイとローマだった。私たちは、それ以後の文化全体をこれらの証明不可能な、すでに失われた首都の上に築いてきたのである。

ローマ帝国の衰亡とともに、書物の取引は縮小した。写字生の働きによって中世の修道院は文字で書かれた文化を世に広める仕事をつづけ、それと同時に、中国で発明された紙が——イスラム教のおかげで——遠路はるばる旅をして南欧に到達した。羊皮紙はあまりにも高価だったので、書かれた文字を消して、その上に別の文章を書くこともしばしばだった。文化の伝播の仕方を示すのに、パリンプセスト〔いったん書いた文字を消して上書きする〕ほど雄弁な比喩はほとんどない。中世の時代、一冊の本は百部ほど手書きの写本が作られ、それが数千人に読まれ、さらに多くの人びとがその音読を聞いた。この時期にはふたたび、個人の読書よりも声による伝達が重要なものとなっていたのだ。だからといって、書籍販売業が停滞したわけではない。読書が必要だったのは貴族や聖職についた人びとだけでなく、ますます数が増えつつあった学生たちも印刷された教科書に頼るようになった。ヨーロッパで最も古い歴史をもつ大学（ボローニャ、オクスフォード、パリ、ケンブリッジ、サラマンカ、ナポリ……）は十一世紀から十三世紀にかけて創立された。アルベルト・マンゲルは『読書の歴史』でこう書いている。

書物が商品として認知されるようになったのは、ほぼ十二世紀末以降のことである。ヨーロッパでは、貸金屋が書物を担保とする習慣が広く確立されていったから、そうした抵当品としての記録が、中世の書物、とりわけ学生が所蔵した書物には多く見いだされる。

中世の時代から複写機によるコピーが広まった二十世紀半ばまで、本を質種《しちぐさ》にすることは相変わらずつづいてきた。ギリシア国立図書館やそれと隣接するアテネ・アカデミーの周囲で、コピー機を備えた店は、大学、出版社、文化センター、書店が並ぶ市場《スーク》の最も小さな片隅と共存している。なぜならこれらの施設はすべて、たがいに与え合っているからだ。文明の鎖の環のひとつであるイアノス書店の広々としたピアノバーで、リュックサックに入れて持ち歩いていたカヴァフィスの詩集を読んだときのことは、マホガニー色の棚と黄緑色のラベルの上の白い文字まで、はっきり記憶に残っている。というのも、周囲に見えるたくさんの本に印刷された文字がひとつも理解できなかったからだ。ポリテイア書店で、黒っぽい木製の書棚のあいだを、ギリシア語で書かれた何千冊もの本のなかで、数百冊の英語の本を探しながら何時間か過ごしたことも覚えている。地上二階、地下一階のこの書店には四つの入口がある。ある種の書店がそうであるように、そこも煌々たる明かりに照らされた場所である。わずか六つのスポットライトから発されれ

SCRIPTORIUM MONK AT WORK. (From *Lacroix.*)

る無数の四角い明かりを反射して、本の表紙とタイトルと床がきらきらと輝く。ポリテイアとは「都市の理論」を意味する。

私は最後にカウフマン書店に足を踏み入れた。フランス語の本をあつかうアテネの書店である――ということは、この店にある本は私でも読める――のみならず、ここは想像上のパスポートにスタンプを捺すべき場所のひとつでもあるからだ。店の創業時に撮られたモノクロ写真は、じつに印象的だ。日付は一九一九年で、頭を一部覆い、東洋風の衣装をまとった一人の女性が小さなキオスクの傍らに立っていて、その頭上にこんな言葉が見える――Librairie Kauffmann（カウフマン書店）。ヘルマン・カウフマンはそのようにして路上の屋台から商売を始め、そこでフランス語の古本を売った。十年後、彼はゾオドーフ・ピギス通りに店舗を構えたが、やがてこの建物は大通りを見下ろす一種の大型アパートへと発展し、書店の棚には出版社アシェットとの提携によって新刊書も並ぶようになった。そうしてほどなく、アテネ在住の最も先進的な人びとがフランス語の読み物を入手するためにこの店を訪れるようになり、彼らの子供たちはフランス語学校や専門学校で使う教科書や指定図書を買いに来た。階段の壁にはフリーダ・カーロとアンドレ・マルローの写真と並んで、一九三七年のパリ万国博覧会でカウフマンに授与された賞状が飾ってある。アシェット社の協力を得て、カウフマンはギリシア流通エージェンシーを創設した。一九六五年に彼が世を去ったあと、妻が会社を引き継ぎ、重要な取り組みの後援にあたった。たとえば、ギリシア文学をフランス語に翻訳する「合流」コレクションや『フランス語―現代ギリシア語辞典』の出版などである。外国語の書籍を専門とする書店は、つねにそれを必要とするはずだ――最低でも二か国語でできた辞書。

カウフマン書店のウェブサイトはもはや存在しない。ウェブ上にはこの書店がいまも営業していることを示す手がかりがない。何度か検索しても実りがなかったので、私は旅先から持ち帰ったオレンジ色のショップカードを探し出した。ギリシア語とラテン語の文字の上に一本の木が、まるで海の底に沈んだぼんやりとした群島のようにエンボス加工されている。私はそこにある電話番号にかけてみた。二度、三度。電話には誰も出なかった。さまざまな検索エンジンを試したあげくようやく写真を見つけたが、それらは見たくない政治的な結末だった。ペズマゾーグル・アーケード――あるいは「本の回廊」――は二〇一二年初めの暴動のさなか、火事で焼け落ちていた。国立銀行出版の支店やさまざまな民間企業がそこに入っていたからである。一方、国立図書館は、国際メディアの当初の報道によれば、やはり焼け落ちたという話だったが、実際には襲撃もされず、火事による被害もなかった。公共の建物にして古い歴史をもち、開館の日付が明確で、移転計画もある、可能なかぎり過去と未来を約束された図書館は、まだそこに建っている。

3　世界最古の書店

書店はただ古いだけではなく、いかにも古そうに見えなければいけない。リスボンのシアード地区の中心部にあるカフェ・ブラジレイラとフェルナンド・ペソアの彫像にほど近い、ガレット通り七十三番地のベルトラン書店に足を踏み入れると、赤い地に記された大きなBのロゴの下にその創業年が誇らしげに記してある——一七三二年。最初の部屋にあるものすべてが、この数字の強調する敬うべき過去を示している。珍しい書物を並べた展示ケース。年代ものの本棚の最上段まで手が届くようにするための梯子や木製の踏み台。その部屋が、オリヴェイラ・マルティンス、エッサ・デ・ケイロス、アンテロ・デ・ケンタル、ジョゼ・カルドーソ・ピレスと同様、この店の常連だった名高い作家にちなんで「アキリーノ・リベイロの部屋」と名づけられていることを示す錆びたプレート。そして、なににも増して、現在も営業中の書店のなかで最も歴史が古いことを証明するギネス世界記録の認定書。

営業が一度も途切れずに、記録が残っている書店。ケンブリッジのトリニティ通り一番地では一五八一年から長く本が売られてきて、ウィリアム・サッカリーやチャールズ・キングズリーなどの有名な顧客がいたとはいえ、長年にわたってこの建物はケンブリッジ大学出版局の拠点であって、一般読者に直接本を売ることはなかった。同じく信頼できる記録の不在という泥沼のなかで、クラクフのマトラス書店——地元に住む年配の人びとはいまも、かつてここにあった書店〈ゲベトネル・イ・ヴォルフ〉の名で呼ぶ——の神話的な起源は十七世紀（一六一〇年、書籍商のフランツ・ヤーコプ・メルツェニヒがその同じ場所に書店を開業したとき）にまでさかのぼるが、継続的に営業しはじめたのは一八七五年からで、二十世紀初頭までここには名高い文学サロンが置かれ、現在はユネスコの文学都市の枠組みのなかで重要な文学イベントが催されている。そんなわけで、一七〇〇年か〇三年か一〇年に——いくつかの出典による——コメディ・フランセーズ内に開業し、その後一九〇六年にサン゠トノレ通りに移転したパリのドラマン書店が

正真正銘、世界最古の書店といえるかもしれない。だが、この店も商売が途切れなく続いたかどうかは証明できない。なぜなら、長い歴史のなかで少なくとも火災と水害に一度ずつ遭い、店の記録が完全には残っていないためである。集合的記憶にたしかに残っているのは、十八世紀にはレチフ・ド・ラ・ブルトンヌ、ヴォルテール、ルソーといった作家の版元だったデュシェーヌ家が経営していたこと、二十世紀におけるその最も著名なオーナーで出

版人のピエール＝ヴィクトル・ストックがポーカーの賭けで店を失ったことである。ウィンチェスターにある〈P&Gウェルズ〉はたしかに英国最古の書店のようで、あくまで独立を保っている一軒の店としてなら世界最古の書店といってもよさそうだ（二十世紀末にウィンチェスター大学内にひとつだけ支店を開いた）。一七二九年に書籍を売ったさいの領収書が保管されており、カレッジ通りの店での継続的な書籍販売の実績は一七五〇年代までさかのぼることができるようだ。一七六八年、〈ホッジズ・フィギズ〉は本屋の商売を始めた。いまも営業中のこの店はアイルランド最古であるのみならず最大の書店で、六万冊という膨大な数の品揃えを誇っている。同様に、ここは最もダブリンらしい本屋でもある。というのも、あらゆる本のなかで最もダブリンらしい本に登場しているからだ。ジョイスの『ダブリン市民』ではなく『ユリシーズ』である（「女、女、女。どの女？　月曜日に〈ホッジズ・フィギズ〉のウィンドウを覗きこんでおまえが書くはずだったアルファベット本を探していたおぼこ娘」）。一七九七年に創業し、それ以来一度も扉を閉ざしたことのない〈ハッチャーズ〉はロンドンの最も古い書店である。ピカデリー一八七番地の貴族的な建物にあるこの書店には、創業者ジョン・ハッチャードの油彩による肖像画が飾られ、この場所にふさわしい古風な色合いが添えられている。現在は〈ウォーターストーンズ〉チェーンの一環になってはいるが、かつての贅沢な雰囲気は少しも失われていない。もっと大衆的な本屋とはちがって、この店はいまも小説は二階に置かれ、一階にはハードカバーの歴史書や評論が並んでいる。これまでずっと、顧客たちはロイヤル・アカデミーやジャーミン・ストリートのお抱えの仕立屋へ行く途中でそれらの本を買ってきたのだ。近年この書店は定期購読サービスを開始した。このアルゴリズムの時代に三人のすぐれた読み手を雇ってそれぞれの会員の好みを研究し、おすすめの書籍を定期的に発送するというものだ。この店とその歴史を私に紹介してくれたメアリー・ケネディは誇らしげにこういった。「気に入らない場合は返品してもらってかまいませんが、これまで返品されたのはたった一度だけです」

私がこれまで訪ねた十九世紀からある書店のなかで唯一、本当に重要な店はブエノスアイレスのアビラ書店かもしれない。サン・イグナシオ教会の向かい、ブエノスアイレス国立大学付属高校のすぐそばにあるこの書店の創業は一七八五年と思われる。その年、現在と同じ場所に、食品、酒類に加えて本を売る店として開業した。〈P&Gウェルズ〉がウィンチェスター大学のために本を印刷していたとすれば、ブエノスアイレスにできたこの同時代の書店は近くにあった教育機関と密接なつながりがあり、〈リブレリア・デル・コレヒオ〉（学校の書店）〉という当時の名前もそのつながりを示していた。一八三〇年以前、この書店がずっと同じ住所にあったことを証明する記録は残っていない。だがその年以降、この店は新聞や雑誌でよく名前を見かけるようになる。なぜなら、ドミンゴ・ファウスティーノ・サルミエント〔アルゼンチンの大統領。在任一八六八―一八七四〕の主導により、マヌエル・ホセ・エストラーダ〔グアテマラの大統領。在任一八九八―一九二〇〕、ホセ・エルナンデス〔アルゼンチンの詩人〕、フアン・バウティスタ・アルベルディ〔アルゼンチンの政治家〕、アリストーブロ・デル・バジェ〔アルゼンチンの弁護士〕、ポール・グルーサック〔フランス生まれのアルゼンチン作家〕、ニコラス・アベジャネーダ〔アルゼンチンの大統領。在任一八七四―一八八〇〕、ペリート・モレーノ〔フランシスコ・モレーノ、探検家。ペリートは「専門家」を意味する通称〕といった知識人が対話をもつ場所となったからである。彼らにちなんで、いまアルゼンチンの通りにはこれらの名前がついている。通りの角にある現在の建物ができたのは一九二六年のことである。その十三年後、出版社のスダメリカーナ社が創設され、一九八九年まで〈リブレリア・デル・コレヒオ〉と隣り合って営業をつづけた。四年間の休業のあと、ミゲル・アンヘル・アビラがこの書店を買い取り、自分の名前をとって社名にした。店の名前以上に変化が激しかったのは、この角をはさんだ二つの通りの名前である。サン・カルロス通りとサンティシマ・トリニダード通り、ポトシ通りとコレヒオ通り、アドルフォ・アルシナ通りとボリバル通りへと変遷を重ねた。

店の正面には「現代の骨董書《アンティグオス・リブロス・モデルノス》」とある。二〇〇二年七月に初めてブエノスアイレスを訪れたとき、私はここの地下で雑誌「スール」を何冊か買った。古い本に触れることは、遠い過去とのつながりを肌で感じることができる数少ない経験のひとつだ。古書店という概念は、十八世紀に歴史や考古学といった学問分野が成長するにつれて生まれたものであるが、それ以前の二世紀は製本と販売によって発展し、活字本だけでなく手書きの写本もあつかっていた。印刷所と版元の目録にも同じことがいえ、出版物の簡単なリストから洗練された小冊子へと発展した。私はそのような過去の遺物に触れたことがなかった。活字本以外の書物にも。

　スヴェン・ダールの『書物の歴史』によれば、印刷技術が誕生したばかりのころ、最初の数年は、過去の威光に目がくらんでいたために、活字本よりも写本のほうが重んじられたという。かつて羊皮紙よりもパピルス、一九六〇年代には機械製本よりも手製の本のほうに価値が置かれたのと同じことである。当初、版元が書籍商も兼ねていた。「だが、やがて行商の売り手が登場し、印刷所から買い取った本を持って、都市から都市へと売り歩くようになった」。彼らは通りで商品のリストを紹介し、滞在する宿の場所を知らせて、そこで仮設の市場を開いた。大都市で常設の露店を出す者もいた。十六世紀から、同じ本が何千部も出回るようになり、読者の数は何十万にもなった。そして、次の百年間には一万部以上のさまざまな活字本がヨーロッパ中に広まることになった。本を分類し、展示するという二重のシステムが発展した。分類ケースかカード、そして本棚が用いられた。ふつう、書籍は客がそれぞれ自分の好みに応じて製本の種類を選ぶことができるように、製本されないまま売られていた。そこから、個々の所有者が選んだ装丁しか共通点がないあの気まぐれに集められた蔵書が生まれたのである。そうした蔵書のいくつかは完全に残っていて、アビラ書店の地下や近くの五月大通りにあるいくつもの古書店で見ることができる。

リスボンのベルトラン書店、ロンドンの〈ハッチャーズ〉、ブエノスアイレスの〈リブレリア・デル・コレヒオ〉が創業した当時、十八世紀の書店はどんなようすだったのだろう？　本の並べ方の歴史を詳細に研究したヘンリー・ペトロスキーの『本棚の歴史』に収められた十七世紀と十八世紀の銅版画を見ると、店主は大きなデスクを前にして坐り、商売に精を出している。その仕事の中身は往々にして印刷所や版元を兼ねていることが多く、そのため、あたりには糸で綴じただけで製本されていない紙の折が山と積み重なっている。それが書店だった。箱が詰まれてカウンターになっていることも多く、十八世紀の書店のなかでもとくに美しいとされ、伝説となっている書店〈ミューズの神殿〉を描いた有名な版画にも見ることができる。ロンドンのフィンズベリー・スクエアにあったこの書店の経営者ジェイムズ・ラッキントンは、自分の職業的使命についての考えにもとづき、売れ残りの本を廃棄処分にすることをやめ、値下げして売ることにした。彼はこう書いている。「本は知識、理性、幸福への鍵である。経済状態がどうであれ、社会階級や性別にかかわらず、すべての人には本を安価で手に入れる権利がある」。

十八世紀の書店について書かれた証言のなかでやはり際立っているのがゲーテの文章である。一七八六年九月二十六日、ゲーテは『イタリア紀行』にこう書いている。


とうとう私もパラーディオの作品集を手に入れた。もちろんヴィチェンツァで見た木版画入りの原版ものではないが、精密な模写、すなわち銅版の複写で、元のヴェネチア駐在のイギリス領事スミスという達識の士の発起にかかるものである。イギリス人が、夙《つと》に善いものを評価する眼識を持っていたこと、そしてそれを流布する計画の大規模なこと、これは万人の認めざるをえないところである。

この買い物をする折に私はある本屋にはいった。ところがイタリアの本屋というものは、一風も二風も変ったところである。本という本が残らず製本されていて、一日じゅう上流どころの連中が顔を見せる。在家僧や貴族や芸術家で、多少文学趣味のあるものはすべてここに出入りするのである。みんな何か本を出させては、めくって読んで、それについて出鱈目《でたらめ》の話をする。こんなわけで、私の行ったときも六人ばかり集まっていた。私がパラーディオの作品集のことを尋ねると、彼らは一斉に私に注目した。店主が本を探しているあいだに、彼らはこの本のことを賞めそやし、原版と複本とについて私に教示してくれた。彼らは著作そのものについても、著者の功績についても非常によく精通していた。私を建築家と思ったと見えて彼らは私が余人全部をさしおいて、この巨匠の研究に手を染めたことを賞讃して次のように言うのだった。パラーディオは実地応用に貢献するところ、ウィトルウィウス自身よりも偉大である。それは彼が古人と古代とを徹底的に研究して、それをわれわれの必要に近づけようと努めたからであると。私はこの親切な人たちと長いこと談笑し、市の名所に関するこ

となお二三聞いてから、辞し去った。

最初のいくつかの文章から、願望がかなったことがわかる。すなわち、本屋へ行くという目的である。最後のいくつかの文章では、本それ自体には見つからないが、人と親しく交わることで初めて得られる知識について書かれている。この博学のドイツ人旅行者をなにより驚かせたのは、すべての書籍が製本されていて、手に取れることだった。こうして書店に来た客は、本を身近にしながら好きなだけ会話を楽しめるのだ。ヨーロッパで製本済みの本が標準となるのは、それに必要な機械が普及しはじめた一八二三年頃以降のことである。このころから、書店はしだいに図書館と似た様相を呈するようになった。作りかけの本ではなく、きちんと製本された商品を売ったからだ。したがって、このときゲーテを驚かせたのは手製本である。ロレンス・スターンの『センチメンタル・ジャーニー』（一七六八年）によると、スターンはコンティ河岸通りのある書店に入って「シェイクスピア全集」を買おうとするが、店主に在庫がないといわれる。旅行者はむっとして、テーブルの上にあった本を手に取り、「では、これはいったいなんだ？」と訊ねる。すると、それは売れない、ある伯爵のもので、製本を頼まれたのだと店主はいう。そして、「自由思想家《エスプリ・フォール》」の伯爵は「英国の書物がお好き」なうえに、英国人がまたお好きなのだと説明する。

シャトーブリアンは全四巻の『キリスト教精髄』の海賊版が出回っていることを知り、一八〇二年にアヴィニョンを訪ねたときのことを回想録に記している。「本屋から本屋へと探し回って、ついに贋作者を発見したが、彼は私が誰かわかっていなかった」。どの都市にも多くの贋作者が存在したが、その大半についてはなんの記録も残っていない。人は往々にして文学を抽象的なものと考えがちだが、じつは物体や肉体、素材や空間の無限のネットワークで成り立っている。文字を読む目、文字を書き、ページをめくり、本を持つ手、シナプスを通じて信号を伝える脳、書店や図書館を歩きまわる足、あるいは生化学的な欲求、購入するための金、紙と厚紙と布、在庫の棚、パルプとなる木材、消滅する林、トラックを運転し、荷を積み下ろし、本を整理し、探し、ぱらぱらと拾い読みするさらなる目と手、契約、文字、数字、写真、倉庫、店舗、都市の面積、活字、スクリーン、インクと画素《ピクセル》で書かれた言葉。

古代ギリシア語で「作る」を意味するpoieinという言葉が、かつては「文学」を意味していたpoesía（詩）の語源である。社会学者のリチャード・セネットは『クラフツマン』で、手と目の密接な関係について考察している。「優秀なクラフツマンは皆、具体的実践と思考の間で対話を行なっているものなのだ。この対話は持続的な習慣に発展し、さらにそれらの習慣は問題の『解決』と問題の『発見』の間にリズムを確立する」。セネットはとくに、大工、音楽家、料理人、弦楽器製作者など、一般に「クラフツマン（職人）」と呼ばれる人びとに注目したが、じつをいえば彼の考察は、本作りにたずさわってきた無数の職人（紙漉き、植字工、刷り師、製本工、挿絵画家）まで広げることができ、さらに読者の身体にもあてはまる。瞳孔の拡大、集中力、姿勢、指先にしみついた記憶。書く行為そのものも、たとえばカリグラフィー――これも手工業の一種である――は、アラブや中国のような文明においてはいまも完璧を目指す修練のひとつと見なされている。手書きからキーボードへの移行は、文化史全体から見ればつい最近のことだ。もの作りに直接関わるわけではないが、書店員を職人としての読者と理解することもできる。さまざまな研究によれば、ある分野で専門家になるには一万時間の修練が必要とされるが、職人としての読者とは、そのうえで仕事を優秀さと、手作業を詩と結びつける、そんな人物である。

ボローニャのポルタ・ラヴェニャーナ広場にあるフェルトリネッリ書店で何十年も働いてきたロマーノ・モントローニは「書店員の十戒」で、「この商売において最も重要な人物とは顧客である」と書いている。そして、書店の仕事の中心にあるのは埃をはらうことだという。「書店員は毎日埃をはらうべきであり、例外なく誰もがその作業をすべきだ！」と彼は『魂を売る――書店員の仕事』で説明している。「書店にとって、埃はきわめて由々しき問題である。書店員は毎朝半時間かけて、埃をはらいつつ時計回りに店を一巡する。そうしながら、書店員は本がどこにあるかを覚え、体で本を知るのだ」。

世界の書店のなかには、意図して触感に訴えかけようとする店もある。紙と木材を通して、職人としての読者の伝統を伝えようとする。たとえば、イギリスの〈トッピング・アンド・カンパニー〉の三つの支店では地元の大工が作った書棚を用いており、棚の分類を示す小さな表示や書店員のおすすめの本を挙げたカードの文字は手書きである。バース店の詩集の品揃えはとても充実していて、地元のコミュニティの興味を大切にし、それをかきたてることが書店にとってどれほど重要かが伝わってくる。「この街の人びとは詩が大好きです」とスタッフの一人セイバー・カーンはいう。「だから、私どもはこの国で最も幅広い詩集のコレクションを用意しているのです」。大工と同じように、読者も地方によって特色が異なるので、〈トッピング・アンド・カンパニー〉の支店には「兄弟姉妹のようにそれぞれの個性がありますが、どの店でもコーヒーは無料です。誰でも一杯のコーヒーくらいは供されてしかるべきだからです」。木製のテーブルと椅子に腰かけて何時間も本を読む人びとを私は見た。店内をうろつく犬のための寝床と餌用のボウルもある。この店は犬の家であり、私たちの家でもある。ここの謳い文句はこうだ。「昔ながらのまっとうな書店」――言い換えれば、「正真正銘の昔風の書店」または「しかるべき時代遅れの書店」である。

リスボンの書店〈レール・デヴァガール〉の生みの親であるジョゼ・ピニョが私に語ったところによれば、書店はその地域の社会的・経済的な仕組みを立て直すことができるという。なぜなら、書店は純粋な現在であり、変化を促す迅速な原動力となるからだ。だからこそ、多くの書店が社会改革を目指すプロジェクトに参画してきたことは少しも意外ではない。たとえば、ラテンアメリカの多くの都市に見られる、アルゼンチンの出版社エロイーサ・カルトネラの活動と結びついた書店では、失業した労働者が街路から集めてきた紙や段ボールで本を装丁する。メキシコのオアハカにある〈ラ・ヒカラ（瓢箪で作ったカップ）〉は地元の食材を使った最高の料理を出すレストランを併設しているが、この書店は大人と子供両方の読者を対象にしていて、独立系出版社の本のみをあつかう。〈ハウジング・ワークス・ブックストア・カフェ〉はボランティアだけで運営され、本の売り上げ、それに貸しスペースとカフェテリアの収益はすべて、ニューヨークで最も困窮している人びとの援助に使われる。これらは人間の鎖を作り出そうとして手を差しのべる書店である。本の伝統を表わすのにこれほどよい比喩はないだろう。なぜなら、人は目で読むのと同じくらい手で読むものだからだ。旅行中、私は同じような物語をよく聞いた。店が移転することになり、いまは友人となった顧客たちが引っ越しの手伝いを申し出てくれたときのこと。パンプローナにかつてあったアウソラン書店で生まれた人間の鎖は新しい店にも引き継がれた。ニューハンプシャー州ポーツマスの〈リバーラン〉もそうだ。あるいはイスタンブールの〈ロビンソン・クルーソー389〉。バルセロナのポブラノウ地区にある〈ノリャジウ（朝食）〉も同様。

少なくとも古代ローマの時代から、書店は人と人との関係が築かれる空間である。そこでは、講演会場や図書館におけるよりも、テクストがより身体性を帯びる。なぜなら、動きがより活発だからだ。その動きの主体となるのは読者である。読者は並んでいる本をカウンターに持ってきて、書店主と言葉を交わし、硬貨や紙幣やクレジットカードを取り出し、それらと交換に本を手に入れる。さらに店のなかを歩きまわりながら、ほかの客がなにを探し、なにを買うかを観察する。顧客に比べれば、本、書店員、そして書店そのものはどちらかといえば動きが少ない。だが、客はたえず来ては去り、書店のなかでの彼らの役割は動くことにほかならない。彼らは書店という小さな都市の旅人であり、目的とするのは文字――いまだ本のなかでじっとしている――を刺激して、読んでいるあいだ（そして、それを思い出すあいだ）動きを与えることである。マラルメもこう書いている。「書物とは、文章の自己完結的な膨張であって、文章から直接ひとつの可動性を引き出す」。にもかかわらず、買う人や立ち読みする人がいようといまいと、書店そのものにもそれ自身の心臓の鼓動のようなリズムがある。梱包を開き、本を並べ、返品し、再注文するリズムにとどまらない。スタッフが入れ替わるときのリズムだけでもない。書店もまた店舗と緊張関係をもっている。店舗は書店の居場所であり、それらを部分的に定義するものだが、書店は店舗だけでできているわけではない。オーナーが替わるたびにしばしば変わる書店の名前とも緊張関係をもっている。内も外も、書店とは持ち運びができ、変化しうるものだ。だからこそ、ギネス世界記録は、創業以来長く経営がつづいていることを証明できる唯一の書店であるベルトラン書店を世界最古の書店と認定している

のだ。書店はふつう、少なくとも持ち主が替われば、店名も変わる。イタリア最古の書店がよい例だ。一八一〇年創業のボッツィ書店はいまでもジェノヴァのうらぶれた街角で営業をつづけているが、その初代のオーナーはフランス革命を生きのびたアントニオ・ブフだった。やがて一九二七年にアルベルト・コロンボがこの店を買い取る。コロンボはマリオ・ボッツィの最初の妻の父親だった。いまも残る店の名前はこのボッツィにちなんでおり、現在はトニーノ・ボッツィが店を経営している。もうひとつのよい例はポルトのレロ書店だろう。最初クレリゴス通りに店開きしたときはエルネスト・シャルドロン国際書店という名前だった。一八八一年、ジョゼ・ピント・デ・ソウザがアルマダ通りに店を移した。十三年後、店はマチュー・リュガンからジョゼ・レロに売られ、その兄弟のアントニオがジョゼ・ピント・ソウザ・レロ兄弟社と改称した。こうした変化に加えてさらに、一九〇六年に店が現在の建物――ネオ・ゴシックとアールデコが混在する――に移ったあと、一九一九年には最終的にいまの名前――レロ兄弟書店――に落ち着いた。店の隅にはいまも、「世界で最も美しい書店」と評したエンリケ・ビラ＝マタスの記事が掲げられている。二〇〇二年に私が訪れたときに入手したショップカードは、少し皺の入った優美な紙にロゴと住所が紫色のインクで印刷されている。ロゴの下には

Livraria Lello という文字がある。Prólogo Livreiros, S.A. というのは、この書店を経営する会社の名前である。
国際的に知られる現代の別の書店、トリノの〈ルクセンブルク〉にも似た物語がある。創業は一八七二年――持ち主、店舗、そして店の名前でさえ、書店のアイデンティティを決定するものでないと信じるなら――だが、〈アビラ〉と同じように、この書店はその経歴の大半において異なる店名で呼ばれてきた。出版界の重鎮であるピエモンテ出身のフランチェスコ・カザノヴァがオーナーだったカザノヴァ書店は、十九世紀末から二十世紀初頭にかけて、文化の中心として抜きん出ていた。ナポリ出身のジャーナリストであるマティルデ・セラオ、デカダン派のアントニオ・フォガッツァーロや、ヴェリズモ〔十九世紀のイタリア・リアリズム文芸運動〕の作家ジョヴァンニ・ヴェルガなどが常連客だった。カザノヴァは『クオーレ』の作者エドモンド・デ・アミーチスと親交を結び、一八九七年には彼の『青と赤』を出版した。カザノヴァの経営のもと、店は時代の空気をつかんで成功したが、一九六三年には政治活動家で作家のアンジェロ・ペッツァーナの手に経営権が渡り、店名も〈エラス（ギリシア）〉と改称された。新しいオーナーも時代と結びつく方法を知っていた。イタリア初のゲイ解放運動

の創始者であることを思えば、一九七二年二月十二日、この書店がカウンターカルチャーのサイケデリックな雑誌「タンパックス」の発行に乗り出したのも意外ではない。さらに、ここからもうひとつの雑誌「ゾンビ・インテルナシオナル」が生まれることにもなった。その五年前には、イタリアにおけるアメリカ文学の熱心な紹介者だったフェルナンダ・ピヴァーノとともにアレン・ギンズバーグがこの書店を訪れ、地下で朗読会を開いた。一九九二年にギンズバーグがトリノを再訪したとき、彼は「フム・ボム！」のつづきを朗読した。一九七一年から書きはじめられたこの詩は、ブッシュとサダム・フセインが登場人物である（私はYouTubeでその朗読を聞きながらこれを書いている。それは一九七〇年代のこの書店の鼓動《ビート》の残響だ）。ペッツァーナは一九七五年にまたルクセンブルク国際書店と店名を変えた。政治的・文化的な活動はつづいた。国際ゲイ協会の発足を後押しし、イタリア＝イスラエル基金やトリノ国際ブックフェアの創立にも関わった。書店の二階の奥、木製の階段の下にある小さな事務所にはイタリアとイスラエルの国旗が掲げてある。ユダヤ関連書の棚は、入口付近の国際色豊かな雑誌、上の階のヨーロッパ各国の言語の本と同じくらい品揃えがよい。ギンズバーグのモノクロ写真や彼の訪問を報じる記事の黄ばんだ切り抜きが貼ってある。ガラスケースのひとつには、フランチェスコ・カザノヴァの請求書と注文書が展示してある。私がマリレーナにプレゼントするために選んだアレッサンド

ロ・バリッコの最新刊の小説を買ったとき、代金を受け取ったのは、眼鏡が鼻先からずり落ちそうなペッツァーナその人だった。地下への階段は閉ざされていた。

リスボン大地震の年、一七七五年のベルトラン書店のカタログがいまも残っている。フランス人の兄弟が作成したこのリストにはおよそ二千冊のタイトルが記載されており、その三分の一は歴史書、三分の一は科学書および芸術書、残りの三分の一は法律書、神学書、文芸書である。その大多数はフランス語で書かれ、パリで出版されたものだ。ポルトガルの首都にあったイタリア語およびフランス語の書店の多くは、地震の数か月後には営業を再開していた。その間のベルトラン書店のカタログは残っていないが、ローマの検邪聖省やその役割を引き継いだ検閲機関に送られた書籍の注文書は現存する。一七七五年の大地震で荒廃した土地が公売に出たとき、兄弟は本店となる場所を購入した。当時、そこはサンタ・カタリーナ門通りと呼ばれていた。一八七六年まで家族経営をつづけたが、その年、最後の直系の子孫であるジョアン・アウグスト・ベルトラン・マルティンが店を売却し、カルヴァーリョ社のものとなった。それが、今日までひとつのブランドネームをもつ多くの商業施設の一号店となった。いつからか、その歴史の古さに誰も疑問を挟まぬよう、頭文字のBのロゴに「一七三二」という数字が組み込まれた。

別れを告げて店を出る前にペッツァーナが私に手渡したショップカードには「一八七二年創業」と書かれている。

4 〈シェイクスピア・アンド・カンパニー〉

この章を始めるにあたって、ヴァルター・ベンヤミンが未完の大著『パサージュ論』のなかに書きとめているテオドール・ミュレの『演劇を通して見た歴史』（一八六五年）の一節を引こう。

多くのお針子がいて、外部との仕切りガラスがまったくないところで、高いスツールに掛けて、外の方を向いて仕事をしており、ある散策者たちにとっては、働く者たちの大変はつらつとした顔が、そこのなかなかの魅力となっていた。ギャルリ・ド・ボワは、また新しい書籍業の中心でもあった。

織物と執筆、布とテクスト、お針子と作家の関係性は、文学や芸術の歴史においてつねに語られてきた。ミュレの記述では、職人とその女性の身体の魅力が文化的な消費に関連づけられる。彼は窓ガラスが存在しないことを特筆しているが、この時代の書店はウィンドウを備えるようになっており、玩具や衣類を商う店と同じく、透明なガラス越しに商品を陳列していた。強制収容所で二年を過ごしたあとでウィーンに戻ってきたヤーコプ・メンデルについて書くとき、ツヴァイクはこの都会に「本の陳列窓」が登場していることに言及している。なぜなら、そこにおいてこそ、書店の内的体験が外に向けて投影されると同時に、都会における文化的生活の豊かさが表われるからである。ベンヤミンによる以下のメモは、こうしたアイデアの連想から生まれたものにちがいない。

ユリウス・ローデンベルクはパサージュ・ド・ロペラの小さな読書室について書いている。「この薄暗い小部屋は私の記憶の中でなんと好ましいものだろう。そこには高い書棚と、緑色のテーブルと、赤髭の係員（彼は大いなる愛書家で、他人に本を運ぶ代わりにいつも自分で小説を読んでいた）と、毎朝ドイツ人の心を喜ばせるドイツの新聞（例外は『ケルン新聞』で、平均して十日に一回しか来なかった）とがあった。そしてパリに何か新しいことがあると、ここで情報を手に入れることができた」。

サロン、読書室、図書室、カフェ、そして書店は第二のわが家となり、情報交換をする政治的空間ともなる。アルゼンチンの作家アンドレス・ネウマンは小説『世紀の旅人』で、本屋は「かりそめのわが家」であるとも書いている。その土地のニュースと外国の記事が、旅人や亡命者の治外法権が許された脳内で対話する。彼らはすでに廃れてしまったヨーロッパ巡遊大旅行《グランドツアー》をなぞるかのように、ヨーロッパの首都から首都へと移動する。ヨーロッパは工業生産の発展とともに書籍が広まる格好の場所となり、それにともなっていくつものチェーン書店が誕生し、きわめつけの商業的な小説の形式として新聞連載小説が勃興し、識字率が上がり、ヨーロッパ大陸全体に広大な鉄道網が敷かれることになった。それと並行して、書籍の生産と販売を監督する組織の力が大きくなっていった。たとえばドイツでは——スヴェン・ダールの

指摘するとおり——一八二五年に書籍商協会が設立され、その二十三年後には検閲の廃止に成功し、一八七〇年にはドイツ全国で共通の出版規定が定められた。これによって、著作権は作家の死後三十年のあいだ保障されることになった。そのころには取次業者のシステムができあがっていた。他の消費財と同じように、書籍も労働法の定めるルールのもとに置かれ、競争を強いられ、広告宣伝に左右され、スキャンダルの餌食になった。

　十九世紀の文学界で最大のスキャンダルともいえる二つの事件が、ほぼ同時にパリで起こったことは偶然ではない（このフランスの首都で貧窮のさなかに死んだオスカー・ワイルドには気の毒だが）。一八五七年、公序良俗に反するとして、シャルル・ボードレールが傑作『悪の華』を書いたことによって、そしてギュスターヴ・フローベールが大作『ボヴァリー夫人』を書いたことによって訴追された。書籍産業と文学史に起こった変化について考えるうえで、この二つの事件は完璧な事例となっている。それらは次のような問いへの答えになりうる——作家は自分の書いたものにどこまで責任を負うべきか？　それがフィクションの場合はどうか？　民主主義社会において検閲は正当といえるのか？　一冊の本はどの程度まで個人に影響を与えうるか？　自社の出版物にたいする版元の法的立場とはいかなるものか？　そして、印刷所、取次業者、書籍商の場合はどうか？　それぞれの問いかけには有名な判例がある。一七四九年、『盲人書簡』を不敬として主任司祭に告発されたディドロはヴァンセンヌ城塞に投獄されたが、書籍商たちが協力し、彼の『百科全書』の計画が中断されたままだとフランスの産業がなによりも多大な損失をこうむると訴えて、なんとか出獄させることに成功した。十九世紀に起きた前述の二つの裁判の議事録をまとめた『語り手の起源』が出版されたとき、アルゼンチンの批評家ダニエル・リンクはそのタイトルについて鋭い解釈を下した。「なににも増して、本書のタイトルは作者についての（近代的な）考え方に関わっている。すなわち、この（犯罪の）場におけるその人物の同時的な存在と不在、そして、（刑法上および倫理上の）責任の追及がある特定の人名に特定の発言を結びつけるやり方についてである」。ボードレールは訴訟に負けた（罰金を科せられ、六篇の詩を削除させられた）。フローベールは勝った。議事録から明らかになるのは、二つの訴訟の主役が検察官エルネスト・ピナールだったという事実である。なんとも奇妙なことだが、彼は自分が敗れた事件――『ボヴァリー夫人』の裁判――において、自身がすぐれた文芸批評家であることを証明してみせた。この小説の今日でも主流の解釈は彼のおかげをこうむっている。読者は誰でも批評的なものだが、読んだものについて自分の意見をなんらかの形で公にできる者だけが文芸批評家になる。ピナールは後者の意味で批評家といえ、しかも訴訟の議事録が示すように、十分な資質を備えていた。

ボードレールは生涯をかけて、「『悪の華』の来歴」を書こうとした。不道徳さゆえに有罪とされた自分の本が「深いところで道徳的」だということを証明したかったのだ。その本にかんして、具体的にどんなことが起こったか？　版元のプーレ＝マラシは無削除版を原価の二倍の値で売りつづけながら、ページの欠けた修正版も販売した。一八五八年にはまたもや無削除の第二版を刊行し、数か月でこれも完売した。本物の悲劇だったワイルドの場合とは異なり、フローベールとボードレールが引き起こしたスキャンダルが深刻な影響をおよぼすことはなかった。それでも、今世紀にいたるまで、その事件がこの二つの傑作の——そしてそれにつづく書物の——読み方を条件づけることになった。

社会に与える影響力ゆえに、文学作品の読み方は無数の批評家およびミクロな批評家の媒介によって条件づけられる。訴追者が批評家であり、私たちが彼の書いた文章を通じてそれを知ることができるというのは、書店主が批評家としての自分を公にするのと同じくらい尋常ならざる事態である。にもかかわらず、二十世紀前半のパリの書店主のなかで——おそらくパリだけでなく世界で、そして今世紀を通じて——最も重要な二人は回想録を刊行しており、そのおかげで、重要な書店というものが文芸批評においてどのように機能し、また文化全般とどんなふうに関わるかをうかがい知ることができる。アドリエンヌ・モニエの『オデオン通り』とシルヴィア・ビーチの『シェイクスピア・アンド・カンパニイ書店』を並行して読むことで、私たちはまるで双子のような二つのプロジェクトについて知ることができる。偶然にも、最初の資金調達の手段さえも両者は似ている。モニエが一九一五年に〈本の友の家〉を創業できたのは、鉄道事故に遭った父親が受け取った補償金のおかげだった。そしてビーチのほうは、母親がありったけの貯金を娘に貸し与えてくれたために書店を開くことができた。一九一九年、彼女は自宅のそばに最初の店をもち、二年後にオデオン通りへ移転した。二人の女性にとって、書店という商売の最も重要な側面は、店の顧客でもある作家たちと交流し、友人になることだった。二人の回想録のほとんどはまさしく、店を訪れた著名な作家たちへの言及にページが割かれている。〈本の友の家〉の場合は、ヴァルター・ベンヤミン、アンドレ・ブルトン、ポール・ヴァレリー、ジュール・ロマン、レオン゠ポール・ファルグなどであり、〈シェイクスピア・アンド・カンパニー〉のほうは、アーネスト・ヘミングウェイ、フランシス・スコット・フィッツジェラルド、ジャン・プレヴォー、アンドレ・ジッド、ジェイムズ・ジョイス、ヴァレリー・ラルボーなどである。ただし、このような区別は適当でないかもしれない。というのも、オデオン通りへ行くというのは両方の書店に顔を出すことを意味していたし、二人の店主の顧客と友達付き合いは、文化活動においても私生活においても絡み合っていたからだ。モニエはある程度のバランスを保ち、お気に入りの作家すべてに同じだけのスペースを与えたが、ビーチは圧倒的に、実際に知り合う前から「われらの時代における最も偉大な作家」と見なしていたジョイスをひいきにした。ジョイス一家全員が、最初から〈シェイクスピア・アンド・カンパニー〉と親しく交わった。ジョイスの子供たち――ジョルジオとルチア――は、最初の店舗があったデュピュイトラン通りからのちに本拠地と定めるオデオン通りに引っ越すとき、本の入った箱を運ぶのを手伝った。オデオン通りの店はジョイス一家にとって郵便局や銀行の代わりだった。のちにルチアは父親の助手を務めていたサミュエル・ベケットの恋人になり、書店でビーチの補佐をしていたミルシーヌ・モスコとも付き合った。『ユリシーズ』刊行の裏話がビーチの回想録の主軸であり、善きにつけ悪しきにつけ、まるで黒と白の蝶の群れのように著者の個性が文章の隅々にまで行きわたっている。この本とその著者が重要な存在になったことが純粋な偶然とはとても思えない――文芸書を専門とする書店は、難解さを好む洗練された趣味を中心に据えてその言説を形作るのである。ピエール・ブルデューは『ディスタンクシオン――社会的判断力批判』でこう述べている。「美学を語る言語は、安易なもの――ブルジョワ的倫理と美学がこの語に与えているすべての意味において――への原理的拒否のうちにすっかり含まれていることが示される」。

モニエは「美しい訪《おとな》い、それは著者や愛書家たちの訪問」だと語る。ビーチにとって、それはピカソやパウンドやストラヴィンスキーの存在によって輝きを放つパリの魅力に惹かれてアメリカからやってく

る「巡礼たち」だった。実際のところ、シャーウッド・アンダーソンのような――ほかにも大勢いた――訪問客からガートルード・スタインの家に連れていってくれと頼まれるとき、彼女は本当の「観光ガイド」になった。ビーチは巡礼たちの聖地におけるそんな活動をマン・レイの協力を得て記録し、マン・レイの撮った写真は書店の壁を飾った。二軒の店は本を貸し出す図書館ともなった（ヘミングウェイは『移動祝祭日』で、当時は本を買う金がなかったと書いている）。さらに〈シェイクスピア・アンド・カンパニー〉には客が泊まれる寝室まであった。そんなわけで、この書店は画廊、図書館、ホテルとしても機能していたのである。おまけに大使館の役目も果たした。ビーチはパリでいちばん大きなアメリカ国旗を買ったと自慢している。文化センターとしての役割もあった。両方の店で定期的に朗読会と講演会が催され、〈本の友の家〉では一九一九年にエリック・サティの曲「ソクラテス」の初演が行なわれ、またその二年後には『ユリシーズ』の初の朗読会の場となった。難解かつ高尚な音楽と文学。

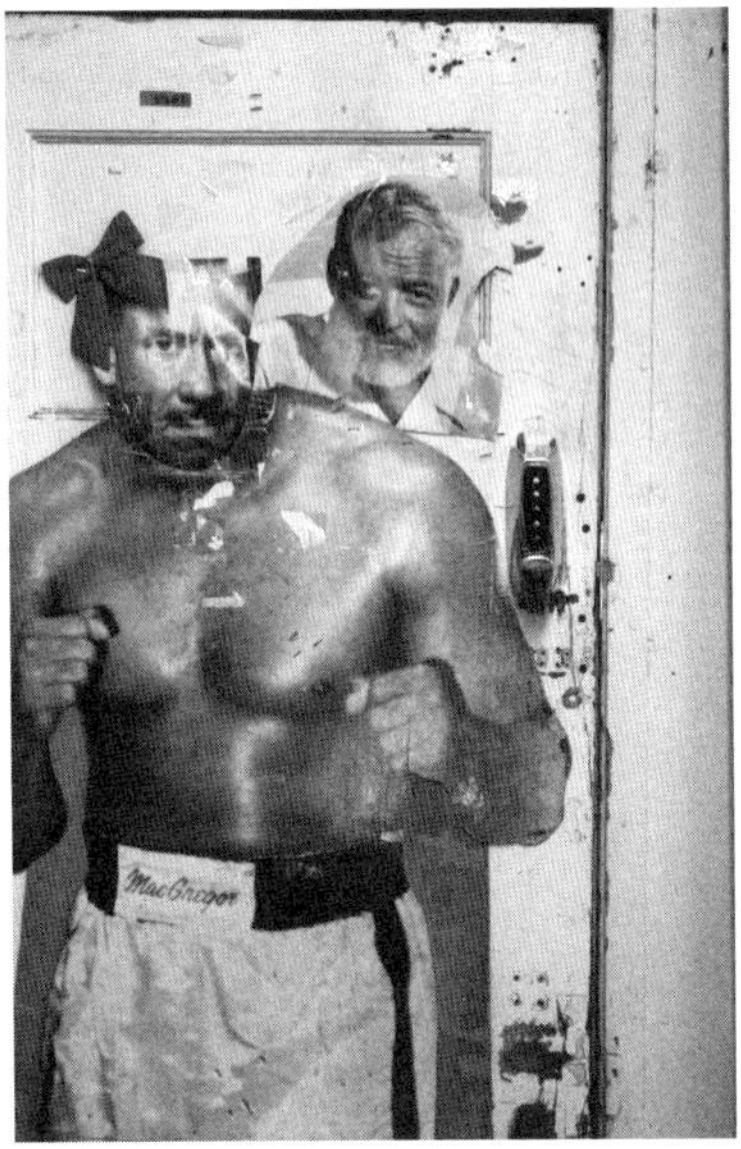

ビーチは占領下でも店をつづけるつもりだったが、国籍がアメリカで、しかもユダヤ人と親しかったためナチに目をつけられた。一九四一年のある日、「ドイツ軍の高級将校」が店にやってきて、「正確な英語で」ウィンドウに飾ってある『フィネガンズ・ウェイク』を買いたいといった。ビーチは拒否した。将校は二週間後にまたやってきて脅しをかけた。そこでビーチは店を閉めようと決意し、同じ建物にあった自室の真上の一部屋に在庫をすべて運び込んだ。ビーチは捕虜収容所に送られて六か月間過ごした。パリに戻ってからも彼女は身を隠しつづけた。「毎日、こっそりオデオン通りへ出かけ、アドリエンヌの店で最新のニュースを仕入れたり、地下出版社だったミニュイ社の最新刊を見たりしていた」。ヘミングウェイは連合軍の兵士として、一九四四年、この伝説的な二軒の書店があった通りを解放した（そのあと彼は〈リッツ〉のバーへ行き、そこも同じように解放した）。〈本の友の家〉は一九五一年まで営業をつづけた。その四年後、モニエは頭のなかに響く幻聴に八か月間苦しんだ末に自殺した。

その何十年かのあいだ、こうしたフランス人とアメリカ人のパリとラテンアメリカ人のパリをつなぐ架け橋となったのがレオン＝ポール・ファルグである。アレホ・カルペンティエールは彼のことを、驚くほど博識で頭脳明晰な詩人と評している。いつも濃紺の服を着て、大都会に耽溺した夜の徘徊者であり、旅行を毛嫌いしていた。彼の歩きまわる先は気まぐれで、時間を守らなかったにもかかわらず、〈ブラッスリー・リップ〉や〈カフェ・ド・フロール〉——ピカソと会う場所だった——には日参したようだ。オデオン通りにも顔を出し、エルビラ・デ・アルベアルの家にも足しげく通い、アルトゥーロ・ウスラール＝ピエトリやミゲル・アンヘル・アストゥリアスらと親しく付き合った。もう一人、仲間うちで崇められ、パリの二つの岸の橋渡し役となった詩人はポール・ヴァレリーだった。ビクトリア・オカンポは一九二八年にパリへ来たとき、ヴァレリーと会った。人生を賭けた大事業である雑誌「スール」の創刊準備中だったオカンポにとって、そのパリ訪問は決定的なものとなった。その創刊号は三年後に世に出ることになる。数か月の滞在のあいだに、彼女は哲学者、作家、造形作家と知り合った。ホセ・オルテガ・イ・ガセットにともなわれて、ロシア人の哲学者レフ・シェストフを訪ねた。ピエール・ウジェーヌ・ドリュ・ラ・ロシェルとの出会いは傷を残した。不倫の情熱にかられて、二人はロンドンへ逃避行をしたのである。モニエとビーチに会ったあと、二人からヴァージニア・ウルフの作品を紹介されたオカンポは、一九三四年、ウルフに会うためにふたたびイギリス海峡を渡り、一九三九年にもまた写真家のジゼル・フロイントをともなってロンドンへ行った。ウルフを撮ったフロイントの写真は、オカンポを撮ったマン・レイの写真より有名になった。二人の書店主はオカンポをヴァレリー・ラルボーにも引き合わせた。モニエはその十年前にアルフォンソ・レイエスとその妻がパリに借りていた家で、一度ならずお茶を飲んだものだった。にもかかわらず、二人の記事や手紙や本から判断するかぎり、パリの二人の書店主の記憶にはそれらのラテンアメリカ人が残らなかったようだ。

まちがいなく、二人ともその時代の文学に深く関与した。〈シェイクスピア・アンド・カンパニー〉の店主は、儲けを度外視して一人の作家の傑作を出版した。〈本の友の家〉の店主も儲けを度外視して、文芸誌「銀の船」を刊行した。しかし、ビーチに比べて、モニエは文芸批評家としての側面が際立っており、同時代の文学をめぐる議論により直接的に加わろうとした。彼女の回想録には、ピエール・ルヴェルディの詩についてのくわしい論評が含まれている。ビーチは、ジョイスと知り合った夕食後の会話で、ジュリアン・バンダとモニエが現代フランスの卓越した作家たちについて論じていたことを回想している。モニエはアヴァンギャルドについてこう述べている。「私たちがあるひとつのルネサンスに向かって歩んでいることは皆よく承知している」。そして、文学の現状をかんがみて書店の果たす役割についてはこう書いている。

本当に必要なのは、できるだけ幅広い知識と新しい精神への愛を兼ね備えた人物の手で、本に捧げられた家を作り、良心的に運営することだ。それは、いかなるたぐいの俗物精神とも無縁で、新たな真理と形式をすすんで助けようとする人でなければならない。

多数派と少数派の両方を満足させるには、かなりの手綱さばきと、なににも増して広い空間が必要である。〈本の友の家〉は小さな書店だったので、品揃えに限りがあったことは当然である。この店を訪れる作家たちの多くは自分の本が並んでいるかどうかを見ようと立ち寄り、あるいは貸し出し用に著作を寄贈した。そんなわけで、友人や支持者のグループの影響によって、なにを売るかが左右されがちだったのは理解できることである。とりわけ、店主が文化的な影響力をふるうにあたって、自分の美意識にもとづき彼らを擁護するならなおのことだった。こうして、この書店は一種独特な場所となった。マラルメによれば、いまどきの書店には居場所のない特別な作品も、ここでは売り物となるばかりでなく、読者や投資家や翻訳者や出版社を見つけることができるのだった。

モニエはこう書いている。「そして、書店ではなんという発見が可能なことか。無数の通行人のなかに混じったプレイヤードたち、私たちのなかにいながら、すでに多少なりとも『青い大人たち』〔「高尚な」の意〕に思える人びとは書店に足を踏み入れ、微笑みとともに、私たちが最も大きな期待と呼んでいるものの裏付けを与えてくれる」。書店主、文芸批評家、文化活動家として、彼女はエリートの仲間だった。出版元ばかりか生きていくすべを見つけるのにさえ苦労していたとはいえ、それ以上に彼らはその時代の最高の作家たちだった。彼らは評価に値するというオーラを放っていた。彼らを評価するのは個人的なつながりのある人びとだった。作品を読んでいなくても、人びとは作家を写真で見ていたからだ。エッフェル塔の場合と同じように。シャトーブリアンは『墓の彼方の回想』にこう書いている。

> 私はご機嫌な気分だった。名声を得たことで私の人生は楽になった。初めて名を挙げたとき、人は多くのことを夢見るものだ。そして、目はまず差しかけた歓喜の光で満たされる。だが、この光が消えたら、そこには闇しか残らない。光がつづいたら、それを見つめすぎたあげく、人はやがてなにも感じなくなる。

もちろんキーワードは名声である。それと密接に関わり、同じくらい重要なのは聖別だろう。近代の誕生以来、きわめて複雑な文学システムは聖別の場によって形成されてきた。特定の版元から出版されること、特定の批評家や作家から称賛されること、特定の言語に翻訳されること、名誉ある賞を受け、賞金を得て、表彰されること、まず地元で価値を認められ、その次に国際的な評価の対象となること、ある種の人びとと知り合い、重要なカフェやサロンや書店を訪ねること。十九世紀および二十世紀前半のパリは、世界で初めて成立し、とりわけ傑出した文学の共和国であり、そこを中心として世界の文学の多くがその正当性を認められた。ゲーテは『イタリア紀行』で一軒の書店について書くとき、三つの国民的な文化システムを関連づけている。自分の故国であるドイツ（そして自分の本を書くときの言語であるドイツ語）、イギリス（自分が買う高く評価された英語版の本）、そしてイタリア（建築家のパラーディオとその書店そのもの）の文化システムである。パスカル・カザノヴァが指摘したように、ゲーテはこの文章で世界文学と文化的商品の世界市場の両方について論じている。文化的および芸術的作品が商品へと変貌し、並行する二つの市場に流通することを基盤として近代が成り立つという事実を彼はよく理解していた。二つの市場とは象徴的市場（その目的は名声と差別化）と経済的市場（その目指すところは一部は工芸、一部は芸術としての作品によって利益を得ること）である。

伝記やエッセイのほとんど、そして文化史上の重要な時代や場所についての研究の大多数がそうであるように、カザノヴァの『世界文学空間——文学資本と文学革命』も、次第に国際化する文学的地政学において書店が果たした重要な役割については触れていない。例外的に、やはり他の多くの本と同様に、〈シェイクスピア・アンド・カンパニー〉はジョイスとの関連で一度だけ言及され、〈本の友の家〉のほうはその数ページ前に故国をもたない通行人としての作家について書かれた一節に名前が出てくる。

この、とてもありそうにもない寄せ集めによって、パリはフランスで、また世界中で、国境も境界もないあの〈共和国〉、いっさいの愛国主義をのがれた普遍的祖国の首都として持続的に成立している。諸国家に共通した法に対抗して築かれている文学の王国、文学と芸術の命令が唯一の至上命令である超国家的な場として。つまり、普遍の〈文芸共和国〉として。文学的聖別を受けたパリの名所のひとつであるアドリエンヌ・モニエの書店にかんして、アンリ・ミショーは書いている。「ここは、祖国を見いだせなかった者たち、心の髪を自由になびかせる者たちの祖国」。それゆえにパリは、国を持たない者、政治的な法を超越している者とみずから宣言する者たち、つまり芸術家たちの首都になる。

『脱領域の知性』に収められた一九六九年の同名の論文で、ジョージ・スタイナーは、ボルヘス、ベケット、ナボコフといったポストモダンの作家について論じ、彼らの傑作にインスピレーションを与えたのは「多言語的想像力」または「内的翻訳」ともいうべきものだと述べている。フリードリヒ・ニーチェはトリノに住んでいたとき、三つの言語の本をあつかう書店の存在を知って感銘を受けた。もっと北の、同じく多言語が用いられる国境の都市トリエステでは、戦間期にウンベルト・サバ古書店がその地の偉大な作家たちの居場所となった。この書店を経営していた詩人のウンベルト・サバやその友人のイタロ・ズヴェーヴォなどは、たとえばジェイムズ・ジョイスのような、他のさまざまな国から来た作家たちとここで会話を交わした。居住地と言語を変えることで、作家は芸術上の治外法権を獲得する。しかし、芸術家は市民としてあくまで公的な法のもとに置かれ、作家としては、それぞれの文学場におけるゲームの法則にしたがうことになる。パリの作家たちは自由というひとつの虚構を育てることはできたが、文学的聖別というメカニズムのなかで行動するよりも、地政学との関係において行動するほうが楽だったはずだ。モニエは書店主であると同時に、文芸批評家だった——判事であり、当事者でもあった。作家を聖別する者としての彼女の重要な役割は、同時代人には認められていた。一九二三年、モニエは、彼女が本を推薦することでルネ・ラルーの『現代フランス文学史』に強い影響力を行使したと表立って批判された（「レ・カ

イエ・イデアリステ（理想主義者の手帖）」誌の記事によると、ラルーは「自分の書棚にない本の著者について無知だった」という）。それにたいしてモニエは、自分はよその書店で手に入らない本を並べているだけだと応じた。ただそうした本を列挙することで、彼女はひとつの規範を作り上げていた。

モニエとビーチの二人が作り上げたのは、二重の意味で反体制的な場所だった。それぞれが、作家に正統性を付与するパリの大組織（新聞、雑誌、大学、政府機関）に対抗し、さらに文化の世界で地下活動をつづける領事館として、強大なアメリカの制度（とりわけ出版社）にも抵抗した。パリから彼女たちはアメリカの検閲制度を笑いものにし、ニューヨークでは検閲のせいでジョイスの作品が出版できなかったが、ビーチの仲間の一人は『ユリシーズ』をズボンのなかに隠してカナダからのフェリーに乗り、アメリカに持ちこんだ。こうした反‐空間的、反国家的姿勢は、ナチの占領下で、書店が象徴的なレジスタンスの掩蔽壕《えんぺいごう》となるとさらにつきつめられた。

一九五三年、モニエは「ロンドンの思い出」という文章を書いた。そこでは一九〇九年に十七歳で初めてイギリスの首都を訪ねたときのことが回想されている。書店が一軒も言及されていないことが注意を引く。おそらく、彼女はまだ自分の天職を見出していなかったのかもしれないが、ふつう、人が過去をふりかえるときは起源の神話を強調したがるものである。私はもっと単純な説明ができると思う。二十世紀初頭には、ひとつの伝統に属していると自覚すること自体がむずかしかった。それどころか、コンセプトとして相互に関連した二十世紀の独立系書店――たくさんの〈シェイクスピア・アンド・カンパニー〉たち――の根強い伝統が生まれるのは、図書館と書店の関係が変化するなかでのことだった。この変化は、シルヴィア・ビーチにとっては一種の啓示だった。

ある日、国立図書館にいたとき、一冊の雑誌――ポール・フォールの「詩と散文」だったと思います――をパリ六区、オデオン通り七番地にあるA・モニエの書店で買うことができるのを知りました。私はこの書店の名前を前に耳にしたこともなかったし、また、オデオン地区は私にとって馴染みのない地区でした。それが突如として私の人生に極めて重要な出来事を偶然引き起こすことになるこの場所へと、何かが私を否応なく惹き寄せていきました。セーヌ河を渡るとすぐにオデオン通りで、この通りの一番端にプリンストンにあった植民地時代の家を想い出させる劇場が立っていました。オデオン通りを途中までのぼった左手に、扉に「A・モニエ」と書かれた小さな灰色の書店がありました。私は窓に陳列されている興味深いいろいろな書物を眺め、次いで入口から店の中を覗き込みながら、きらきら光る「透明な紙」のカバーがかけられた書物が、壁一面に並べられている本棚を眺めておりました。フランスの本は、製本屋に出される前は、しばしば製本されない状態が長く続くため、

> 透明な紙カバーで包装されたままで保存されるのです。また、書店のあちこちには作家たちの興味深い写真が幾つか飾られていました。
> 　机に一人の若い女性が坐っていました。勿論、この女性がA・モニエその人でした。［中略］「私はアメリカがとても好きなの」と彼女は言いました。私は、フランスが大好きだと答えました。私たちの言葉の中には、あたかも私たち二人の将来の協力が証拠づけられたかのような意味が込められていました。

　この本は一九五九年に出版され、その想定された読者層はアメリカ人だった（だからこそ、プリンストンとの比較が出てくる）。ビーチは自分の書店が参照点として欠かせない場所であり、その起源を再構築することは文学史にとって興味深いことだとよく認識していた。彼女の発見の物語は一人の読者の旅であり、人が未知の世界に至るために越えなければならない国境（セーヌ川）の通過を意味した。この店のウィンドウ（第二の境界線）を通して、ビーチはゲーテの驚きの感覚を共有する。製本前の紙の束を売ることで読者が自分の趣味に合わせて製本できるという商売のやり方がまだ存続していたのだ。強いまなざしにこめられた欲望は、並べられた（興味深い）本だけでなく（興味深い）作家たちの肖像写真にも向けられる。作家たちのポートレートを飾るというやり方は現在の書店にも引き継がれている。そして最後に、好みの宣言によって連帯が確立される。その宣言は時間的距離をおいて解釈しなおされ、意思の表明となる。そして愛の表明に。モニエとビーチはおよそ十五年のあいだカップルとして過ごしたが、彼女たちの私的な関係は二人の回想録からはうかがい知れない（また、男性の力や資金援助なしに完全に自立した女性の書店主として二人が世界初の存在だったことについての言及も、少なくとも強調された形では見当たらない〉。この協力関係を礎石として神話が築かれた。ビーチは自分が四年遅れでここに到着し、〈本の友の家〉が切り開いた道をたどっていることを自覚していた。回想録を出したときに彼女が知らなかったのは、二軒の書店がどちらもすでに、「失われた世代」とビート世代をつなぐ伝統の一部になっていたことである。さらに、ビーチは「失われた世代」についてこう書いている。「これほどこの呼称にふさわしくない世代は考えられない」。

二代目の〈シェイクスピア・アンド・カンパニー〉が〈ル・ミストラル〉という名で、ブーシュリー通り三十七番地に開業したのは一九五一年のことだった。一九六四年、シルヴィア・ビーチの死後、尊敬を集めた初代の店の名前に改称した。ジョージ・ホイットマンはパリに来たとき、少しばかり軍隊経験のあるみすぼらしい宿なしのアメリカ人でしかなかった。一九三五年に科学とジャーナリズムを専攻して大学を卒業したあと、世界中を旅して数年を過ごした。やがてアメリカが第二次世界大戦に参戦すると、北極圏にあるグリーンランドの診療所に派遣され、その後、マサチューセッツ州トーントンの軍事基地に勤務した。ここでホイットマンは最初の書店を開いた。やはりこの地で、彼はフランスで働く人員が必要だと知り、孤児のための収容所で働くボランティアに志願したが、パリの魅力に惹かれ、そこに移ってソルボンヌ大学に入学手続きをとった。貸本をして少しばかり小遣い稼ぎをしようと考え、数冊の英語の本を買ったところ、自分の借りていた部屋に誰かが侵入して読むものを物色していったことがわかった。そこで、この始めたばかりの貸本屋に来る人すべてにパンと温かいスープを供することにした。それが、彼の未来の書店に採り入れられる共産主義的な要素の先駆けだった。

ホイットマンはつねづね、アメリカ合衆国の規範に居心地の悪さを感じていた。パリでは、ヘンリー・ミラーの『北回帰線』のような発禁本をアメリカ兵に売った。ジェレミー・マーサーがいうように、彼のアメリカン・ドリームはマルクス主義的な原則「与えられるものは与え、必要なものは取れ」にしたがった。そして、彼は自分のプロジェクトをつねに一種のユートピアと見なしていた。〈ル・ミストラル〉の第一日目から、彼は店にベッドを置き、食べ物を温めるための小さなオーブンを用意し、本を買う金のない人びとのために貸本も始めた。書店と下宿の混在は何十年にもわたってつづいた。この目的のために、ホイットマンは自分の私生活を犠牲にし、見知らぬ他人とつねに生活をともにしつづけた。六十年間にのべ数十万人が、この書店で数時間働いたり、執筆したり、朗読会を開くのと引き換えに、〈シェイクスピア・アンド・カンパニー〉を宿としてきた。新刊書と古本が共存し、ソファや肘掛け椅子があちこちにあったので、この店はまるで大きな図書館のようだった。大事なモットーは迷宮のなかのある敷居の上に掲げられている――「見知らぬ人に冷たくするな　変装した天使かもしれないから」。アマチュア詩人だったホイットマンは機会あるごとに、自分の傑作はこの書店だと語っていた。それぞれの部屋は「一冊の小説の別の章みたいなもの」だったのだ。

〈シェイクスピア・アンド・カンパニー〉のウィンドウのひとつにはこう書かれている――「シティ・ライツ書店」。そして、サンフランシスコのシティ・ライツ書店の入口の上には、おそらくローレンス・ファーリンゲッティ自身の手書き文字で、緑の地の上に「パリ　シェイクスピア+カンパニー」とある。シティ・ライツ書店はパリのオリジナルの姉妹店として、同じ道に属していることを意識している。ビート詩人のファーリンゲッティはソルボンヌ大学で学んだ四年間に、スープの匂いがただよう本だらけの下宿の部屋でホイットマンと親しくなった。そして一九五三年にアメリカへ戻ると、わずか二年後には西海岸にこの伝説的な書店を開いた。シティ・ライツ書店はすぐに出版社も立ち上げ、ファーリンゲッティを初めとして、デニーズ・レヴァトフ、グレゴリー・コーソ、ウィリアム・カーロス・ウィリアムズ、アレ

ン・ギンズバーグといった詩人たちの本を出しはじめた。出版物のリストはビート詩人に限らなかったが、多くの本はその周辺に位置していて、ブコウスキーの小説からノーム・チョムスキーの政治論まで含まれた。この出版社と出版人の名前は、一九五五年の秋、ギンズバーグがサンフランシスコの〈シックス・ギャラリー〉で朗読会を開いたとき、文学史に刻まれることとなった。ファーリンゲッティはギンズバーグに『吠える』の出版を提案した。それが実行されると、たちまちこの本は警察によって押収され、書店の従業員と出版人は猥褻文書を流布したとして告発された。この一件はメディアの注目の的となり、結果は〈シティ・ライツ〉に有利な裁定が下された。アメリカにおける表現の自由を問う裁判の歴史では、いまでもこの判例が参照されている。店の階段の吹き抜けには、「爆弾ではなく本を」と書かれたグラフィティが掛かっている。書店は壁においてみずからを定義していくものだ。「文学の出会いの場」「ようこそ、腰を下ろして本を読もう」。

　パリとカリフォルニアの二軒の書店では、創業当初から朗読会とパフォーマンスが頻繁に開かれてきた。一九五九年、〈シティ・ライツ〉での有名な朗読会でギンズバーグは、これから朗読する作品を書くために、あるリズムをつかもうとして極限まで集中し、そこから神託によく似たなにかの助けを得て、即興でパフォーマンスをしたと語っている。パリの〈シェイクスピア・アンド・カンパニー〉の前でも、赤ワインで酔っ払いながら何度も朗読会を開いた。これら二軒の書店は、人を煽動すると同時に図書館の役目も果たし、新しいものを歓迎し、寛容に受け入れた。どちらの書店も、一九五〇年代に店と同時に出現したカウンターカルチャーの表現の一形態であるファンジンを豊富に揃えたコーナーを持っていた。ホイットマンは一九六八年の五月革命を〈シェイクスピア・アンド・カンパニー〉のバルコニーから目撃した。どちらの書店も、詩と朗読のための部屋が最上階にあることは、彼らが放浪気質、ビート詩人の心、そして異議申し立ての気概をもつ人びと――ひとことでいえば、新ロマン主義者――だという事実からすれば偶然ではない。パリの書店ではつねに新機軸が採り入れられた。一時的に滞在するボヘミアンの若者たちがたえまなく流れこんできたからである。

ケン・ゴッフマンが『カウンターカルチャーの変遷』で書いているように、二十世紀初頭のフランスの芸術界では、独創性とボヘミアン的な暮らしが結びつけられていた。

二十世紀の最初の四十年間、こうしたパリの芸術的なボヘミアン生活はまさしく爆発的に広まり、一種の大衆運動となった。文字どおり何百人もの画家や作家、世界的に名を知られた歴史的人物による革新的な作品（そして、ときには物議をかもすような人柄）がいまもあちこちに反響し、文学史家のドナルド・ピザーが「パリの瞬間」と名づけた門を通り抜けた。［中略］『ボヘミアンのパリ――ピカソ、モディリアーニ、マティス、そしてモダンアートの誕生』の著者ダン・フランクが書いているように、「パリは〔中略〕世界の首都になっていた。いまやその舗道には十人どころか、何百人、何千人もの芸術家がいた。そこで花開いた芸術の豊かさと質の高さに比肩するものはなかった」。

パリの飽和状態は一九三九年を境に終わった。第二次世界大戦中、パリの文化的生活の一部が凍結されていたあいだ、アメリカの領土とそこでの知的活動は影響をこうむらなかった。一九四〇年代が過ぎ、その政治面および軍事面での神話が過去のものになったとたん、一九五〇年代には初期のボヘミアン生活がジャズのテンポで急速に広まった。ビートムーブメントからビートニク運動への変化において、すでに最初の量的拡大が起こっている。ファーリンゲッティの回想によれば、一九六〇年代にはケルアック、スナイダー、バロウズなどがいた場所をめぐる巡礼の一環で、〈シティ・ライツ〉のドアの外にバス何台分ものビートニクたちがやってきたという。しかし、新しいタイプのボヘミアン生活が大衆のあいだに広がったのはヒッピー運動がきっかけだった。最初のダンディたちが抱いていた選ばれし者としてのエリート意識は、いまや完全にそぎ落とされた。それはまったく新しい大衆文化だった。というのも、第二次世界大戦後の西洋社会において識字率と洗練の度合いが上がった結果、そのなかでいくつかのそれぞれ特徴的な大衆文化が共存可能になり、ごく一部にしか齟齬が生じなかったからだ。

文学においてある世代が正典化《カノン》されるには合意に達する必要があり、そのためには多くの追従者、読者の存在が不可欠である。この当時のアメリカ文学に見られる二つの世代——「失われた世代」とビート世代——が正典入りしたのは、他にも多くの要因があるとはいえ、初代〈シェイクスピア・アンド・カンパニー〉の活動と、オデオン通りにおける〈本の友の家〉との相互作用のおかげであり、サンフランシスコ・ルネサンスの推進力となった〈シティ・ライツ〉を初めとする多くの文学的拠点のおかげでもあった。一九五〇年代、サンフランシスコは文化的輝きを享受していた。ここでフランス語から借りた「ルネサンス」という語が使われているのは偶然ではない。

5 政治的であるべく運命づけられた書店

のちにイタリア政界に進出することになるポルノ映画界のスター、チッチョリーナの真っ赤な唇と襟ぐりの大きく開いたドレスが目を引くポスター。その隣には近くのバロック地区のポスター。さまざまな国から送られてきた健全な新刊書と新着雑誌が、切れた裸電球の下、汚れた壁の前に並んでいる。今世紀の初め、ブラティスラヴァのパラツキー通りにある書店〈ラ・レドゥタ〉で、私はそんな際立った対比を目にした。そこは静かな公園のそばだったが、たえず通り過ぎるトラムの火花が散っていた。二つの水のはざま、二つの歴史的時間のあいだにいるという感覚は、旧共産圏のあらゆる場所に共通する。陳列担当者はスロバキア文学と同じスペースにチェコ文学も配置していたが、スロバキア語で書かれた新刊書のスペースはチェコ語のそれよりもずっと大きかった。それはまるで、きわめて遅々たる移行のプロセスにおいて、スロバキア文学の現状を誇示するかのようだ。

ベルリンの全体的な印象も、同じような分水嶺の様相を感じさせる。社会主義の美学にそって築かれたアレクサンダー広場から幅の広い大通りを下っていく。かつてはスターリン大通りと呼ばれ、その後カール＝マルクス＝アレーと改称されたこの大通りは、数台の戦車を並べて全軍がパレードできるだけの幅がある。このあまりに巨大な空間、政治的威嚇のための完璧な舞台において文化にどれだけの重要性が置かれているかを見ると、人は唖然とする。まず目に入るのは教職員組合の建物に描かれた巨大な壁画である。勤労の世界を称える教訓的な絵が色鮮やかに描かれている。さらに少し行くと、左手に映画館〈キノ・インテルナツィオナール〉の建物が見えてくる。ここは一九六三年以来、DEFA（ドイツ映画株式会社）の映画が封切られる場所だった。それから、カフェ・モスクワ、バー・バベット、バーCSAを過ぎると、ようやくカール・マルクス書店に至る。かつて共産主義系の書店だったが、二〇〇八年の閉店後は映画製作会社が入っており、その左隣には旧〈ローズ・シアター〉がある。カール・マルクス書店は閉店の二年前、映画『善き人のためのソナタ』のラストシーンの舞台となった。この映画の根底にあるテーマは読書である。

シュタージ（国家保安省）に勤めるゲルト・ヴィースラー大尉は、作成する報告書に「HGWXX／7」という暗号名を用いて、作家ゲオルク・ドライマンとそのパートナーの女優クリスタ＝マリア・ジーラントの生活を監視（盗聴）することにすべての時間を割いている。物語の重要な転換点において、彼はドライマンの書斎からベルトルト・ブレヒトの一冊の本を持ち出す。この狭い裏道を通じて、彼はおずおずと反体制側に足を踏み入れていくことになる。こうして本が反体制の読書のシンボルになるとしたら、西側から不正に持ちこまれたタイプライター――東ドイツではすべてのタイプライターが秘密警察の管理のもとに置かれていた――は反体制の執筆活動のシンボルとなる。体制側の支持者だったが、友人への迫害と恋人の不貞行為（追放を免れるために文化大臣と寝た）をきっかけとして現状に幻滅を覚えていたドライマンが、政府が秘密にしていたきわめて高い自殺率を暴露する記事を書くために用いたのがそのタイプライターである。その記事は「デア・シュピーゲル」誌に掲載された。というのも、ヴィースラーは作家と

その恋人に好意を抱くようになっていて、彼らの家でなされていた疑わしい行為を報告書から省いて二人を守ろうとしたからだ。そのおかげで、家宅捜索のときもタイプライターは発見されず、ドライマンの背信も咎められずにすんだが、作家の恋人クリスタ＝マリアは捜査のさなか、車に轢かれて命を落とす。大尉の寝返りを察した――その勘は当たっていたが、証拠はなかった――上司は、彼を降格させて郵便室での勤務につけ、ただ読むだけの仕事を与える。容疑者の手紙を開封し、私信を盗み読みして、敵国に情報を漏らしたり、体制転覆を企てたりしていないかどうかを調べるのである。ベルリンの壁の崩壊後、ドライマンはシュタージの文書保管庫を調べ、内通者の存在を知り、それまで理解できずにいた一連の事件におけるある人物の役割を発見することになる。彼はその人物を探し出す。その男はいま郵便配達夫になっている。家から家へと歩いてまわり、プライバシーを尊重して封をされた手紙を配達しているのだ〔映画ではチラシ配り〕。作家は彼に話しかける勇気を出せない。二年後、ヴィースラーはカール・マルクス書店の前を通りかかっ

て足を止める。ゲオルク・ドライマンの最新刊が出たというポスターが目に入ったのだ。彼は店に入る。その本には「HGWXX／7に捧げる」という献辞がある。レジの店員が「贈り物ですか？」と訊く。「いや、私のための本だ」と彼は答える。映画はこのやりとりで終わる。そのシーンはカール・マルクス書店で撮影された。いまは大きなオフィスになっているが、私は二〇〇五年にこの書店を訪れており、書棚のようすからこの店だとわかる。私は店の奥の壁にあった紫色の髭をしたカール・マルクスの肖像を写真に撮った。それらの痕跡を。

ウィリアム・T・ヴォルマンは小説『中央ヨーロッパ』で、人びとの生活をつねに読みとる者として活動したかつてのスパイの一人の脳内に入りこむ。スパイの目に、人びとはまさに文学作品の登場人物のように映っていた。批評精神に富んだ検閲官のような脳。このスパイの職務はアンナ・アフマートヴァの監視だったが、彼はスターリン主義組織のもとで現実になった比喩を選んでこう記述する。「私見によれば、なすべき正しい行ないは、この写真から彼女を消し去り、それからファシストどもを糾弾することであったはずだ」。『善き人のためのソナタ』でドライマンが書いた記事よりもはるかに深刻な反体制的文書が送られると示唆しながら、スパイはこう断言する。「たとえば、私にまかせてもらえていれば、ソルジェニーツェンのあの有害な『収容所群島』が西側に流出するようなことはけっしてなかった」。サンクトペテルブルクの文化の大動脈であるネフスキー大通りに出ている本の露店での狂騒についてヴォルマンは描写する。ここのスーチン書店でレーニンは本を買っていた。シベリア送りになった革命家たちの注文を受けて本を発送していた書籍商のアレクサンドラ・コミコヴァとともに、彼はマルクス主義の新聞を創刊し、マルクス主義の大義を世に広めようとした。レーニンは『ロシアにおける資本主義の発展』の二千四百部の契約を確保し、この前払い金のおかげで調べ物に必要な文献をコミコヴァの店で買うことができた。

文学的な試みではめったに見られない率直さで、ヴォルマンはダニロ・キシュの『ボリス・ダヴィドヴィチの墓』を自分の作品の手本にしたと認めている。そこではプロレタリアートの独裁のもとで政治的軋轢が極限に達する一方、その社会構造は大勢の日常的な読者の存在に基盤を置いている。そしてテクストを介した交渉に。禁書、検閲、公認のまたは無許可の翻訳、告発、自白、申請用紙、報告書――つまり、書くことである。疑念にもとづき、恐怖から生まれる、書くという行為。囚人の（ボリス・ダヴィドヴィチ・）ノフスキーと、彼の心のなかの秘密を残らず引き出そうとする拷問者フェドゥーキンの最後のせめぎ合いの場に、キシュは知識人と抑圧者のあらゆる関係に内在する本質を凝縮している。人種差別的なジョークと同じように、こうした関係は疑念がその全体に広まっているすべてのコミュニティで何度もくりかえされる。『死者の百科事典』におけるのと同様に、キシュはボルヘスを出発点としているが、この作品で彼がそうするのはボルヘスを政治化するためであり、ボルヘスの作品にはないコミットメントの意識によって、その遺産をより豊かなものにしている。

ノフスキーは審問を長引かせ、自分の告白の文書、自分の死後に残る唯一の記録のなかで、いくつかの事実を明らかにしようとした。それによって、取り返しのつかないこの堕落を多少ともやわらげると同時に、未来の調査官に目くばせを試みたのだ。矛盾と誇張を巧みに織り合わせることで、彼の告白のすべてが嘘にもとづいており、疑いなく拷問によってむりやり引き出されたものだとわかるように。こうして彼は、単語のひとつひとつ、言い回しのひとつひとつと執拗に格闘した。［中略］二人は最終的に、もはや狭量で利己的な目的をはるかに凌駕した動機に突き動かされて行動していたと

私は思う。ノフスキーは、自分の死、自分の転落のさなかで、自分ばかりでなくあらゆる革命家の尊厳を保とうとした。フェドゥーキンはでっちあげと憶測の追及のなかで、革命の正義とそれを生み出した人びとの厳密さと一貫性を保持しようとした。なぜなら、一人の男の、つまり小さな生命体にとっての真実を犠牲にするほうが、その男の大義のためにそれよりもはるかに崇高な原則と利益を疑問に付すよりもよかったからだ。

カール・マルクス書店が東ベルリンの最も象徴的な本屋だとすれば、西ベルリンで過去と現在を通じて最も重要な書店は作家《アウトーレン》書店である。分断されたベルリンの西側の中心地であったシャルロッテンブルクのサヴィニー広場からほんの数歩のところにあり、ヴァルター・ベンヤミンが「一方通行路」（『記憶への旅』所収）を書くにあたって念頭に置いた通りにも近い。このベンヤミンの文章は、いわば――イタロ・カルヴィーノの『見えない都市』のように――都市の手引書であり、この世界のいかなる心理的-地理的な大都市において人が自分の位置を知るのを助けるものである。この書店は一九七六年、作家のギユンター・グラスによって創業された。だが、その使命がまじめなものだけではないということを示すために、二、三週間後にギンズバーグを招き――本書のなかでは二度目の登場――詩の朗読会を開いてふたたび開店を祝った。ベルリンの壁が崩壊するまで、ここはスーザン・ソンタグやホルヘ・センプルンのような著名な作家を講演に招き、共産主義と民主主義、抑圧と自由についての議論の中心となったが、一九九〇年代になると文化の再統合に焦点をあて、東ドイツの文学に大きな関心を注いで広めようとした。この書店の際立った特徴は――その名前が示唆するように――一群の作家によって興ったことである。彼らは、自分たちが生み出し、自分たちが読んでいるドイツ文学を普及させる務めを引き受けようとした。実際にこの書店の様子は、バルセロナのライエ書店、ブエノスアイレスの〈エテルナ・カデンシア〉、イスタンブールの〈ロビンソン・クルーソー389〉などに似ている。飾り気がなく、優雅で、クラシックだ。オランダの作家セース・ノーテボームの明らかにヨーロッパ的な野心を描いた小説『死者の日』の登場人物が本を買う場所にふさわしい。

ヴォルマンの『中央ヨーロッパ』で物語の軸となるのはドイツとロシアである。ノーテボームの小説にはこんな一節がある。

そのふたつの国はおたがいへの郷愁を告白しているかのようだった。その郷愁が理解できるのは、オランダの大西洋岸に住む人びとくらいだろう。そこではベルリンから始まって無限に広がるかのような平原が神秘的な魅力を放っている。遅かれ早かれ、そこからふたたびなにかが出現するにちがいない。そのなにかはいまこの時点では理解できないが、すべての予想を裏切って、ヨーロッパの歴史をもう一度転換させるにちがいない。巨大な陸塊がこうして転回し、滑り、西側の末端へ崩れ落ちる。まさに一枚のシーツのように。

ヒトラーとスターリンの体制は同じく破壊的な意味で原子爆弾であり、少なくともプロイセン生まれのユダヤ人であるカール・マルクスがその政治思想を形にして以降、対話を強いられてきた二つの地理的領域で爆発した。神学校で学んでいたころ、若きスターリンは読書の自由を求めてザカリア・チチナーゼの書店で好きな本を読んだ。公共図書館での貸し出しは記録され、その記録をもとに迫害されるかもしれないと思ったからである。当時、帝政ロシアの検閲はサンクトペテルブルクにおいてきわめて厳格で、モスクワではニコルスカヤ通りとその周辺を中心として、「ルボーク」――ロシア語でパンフレットや小冊子を意味する――の制作を奨励した。これは皇帝《ツァーリ》の人となりを称揚し、偉大な戦争の記憶を語り、あるいは民話を再現したもので、革命前夜の知識人たちには、古臭く反ユダヤ主義的で、ロシア正教会にへつらうものとして大いに非難されていた。一九一七年のロシア革命後、それらは写真から抹消された。大いなる邂逅が起きたのはチチナーゼの書店でのことだった。スターリンがマルクスの著作と出会ったのだ。誇大妄想癖のあるこの人物は過去をふりかえって、この経験をひとつの冒険へと変えてしまった。当人の記述によると、仲間たちとともに人目を避けてチチナーゼの書店に足を踏み入れ、お金がなかったので、発禁本を交代で書き写した。ソ連における大量虐殺の指導者の伝記のなかで、ロバート・サーヴィスは次のように説明している。

チチナーゼはトビリシ［グルジア］がロシアの支配下に置かれていることに反対する人びとの味方だった。神学生たちが店に来ると、彼はいつも暖かく迎えてくれたにちがいない。そして、本を写していたとすれば、それは彼の明らかな、あるいは暗黙の許可のうちになされたことだっただろう。この都会育ちのエリートにとって、思想を広めることはたんなる金銭的な利益よりも重要なことだった。それはひとつの戦争だったが、リベラルな人びとが勝利の助けになることはめったになかった。チチナーゼの書店は若者が欲するタイプの本が揃う宝庫だった。イオセブ・ジュガシヴィリ［スターリンの本名］はヴィクトル・ユゴーの『九三年』が好きだった。彼は神学校にその本をこっそり持ちこんで罰せられた。さらに一八九六年、所持品検査でユゴーの『海の労働者たち』が見つかったとき、ゲモルゲン校長は独房への「長期拘留」の罰を与えた。友人のイレマシヴィリによると、このグループはマルクス、ダーウィン、プレハーノフ、そしてレーニンの著作も手に入れたという。スターリンは一九三八年にこのことを回想し、マルクスの『資本論』の第一巻を二週間借りるためにメンバーのそれぞれが五コペイカずつ出したと述べている。

権力の座についたあと、スターリンは出版物を統制するための緻密なシステムを開発した。その影にはこうした個人的な経験があったはずである。その経験から、彼はどんな検閲システムにも弱点があることに気づいた。書物はつねに、権力による支配を維持するための重要な要素であり、政府は城や要塞や掩蔽壕を築くのと同じように、書物の検閲メカニズムを発達させた。ただしそれらは——いやおうなく——タキトゥスがかつて書き残した次のような言葉を知らぬまま、最後には奪われ、破壊される。「逆に、迫害された才能の権威は高まり、外国の諸王や同じく執拗に行動した者たちはみずからの名を貶め、彼らの栄光をいや増すばかりである」。禁書の流通を妨げようとする国家がやがて深刻な問題に直面せざるをえなくなるのは、疑いなく印刷機の登場以後だった。そして、公共の場での焚書が最大の政治的信用をかちえる手段になると同時に、莫大な額の国家予算が読書機関に投じられたのは近代の独裁国家が成立してからのことである。
近代に入って最初の数世紀、スペインは読者を監視し、抑圧する大規模なシステム（ほかでもない異端審問）を考案しただけでなく、奴隷輸入のルート、強制収容所、再教育および虐殺の戦略を作り上げた点において先駆者だった。スペイン内戦後の独裁者フランコにとって、国家について語るときの偉大なモデルがスペイン帝国、アメリカ大陸を征服した華々しい国家カトリック主義であったのも意外なことではない。マラガの書籍商フランシスコ・プチェは、フランコ政権が体現するものと対置できるシンボルについてこう書いている。

フランコ政権の検閲、警察による迫害、ファシストの爆弾攻撃に苦しめられたすべての書籍商はこの時代を心に刻み、それ以後つねに、書店はたんなる商売以上のものと考えてきた。われわれは異端審問で処刑された最後の男のたいまつを引き継いだ。彼は十九世紀コルドバの書籍商で、教会が禁じた本を売ったせいで有罪宣告を受けたのだ。そして、この時代に再度明らかになったのは、独裁政権がかならずや焚書を行なうということが偶然の結果ではなく、二つの相反する現実の産物だということである。さらに、同じく明らかに示されたのは、独立した書店が民主主義の手段としていかに重要かということである。

しかし、貴族制、独裁制、そしてファシスト政権と書記文化の流通のあいだの困難な関係を、議会制民主主義の無罪を証明しようとする二元論的な視点から考えるべきではない。幸いなことに、多くの議会制

民主主義では拷問や死刑が廃止されてはいるのだが。アメリカ合衆国は、表現の自由と読書の自由が、いかに支配と検閲のメカニズムにたえず包囲されてきたかを示す典型的な例である。猥褻文書や好色本を対象とした一八七三年のコムストック法から、現在の何千もの書店や教育機関や図書館が政治的ないし宗教的な理由で実施する本の発禁処分、あるいは財務省の外国資産管理局がキューバなど世界の特定の地域からもたらされる著作を拡散させまいとするやり方を見るにつけ、アメリカの民主主義の歴史が知的自由という足元の不確かな土俵における終わりのない交渉であったことがよくわかる。どんなセンセーショナルなニュースでもたちまち広まる現代においてさえ、焚書は第一面に躍り出る。ヘンリー・ジェンキンズが『収束する文化』で述べているように、今世紀最初の十年間で最も論議を巻き起こした文芸書は『ハリー・ポッター』シリーズだった。二〇〇二年にはこのシリーズをめぐって、アメリカ全土で五百件以上のさまざまな裁判が起こされた。ニューメキシコ州アラモゴードでは、クライスト・コミュニティ・チャーチが三十冊の『ハリー・ポッター』をディズニー映画とエミネムのCDとともに焼却処分にした。この教会の牧師ジャック・ブロックによれ

ば、それらは悪魔的な傑作であり、黒魔術を独習するための道具だからだった。

しかし、サルマン・ラシュディの『悪魔の詩』の出版が、アメリカと直接ないし間接の検閲との厄介な関係をまたしても例証しただけでなく、それ以上に重要な問題を提起したのは一九九〇年代のことである。表現の自由にたいする脅威が国境を越えるようになったのだ。半世紀のあいだ、合衆国はおもに東欧とアジアを標的にしてきたが、一九九〇年代からはアラブ世界に目を転じた。同時に、経済面ととりわけメディアにおける関係の変化のために、国内ないし国家の問題はもはや権力者の手で簡単に隠蔽することができなくなった。『悪魔の詩』以後、その事件とほぼ同時に進行したベルリンの壁の崩壊、天安門広場での暴虐、インターネットの際限のない拡大とともに、表現の自由と読書の自由が脅かされるたびに、その結果は自動的に地球規模で波及することになった。

回想録『ジョゼフ・アントン』で、ラシュディは事件の詳細を語っている。当初、『悪魔の詩』の出版は西欧でのふつうの手順で進められ、彼は著者の義務である宣伝ツアーに出かけ、小説はブッカー賞の最終候補に残った。その間、インドでは「インディア・トゥデイ」誌の記事（「当然ながら、これは抗議の雪崩を引き起こすだろう」）と、ムスリムの二人の議員が私的な発言として（読みもせずに）この本を批判したことで注目を浴びた結果、『悪魔の詩』の流通がしだいに滞っていった。こうした動きのすべてが発禁処分の決断を促すことになった。アメリカ合衆国でもよくあるように、インドでもこの判断は財務省にゆだねられ、関税法が適用された。ラシュディはラジーヴ・ガンディ首相に抗議の公開書簡を送った。それにたいする報復として、狂信者たちは版元のヴァイキング・プレス宛てに殺人を示唆する脅迫状を送りつけ、さらに著者が朗読会を開く予定だった会場にも、もう一通の脅迫状が送られた。その後、この小説は南アフリカで発禁となった。ロンドンの著者の家に匿名の手紙が送りつけられた。次に、サウジアラビアとその他のアラブ諸国の多くがこの本を発禁にした。さらに電話による脅迫が始まった。ブラッドフォードでは『悪魔の詩』が公開の場で火にくべられ、その翌日、「イギリスの大手チェーン書店〈WHスミス〉は全国の四百三十店舗でこの本を棚から撤去し」、公式の声明でこれを「検閲」と見なさないでほしいと述べた。この作品はウィットブレッド賞を獲得した。パキスタンの首都イスラマバードにあるアメリカ合衆国情報センターは暴徒の襲撃を受け、人びとが「ラシュディに死を！」と叫ぶなか、銃撃戦で五人の死者が出た。それから、イランの最高指導者ホメイニ師がファトワーを発し、ラシュディは昼夜を問わず二人の護衛がついてウェールズの人里離れた農家に隠れ、ムスリム世界で出されるペンギン・ブックスの全出版物にたいするボイコット運動が起き、「ニューヨーク・タイムズ」紙のベストセラー第一位になり、爆弾を送りつけるというさまざまな脅迫があり、バークレーのコーディーズ書店の棚を破壊した実際の爆発があり（蛮行の証明としてその痕跡が残されている）、出版社と翻訳者におびただしい数の殺害予告の脅迫状が送られ、ムスリムの人びとの傷ついた心にカンタベリー大司教とローマ教皇が連帯の意を示し、世界中の作家による支援の声明があり、そしてイランがイギリスと外交関係を断絶し、保安上の理由から多くの組織や機関がラシュディ関連のイベントを拒否するようになり、あちこちで衝突が増加し（「愛書家同士のこのような小競り合いの数々は、文学の自由が激しく攻撃されていた時代において、まさしく悲劇に思えた」）、引っ越しと偽名（「ジョゼフ・アントン」）の日々がつづき、ロンドンの〈コレッツ〉および〈ディロンズ〉、オーストラリアの〈アビーズ〉、ペンギンのチェーン店の四つの支店に爆発物が送られ、国際ラシュディ防衛委員会が作られ、著者の日々の暮らしは安全措置のためにたえず影響を受け、制限され、ブラッドフォードでの焚書から一年が過ぎ、ファトワーが追認され、日本人の翻訳者五十嵐一《ひとし》が殺害され、ファトワーが追認され、イタリア人の翻訳者エットーレ・カプリオーロが刺され、ファトワーが追認され、ノルウェーの出版人ウィリアム・ニゴールの暗殺未遂事件が起こり、ファトワーが追認され、三十七人が抗議行動の末に命を落とし、十一年間の隠棲生活がつづく。十一年のあいだ通りを散歩することも、レストランで友人たちとゆっくり食事をとることもできず、自分の本が書店の棚にきちんと陳列されているかどうかを確かめることもできない。書店の棚にあるその本が――本にはなんの罪もないというのに――多くの人に死をもたらしたのだ。あまりにも多くの死を。

『ジョゼフ・アントン』におけるラシュディの記述の中核には、彼の本も「迫害される文学」という伝統の一部だという自覚がある。

友人たちからなにか手助けできることはあるかと訊かれると、彼はよくこう答えた。「あの本の中身を弁護してくれ」。攻撃はきわめて具体的なものに向けられていたが、擁護は往々にして一般論になりがちで、言論の自由という強力な原則に落ち着くことが多かった。彼が望み、しばしばどうしても必要だと感じたのは、もっと特化された弁護だった。他の発禁本、たとえば『チャタレイ夫人の恋人』や『ユリシーズ』や『ロリータ』の事例でなされた質の弁護のような。なぜなら、その暴力的な攻撃は小説というジャンル全体や言論の自由それ自体に向けられたのではなく、単語が積み上げられた具体的な作品にたいするものだったからである。[中略]そして、その攻撃はそれらの言葉を綴った作家の意図と健全さと能力にも向けられていた。

しかし、ニュースがすぐには広まらない世界でスキャンダルとなったいくつもの前例とちがって、『悪魔の詩』は新たな国際情勢の犠牲者となった。イスラム強硬派と別の極端な一派、すなわちある意味で自由主義革命の後継者ともいえる民主主義擁護派とのあいだで、緊張が極限にまで高まっていた。とはいえ、フランス革命を近代民主主義における決定的な最初の一歩と見なすならば、大量の処刑と貴族階級および教会からの財産の没収によって民衆は書物という膨大な量の資本を得たとはいえ、彼らがその使い方をよく知らなかったことを忘れてはいけない。アルベルト・マンゲルの『読書の歴史』によれば、十八世紀末、古書がまだ新刊書よりもかなり安かったとき、フランスとドイツの蒐集家はフランス革命から恩恵を受けた。書物の宝石ともいうべき貴重な本を大量に、目方で買うことができたのだ。もちろん、フランス人の業者が仲介した。大衆の識字率は非常に低かったので、売り払われたり、破壊されたりしなかった本は、公共図書館に送られても読者はそれほど多くなかった。同じく、公共の美術館が開館しても、すぐに文化的な消費につながることはなかった。集団教育の最も重要な成果が出るには、つねに長い時間を要する。書籍の再配分が実を結ぶのは、数世代あとのことである。多くのイスラム教国では現在、読書を制限するための強固な体制が採られようとしているが、その行き着くところは、多様性、意見の相違、アイロニーなどが不在の未来である。

ロンドンの権威ある書店〈フォイルズ〉の歴史にも、頂点のうち二つがドイツとロシアにある別の三角形が見られる。そこに作用する力学も、はるか昔からくりかえされてきたのと同じものである。戦争、革命、急激な政変などによって、大量の書籍が場所を移動し、持ち主が替わる。一九三〇年代にヒトラーが大規模な焚書に踏み切ったとき、ウィリアム・フォイルの頭に最初に浮かんだ考えは、総統に電報を送り、その何トンもの可燃性印刷物を高値で買い取ると申し出ることだった。その直前、彼は当時二十代だった娘のクリスティーナをスターリン体制下のロシアに送りこみ、同じような取引を進めようとした。ロシア遠征は成功したが、ドイツへの突撃は失敗に終わった。ヒトラーは本を燃やしつづけ、売ろうとしな

かったからである。戦争が始まって、ロンドンがナチの爆撃にさらされるようになると、地下室の古書は砂と混ぜて袋に詰められ、それを使って伝説的な書店主は店を守った。そしてどうやらフォイル氏は、屋根の上に『わが闘争』の本を敷き詰めたらしい。

まちがいなく、それはハースト&ブラケット社が刊行した英語版『わが闘争（*My Straggle*）』だろう。シオニスト活動家のエドガー・ダグデールがヒトラーの計画を糾弾するつもりで翻訳したものだが、残念ながら、英国版とアメリカ版（*My Battle*）のどちらも原書の版元であるフランツ・エーア出版の要求に屈し、原文にあった外国人嫌いと反ユダヤ主義を示す多くの記述がやむなく削除された。アントワーヌ・ヴィトキーヌが『ヒトラー「わが闘争」がたどった数奇な運命』で説明しているように、一九三四年にイギリスで出版されたとたん、この本は一万八千部も売れたが、そのころまでにチャーチル、ローズヴェルト、ベン＝グリオン、スターリンはすでに諜報部が翻訳した完全版を読んでいた。『わが闘争』によってアドルフ・ヒトラーは一九三〇年代ドイツのベストセラー作家になり、その印税のおかげで大金持ちとなったばかりか、自分が作家だという意識をもつに至った。一九二五年からの所得税申告書の職業欄に、本人がそう書きこんでいる。国の政治的指導者であることが本の売り上げに貢献したことはまちがいないが、執筆にまつわる神話〈獄中で執筆されたこと〉と世界の救世主になるという彼の意欲もまた、目もくらむような勢いでその言葉を伝播させるのに一役買ったし、当時の大手新聞各紙に広告が載ったことも追い風になった。ありきたりの書店での売り出しではなく、ヒトラーは生涯の著作の販促活動をミュンヘンのビアホール〈ビュルガーブロイケラー〉でスタートさせることにした。

不器用に組み立てられた理論だったが、それでも聴衆は納得する。マルクスの亡霊と闘うには、マルクスに匹敵する人物がナチにも必要だ。つまり『わが闘争』の著者ヒトラーならば、マルクスになれる。ヒトラーはみずから「作家」を名乗ることで、自己イメージを変え、これまでのぬかるみから外に出たのだ。それまでの彼は、ビアホールで自慢話をし、虚勢を張り、クーデターに失敗した反抗分子でしかなかった。だがいまや、本を書いたことで彼は威信を高め、新たな理論家として登場した。集会所の出口ではヒトラーの部下たちが、価格まで明記された『わが闘争』の宣伝チラシを配った。

「本を焼いた男」という悪名のほうがずっと有名ではあるが、その一方で、ヒトラーは本の蒐集家でもあった。この大量殺戮者は死ぬまでに千五百冊以上の蔵書を集めていた。学校をやめて以来、肺疾患を抱えながら、思春期の少年から若者へと移行するあいだ、ヒトラーは画家になることを夢見、知識人になりたいと願って、やみくもにデッサンをし、本を読んだ。そして生涯、読書の習慣を捨てなかった。リンツ時代の彼の唯一の友人であるアウグスト・クビツェクは、ビスマルク通りの人民教育協会の書店やいくつかの貸し出し図書館へ通っていたヒトラーについて語っている。彼は本の山に囲まれた姿を回想し、とくに「ドイツ英雄譚」のシリーズがお気に入りだったという。

それから十五年ほどのちの一九二〇年、ヒトラーが最初の大政治集会を開催し、ナチのプロパガンダ機械をいままさに発動しようとしていたとき、世界の反対側ではもう一人の未来の大量殺戮者、毛沢東が長沙市に書店兼出版社を開業し、それを〈文化書社〉と名づけた。商売は順調で、やがて従業員を六人雇い、そのおかげで毛沢東は政治関連の論文を書く時間ができ、その論文が中国で最も影響力をもつ知識人たちの興味を引くことになった。恋に落ちて結婚したのもこのころである。それ以前の数年間、彼は司書として、中国共産党の創設メンバーの一人だった李大釗《りたいしょう》の助手を務め、彼の勉強会でマルクス＝レーニン主義の基礎的な文献を知った。しかし、みずから共産主義者と名乗るようになるのは、一九二〇年に書店を開業してからのことである。それから四十六年後、彼は文化大革命を推し進めることになったが、この運動の前線のひとつが焚書だった。

世界最大の共産主義国家として、中国は国営チェーン書店をもっている。国中の主要な都市にそのチェーン傘下の巨大な書店があり、公衆道徳を監視し、「成功の研究」の棚には大量の書籍を集めて、精励努力と集団の基礎となる個人の超克を促そうとする。おそらく最大のチェーン書店は新華書店であり、〈北京図書大厦〉のような超大型店を経営する。この店は二本の地下鉄路線の交差する場所にあり、五階分のフロアには三十万冊が並んでいるといわれる。だが、その棚にはベストセラーの文芸書や教科書や英語の本と肩を並べて、政府の推奨する本が鎮座している。一方、軍事科学院、中央共産党中央党校、国防大学などの書店では、政府公認の著作の数々が隠れ蓑なしで並んでいる。人民軍の将校たちの手になる統計や予測についての出版物、博士論文や研究書などが、対外プレス向けの公式声明のようなカモフラージュはいっさいなしに、共産主義国の思想の中核をはっきりと示している。幸いにも、北京の書店〈老書蟲（ザ・ブックワーム）〉は豪華な外観と「世界で最も美しい書店」という評判を隠れ蓑にして、この数年間、芸術家のアイ・ウェイウェイの著作のような発禁本や反体制派の本を顧客に提供しつづけてきた。

私が最後にベネズエラへ行ったとき、ごく若い兵士が、私の鞄に入っていた二十三冊の本を一冊ずつ取り出しては臭いをかいだ。最近はドラッグを本のなかに隠して運ぶのかと訊いてみると、彼は疑わしげな表情でこちらを見やり、もちろんご存じだろうが、製本用の糊に混ぜるのだと答えた。ベネズエラ政府の肝いりで文化庁が経営するチェーン書店〈リブレリア・デル・スール（南の書店）〉で購入したアヤクーチョ叢書の二冊も、彼は同じように臭いをかいだ。捜索を終えると、兵士は私の iPad を手にして声の調子をやわらげ、アメリカ合衆国でこれを買ったのか、値段はいくらだったかと訊ねた。このシモン・ボリバル空港のほかに二つの空港――テルアビブとハバナ――でも、鞄のなかの本は綿密に調べられた。一冊ずつ、すべてのページに親指をかけて。イスラエルのスパイたちは義務的徴兵に服している若者であることも多い。本の一冊を手にとって、パレスチナへ旅行する予定はあるか、またはパレスチナに行ってきてそこからなにかを持ちこんだか、イスラエルに知り合いはいるか、滞在先はどこか、あるいはどこに滞在したか、旅行の目的はなにかと訊く。そして、それらの情報を翻訳して記したラベルをパスポートに貼る。それはパスポート所持者の危険度を表わしているのだ。キューバの兵士たちは、ベネズエラの兵士たちとそっくりな服を着て、同じように粗野である。そもそも、ベネズエラではキューバのやり方を踏襲しているのだから当たり前の話だ。

未来の司令官そして抑圧者となるフィデル・カストロが彼の人生に大きな影響を与えることになる二冊

の本を買ったのは、ハバナのカルロス三世通りの共産主義系書店でのことだった。その二冊とは『共産党宣言』とレーニンの『国家と革命』である。カストロは獄中で、ヴィクトル・ユゴーやツヴァイクからマルクス、マックス・ヴェーバーまで、ジャンルを問わず、手当たり次第に本を読んだ。それらの多くは獄中まで面会に来てくれた人からの差し入れだった。それ以外の本の多くはカルロス三世通りの同じ書店で買ったものだった。マドリード在住のキューバの作家アントニオ・ホセ・ポンテは『モンテーニュの追随者はハバナを見る』のなかで、旧市街のオビスポ通りではロシア語の本を買うことができたと回想する。

今世紀初頭に刊行された百科事典のなかで、当時の古い写真を見つけた。左右の舗道に店と日よけが並んでいる通りを写したもので、アラブの市場《スーク》を上から見たような感じだ。以前、それは浜辺のようでもあると書いた。手前には書店が並び、突き当たりは広場へとつながり、その先に港がある。それらの書店の一軒では当時、ロシア語の本を売っていた。ソ連の船が港に立ち寄ったからだ。オビスポ通りにはキリル文字で書かれた二種類の表示があった。本のタイトルと船の名前である。

だが、カストロの街、「冷戦のテーマパーク」の首都であるハバナの拷問を受けた地政学をポンテがもっと正確に描き出すのは『監視下の祭典』においてである。彼は司令官ゲバラの複雑な人物像をあまさず描写している。革命軍の戦士にしてプロの写真家、政治的指導者であり、また天性の作家で熱心な読書家。ポンテは巧みな一文でこのように語る。「ラ・カバーニャの軍事指令部にあって、エルネスト・ゲバラは一冊の雑誌と、宿営地の軍楽隊、軍の映画撮影隊、死刑執行班を指揮していた」。キューバ革命は、当時もいまも、革命に憧れる観光客の波を次から次へと呼び寄せている。ポンテはその著書で、ジャン＝

ポール・サルトルとスーザン・ソンタグの経験――サルトルの確信、ソンタグの疑念――を回想し、二人の足跡にキューバのニコラス・ギジェンの不穏な言葉がどのように反響しているかを綴っている。「いかなる取り調べもすべて反革命である」。この本の末尾で、語り手はベルリンへ移動し、彼を追跡したシュタージの調書を入手したばかりの翻訳者と会う。「彼の動向を探っていた隣人のおかげで、彼は三十年前の自分の人生の一日を追体験することができた」。この旅によって、ポンテはハバナで監視下に置かれていた一人の作家の人生を普遍的な経験へと昇華したのだ。

チェ・ゲバラがブエノスアイレスからキューバに来るまでの旅は長い道のりだった。そして、逆に向かう旅、北から南への旅の終わりは、バジェ・グランデのセニョール・デ・マルタ公共病院の洗濯室で、彼はフレディ・アルボルタのカメラのレンズの前ですでに遺体となっていた。私はラパスにある彼の写真屋で、偶然、亡くなる直前のフレディに会うことができた。彼はあのもうひとつの旅路について話してくれた。その結末である有名な遺体の写真の数々は、フィルムや額縁の傍らのガラスのキャビネットに納められていた。それは絵葉書のように売られていた。とくによく知られた写真の一枚では、ボリビア軍の将校たちが即席の解剖学講義のように遺体を取り巻いて立ち、そのうちの一人がこわばった遺体に人差し指で触れている。神話というものが、たえまなく腐敗に向かう肉体から作られることを指し示し、確かめようとするように。

作家エルネスト・ゲバラの本はウニベルサル書店で売られるようになるだろうか？　そうは思えない。この革命家が国立銀行総裁および経済大臣に就任した一九六〇年、反革命派のフアン・マヌエル・サルバはグアンタナモ経由でキューバを去った。五年後、彼とその妻がマイアミの八番街に開いた書店は、やがて亡命者たちの文化活動の中心になった。そこでは文学についての会話ができ、スペイン語の本が出版された。二〇一三年六月二十日のウニベルサル書店の閉店に寄せたマジェ・プリメラの記事によれば、サルバはこう述べたという。キューバから亡命した第一世代は本を最もよく読んだが、彼らは亡くなりつつあり、「新しい世代であるわれわれの子供たちは、キューバ人であると感じてはいるものの、キューバで暮らした経験をもたず、キューバ人らしさもなく、しかも彼らの第一言語はスペイン語ではなく英語である」。人生とはそういうものだ。

一九一一年五月二日、ペドロ・エンリケス＝ウレーニャはキューバの首都からアルフォンソ・レイエスへの手紙にこう書いた。「しかし、古書店にせよ新刊書店にせよ、ここによい本屋があるとは思わないでください。ハバナの書店はプエブラのそれとさほど変わりません」。二十世紀初頭にメキシコからやってきた旅人にとって、ハバナの書店が特別なものには見えなかったという可能性はある。だが、オピスポ通り――そこのホテル〈アンボス・ムンドス〉はヘミングウェイの定宿だった――とアルマス広場は書籍売買の中心であり、ハバナ市民は旅行ができなかった何十年ものあいだ、ここで読むものを手に入れてきた。一九九九年の暮れ、私がこの島を訪れたときは、アルマス広場の屋台でしか本を買わなかった。国営の書店にはごくわずかな種類の本しかなく、店の空間を埋めるために同じ本ばかり並べられていたからだ。家の戸口や車庫や玄関先では中古本が売られていた。人びとは、先祖から受け継いだ財産をほんの数ドルと引き換えに売り払っていたのだ。一方、かつてラテンアメリカ文化の力を示していた〈カサ・デ・ラス・アメリカス〉には、政府公認の作家のごく少数の本しかなかった。一九六〇年代末に権威あるカサ・デ・ラス・アメリカス賞の選考委員を務めたチリの作家ホルヘ・エドワーズは『ペルソナ・ノン・グラータ』で、一九七〇年代初頭に起こった政策の急激な転換について回想している。不幸にも共産主義革命という思想そのもののＤＮＡに書きこまれているこうした変化を説明するために、エドワーズは多くの

実例を挙げている。それらはキシュやヴォルマンの作品に描かれた共産圏のパラノイアにそっくりだが、なかでもとくに意味深長なエピソードがある。ハバナ大学の学長はエドワーズにこういった。「キューバには批評家など必要ない。［中略］批判するのは簡単だ。どんなことでも批判の対象になりうる。難しいのは国をつくりあげることだ。そのために我々が必要とするのはそれを実現する人材、社会の建設者なのだ」。そうした思想が行き過ぎたあまり、当局は急にひどく反政府的に思えてきた名前——「ペンサミエント・クリティコ（批判的思考）」——をもつ雑誌の発行を差し止めることにする。そしてラウル・カストロは、マルクス主義の理論的研究を軍の統制下に置こうと企てた。世紀の変わり目だった当時、私は『ペルソナ・ノン・グラータ』を読み、レイナルド・アレナスの『夜になるまえに』も読んだ。それらは、三十年以上前から生じてきた衰退の記録の一部だった。まるで、当時世に送り出された——そしてコルタサルの文章を読めば想像できる——すべての作品は排除され、〈カサ・デ・ラス・アメリカス〉のラジュエラ（石蹴り遊び）書店の棚はそうした排除が最終的に行き着いた結果であるかのように。

ほぼ空っぽに近い書店や本を焼くための焚火ほど悲痛なイメージはほとんど思いつかない。十六世紀には、パリのソルボンヌ大学が五百冊の書物を異端と断じた。十八世紀末には七千四百冊が『禁書目録』に載せられ、バスティーユを占拠した革命の徒は、いままさに焼かれようとしていた本の山を見つけた。一九二〇年代のアメリカ合衆国郵便公社は『ユリシーズ』を焼いた。一九六〇年代まで、イギリスとアメリカ合衆国では、猥褻という批判を浴びずにD・H・ロレンスの『チャタレイ夫人の恋人』やヘンリー・ミラーの『北回帰線』を合法的に出版することはできなかった。一九三〇年、ソ連は民間の出版を禁じ、公的な検閲はペレストロイカまでつづいた。のちにピウス十二世となるエウジェニオ・パチェッリは一九三四年に『わが闘争』を読み、総統の怒りを招くといけないからこの本を『禁書目録』に含めないようピウス十一世を説得した。チリおよびアルゼンチンの近年の独裁政権下では、大っぴらに焚書が実施された。セルビアの迫撃砲はサラエヴォの国立図書館を破壊しようとした。キリスト教でもイスラム教でもしばしば厳格主義者が現われ、旗を焼くようにして本を焼く。ナチ政権はユダヤ人作家による本を何百万冊も破棄し、それと同時に、何百万ものユダヤ人、同性愛者、政治犯、ジプシー、病気の人びとを虐殺した。ただし少数の――希少な、あるいは美しい――者はユダヤ博物館に展示するため保管されたが、その博物館は「最終的解決」が完全に達成したあかつきに開館することになっていた。強制収容所の運営にあたっていたナチの将校たちがクラシック音楽の愛好家だったことはしばしば想起されてきた。その一方で、私たちが見逃していることもある。現代社会における支配、抑圧、処刑といった大規模なシステムを考案した人びと、最も有能な書籍の検閲官であることを示した人びとが、文化の研究者、作家、すぐれた読書家という別の顔をもっていたこと。つまり、彼らもまた書店を愛する人びとだったのだ。

6 東方世界《オリエント》の書店

西洋はどこで終わり、東洋はどこで始まるのだろう？もちろん、この問いに答えはない。もしかすると、より遠い時代にはあったかもしれない。フローベールの時代か、もっと古くはマルコ・ポーロの時代、またはもっとさかのぼって、アレクサンドロス大王の時代には。とはいえ、古代ギリシアにおいて形成された西洋思想は、地中海の対岸に住まう哲学者たちとのたえざる対話のなかから生み出されたものだ。そのため、たとえ後世の読み直しがその事実を消し去ろうと試みようとも、西洋思想はその初めから、「東洋」という抽象的概念を包含していたといえる。ともかくこの章はどこかから始めなければならない。前の章をアテネやブラティスラヴァで始めたように。そこでこの章は、ブダペストという――ヴェネチア、パレルモ、イズミルと同様――対立というよりもむしろ会話をしているような、異なる二つの水域のあいだで漂っているかのように見える都市のひとつから始めることにしよう。

今世紀に入ったばかりのある夏の日、私はブダペストの街を歩きまわったあげく、一風変わった手塗りの木箱に心を奪われた。蓋が開かなかったので、それはまったく無用のものに見えた。木でできた緑色の、金銀線細工の装飾が施された立方体。ドナウ川のほとりに並ぶ屋台の店先に他の土産物といっしょに並べてあった。蓋はもちろんあったが、鍵穴はなかった。屋台の女店主はしばらくようすをうかがったあと、私がこの謎めいた品物をひっくりかえしたり両手で必死に探ったりしているのを見ると、近づいてきて耳元でささやいた。「魔法の箱ですよ《イット・イズ・ア・マジック・ボックス》」。女店主が指で木箱の一部をすっとなでると、組んだ木片がずれて鍵穴が現われ、さらに、その現われた隙間に鍵が隠されていた。その細工に私は魅了された。女店主もそのことをすぐに見てとった。こうして値段の交渉が始まった。

　定価販売と値切り交渉という二項対立は、今日の西洋と東洋を分ける軸のひとつかもしれない。もうひとつあるとすれば、物質的か口承的かのちがいだろう。こうした対比はあつかいにくく、つかみどころがないかもしれないが、「西洋の読者」あるいは「東洋の書店」といった分類に意味があるかどうか考えるときのヒントにはなる。マラケシュのジャマ・エル＝フナ広場では、知の世界《ビブリオテカ》は非物質的で精神的なものであり、現地の言葉を知らない者には近づきがたい。蛇遣い、膏薬売り、そしてとりわけ語り部が催眠的なしぐさとともに、人の体を使ったり地図を描いたりして情景を表わしながら、ただの旅行者にはひとことも理解できない物語をつむぎ出す。エリアス・カネッティは『マラケシュの声　ある旅のあとの断想』で、そんな理解の困難を、ヨーロッパではすでに消え去った口承による知識の伝達により重きを置く職人らしい生き方への郷愁の念と結びつけている。隊商宿《キャラバンサライ》を思わせる埃っぽいこの広場に合流する口承の伝統には、まちがいなく叡智と大いなる価値が存在する。その広場は毎日夕方になると、湯気の立つうちとけた戸外の巨大な食堂になる。とはいえ、それを理想化することはオリエンタリズムの精神に立ち戻ることに等しく、いわゆる「西洋人」たる私たちが利用したがるアラブ世界やアジア世界についての単純化された紋切り型のイメージにつながる。私が紅海のほとりのある小さな村で写真を撮らせてもらったエジプト人の書店主のあのイメージのように。とどのつまり、アラブ世界やアジア世界はカリグラフィーの世界であり、古代からの強力なテクストの伝統をもつ書物の世界である。しかし私たちにとって、翻訳という手段でそれを部分的に裏切らないかぎり、その世界への入口は閉ざされている。

タンジールはヨーロッパの果てにごく近かったので、やがてヨーロッパ人、とりわけフランスの作家や画家によってオリエント化された。モロッコ北部のこの都市から東洋という巨大な抽象概念を代表する風景のイメージを初めて作り出したのがドラクロワである。それは一八三〇年代のことで、民族衣装のジェラバと馬、少年と絨毯が、簡素な白い建造物とその隙間に垣間見えるガラスのような海を背景に描かれるドラクロワの構図には、その後も北アフリカを描いた作品にくりかえし登場するようになるお決まりのイメージが凝縮されている。八十年後、同じ伝統の一部として、マティスはタンジールとそこに住む人びとを幾何学的な形体として描いた。モダニズムの色合いを加え、近代化したのである。スペインの画家では、マリアーノ・フォルトゥニー、アントニオ・フエンテス、ホセ・エルナンデスなどが、この絵画的な風景に少しずつ異なる色調を添えていった。エルナンデスはタンジールに住みついたスペイン人コミュニティの一員として、コロンヌ書店で個展を開いた。おそらくこの書店はこの六十年間、タンジールの最も重要な文化の中心でありつづけ、作家のアンヘル・バスケスもここで働いた。彼は一九六二年にプラネタ賞を受け、その十五年後にこの都市を舞台にした偉大な小説『ファニータ・ナルボーニの悲惨な人生』を出版した。この国際都市を二十世紀の文化の鍵となる場所に変えた人物としてはアメリカやフランスのきら星のごとき芸術家が真っ先に思い出されるかもしれないが、その周囲には、世界各地からこの地を目指してやってきた異端者たちが大勢いた。前述のスペイン人たちのほかにも、一九七二年から二〇一一年に没するまでタンジールに住んだチリ人のハイパーリアリズムの画家クラウディオ・ブラーボや、画家のモハメド・ハムリ、作家のモハメド・シュクリやアブドゥッサラーム・ブライシュ、ラルビー・ライヤーシー、モハメド・ムラベ、アフマド・ヤアクービーなど、モロッコの芸術家たちも神話作りに一役買った。

「タンジール神話」と呼ぶべき物語の公式のバージョンは一九四七年、ポール・ボウルズがこの都市にやってきた年に始まり、それがタンジールの象徴的拡大の端緒となった。翌年、妻のジェーンが合流して暮らすようになる。やがて、テネシー・ウィリアムズ、トルーマン・カポーティ、ジャン・ジュネ、ウィリアム・バロウズ（そして、他のビート世代の面々）、フアン・ゴンティソーロらも来た。個人の家やいくつかのカフェで日常的にパーティーが開かれるようになったが、なかでも二つの場所が主要な出会いの場所となった。雑多な芸術家やその他無数の個性的な人びと、実業界の大物や冒険家、美術愛好家、アフリカのリズムに興味を引かれたミュージシャン、ハンガリー生まれのポール・ルーカスのような俳優（『アカプルコの海』でエルヴィス・プレスリーと共演、リチャード・ブルックス監督が映画化した『ロード・ジム』にも出演し、人生最後の数年間

を過ごすためにタンジールへやってきて、この地で死去した）、ベルナルド・ベルトルッチなどの映画監督、ローリング・ストーンズなどのロックバンドが現われては去っていった。それら二つの場所のうち、ひとつはポール・ボウルズ自身だった。戦間期のパリにおけるガートルード・スタインやシルヴィア・ビーチと同じように、彼自身が観光客の関心を引く存在となったのだ。そして、もうひとつはボウルズ夫妻がタンジールに住むようになったころに創業したコロンヌ書店であり、この店は夫妻よりも長生きした。

ベルギー人のロベール・ジェロフィ──ジャン・ジュネ、アンドレ・ジッド、マルコム・フォーブスの友人で、建築家にして考古学者──とその妻で司書の資格をもつイヴォンヌは、ロベールの姉妹イザベルの必要欠くべからざる協力のもと、一九四九年夏の創業以来、コロンヌ書店の舵取りをしてきた。この二人に仕事を提供したのは出版人のガリマールで、店のオーナーは彼だった。ジェロフィ夫妻の結婚は形ばかりのものだった。二人とも同性愛者だったので、結婚は便宜的なものでしかなく、当時のタンジールはその種の家族関係を築くのに理想的な場所だった。ボウルズ夫妻もまさに同じような生活を送っていた。ジェロフィ姉妹が書店の経営を引き受け、タンジールの文化的社交界に属してそこで名を挙げた一方、ロベールはデザインと建築に情熱を傾けた。さまざまなプロジェクトのなかでも、有名な雑誌の発行人である出版社主フォーブスがアラブ風宮殿を改装するにあたって指揮をとった。フォーブスはこの屋敷に十万体にのぼる玩具のブリキの兵隊のコレクションを保管していた。マグナム・フォトのある写真では、白い上着にやはり白い帽子を手にした老人がカメラをまっすぐ見つめていて、「フォーブス邸の管理人」というキャプションがついている。ジェロフィ夫妻とボウルズ夫妻のあいだには、彼らの文通から判断すると密接な関係があったようだ。ポールにとって、ジェロフィ夫妻がつねにそばにいるのは当たり前のことで、カフェ〈ソコ・チコ〉やジブラルタル海峡のように、タンジールの日常生活の一部だった。一方、イヴォンヌはジェーンの親友となり、ときには看護婦の役割を引き受けた。精神的に不安定だった長いあいだ、ジェーンはイヴォンヌが支えだった。一九六八年一月十七日、ジェーンはコロンヌ書店に入ってくると、誰にも目をくれず、まったく上の空で、二ディルハム貸してくれと頼んだ。それから二冊の本を手に取り、声をかけた召使のアイシャさえ無視して、代金も払わずに出ていった。

マルグリット・ユルスナールはタンジールに立ち寄るたび、友人であるロベールに挨拶するためコロンヌ書店に足を運んだ。ゴア・ヴィダルなどのアメリカの作家やポール・モランを初めとするヨーロッパの知識人、またはアミン・マアルーフのようなアラブ人作家も、この白い街を訪れたときはかならずこの書店の棚をのぞいた。時がたつにつれ、その書棚にはフランス語書籍の充実した品揃えはもちろん、アラビア語、英語、スペイン語で書かれたさまざまな本が揃うようになっていった。それも当然で、この書店は反フランコ派の抵抗の砦となり、亡命者による出版活動を促し、集会の場所を提供したのである。コロンヌ書店とつながりのあったスペインの作家のなかで最も有名なのはファン・ゴイティソーロだろう。ゴイティソーロは一九六〇年代半ばごろから、まさにタンジールでアラブ世界に親しみはじめた。到着してすぐ、彼がのちに妻となるフランスの作家モニーク・ラングへ書き送った文章は『タイファの王国にて』のなかに読むことができる。「幸せを感じる。一日に十時間も歩きまわっている。アロとその妻に会った。誰とも寝ていない。私は遠くにスペインを見る、知的興奮に満ちあふれて」。そして、その知的興奮から『フリアン伯爵の復権』が生まれた。「いま取りかかっている作品の着想はタンジールから見たスペイン沿岸の光景にもとづいている。そのイメージから始め、これまで私が書いたどんな作品をも凌駕する美しいものを書きたいと思っている」。彼は借りている部屋で漠然としたメモを書き散らし、さまざまな着想を試し、スペイン黄金時代の文学を熱心に読んだ。のちにマラケシュを定住の地に選んだとはいえ、ゴイティソーロは彼の人生の夏のほとんどをタンジールで過ごし、その地にあった最も重要な書店の支援者となった。晩年の作品のひとつである『男根喜劇《カラヒコメディア》』では、スペイン語文学の隠された同性愛の伝統を俎上に載せている。登場人物の一人、変わり者のトレンヌ神父はこう語る。

ジュネがまだミンゼにいるか、それともララーシュに腰を据えたかご存じですか？　ポール・ボウルズが英訳し、シュクリという人が書いたすばらしい自伝の話を聞きましたよ。もうお読みになりましたか？　向こうに着いたらすぐ、コロンヌ書店で入手するつもりです。あなたはきっとジェロフィ姉妹のお友達ですよね？　タンジールに住んでいて、ジェロフィ姉妹をご存じない！　まさか！　誰のことかって？　そんなはずはない！　あなたのようなタンジールの名誉市民があの書店へ行かないのですか？　失礼ですが、そんなのは信じませんよ。あの姉妹はあの都市の知識人の暮らしを動かすエンジンのようなものです！

エドゥアルド・アロ＝イバルスはゴイティソーロほど知られていないが、おそらくタンジールの知識人のあいだに蔓延していた両性愛、ドラッグ、破壊的なまでの倦怠とのつながりを思うと、他の誰よりも象徴的な存在かもしれない。一九四八年、亡命者の両親のもと、このタンジールで生まれた彼は、十代のころからビート詩人のサークルに溶けこみ、ギンズバーグやコーソの夜の徘徊に同行した。「いうなれば、マドリード、パリ、タンジールのあいだを季節移動しながら成長したようなものだ」と彼は書いている。しかし、彼の短い人生にくっきりと刻印を残したのは、タンジール―マドリードという空間ベクトルだった。なぜなら、彼はスペインの首都にビート詩人たちの非順応主義を注入し、同性愛者として闘い、詩を書き、歌を作り、幻覚をもたらすありとあらゆるドラッグを試しながら「モビーダ」〔一九八〇年前後にマドリードで発展したカウンターカルチャー〕を推進したからである。一九六九年の春、詩人レオポルド・マリア・パネーロとともに四か月の刑務所暮らしを経験したあと、彼はタンジールの家族のもとに帰った。また別のときには、兵役を逃れるために、モロッコから対岸のアルヘシラス行きの夜行列車に乗り、ジブラルタル海峡を渡ってジョゼフ・マクフィリップス――ボウルズ夫妻の友人――の家に下宿したこともあった。ジェロフィ姉妹も助けの手を差しのべ、書店で仕事を与えたりもした。彼はみずからを「同性愛者、ドラッグ中毒、犯罪者、詩人」と定義し、そして四十歳のとき、エイズで死んだ。

書店は、その神話のもとになった作家や書店主よりも長生きする傾向がある。ジェロフィ夫妻のあと、一九七三年から九八年までコロンヌ書店を経営したのはレイチェル・ムヤルだった。『コロンヌ書店でのわが歳月』を読むかぎり、タンジール生まれで、一九四九年から書店の近所に住んでいた彼女は、引き継いだ店のコスモポリタン的性格を保ちつつ、そこにタンジールに備わったモロッコ的特性への関心を付け加えた。

私にとってとりわけ名誉だったのは、アフマド・バラーフリージュ〔モロッコの首相〕の訪問です。彼はインテリアデザインと建築関連の雑誌を眺めるのが好きでした。レジスタンス活動の英雄だったアブドルカビール・アルファースィー〔モロッコのレジスタンスの英雄〕がよく彼といっしょに来ました。あるとき、二人が話しているさなかに、アフマドが私の目を見ていいました。「誰がなんといおうと、モロッコ王国の一部に留まりながら、タンジールに備わった特別な地位を守るために私がどれだけ努力を払ってきたかは、神のみぞ知ることだ」

The word is electric star in the fog

本書に登場した、あるいはこれから登場する他の偉大な書店主と同じく、ムヤルは自分の書店の目と鼻の先に住み、カクテルパーティーや本の出版記念会をたびたび開き、文化イベントを催した。そして、やはり他の書店主たちと同じように、案内窓口、大使、連絡係となった。彼女は毎週のように、三、四人の客から、電話を持っていないポール・ボウルズと面会する手はずをととのえてくれと頼まれた。書店主が使いをやって都合を訊ねると、たいていの場合、ボウルズは面会を断わらなかった。

のちにピエール・ベルジェとシモン＝ピエール・アムランが到着し、この国際的な神話の記憶にページを割いてきた雑誌「ネジュマ（星）」がその地図に加わり、彼らを通じて多くのモロッコ人作家が翻訳される機会を得て、タンジールの外の世界に知られるようになった。ジブラルタル海峡はつねにアフリカとヨーロッパのあいだの通過点だった。そのため、二つの大陸の岸辺にまたがる文化的コミュニケーションにおいて、この書店が特権的な役割を果たすのはごく当然のことだった。ムヤルはタンジールのロータリークラブで行なった講演でこう述べている。

このコロンヌ書店という神話的な場所で、私は自分がこの都市の中心に、あえていえば世界の中心にいるように感じることができました。だからこそ、この場所をタンジールの文化活動に関与させることがどうしても必要なのだと自分に言い聞かせたのです。タンジールは世界の他のどんな都市よりも、二つの大陸、二つの海、東と西という二つの極が出会う場所を象徴しています。そしてここでは、三つの文化、三つの宗教が混じり合って一体となったひとつの集団が形成されているのです。

マラケシュのアマル・アルガザーリー女史が経営する書店兼文房具屋の手梳き紙のショップカードがいまも私の手元にある。そこには誇らしげに「一九五六年創業」とエンボス加工されている。その店で売られている本の数が少なく、しかもすべてアラビア語の本だったのでがっかりしたことを覚えている。一方、コロンヌ書店は、ヨーロッパの読者しか喜ばせることができない。というのも、ヨーロッパの偉大な書店と同じく、アフリカ大陸の側にあって、十分な地元色を備えているからだ。フランス語や英語やスペイン語の本を、値切り交渉の余地なく――値切るのは最初のうちは面白いが、やがて面倒になり、飽きてくる――定価で販売しているので、ヨーロッパ人は安心感を覚える。私が最近知ったモロッコのもう二軒の書店も同様である。同じマラケシュにある〈アフマド・シャーティル〉、そしてとりわけカサブランカにある〈カルフール・デ・リーヴル〉は、どぎつい色彩の布地とアラビア語およびフランス語の書籍の豊富な品揃えが特徴だ（この書店にはコロンヌ書店と直接のつながりがある。というのも、〈ハル・バラドナ〉が出している白とオレンジ色の小ぶりの本をここでも売っているからである。ちなみに、私はこのシリーズを何年にもわたって蒐集してきた)。西洋人はここで安らぎを得る。私はこれまで、あのマラケシュの別の書店で感じたような閉塞感はめったに抱いたことがなかった。あそこにはほとんど宗教書しかなく、そのすべてがアラビア語で書かれていて、息をつく隙間もない。人が旅に出るのは発見するためだが、同時に認識するためでもある。この二つの行為のあいだで平衡が保たれているかぎり、人は旅に求める喜びを得ることができる。書店はその点で、ほぼつねに安全な賭けである。書店の作りは人の心を落ち着かせてくれる。それらはふだん見慣れたものに思えるからだ。人は直観的に、書棚の秩序や陳列方法、書店のおすすめなどを理解する。ただし、理解可能なアルファベットで書かれた本の並んだ棚、ぱらぱらとページを繰って見られる挿絵や写真入りの本が少なくともひとつはあってほしい。自分たちが正確に――あるいはただ偶然に――理解できる情報の散らばりが。

イスタンブールの書店街で私が体験したのはまさにそれだった。理解できない無数の表紙が並ぶなかに、写真が入った一冊の英語の本を見つけたのだ。アルパイ・カバジャルの『トルコ人旅行者が見た七つの海と五大陸』は、トプラクバンクが出版したきれいな函入りの本である。歴史紀行文を集めた自分のコレクションには、パズルのそのピース――トルコ人旅行者による記述――が欠けていたので、私はこれを買わねばならないと心に決めた。そこですぐに思い浮かべたのは、ブダペストの路上の屋台で私に魔法の箱を売りつけた女店主のことだった。私は何日もその店に通い、断固として言い値――相手の提示した額の三分の一――を変えず、ようやく最終日に、彼女はあきらめたような作り笑いで降参したのだった。私は兄弟にあげるつもりで二つ買った。粗末な紙に包んだ箱を手渡されたその瞬間、一人のアメリカ人観光客が同じ箱を手にして、いくらかと訊いた。女店主は最初の値段の倍の数字を答えた。なんの反論もせず、その客は私と同じく二つ欲しいといい、片手をポケットにつっこんだ。女店主は面白がっている表情

WC
BAY-BAYAN
VCD
ENGLISH
ENGLISH

で、私になにもいうなというように目くばせしてみせたが、アメリカ人観光客は私と同じ買い物に六倍の値段を支払っていったのだった。そこで、トルコの書店でも私はカウンターの向こうでラジオを聴いていた若い店員に函入りの本の値段を訊いてみた。しかし、彼はただの店番でしかなかったらしい。すぐに大声で誰かを呼び、すると髭を剃りたての中年の男が出てきて、私の目を見て四十ドルといった。せいぜい二十五ドルといったところではないでしょうか、と私は応じた。男は肩をすくめると、店番の若者を置いて、来た道を戻っていった。

彼は、トルコ語で「書店街」を意味するサハフラル・チャルシュスと呼ばれる場所の一画をぐるっと回ってきていた。この書店街は、イスタンブール大学に近いバヤズィト・モスクとグランドバザールに入るフェスチレル門に挟まれた古い中庭に位置し、ビザンツ時代の紙と書物の市場だったカルトプラテイアがあったのとほぼ同じ場所を占めている。中庭の中央にイブラヒム・ミュテフェッリカの胸像があり、十八世紀初頭に彼の経営する印刷所がトルコで出版した最初の十七冊の活版本のタイトルもそこに添えられていたからか、私は旅行作家のコレクションを完成させるのにブダペストで使ったのと同じ作戦が使えるかもしれないと考えた。ミュテフェッリカはもともとトランシルヴァニア出身だが、どのようにしてコンスタンティノープルに来たのか、なぜイスラム教に改宗したのかは謎のままである。私の目には、彼のトルコへの旅は私のバルカン半島やドナウ川沿いへの旅と無関係ではないように見えた。私はやがて毎日その書店に顔を出すようになり、行くたびに五ドルずつ値段を上げていった。

その一方で、午後になるとマルマラ海を見晴らすカフェ〈ピエール・ロティ〉のテラス席で本を読むのが習慣となり、日が暮れたあとはこの都市を代表するもうひとつの書店街であるイスティクラル通り、すなわちかつての独立大通りを歩きまわるようになった。ブダとペストのように二つに分かれ、ボスポラス海峡をはさんでガラタ橋でつながるイスタンブールの両岸はそれぞれ独自の性格をもつが、その個性は、執筆に関わる前述の二つの極に凝縮させることができるかもしれない。すなわち、バザールと大通りである。後者の周辺には、かつてヴェネチアやジェノヴァからやってきた商人たちが住みついた。そこには美しいアーケードと書店があり、そこで売られる本はすべて裏表紙の白いラベルに定価が記してある。〈ロビンソン・クルーソー389〉のような店で旅行作家のアンソロジーを探してみたが見つからなかった。そのかわりに、同じ店でトルコ語に翻訳されたファン・ゴンティソーロの本を二冊買った。『オスマン帝国時代のイスタンブール』には、新旧を問わず書店の写真はひとつも載っていなかった。なぜなら、紀行文学や文化史は書店にまったく関心をもってこなかったからだ。私はまた、アルメニア人虐殺にかんする文献を探したが、ガラタの塔が臨める大通りの端まで来てようやく完璧な——ロンドン訛りの——英語を話す書店主を見つけ、彼はスタンフォード・J・ショウとエゼル・クラル・ショウによる『オスマン帝国の歴史と近代トルコ』という二巻本を教えてくれた。その本の索引には疑いの余地がなかった。「アルメニアの愛国主義、テロリズム。アルメニアの反乱。アルメニア問題。トルコの愛国主義者との戦闘」。同じく腹立たしく、さらに不可解なのは、『ロンリー・プラネット　トルコ』でもこの国の歴史の概要のコーナーで、百万人以上の命を奪ったあの組織的な大虐殺、二十世紀最初のジェノサイドについての言及を避けていることだった。

トルコで最初の印刷業者——ハンガリー人だった——の胸像からほど近い一軒の書店の主人は完璧な英語がしゃべれたので、何度か言葉を交わし、やがて——日を重ねるにつれ——暴露話まで聞かせてくれるようになった。ノーベル文学賞を受けたばかりのオルハン・パムクは、二流作家のくせに海外とのコネのおかげでいい目を見ているというのだ。さらに、アルメニア人虐殺は歴史上のひとつのエピソードであっ

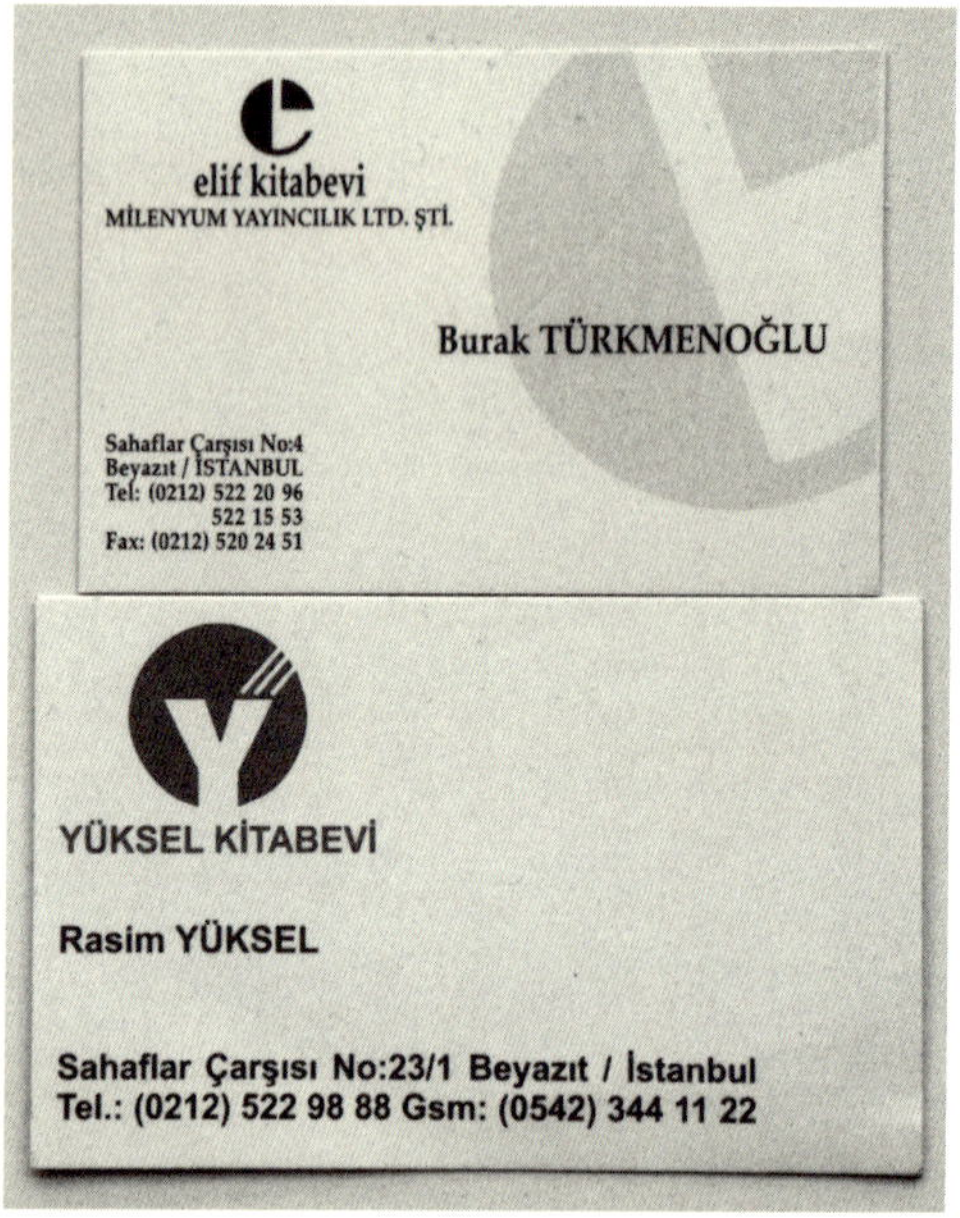

て、実際のところその名前で呼ぶべきではない、なぜなら、事実とプロパガンダははっきり分けなければいけないからだ、と。その店主の名前がブラック・テュルクメノールだったか、ラスィム・ユクセルだったかはっきりしない。というのも、彼の名刺は、いつもきれいに髭を剃っている中年の男の名刺といっしょにしまってあったからだ。ちなみにその男は、私がアテネ行きの夜行バスに乗る日、例の青い函入りの本を四十ドルで売ってくれた。名前はもはやわからないが、半ば闇に沈んだその書店のなかで、炎を反射する銀紙のように彼の目が輝いたようすを私ははっきりと記憶にとどめている。

エジプトでは反ユダヤ本が、イスラエルでは反イスラム本が広まっているように、トルコではヘイト本が大量に出回っている。カイロのタラート・ハルブ広場にあるマドブーリー書店で、私は他の怪しげな本に混じって『シオン賢者の議定書』〔ホロコーストのきっかけともなったことから史上最悪の偽書とも呼ばれる〕を三冊見かけたが、その一方で、棚にはナギーブ・マフフーズの全集も並べられていた。スタインやボウルズと張り合った唯一のエジプト人作家は、〈鏡のカフェ〉とも呼ばれた〈フィッシャーウィー〉の常連として、生前は彼自身が観光客を引きつける

存在となっていた。一九七五年に英語の本を提供する目的で創業され、インティファーダ〔占領下のパレスチナ人による一斉蜂起〕のあいだはカフェを閉めなければならなかったエルサレムの〈セフェル・ヴェ・セフェル（本とコーヒーカップ）〉や、同じジャッファ通りにあるがヘブライ語の本しかないタミル書店には、あらゆる政治的および歴史的立場、まったく擁護できない立場さえもが混在している。一般書店はそれが属する社会の縮図となる傾向がある。過激な少数派は書棚を占めるスペースも最小限であることが多い。とはいえ、私がエルサレムで見て歩いた書店は、テルアビブに比べると少ない。テルアビブはそれほど宗教一辺倒ではなく、したがってもっと寛容な都市だ。カイロに滞在中、私が毎日通った本屋はマドブーリー書店ではなくアメリカン大学内の書店だったが、そこの品揃えはあまり政治的ではなく、むしろ世俗的で、これはもちろん偶然ではない。その書店で買った一冊は、私がこれまでプレゼント用に購入した本のなかでもとくに美しい本のひとつだった。ニハード・ドッハーンの『現代アラビア書道』である。

　アラビア語の書道家が文字を書くところは見たことがないが、中国の書道は見たことがある。中国と日本の主要な都市に旅行したとき、私は習慣に従って十軒以上の本屋を訪れたが、率直にいって、完璧に秩序立った大型書店には理解できない文字に跳ね返されるような気がして、あまり興味を引かれなかった。むしろ、旅行者としての私を惹きつけたのは、東洋的な磁力を放つ、もっと別の類いの空間や形象だった。東京の書店〈リブロ〉へ行ったときは、村上春樹がウェブ上でファンと交わしたやりとりが数冊の本になっているのを見て驚いた。〈上海書城〉では、『ドン・キホーテ』の中国語版のページを繰ってみるのが楽しかった。しかし、胡同の茶館、哲学の道、いくつかの庭園、骨董品店、老書家の工房などでとりわけ、私は発見と認識の入り混じったものを追求することができた。もしかしたら、語りかけられる言葉がひとことも理解できなかったために、中胡や阮咸で奏でられる音楽のリズムが耳に快かったせいかもしれない。あるいは、日本文学をもとの言語ではいっさい理解できなかったので、本に巻いてくれる紙のカバー、お菓子やグラスや皿の箱など、あのとびきり洗練された紙製品の芸術に魅了されたのかもしれない。

私は北京の骨董品店でも、また別の――忘れがたい――値切り交渉に取り組んだ。魅力的な品々が所せましと並んだ埃っぽい棚を検分したあと、私は急須をひとつ買うことにした。版画や壁掛けや花瓶よりも手頃な値段に思えたからだ。おたがいの言語がまったくわからなかったので、私に応対した十代の子は文字の大きな玩具の電卓を手に、値段をドルで打ち込んだ。千ドル。私は電卓をひったくり、対抗して五という数字を提示した。相手はすぐに三百まで下げた。私は七まで譲歩した。少年は店主に助けを求めた。表情がなく食い入るような目つきをした年老いた店主は私の前に坐ると、ここからは本気だと芝居がかった身振りで示し、五十と打ち込んだ。私は十まで上げた。店主は四十、三十、二十、十二と下げていった。私は十二ドルで手を打ち、代金を支払って、よくやったと自分に満足した。店主は絹糸を漉きこんだ

白い薄紙で私の急須を包んでくれた。
ブダペストで私が買ったのと同じ木箱を三倍の値段で買わされたアメリカ人観光客を見たとき、私は自分の箱の価値と、それ以上に、観光客としての自分の価値を理解したつもりだった。北京で急須を買った翌日、私は自分が手に入れたのとまったく同じ急須が市場でたくさん売られているのを目にした。ただし、どれも新品で、埃のかけらもなく、ひと目で大量生産とわかるそれらは床の敷物の上に並べられていた。値段は一ドル。そのとき私は、（ものがもつ）アウラというのは文脈に関係するのだと気づいた（あるいは、そのことをまたしても思い出した）。本の重要性をはかるときも、そのテクストは本が作られた特定の瞬間に結びついているので、同じように比較と文脈が基本的な要素となる。文芸批評が行なっているのはそういうことだ。特定の文化領域において、相対的なヒエラルキーを築き上げる。書店という枠組みは、私たち読者が最も多く比較を行なう物理的な空間である。だが、そのような比較をするには、目の前の本に書かれている文字を理解できなければならない。それゆえに、私を含めた西洋の多くの読者にとって、私たちが東洋と呼ぶ多くの文化的生態系、そしてそれを物質的に体現する書店は、そこを旅する者を魅了すると同時に苛立たせるパラレルワールドとなる。

紙は紀元二世紀の初めごろ、中国で発明された。宦官の蔡倫《さいりん》が考案したといわれている。彼はぼろ布、麻、樹皮、漁網などからパルプをこしらえた。竹や絹に劣ると見なされたせいで、文字を書くのに最適な素材だと認められるまでには何世紀もかかり、ようやく六世紀になって初めて中国の国境の外にもたらされ、ヨーロッパに到達したのは十二世紀のことである。フランスで紙の製造が始まったころ、ちょうど亜麻繊維から麻布が作られるようになった。そのころまでに、中国では組み替え可能な活字が用いられるようになっていたが、漢字の数があまりにも多いため、活版印刷は革命をもたらすまでにはいかなかった。グーテンベルクが活版印刷による革命を起こしたのは四百年後のことである。それでも、マーティン・ライアンズが『本の歴史文化図鑑　五千年の書物の力』で述べているように、十五世紀末までに、中国は他の世界全体で作られた本の数を合計したよりも多くの本を世に送り出していた。それぞれの本はオブジェだった。物体。物質。蚕が吐き出す糸でできた紙。グーテンベルクは、油に煤とワニスと卵白を混ぜ合わせ、簡単には消えないインクを完成させなければならなかった。活字を鋳造するために、鉛とアンチモンと錫と銅をさまざまな比率で配合した合金を試した。つづく何世紀ものあいだは、別の組み合わせが広く用いられた。くるみの殻、松脂、亜麻仁、テレピンである。後年、工業生産の紙は一般的に松かユーカリの木に麻や木綿を混ぜて作られるようになるが、専門家のあいだでは、麻や木綿のぼろ布から作られた、どんな樹皮も含まない純セルロースはいまも高級紙の代名詞となっている。十八世紀まで、本の材料は屑屋に頼っていた。やがて近代的な製造方法が発展し、木材パルプから紙が作られるようになって、本の価格は半分に下がった。ぼろ布は安いが、製造過程に金がかかったのである。ベンヤミンは――すでに見たように――ボードレールについての研究のなかで、蒐集家としての屑拾いに注目している。屑拾いとは、都市が粉々にしたあらゆるもの、資本の難破船の残骸を保管する者である。織物とテクストの構造、ぼろ布と出版された本の経年劣化のあいだの類似に加えて、ここでひとつの円環が閉じられていることは重要である。再利用、産業による廃棄物の再吸収。こうして、情報機械は停止することがない。

東洋では何世紀にもわたって、一冊の本の内容を真に理解するには手で書き写すことが最良の手段だと考えられてきた。つまり、紙がインクを吸収するように、知性と記憶は言葉によって定着するのである。

7 北米——東から西へ

大陸横断の古典的なルートはニューヨークに始まり、カリフォルニアで終わる。本書はモンテーニュの庶子ともいうべき古典的なエッセイであるから、この章でもそのルートをたどることにする。ただし、その途中、いくつかのスポットで足を止める。このルートは——その過程で欠かせないいくつかの書店にしばし立ち寄りながら——文章でたどる旅であると同時に映像と音楽によるドキュメンタリーへといやおうなく発展し、アメリカ文化の神話をひもときながら進んでゆくはずだ。アメリカ文化とはまさに、現代の神話を創造することで構築されてきたといっても過言ではない。

それらの神話の多くは個人にまつわるものだが、たいていの場合、ある特定の空間と結びついて、しばしば集合的な意味合いをもつようになった。エルヴィス・プレスリーは動きにおいて比類ない肉体の持ち主であり、したがって立ち寄るべき場所、ひもとくべき伝記だが、彼はまたグレースランドとラスベガスそのものでもある。マイケル・ジャクソンはネバーランドという空間に託して自分自身を表現し、同様にそれ以前のウォルト・ディズニーもカリフォルニアに築き上げた最初のテーマパークと一体化していた。同じように、二十世紀アメリカの文化史をたどろうとするとき、いくつかの象徴的な場所を時代順に並べ

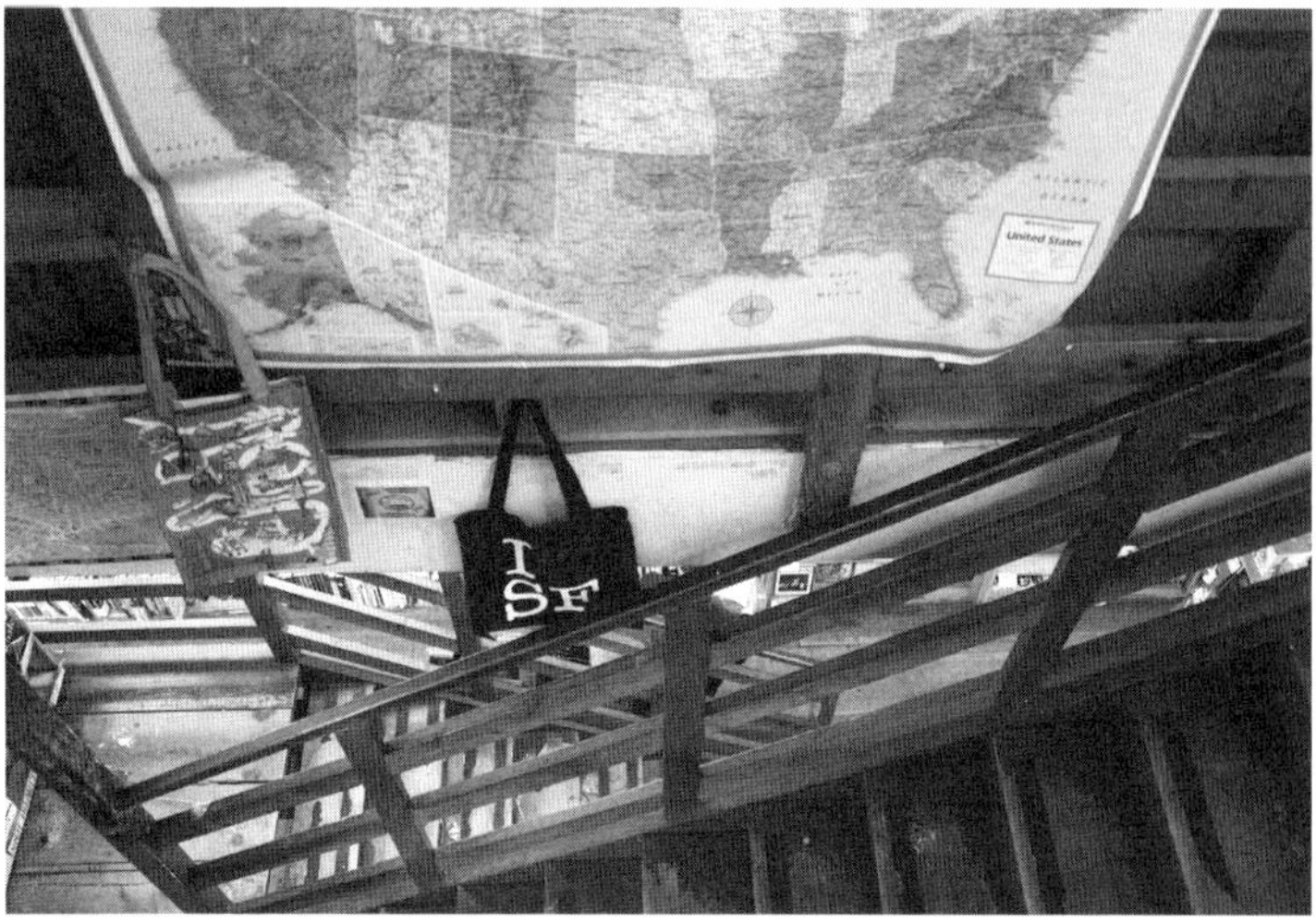

て訪れることは可能だが、それらの場所は把握しきれない全体像の実例にすぎない。一九二〇年代にはニューヨークのアルゴンキン・ホテルのレストランで名高い昼食会が催され、ジョン・ピーター・トゥーリー、ロバート・シャーウッド、ドロシー・パーカー、エドマンド・ウィルソン、ハロルド・ロスといった作家や批評家、出版人が、美学や国内外の出版産業について議論を交わした。一九三〇年代には同じくニューヨークの〈ゴサム・ブックマート〉が実験的な作家の作品を世に広めようとし、さまざまな講演会や文学の集いが企画され、やがてヨーロッパから亡命してきた前衛芸術家の溜まり場となった。一九四〇年代のニューヨークでは、ペギー・グッゲンハイムの〈今世紀の芸術〉画廊が抽象表現主義をアメリカの究極の前衛芸術として世間に紹介する役割を果たした。一九五〇年代、サンフランシスコのシティ・ライツ書店がこの時代を象徴するいくつかの作品を市場に送り出し、出版記念会や朗読会を頻繁に開催して普及活動をくりひろげた。アンディ・ウォーホルが首領となったマンハッタンの〈ファクトリー〉は、一九六〇年代に

映画スタジオ、アート工房、そしてドラッグが蔓延するパーティー会場として名を馳せた。一九七〇年代と八〇年代初頭には、ナイトクラブ〈ストゥディオ54〉がそのバトンを受け継いだ。

明らかに、これらはその時代の鍵となった場所である。とくに東海岸ではそうだったが、つねにたえまない大陸横断の動きを見なければアメリカ合衆国の文化を理解することはできない。「ぼくはロサンゼルスが好きだ。ハリウッドが大好きだ。あそこはすごくきれいだ。すべてがプラスチックでできているが、ぼくはプラスチックが好きだ。ぼくはプラスチックになりたい」とアンディ・ウォーホルはいった。二十世紀アメリカの知的生活を一面的にであれ象徴する建物をひとつ選ぶとしたら、一八八五年創業のいまも営業しているチェルシー・ホテルを挙げるべきだろう。前世紀に宿泊した名士や重要な瞬間のリストは、マーク・トウェインに始まり、マドンナに終わる（写真集『SEX』のいくつかのシーンは822号室で撮影された）が、他にも忘れがたい人びとがいる。タイタニック号の遭難を免れた少数の人びと、フリーダ・カーロとディエゴ・リベラ、一九五三年のディラン・トマスの死、アーサー・C・クラークが『二〇〇一年宇宙の旅』を執筆したのもこのホテルだった。ボブ・ディランはここで『ブロンド・オン・ブロンド』を作曲し、レナード・コーエンの曲「チェルシー・ホテル」の素材となり、映画『ナインハーフ』の撮影にも使われた。このホテルは書店に似ている。書店と同じように思想史の中心であり、同時に移民たちの集う場所であり、濃密で孤独な読書——エドワード・ホッパーの絵に余すところなく描かれている——や執筆や創作のための場所でもあった。そこには豊かな経験の交換、接点があり、流動性にあふれていた。そこはまた、ユニークな個性と模倣、独立と連鎖の交差点でもあり、美術館にも通じる使命を帯びていた。このホテルは既存の制度のネットワークから外れており、したがって不連続から切り出されたひとつの歴史だった。ニューヨークで百二十五年以上の歴史をもつからには、その物語を時系列的に構成することも不可能ではないはずだが、おびただしい数の芸術家の伝記の舞台——爆撃地というべきか——となっているために、それら大勢の芸術家が果てしない数の移動の途中に立ち止まる場所となったこのチェルシー・ホテルやその他のホテルは、個々の逸話や日付によって形作られたひとつの星座を通してしか語りえない。

ビート世代のフェティッシュの場所であったチェルシー・ホテルは、そのメンバーにとってパリのビート・ホテルに代わる場所となった。バロウズの言葉によれば、パリは「文無しの人間にとっては忌まわしい穴ぐら」であり、「正真正銘の豚野郎」のフランス人だらけだったが、そんな彼が『裸のランチ』をなんとか書き上げ、カットアップ技法の作品を完成させることができたのは、ほかならぬフランス人のマダム・ラシューが経営する無名のホテル（ジ＝ル＝クール通り九番地）の部屋のおかげだった。バロウズはそこにギンズバーグやコーソといった友人たちとともに滞在していた。ビート世代が流行と化し、ビートニクへと移動すると、やがてこのパリのホテルはビート・ホテルと呼ばれるようになる。半世紀前にファン・グリス、ジョルジュ・ブラック、パブロ・ピカソの絵筆を通じてキュビスムの誕生を目撃したパリはいまや、カットアップおよび文学的モンタージュのポストモダン的出現を歓迎した。タンジールとパリのあと、作家たちはあいかわらずドラッグをやり、ニューヨークのチェルシー・ホテルで創作にふけった。バロウズの記述によれば、そこは「著名な作家たちの死を一手に引き受けているかのような」場所だった。ウォーホルの実験的な映画『チェルシー・ガールズ』の撮影がもうひとつの転換点だったといえるかもしれない。それは、ロマン主義のある種の理解の仕方——野蛮かつ旅を通じた方法——の終焉であり、その後につづく現代美術のシリーズ化され、スペクタクル化された制作の始まりだった。

ビート詩人たちは、書店にとってよい客だったのだろうか？　伝説を信じるなら、そうではなかっただ

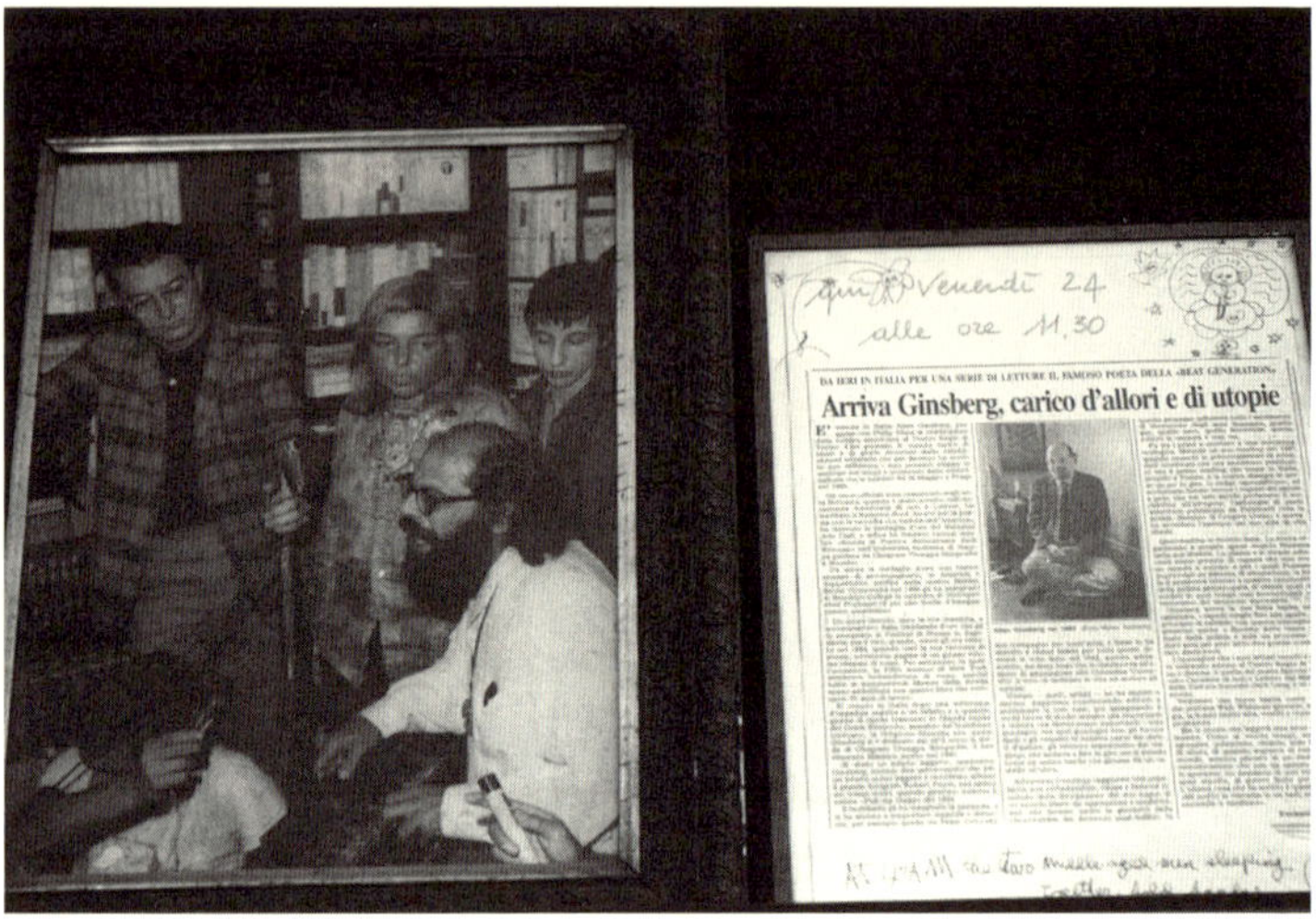

ろう。彼らの場合、本を買う姿よりも、借りたり盗んだり、〈シェイクスピア・アンド・カンパニー〉の棚からちょっと拝借したりする姿を想像したほうがしっくりくる。実際、彼らにとって最大の収入源は——大量の文通から判断するに——ホイットマンの書店だったようだ。「ファーリンゲッティの友人であるこの本屋は、ウィンドウに私の本を五十冊ほど積み上げて、毎週数冊ずつ売る」。いちばんの万引き犯はグレゴリー・コーソで、前の晩に盗んだ本を翌朝その書店で売ろうとした。彼らはまちがいなく新刊書より古本のほうが気に入っていた。そして、ドラッグだけでなく文通の芸術、自動筆記、ジャズのリズムに乗った抒情的発作の中毒であった彼らは、自作の朗読にも傾倒していた。とはいえ、伝説とはおおかた否定されるものである。たとえば、パリでの彼らはオリンピア・プレス社に出入りできるのを幸い、フランスおよびアメリカの作家の発禁本を入手していた。「ファーリンゲッティが昨日、百ドルを送ってきた。そのおかげでわれわれは飯が食えた。グレゴリーに滞納していた家賃二十ドルを支払った。彼は一時的にわれわれ

のところに引っ越してきた」とギンズバーグは一九五七年の日付のあるケルアック宛ての手紙に書いている。「われわれはジュネとアポリネールの猥褻本、ヘロイン一包み、マッチ箱に入ったハシッシュ、ばか高い壜入りソイソースを買った」。チェルシー・ホテルに住んでいるあいだ、彼らはニューヨークの書店に通った。たとえば、フェニックス書店はエド・サンダースの雑誌「ファック・ユー」のガリ版刷りを出したほか、チャップブックの体裁をとった詩集のシリーズを支援し、その著者のなかにはオーデン、スナイダー、ギンズバーグ、コーソなどの名前があった。サンダース自身は一九六四年に、ユダヤ教の戒律にのっとった古い肉屋があった場所にピース・アイ書店を開いた。ここでは本だけでなく、カウンターカルチャーを偏愛する人びとに向けた商品もあつかっていた。たとえば新進詩人十六人の陰毛やギンズバーグの口髭を製本に使ったシリーズなどである。すぐにこの書店は、とりわけマリファナの合法化を強く主張する政治活動家の溜まり場となった。一九六六年一月二日、警察の手入れがあり、公序良俗に反する文芸書および猥褻な印刷物の所持という罪状で店主が逮捕された。サンダースはこの件で無罪を勝ちとったが、押収された品々は返却されず、そのせいで店を閉めざるをえなくなった。

ニューヨーク近代美術館（MoMA）からCIAにいたる種々さまざまな制度によって推進される文化、経済、政治の複雑な動きのなかで、抽象表現主義の画家たちが一九五〇年代のヨーロッパにおける前衛芸術家の後継者になったとすれば、ビート世代が「失われた世代」とフランスのシュルレアリストたち――オデオン通りの札つきと目された連中――の後継者となった背景には、社会学的な新たな力学の流れ、人生と旅、音楽と芸術を理解する新たな仕方――ジャクソン・ポロックの絵筆のタッチのようなパフォーミング・アーツ――への理解があった。第二次世界大戦が終わるまで、〈ゴサム・ブックマート〉はアメリカ合衆国における〈シェイクスピア・アンド・カンパニー〉ともいうべき存在だった。アナイス・

ニンの日記に書かれているように、フランシス・ステロフが創業したこの書店は、「シルヴィア・ビーチがパリに開いた書店と同じ役割を果たしていた」。どちらの書店も他者に伝染しがちな熱意をこめて、とりわけ伝統に逆らおうとする詩人たちを応援した。アナイス・ニン自身、書店による百ドルの援助と可能なかぎりの宣伝活動のおかげで『人工の冬』を自費出版することができ、盛大な出版記念会を開いてそれを祝った。だが、ヒロシマの直後、フランシス・ステロフはビート世代のもつ力をどう受け止めてよいかわからなくなったか、または直視したくなくなったかして、彼女の名高い書店は文字どおり戦前の世界につなぎとめられたままとなった。だが、美術にかんしては事情が異なる。デュシャンのために、彼の有名な「トランクのなかの箱」の原形を作る職人を見つけたのは彼女だった。アンドレ・ブルトンの本が刊行された折には、書店のウィンドウにデュシャンのインスタレーションを展示した。さらに、デュシャンはペギー・グッゲンハイムとともに〈今世紀の芸術〉画廊をテーマにしたインスタレーションも手がけた。しかし、この書店の性格を最も顕著に表わす出来事は、一九四七年のジェイムズ・ジョイス協会の設立である。会員の第一号はT・S・エリオットだった。そのおよそ十年前、ジョイスがまだ存命中に、ステロフは『フィネガンズ・ウェイク』のために皮肉の効いたウィンドウディスプレイを展開した。世間の風潮に合わせて、通夜の情景を作り上げたのである。とはいえ、故人となった作家と結びつくこの書店は、ともすれば博物館化する危険もあった。その一方で、〈ゴサム・ブックマート〉は当時まだ歴史が浅く（創業は一九二〇年で、二〇〇七年に閉店した）、生みの母ともいうべきステロフはまだ六十歳になっていなかったが、いずれ書店主として百歳の寿命をまっとうすることになる。

『天才たちとの交際――ニューヨークのある書店主の回想』を読みさえすれば、〈ゴサム・ブックマート〉はつねに小さな雑誌やファンジンの味方ではあったが、とくに若い作家や高尚な文学を好み、自分たちのルーツをたどる回想録や、二十世紀前半の特定の文学の一派を熱烈に支持したことがわかるはずだ。その顔ぶれはアンソロジー『われら近代人《モダニスト》 一九二〇―一九四〇』で確認できる。一九七五年に出版されたこの回想録は、ビーチの回想録に似ている。二人の書店主がともに一八八七年生まれで、生涯にわたりジェイムズ・ジョイスを筆頭とする作家たちの売り込みに情熱を注いだことは偶然ではない。〈ゴサム・ブックマート〉の店主は先達を手本とし、観察者となり（「助けが必要だということがはっきりしないかぎり、けっして客には近づかなかった」）、有名人の訪問を歓迎した。ステロフはパリでビーチと会っており、何度か偶然に顔を合わせることもあったと回想し、最後にこう書き添えている。「私たちの書店は同じような企てだと思われていた。でも、私は彼女ほど優位な立場を享受したことは一度もなかった」。

一九二〇年代と三〇年代、〈ゴサム・ブックマート〉はとりわけ、アメリカ国内で発禁処分となった本の集中する場、アナイス・ニン、D・H・ロレンス、ヘンリー・ミラーなどの著作が見つかる島だった。そして、こうした文学的地平ゆえに名声を確たるものとし、全力を挙げてプロモーションに邁進した。作家たちの私信には、このことへの言及が見られる。たとえば『北回帰線』の著者ヘンリー・ミラーからロレンス・ダレルに宛てた手紙にはこうある。

> むろんあまり売れなかった。『黒い本』〔ダレルの著作〕も『マックス』〔ミラーの著作〕も。だが、少しずつでも依然として売れてはいます。友だちが『黒い本』をほしがるので、ポケット・マネーで何冊も買いました。それに、アメリカで発禁になっていないので、何とかなりますよ――少なくともゴーサム・ブックマートを通して。向こうの人たちに手紙を書きましたから、十日もすれば面白い知らせが来るはずです。ケアンズにはきみに会う時間がないかもしれません。彼の船は港に入ると翌日には出航します

から。だが、彼はきみやぼくたちみんなを高く買っています――信頼できる男です、誠実で、ちょっとうぶなところがあるが、正義の人です。いい友人だと思います。たぶんアメリカでぼくを最もよく理解してくれる批評家といえるでしょう。

〈ゴサム・ブックマート〉とその有名な謳い文句「賢者はここで釣りをする」は、アリソン・ベクデルの自伝的グラフィック・ノベル『アー・ユー・マイ・マザー?』に出てくる。「この書店はずっとここにあった。いわばひとつの制度だった」。文化はつねに既存の制度化された市場の代替になると同時に、オフィシャルなネットワークのなかをたえず流通してきたし、作家たちはつねに、それらの並行する詩学の最大の株主だった。しかし、アメリカ合衆国の芸術と政治権力のあいだに存在する複雑な関係を理解するにあたって、ハンチントン・ケアンズについてのミラーの記述は注目に値する。ケアンズがすぐれた読者であり、またポルノと見なされうる出版物の輸入の問題について財務省に助言を与える立場にある法律家だったことを思えばなおさらである。言い換えれば、彼自身が一種の検閲官だったのだ。この時代の最も重要な検閲官だったとさえいえるかもしれない。一九三九年三月の日付があるパリからの手紙の末尾には、驚くべき一文がある。「私はいまこのパリで一人の禅徒だ。これほど気分が晴れやかで、頭が冴え、安定し、集中していたことはかつてない。そこから気を逸らすのは戦争だけだ」。そのころ、ステロフに宛てた手紙でミラーは、出版されたばかりの『北回帰線』と『黒い春』の初版本の残りを贈ると伝え、さらにもっと進んだ考えまで書いている。「私の決意は戦争への恐怖にもとづくわけではありません。今年はたぶん戦争はないでしょうし、来年もそのはずです」。彼らが予測ではなく執筆に従事したのは幸いだった。

一九五九年、その年までアメリカで発禁本に指定されていた『チャタレイ夫人の恋人』をめぐる裁判についてゲイ・タリーズは記事を書いた。連邦判事は、ポルノグラフィーの取引をめぐる二年前のサミュエル・ロス対アメリカ合衆国の裁判のさいに最高裁判所が規定した猥褻の定義を緩めた。

小説の解放は、ニューヨークの出版社グローヴ・プレスの法廷における尽力のおかげで始まった。この版元はアメリカ合衆国の郵便局を相手どって訴訟を起こし、勝訴した。それまで合衆国では、外国から郵送される「猥褻」本や公序良俗に反する他の印刷物を取り締まるにあたって、郵便局が絶大なる権限をもっていた。グローヴ・プレスが裁判に勝ったとたん、文学の表現の自由を擁護する人びとは、これこそ検閲にたいする国家的な勝利であり、憲法修正第一条に定められた言論および出版の自由が支持されたとして快哉を叫んだ。

文化史における検閲という終わりのない章のひとつがこうして幕を閉じた。十八世紀に書かれたディドロの有名な『出版業についての歴史的・政治的書簡』（一七六三年）が新鮮に思えるほどである。これは、著作権から印刷業者、版元、書店の関係にいたるまで、出版というシステムがどのように機能しているかを体系的に細かく分析したもので、彼の考察は、時代は隔たっていても、書籍流通のビジネスが今も法的かつ概念的に分割された領域の多くにあてはまる。『百科全書』の推進役だったディドロ自身、娘の嫁入り持参金を捻出するために蔵書を売らなければならなかったが、彼には他にも名高い著作があり、たとえばソフィー・ヴォランへの手紙や『聾唖《ろうあ》者書簡』のような有名な書簡の書き手で、それにロシアの女帝の愛人の一人だったかもしれない。ディドロの没後、近代小説の初期の傑作のひとつ『運命論者ジャックとその主人』が出版された。発禁本の流通について、彼はこう書いている。

危険な、出版許可をえられなかった作品のなかで、外国もしくは国内でひそかに印刷され、四か月もたたないうちに、出版許可を受けた本と同じように広く流布することのなかった作品の名前を、どうかひとつでもあげてみてください。良俗や宗教や哲学や行政についての既存の考え方、要するにあらゆるありふれた既成観念に反する危険な作品という点からしますと、『ペルシア人の手紙』以上のものが他にあるでしょうか。われわれに残されているのは、さらに悪いことをなすことではないでしょうか。しかしながら、『ペルシア人の手紙』には百もの版があり、河岸で十二ソルの代金でその一冊を見つけられないような四国民学院の学生はいません。翻訳されたユヴェナリスやペトロニウスの本を持たない人がいるでしょうか。ボッカチオの『デカメロン』やラ・フォンテーヌの『コント』やクレヴィヨンの小説の再版は数えきれないでしょう。どんな公共の図書館や個人の蔵書のなかにも、『彗星雑考』やベールが書いたものすべて、『法の精神』、『精神論』、『財政史』、ルソーの『エミール』、『新エロイーズ』、『不平等起源論』など、題をあげようとすればそうできる他の多くの作品があるのではありませんか。

わがフランスの植字工は、メルクスの労働者と同じように巧みに、第一ページの下部に、「アムステルダム、メルクス出版社」と印刷しなかったでありましょうか。〔中略〕『社会契約論』は印刷され、再版され、国王の宮殿の玄関においてでさえ、わずか一エキュで売られています。

このことはなにを意味するのでしょうか。それは、どんなことがあってもわれわれがこうした作品を手に入れるということ、しかし、寛大にしてすぐれた手腕を持った行政官なら、われわれに払われ

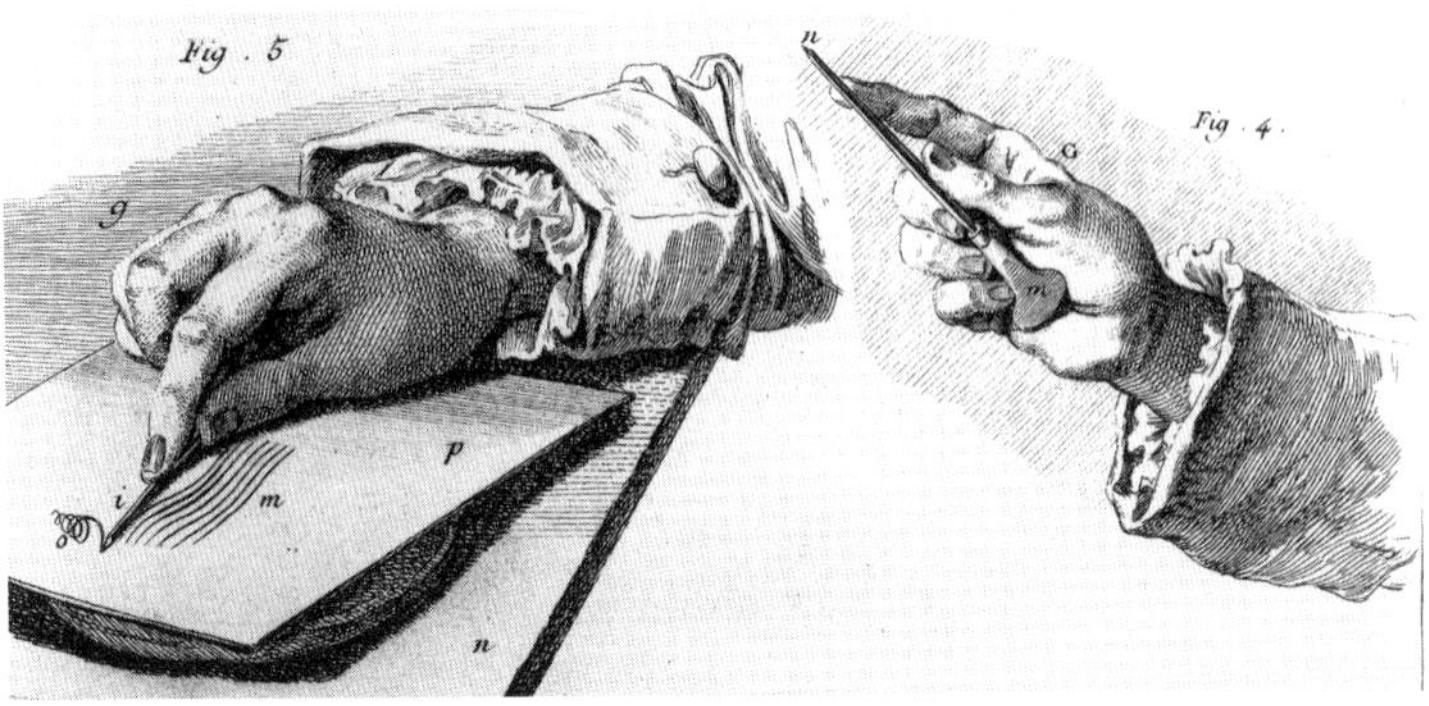

てしかるべき工賃を外国に払ってしまうようなことはさせなかったであろうこと、禁止されることによって二倍、三倍とふくれあがった好奇心につけこみ、現実のものであれ口先のものであれ、その好奇心を満足させるために冒す危険を理由に非常に高価に売りつけている行商人の言うなりにわれわれがなっていることを意味しています。

しばしば短命に終わる小さな書店が主流から外れた文学への想像を育む一方で、規模の大きさを誇る書店を見ると、出版業はかならずしも少数派向けの良書にもとづいているわけではなく、食品業界と同様、大量生産の商品が基盤になっていることを思い出させられる。独立を保ち、長く続き、象徴としての重要性をもつという点でチェルシー・ホテルに相当するニューヨークの書店といえば、ストランド書店だろう。「十八マイル〔約三十キロメートル〕の書棚」をもつこの書店は一九二七年、ベンジャミン・バスによって創業し、息子のフレッドが跡を継ぎ、そのフレッドは娘のナンシーに店を譲り、さらに二〇〇六年にはナンシーの子供たち、ウィリアム・ピーターとエヴァ・ローズ・ワイデンが経営を引き継いだ。「家業」という言葉は彼らのためにあるようなものだ。四世代にわたって二か所の店舗が経営された。最初の店は四番街の「書店通り」にあった。古き良き時代、ここには多いときで四十八もの書店が軒をつらねていたが、そのうち生き延びたのはストランド書店だけである。現在の店舗は十二丁目とブロードウェイの角にある。チリの作家ホセ・ドノーソは「ニューヨークに取り憑かれて」という記事で、その重要性について雄弁に語っている。

私は大型書店に行かない。ゆえに、私の足は必然的にブロードウェイと十二丁目の角にあるストランド書店へと向かう。その古書の大聖堂では、どんな本でも見つけられ、どんな本でも注文できる。土曜の午後や日曜の朝には、文学界や演劇界、映画界の有名人にも会える。彼らはジーンズをはき、化粧もなしで、自分たちの執着を満たすなにかを探しに来るのだ。

私が興味を引かれるのは、「どんな本でも」という言葉がしつこく出てくることだ。カフェ・グルックにおけるヤーコプ・メンデルの机のような書店とは対照的に、「バベルの図書館」のような書店があるという考えである。ストランド書店は百五十万冊の本を揃えていると豪語する。宣伝文句としての記録的な規模と量、広さは、そもそも誇大妄想狂の国である合衆国の多くの本屋に見られる。そして、隣国カナダの書店も同様である。〈ワールズ・ビッゲスト・ブックストア（世界最大の書店）〉はオンタリオ州にあった書店で、元ボウリング場だった。全長二十キロにおよぶ書棚は、例の記憶機械によっていわば永遠性を付与された。映画『ショート・サーキット』に登場する故障した戦闘ロボットのナンバー5は、貪欲にデータを求めるあまり、この書店で大騒動を起こすのだ。大きさという未知の領域にかんして大げさな宣伝文句を信じるなら、アカデミックな書店で最大規模のものはシカゴにある。シカゴのハイドパークに住んでいた数か月間、私は五十七丁目にあるセミナリー・コープ書店を愛用していた。近くにあった大学図書館とともに、雪が降っているときには格好の避難所だった。この書店の大きな特徴は、主要な新刊書の書評を集めたカラー印刷のパンフレット「フロント・テーブル」である。おまけに他の無料の小冊子類もあった。それは名高い地下書店のひとつであり、そこでは誰にも邪魔されず、長い時間をかけて本を漁ることができる。とはいえ、本拠地はもともと五十七丁目ではなく、協同組合が設立された場所、キャンパスの中央にある神学校の地下だった。そこには現在、ベッカー・フリードマン経済調査研究所が入っている。シカゴ大学がその教授陣、客員研究員および卒業生のなかにノーベル経済学賞の受賞者が二十四人もいることを誇るのはもっともだが、ソール・ベローとジョン・マクスウェル・クッツェーがここの廊下やネオ・ゴシック様式の講堂で過ごした日々については、誰も私に教えてくれなかった。一方、ウェブマガジン「ゲイパーズ・ブロック」で、私は書店員ジャック・セラの証言を見つけた。彼の回想によれば、ソール・ベローは箱から出されたばかりの新着の本——コミュニティの最も新しいメンバー——のページを繰るのが好きだったという。

他方、プレーリー・ライツ書店は近隣のアイオワ大学で開かれている国内で最も有名な創作クラスから得られる利点を活用することに長けていた。この書店のウェブサイトには、そこを訪れた七名のノーベル文学賞作家の名前——シェイマス・ヒーニー、チェスワフ・ミウォシュ、デレク・ウォルコット、ソール・ベロー、トニ・モリソン、オルハン・パムク、J・M・クッツェー——が挙げられている。この書店はジャーナリズム学科を卒業したジム・ハリスの個人的なプロジェクトで、彼は自分が受け継いだわずかばかりの遺産を書籍商の世界に投じようと決意し、一九七八年にこの書店を始めた。かつての従業員たちが経営する現在の店舗は、偶然にも一九三〇年代にカール・サンドバーグ、ロバート・フロスト、シャー

ウッド・アンダーソンなどが所属した文芸協会と同じ場所にある。アイオワ大学の有名な「ライターズ・ワークショップ」で学んだ作家の一人、エイブラハム・バルギーズは『わが書店——作家たちが足を止め、立ち読みし、本を買うお気に入りの場所』の〈プレーリー・ライツ〉についての章で、彼にとって書店員はある意味で教師でもあったと書いている。「感性を形作り、自分の可能性に自信をもてずにいたときでさえ、大きな潜在能力をもった一人前の作家としてあつかってくれた」。同じ本のなかで、チャック・パラニュークは〈パウエルズ・シティ・オブ・ザ・ブックス〉を取り上げ、最新刊の宣伝ツアーについて皮肉を述べている。マーク・トウェインは朗読会のツアーに疲労困憊して落命したというのである。

大陸横断の書店の旅で次に足を止めるのは、デンヴァーにある〈タタード・カバー（ぼろぼろの表紙）〉である。ここはバラク・オバマも含め、アメリカの重要な作家が販促ツアーの途中にかならず立ち寄る店だからだ。この書店は一九七一年に活動家のジョイス・メスキスが始めた。正真正銘の公民権運動の指導者である彼女は、近所の人びとや顧客にとても愛されていて、移転にあたっては二百人が手を貸し、本の詰まった箱を引っ越し先の近所の店までせっせと運んだほどである。メスキスは本の利益率を価格の一パーセントと低く抑えることで関連書店との競合に勝つと同時に、顧客の一人一人に対し、いちばんの主役で恩恵にあずかっているのは彼らなのだと示している。書店主の気前のよさは個人的な付き合いや経済面にとどまらず、その思いは、十脚以上の肘掛け椅子にも表われている。彼女によれば、それは顧客が自分の家の居間にいるような気分になれるように、という配慮だ。〈タタード・カバー〉はつねづね公民権運動への支持を特徴としていたが、二〇〇〇年には前述の憲法修正第一条に訴えることでコロラド州最高裁判所から書店の言い分を認めさせる判決を引き出したことで全国的なニュースになった。警察はメタンフェタミンの製造方法のマニュアル本を買った客の個人情報を明かせとメスキスに迫ったのだった。結局、この本は日本の書道についての手引書であることが判明した。

左にラスベガスとリノをあとにして、さらに二千キロ進んだ先には北米の新刊販促ツアーに出かける作家にとって絶対に外せない書店がもうひとつある。前述したポートランドの〈パウエルズ〉である。パラニュークはカジノにそっくりなここが気に入ったにちがいない。無数の部屋が相互につながり、迷路を形作る九つの部屋のそれぞれには、まるで映画『レザボア・ドッグス』の登場人物、さもなければ巨大な売春宿のように名前がついている(ゴールデン、ピンク、パープル)。ストランド書店や他の超大型書店のように、何層にも重なる大量の本——その数、百五十万冊は下らない——のなかから掘り出される質こそが宝物である。この店を探索することは、道しるべの店内マップを手にして旅することにほかならない。旅の目的は、十八世紀と十九世紀の書物を収めた稀覯本の部屋を見つけることかもしれないし、あるいはただカフェに立ち寄って休憩し、ほっと一息つくことかもしれない。なぜなら、ポートランドの〈パウエルズ〉は規模の大きさであまりにも有名なため（ここは実際のところ世界一大きな書店かもしれない）、観光名所になっており、広大なアメリカ全土からたえず大勢の人びとがこの店を訪れているからだ。

　カリフォルニアは南にある。クエンティン・タランティーノが最初の作品を撮り、数多くの架空の書店がスクリーン上に映され、実際に建てられもしたロサンゼルスへ行くには、ここからまだバークレーとサンフランシスコを通過しなければいけない。小さな大学都市バークレーにある〈モーズ・ブックス〉は時間をかけて訪れる価値がある。新刊書と中古本、古書の合わせて二十万冊を擁し、半世紀以上の歴史をもつ。一九五九年にモー・モスコウィッツが創業したこの書店は、やがて政治の季節となった一九六〇年代にひとつの文化プロジェクトとしての地位を確立し、ベトナム反戦運動にも加わった。一九六八年、モスコウィッツは有害文書（ロバート・クラムの漫画やヴァレリー・ソラナス〔ウォーホル暗殺未遂事件を起こした過激なフェミニスト〕の本など）を販売したかどで逮捕された。一九九七年に彼が亡くなったあと、娘のドリスが跡を継ぎ、現在はその息子のイーライが共同経営者となって、独立系書店主も三代目に入った。お隣のサンフランシスコでは、カリフォルニアの書店のなかでもとくに重要な四つの店が私たちを待っている。この州で最古の書店〈ブックス・インク〉、最も有名な書店〈シティ・ライツ〉、私の知るかぎりおそらく最も魅力的な書店〈グリーン・アップル・ブックス〉、アートとコミュニティという点で私が訪れたなかで最も興味深い書店〈ドッグ・イヤード・ブックス〉である。

　〈ブックス・インク〉の歴史は十九世紀半ば、ゴールドラッシュの最盛期にまでさかのぼる。一八五一年、ドイツのシュヴァーベン地方からやってきた旅行者アントン・ローマンがシャスタ・シティの鉱夫たち相手に本と楽器を売りはじめたのが始まりで、〈シャスタ・ブックス〉と呼ばれるようになったこの書

店はエル・ドラド・ホテルの向かいにあった。やがてこの店には〈ローマンズ・ピクチャー・ギャラリー〉が併設され、商売は拡大した。なんといってもそこは砂漠であり、文化、歴史、音楽、それにフロンティアの想像力といったすべてを一から作り上げなければならなかった。四年後、店はサンフランシスコに移転し、その地でテクストとイメージの商売はさらに成長し、自前の印刷と出版業にも手をそめるようになった。それ以来、店の場所も名前もちょくちょく変わり、残っているのは「西部最古の独立系書店」という謳い文句だけである。ローレンス・ファーリンゲッティがいまも経営するシティ・ライツ書店とフランスとのつながり――アメリカ合衆国の文化史においてくりかえし発見される――についてはすでに述べた。いうまでもなく、この書店はサンフランシスコの中心部にあり、中華街やリトル・イタリーや多くの観光名所のすぐ近くにある。一方、〈グリーン・アップル・ブックス〉は辺鄙な場所にあるといえるかもしれない。文化の混交したリッチモンド地区のクレメント通りに面しているのだ。この店はウィリアム・T・ヴォ

ルマンの小説『ロイヤル・ファミリー』にありのままの姿で登場する——そこは答えを探しに行く場所なのだ。この小説の登場人物の場合、仏教の経典を開いて、そこに次の文章を読む。「ものごとは来たらず、去らず、現われもせず、消えもしない。ゆえに、人はなにかを手に入れることも、失うこともない」。しかし、最初のサンフランシスコ訪問で敬虔な巡礼のような心持ちで〈シティ・ライツ〉を訪れた（そのころはまだ目に見えないパスポートを信じていた）私は、十年後にその街を再訪したとき〈グリーン・アップル・ブックス〉に連れていかれ、失うことのないなにかを手に入れたと感じた。

〈グリーン・アップル・ブックス〉は新刊書と中古本の割合、計算されたアドリブ、いくつもの通路、段差、つながり合う階段、あちこちに通じる戸口と吹き抜け、本の選択に迷う読者や顧客のための手書きの書評、そして木の床に、伝統的な地元の書店というみずからの使命をはっきり示している。書店を定義づけるのは、なによりもその店がなにを主張するかである——ポスター、写真、あるいは話題作の紹介、目立つようにディスプレイされた本。〈グリーン・アップル・ブックス〉では、ハンター・S・トンプソンの「公開書簡」が額装されて飾られている。トンプソンはヒッピー運動の磁力に引き寄せられて、一九六〇年代半ばにサンフランシスコにやってきた。階段の壁には巨大なアメリカ地図が掛かっているが、その一方で、戸口には「世界を読め」と名づけられた一画もあり、ここでは新刊の翻訳書のおすすめが飾られている。一階の右手の壁には、美術館さながらにアフリカやアジアの仮面が並んでいる。これらはリチャード・サヴォイの作品である。一九六七年に弱冠二十五歳でこの商売を始めた彼は、それまでアメリカン航空の無線技師の仕事しか経験がなかった。だが、ここにはなによりも読書がある。クレメント通りの迷宮のような店では、仏教の僧院の独居房、あるいは初期キリスト教の地下墓地《カタコンベ》に閉じこめられているかのように、ほとんど隠れるようにしてうずくまる存在を目にするだろう。年齢も状況もさまざまな人びとが立ったり、しゃがみこんだり、坐りこんだりしている――読者たちだ。そして、それこそがなにものにも代えがたいものなのだ。

書店は信者たちのコミュニティである。この考え方を他のどこよりも明確に示すのは〈ドッグ・イヤード・ブックス〉だろう。一九九二年の創業以来、この書店はミッション地区の住民とともに本物の共感にあふれた空間を作り出している。通りの角のウィンドウには、雑誌、本、CDやグラフィックアートだけでなく、書店が顧客である読者とともに作り出すべき愛情と尊敬にもとづく関係を完璧なかたちで表現したものが展示されている。アーティストのベロニカ・デ・ヘススが毎週新たにデザインする死者を祀る祭壇である。そこには名もなき隣人、友人、作家、ポップスターなどが共存している。有名な読者もまったく無名の読者も、死によって結びつけられ、なによりも地域の一部であると自負する書店に敬意を表されている。そしてなにより、書店は地域の一部だという意識をもつのだ。

〈グリーン・アップル・ブックス〉の書棚には、誰の仕業かわからないが、『ユリシーズ』を読むマリリン・モンローの写真が飾ってある。ハリウッドを象徴する肉体の持ち主が、トリエステかパリに亡命したアイルランド人作家の精神を読んでいる。アメリカ合衆国がヨーロッパを読んでいる。古いコメディ・ミュージカル映画『パリの恋人』では、この種の二項対立に興味深いひねりが加えられている。雑誌編集者の指示により、フレッド・アステア演じるファッション写真家は、美と知性を併せ持った「見た目だけでなく、考えることもできる」モデルを見つけなければならなくなる。グリニッチ・ヴィレッジにある書店〈エンブリオ・コンセプツ〉——ハリウッドのセットに作られた架空の書店——が、この捜索の場となる。その店で、フレッド・アステアは哲学好きの美しい娘ジョー・ストックトン（オードリー・ヘップバーン）と出会い、パリのファッションショーに同行してほしいと説得する。彼女は同意するが、それはモデルになるチャンスのためではなく、「共感主義」の権威である哲学者の講義に出られるかもしれないからである。一九五七年の映画にしては、伝統的な役割の逆転に意外性がある。男のほうが浅はかさを表象し、女のほうが深い知性を示しているのだ。それでも、最後にはミュージカルの定石どおり、二人はそれまでの行き違いをすべて消し去り、少なくとも凍結するキスを交わすことになる。『ノッティングヒルの恋人』は出だしからその逆である。男（ヒュー・グラント）は独立系の旅行書専門店を経営し、女（ジュリア・ロバーツ）はハリウッド女優である。彼女が初めて彼の書店に入り、書棚を眺めているあいだ（映画に登場する〈トラベル・ブック・カンパニー〉は実際は靴屋であり、現在は〈ノッティングヒル〉と名乗っている）、彼は万引き犯をつかまえ、ズボンのなかに隠した本を買い取るか、または返してほしいと礼儀正しく話しかける。万引き犯は有名な女優に気づき、サインをねだる。一方、書店主の男はあっさりと恋に落ちる。

エロチックな空間として、あらゆる書店はこのうえない出会いの場である——書店員と本、読者と本、

読者と書店主、その場に居合わせた読者同士。書店がかもし出す親密な雰囲気は世界共通である。外の世界の危険から守られた心休まる避難場所としての性質は、だからこそ他のどんな場所よりも出会いが生まれやすい。アラビア語や日本語で出版された本が、その本のタイトル、あるいは著者近影やある種の勘によって、トルストイやロルカの著作であることがわかるときの奇妙な興奮。世界のどこかの書店で、そんな誰かとの再会の経験が味わえる。そのため、書店で恋に落ちることが、定評ある文学や映画の確立されたひとつの主題であることは不思議でもなんでもない。『ビフォア・サンライズ　恋人までの距離』は、ヨーロッパを列車で旅行中だった主人公の男女がウィーンで忘れがたい九時間をともに過ごすという物語だが、続編の『ビフォア・サンセット』ではその九年後、二人が〈シェイクスピア・アンド・カンパニー〉で再会する。なぜそんな偶然が起こったかといえば、男は作家になり、そこはアメリカの作家たちが新刊のお披露目をする場所だからである。彼女に気づいた瞬間は、古典的ともいえるエロチックな情景の魔術があ

る。彼は自分が構想する物語の筋書き、最小限の現在と最大限の記憶でできている本について聴衆に説明しながら、その解説はポピュラーソング一曲分ほどもつづき、その間、スクリーンにはフラッシュバックを通じて物語が示される。それはウィーンでのあの夜、前の映画の断片である。そのとき、彼はふと右のほうを振り向き、彼女に気づく。一目で彼女だとわかり、激しく動揺する。およそ十年前に中断した話を続けるのに、二人には数時間しかない。私たちの世紀の変わり目には、書店という概念を包むロマンティシズムが支配的だった。それは書店をコミュニケーション、友情、愛の象徴に仕立て上げ、そのことは、たとえば『風の影』や『シーグラス・サマー』といった小説から、いずれもストランド書店で撮影されたシーンのあるロマンチック・コメディ『リメンバー・ミー』や『ジュリー&ジュリア』といった映画にいたるまで、大衆文化のさまざまな作品に見てとれる。なかでも映画『ユー・ガット・メール』は、個人経営の書店が近所にできたチェーン書店のせいで立ち行かなくなると同時に、小さな書店の経営者（メグ・ライアン）とチェーン書店の店長（トム・ハンクス）がおたがいの本名も顔も知らないまま、メールを通じて親しくなるという話である。

プラトニックな愛——それは知への愛である。テレビドラマ「ザ・ホワイトハウス」シリーズ1では、バートレット大統領が大好きな趣味の古書を買いに行きたくなるたびに、つねに警察の出動が必要になるというエピソードがある。彼が買い集める本の大半は十九世紀または二十世紀初頭のもので、テーマはかなり特殊である。熊撃ち、アルペン・スキー、パイドロスとルクレティウス。現代のフィクションにおいて、書店は公的な機関——図書館や大学——では見つからないたぐいの知識を蓄えた場所を意味する。というのも、書店は民間の商売であり、やかましい規制がなく、書店主たちは図書館員や大学の講師たちよりもさらに変わり者だ。だからこそ、ファンタジー小説やホラー小説の世界には、奇矯な賢人が経営し、禁じられた知識や秘められた謎をもつ書店がしばしば登場する。それは、秘密の部屋や地下室のある骨董屋に相当するものなのだ。二十一世紀に出たいくつかのコミックには、隠し書庫としての書店という概念がくりかえし描かれる。たとえば、ガース・エニスとダリック・ロバートソンの『ザ・ボーイズ』では、コミック専門書店の地下にスーパーヒーローが生きている世界の本当の記憶が保管されている。あるいは、アラン・ムーアの『ネオノミコン』に出てくる書店では、あらゆる類いの魔法の本やサド－マゾ関連書を買うことができる。以下に挙げるH・P・ラヴクラフトの短編「新世紀前夜の決戦」からの一節は、社会のシステムの枠外で別のサブカルチャーが別のネットワークを通じて流通するというアイデアを完璧に示している。

タルカム氏の記事にはかの有名なクラークカシュ・トンの挿絵が付けられ（氏は深遠なる意味をこめて両選手をくねくねした菌類として描いた）――〈ウィンディ・シティ・グラブ・バグ〉誌の手厳しい編集者に何度となく突き返された後――W・ピーター・シェフによって片面刷りのパンフレットとして印刷された。このパンフレットはオーティス・アデルバート・クラインの努力のおかげで、スミアラム＆ウィープ書店でついに売り出され、サムエルス・フィランソロプス氏がカタログで魅力的な説明をした甲斐あってようやく三部と半分が売れたのだった。

とはいえ、本屋の奥まった棚や地下室で発見されるのは、オカルトや魔術、宗教関連書、または異端審問や専制君主が発禁処分にした書物だけではない。秘密のオーラをまとった本、ほとんど知られていない本、幸福な少数の人びと、ほんの一握りのマイノリティのための本、目利きにしかわからない本、奥義の書など、どんな本でも貴重品入れや金庫という地下納骨堂にしまわれている可能性がある。ほとんどの本は、出版されれば誰でも平等に手に入れられる。価格はその時点のさまざまな要因によって決められる。年月がたつにつれ、その作品と著者の幸運のめぐり合わせ、その希少性やオーラ、古典としての価値、神話の力によって本の値段が急上昇し、とんでもない高値がつくか、あるいは下落して、ゴミや不用品と同様の値段になる。一冊の本は、その魔術的な力だけでなく、市場価値によっても追跡の対象となりえ、往々にしてこの二つの要素は絡み合っている。たとえば、ジョージ・スタイナーはボルヘスの作品を見つけたときのことを回想して、こう書いている。

それはリスボンの、とある本屋の洞窟然とした奥まった一室で、一九五〇年代も初めのころのことだったろうか。見せてもらえたのは、ヴァージニア・ウルフ『オーランドー』のボルヘス訳、ブエノスアイレス版カフカ『変身』へのボルヘスの序文、一九四二年二月八日付の「ナシオン」に掲載された、ジョン・ウィルキンズ大司教考案の人工言語にかんするボルヘスの重要エッセイ、さらには一九二六年に出版されたきり、ボルヘス自身の意志で、その後再版されていない短いエッセイ集、稀覯中の稀覯本とされる『わが希望の大きさ』であった。これらのほんの眇《びょう》たる品々を、拝めるだけでも眼福ですぞと言わんばかりの態度で、出してみせてくれたのだ。それも当然というものだろう。秘所には着いたが、遅すぎたわたしであったのだ。

パリのアラン・ブリウ書店には、古書と印刷物に混じって人間の頭蓋骨や十九世紀の手術道具が置かれている。まさに骨董品の陳列室だ。珍品の保管庫としての古書店のイメージは、私たちがフィクションと呼ぶあの人間の衝動を刺激するあらゆるものと同じく、現実の指示対象と想像上のシーンのあいだで揺れ動く。ロンドンのチャリング・クロス通りの裏手に秘密の入口があるダイアゴン横丁のフローリッシュ・アンド・ブロッツ書店は、ハリー・ポッターをはじめとする魔法学校の生徒たちが毎年、新学期が始まる前に教科書を揃えようと出かける場所のひとつである。映画のロケにはポルトのレロ兄弟書店が使われた。一方、同じくらい魅力的な『ヒューゴの不思議な発明』のムッシュ・ラビスの本屋は、この映画のためだけに特別に作られた。このセットには四万冊の本が必要だった。アルフレッド・ヒッチコックも『めまい』の有名なシーンを撮影するため、ハリウッドのスタジオにサンフランシスコのアルゴノート書店という一軒の本屋を再現した。脚本でここはアーゴシー書店と名前が変えられ、私たちがこれまで見てきた書店の語彙によって描写されている——古さが強調され、時刻はちょうど黄昏どきで、棚には深遠な知識を備えた古書が並び、なによりも開拓者たちのカリフォルニアに特化した専門書店であることから、「憂いのカルロッタ」の情報を得ようとする主人公のスコティが訪れるにふさわしい。「憂いのカルロッタ」とは、映画のなかの書店主ポップ・リーベルの言葉だが、彼は実在のアルゴノート書店の店主だったロバート・D・ヘインズをモデルとしている。ヒッチコックはヘインズの友人で、彼の店にもよく訪れていた。「彼女は死んだ」とリーベルはつづける。「死因は？」とスコティは訊ねる。「自ら手を下したんです」と書店主は答え、悲しげな笑みを浮かべる。「どこにでもある話です……」脚本にはこう書かれている。「書店のなかは暗闇に沈み、登場人物たちはシルエットになる」。

私はいま、インターネットで〈ハリウッド・ブックシティ〉が閉店したことを知ったばかりだ。中古本とバーゲン本をあつかう大規模書店であり、いわばストランド書店の西海岸版だったこの店は、ウォーク・オブ・フェイムのすぐそばにあった。そこでは映画のシナリオも売られていた。シナリオが詰まった大きな段ボール箱があり、十ドル、五ドル、一ドルという値がついていた。そんな叩き売りのような値段のついた、タイプされたシナリオ、ホチキスで留めたシナリオの束、映画にならなかったシナリオ、読まれもしなかったシナリオ、大量に送りつけられてあつかいに困った製作会社から目方で買いとったシナリオが、モノクロの半透明か透明のプラスチックのカバーをつけられ、プラスチックのリング式バインダーで綴じてある。アンディ・ウォーホルがあれほど愛したあのプラスチックで。

無礼な人に笑顔で対処する方法（仮題）

チョン・ムンジョン［幡野 泉訳］

韓国発！　職場・家族・恋人との関係の中で、女性が無礼な相手にセンスよく意見し、自分を大切に前向きに生きるための45のトリセツ。

（5月下旬刊）四六判■1500円

記憶の箱舟　または読書の変容

鶴ヶ谷真一

書物の変遷と読書の変容。さらに両者の織りなす記憶という人間精神の多様ないとなみを、東西の知の歴史に重ね合わせた綺想の文化史。

（5月中旬刊）四六判■2800円

エクス・リブリス

回復する人間

ハン・ガン［斎藤真理子訳］

大切な人の死、自らを襲う病魔など、絶望の深淵で立ちすくむ人びと……心を苛むような生きづらさに、光明を見出せるのか？

新刊

新全体主義の思想史

——コロンビア大学現代中国講義

張博樹［石井知章・及川淳子・中村達雄訳］

習近平体制を「新全体主義」ととらえ、六四以後の現代中国を壮大なスケールで描く知識社会学の記念碑的著作。天安門事件30年を悼む。

（5月下旬刊）四六判■4200円

ゴルバチョフ　その人生と時代（上）

ウィリアム・トーブマン［松島芳彦訳］

「冷戦終結三〇年」にして解明されるゴルバチョフという「謎」。ソ連改革から解体へと導いて「世界を変えた男」を人間味豊かに描く。

（5月下旬刊）四六判■4700円

文庫クセジュ1028

ヨーロッパとゲルマン部族国家

マガリ・クメール、ブリューノ・デュメジル［大月康弘・小澤雄太郎訳］

ローマと蛮族の接触によって、西欧社会はどう変容したのか。最新の研究成果を盛り込み、ゲルマン人諸部族の

間フランス文法おさらい帳 ［改訂版］

（5月中旬刊） A5判■1800円

は終えたけど、いまひとつ自信がない」という方にぴったりの
苦手項目がひと目でわかるので効率的に学習できます。

ート！ ドイツ語 A2

（5月中旬刊）

天羽々崇、山本淳、渡部重美、アンゲリカ・ヴェルナー A5判■2400円

な表現で身近なことを伝えられる。話す・書く・聞く・読む・文
能対応。全世界共通の新基準。音声無料ダウンロード。

学習者のためのドイツ語質問箱 100の疑問

四六判■2200円

勉強はわからないことだらけ。学習者から寄せられたさまざまな
イツ語学の先生がやさしく丁寧に答える待望の一冊。

がくわしいスペイン語の作文 ［改訂版］

（5月下旬刊） A5判■2200円

ろんな答えが出てくるもの。だからこの本は一問ごとにくわしく
解答例も複数つけました。これならひとりでも書ける！

ータイムのロシア語

（5月中旬刊）

三神エレーナ、佐藤裕子 《CD付》 四六判■2100円

音を丁寧に解説、キリル文字のハードルを越えやすくしました。
要最小限、簡単な会話ができるまでを目指します。

エクスプレスプラス グルジア語

《CD付》（5月中旬刊）A5判■3300円

山脈のふもと、黒海に臨む交通の要衝ジョージア。あの独特な文
、能格を持つ文法も、この一冊で学べます。

エクスプレスプラス ウクライナ語

《CD付》（5月中旬刊）A5判■3400円

とは共通の祖語を持ちキリル文字を用い、ルーシ、コサックなど
史を背景に持つヨーロッパの穀倉地帯の誇りある言語。

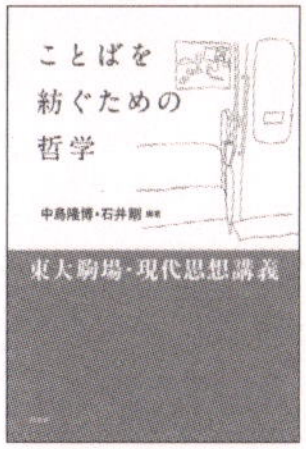

ことばを紡ぐための哲学

東大駒場・現代思想講義

中島隆博・石井 剛［編著］

「炎上」からヘイトスピーチまで、敵が敵を生む〈ことばの過剰〉に抗して、ともに生きる場を恢復する、「知の技法」のこれから。 四六判■2000円

書物復権

新装復刊／5月中旬刊

ミシェル・セール 普遍学からアクター・ネットワークまで

清水高志

ライプニッツ思想から、ポスト・ポスト構造主義へ。哲学や人類学の新知性を胎動したしなやかで強靭なセールの哲学の根源に迫る。

四六判■3900円

ドイツの歴史教育

川喜田敦子

ナチ時代の負の過去をいかに次の世代に伝えるか。歴史認識と歴史教育をめぐる戦後ドイツの歩み。

四六判■2800円

古代ギリシア人 自己と他者の肖像

ポール・カートリッジ 橋場 弦訳

ギリシア人対異民族、男性対女性、自由人対奴隷、といった自己と他者との二極対立の思考法によって、自らを認識したギリシア人の特異なメンタリティを解明する。 四六判■5400円

ビスマルク（上・下）

ジョナサン・スタインバーグ 小原 淳訳

最新研究を踏まえ、その生涯をドイツ・ヨーロッパ社会の歴史的状況に位置づける。私生活、反ユダヤ主義にも光を当て、「鉄血宰相」の全貌に迫る！ 四六判■各5800円

社会格差や高齢化、医療問題など、中国社会の

題を反映した、中国SF作家初の短篇集。全7篇。

四六判■2400円

見ることは信じることではない

——啓蒙主義の驚くべき感覚世界

キャロリン・パーネル［藤井千絵訳］

天才をつくる食事、盲学校の設立、おならを芳香にする薬……啓蒙主義の時代、人々は身体感覚を通じて世界をどう捉えなおしたか。

四六判■3400円

ピエロ・デッラ・フランチェスカ《キリストの鞭打ち》の謎を解く

——最後のビザンティン人と近代の始まり

シルヴィア・ロンケイ［池上公平監訳　長沢朝代・林 克彦訳］

優れた数学者でもあった画家の代表作に秘められた、注文主・真の主題・構図・描かれた人物の謎を、当時の激動の世界史から読み解く。

A5判■20000円

ピカソとの日々

フランソワーズ・ジロー、カールトン・レイク［野中邦子訳］

巨匠自らが語るアイデアの源泉、創作の過程、画家仲間との関係、そして恋愛観……世界に衝撃を与えたベストセラーの書、待望の新訳！

A5判■6000円

地図と鉄道省文書で読む私鉄の歩み

関西2　近鉄・南海

今尾恵介

「鉄道王国」日本の歩みを、鉄道会社職員や沿線住民の声と当時の地図から浮かび上がらせていく。カラー地図多数掲載。関東関西全5巻。

四六判■2400円

東欧からのドイツ人の「追放」

——二〇世紀の住民移動の歴史のなかで

川喜田敦子

戦後欧州の地域秩序再編とドイツの社会再編において、ドイツ系住民の「追放」を歴史的に検証し、多様性を認めた統合と連帯を模索する。

四六判■4300円

好評既刊

示唆に富んだ一〇〇の名言

新書判■1200円

白水Uブックス222

カッコウが鳴くあの一瞬

残雪［近藤直子訳］

「彼」を探して彷徨い歩く女の心象風景を超現実的な手法で描いた表題作ほか、夢の不思議さを綴る夜の語り手、残雪の初期短篇を集成。

（5月中旬刊）新書判■1600円

山山

【第63回岸田國士戯曲賞受賞】

松原俊太郎

美しい山の麓で暮らしていたはずの家族が、せずにすめばありがたいことに曝されつつ、ポスト3・11の愛を紡ぐ！　表題作ほか2篇。第63回岸田國士戯曲賞受賞作。

（5月上旬刊）四六判■2000円

ナショナリズムと相克のユーラシア

——ヨーロッパ帝国主義の負の遺産

宮田 律

「ナショナリズム」をキーワードに中東・ヨーロッパに遍在するさまざまな対立軸を俯瞰し、その歴史的・思想的背景を明らかにする。

四六判■2600円

移民とともに

——計測・討論・行動するための人口統計学

フランソワ・エラン［林 昌宏訳］

嘘の数字、詭弁、フェイクニュースを見破るために！フランスの移民学の権威が、人口統計学をもとに間違いだらけの移民政策を検証。

四六判■4000円

貿易戦争の政治経済学

——資本主義を再構築する

ダニ・ロドリック［岩本正明訳］

ポピュリズム的ナショナリズムと高度産業社会に充満する不安を理解するための必読書。フランシス・フクヤマ、ラグラム・ラジャン推薦。

四六判■2400円

8 中南米——北から南へ

リオデジャネイロのレオナルド・ダ・ヴィンチ書店は、世界で最も詩に謳われた書店にちがいない。マルシオ・カトゥンダはこの店に「書店」という詩を捧げ、そのなかで、〈マルケス・ヂ・エルヴァル〉というビルの地下にある書店の奥へとつづく通路と、真昼のような人工的な光に照らされた店のウィンドウを描写している。店主のミレナ・ピラッチーニは私のためにその詩をコピーしてくれた。それは二〇〇三年の暮れのことだったが、その前年に創業五十周年を迎えた店の歴史について彼女と話したのを私は覚えている。そばには二つのデスクがあり、その上にはレジ代わりの二台の巨大な計算機が、コンピューターはおことわりといわんばかりに鎮座し、その隣にはプレイヤード叢書が揃っていた。彼女の母ヴァンナ・ピラッチーニはルーマニア人の父をもつイタリア人であり、彼女が公式に経営者となったのは一九六五年、夫のアンドレイ・ドゥシャーヂが亡くなったあとだが、当初から店を取りしきっていたのは彼女だった。ヴァンナはこの書店の歴史におけるいくつもの危機に直面し、それらを乗り越えてきた。不況、長期にわたる軍事独裁政権、そして一九七三年の火事による店の全焼。友人のカルロス・ドゥルモン・ヂ・アンドラーヂはこう書いている。「その地下の店は／宝物を陳列する／まるで突然の飢饉から／それらを守ろうとするかのように」。

同じ建物の地下、この店の向かいには、同じく歴史的となることを運命づけられたもう一軒の書店がある。〈ベリンジェラ（茄子）〉である。一九九四年にダニエル・チョムスキーが創業したこの書店は、今世紀初めのリオに住んでいた出版人アニバル・クリストボが私に話してくれたところによれば、「映画『スモーク』に出てくる書店を思い出させる。作家たちが集う場所で、レコード・レーベルにもなれば、出版社にもなり（ブラジル現代詩の雑誌としてはおそらく最良と見なされる『モード・ヂ・ウザール』を四号出している）、ときには例の謎めいたゲーム『フチボタオン』、つまりサッカーゲームの選手権が開かれる秘密の隠れ家になることもある」。思うに、この二つの書店のあいだには、かつてオデオン通りにあったような相乗効果が生まれているのだろう。地下に隠れてはいるが。

レオナルド・ダ・ヴィンチ書店に捧げられたもうひとつの詩は、アントニオ・シセロの手になる「都市と本」である。これもコピーが手元にあるので、翻訳してみよう。

リオは無尽蔵に見えた
かつて思春期の少年だった私には。
一人でカステロ・バスに乗って
終点で飛び降り
何も恐れず歩きまわる
禁じられた都市の中心に向かって
群衆の誰も気づかない

私がそこに属さないことに。そして不意に
無名の群衆のただなかで無名の存在となり
幸せのあまり恍惚となる。たしかに私はこの都市の一部だ
そして都市は私の一部となる。横丁へ入る
路地へ、大通りへ、アーケードへ
映画館へ、本屋へ——レオナルド・ダ・ヴィンチ
ラルガ・ヘックス　セントラル　コロンボ
マヘッカ　イリス　メイオ＝ヂーア　コスモス
アルファンデガ　クルゼイロ　カリオカ
マホッコス　パッソス　シヴィリザサオン
カヴェ・サーラ　サン・ジョゼ　ホザーリオ
パッセイオ・プブリコ　オウヴィドール　パドラオン
ヴィトーリア　ラヴラヂオ　シネランヂア
それまで知らなかった場所が
そこかしこの無限の街角に開かれ
その先に存在するあらゆる都市へと
広がっていった

都市、その空間と文化にたいする思春期の子供の視線。エロスに敏感な、すべて

を呑みこもうとするまなざし。ロベルト・ボラーニョ『野生の探偵たち』の登場人物ファン・ガルシア＝マデーロにとって、詩は――最初のうち――ＵＮＡＭ〔メキシコ国立自治大学〕の文哲学部とリンダビスタ地区郊外の自分の部屋で見つけるべきものだった。しかし、やがて彼は、ともに語らい、空腹に麻酔をかける相手を求めて、いくつかのバーやカフェ、はらわたリアリストがたむろする場所、そして書店へと移動していく。この小説の冒頭で、文学は性的なものとして描かれる――登場人物たちが思春期であることを思えば当然である。ファンはエフレン・レボジェードの詩を発見し、それを暗唱し、自分にまたがるウェイトレスを想像し、何度も自慰行為にふける。その直後、ある文学の集いのあとで口淫を経験する。夜は酒とセックスが文学を凌駕するが、昼間のうち文学を取り巻くのは書店である。その迷宮のなかで、彼は「行方不明になった二人の友」を見つけようとする。

ほかにすることもないので、ベラーノとウリセス・リマを探してメキシコシティの本屋を回ることにした。ベヌスティアーノ・カランサ通りで〈小プリニウス〉という名の古本屋を発見した。ドンセーレス通りでリサルディ書店を発見した。メソーネス通りとピノ・スアレス通りの角で〈レベーカ・ノディエ〉という古本屋を発見した。〈小プリニウス〉のたった一人の店員はおじいさんで、「メキシコ国立大学院大学の研究者」という客への親切な応対が済んだと思ったら、積み上げた本の山の隣に置かれた椅子に腰掛け、僕のことなど完全に忘れてぐっすり眠り込んでしまったので、アルフォンソ・レイエスによる序文つきのマルクス・マニリウス『アストロノミカ』選集と、第二次大戦中の日本人作家による『無名作家の日記』〔菊池寛の小説〕を万引きした。リサルディ書店ではカルロス・モンシバイスに会ったと思う。気づかれないように近づいて、いったいどんな本を読んでいるのか確かめてやろうとしたが、そばまで行くとモンシバイスはいきなり振り向いて僕をにらみつけ、かすかに微笑んだと思う。それから、タイトルが見えないよう本を小脇に挟み、店員と話を始めた。僕はその態度にむかっときて、大学出版局編のオマル・イブン・アルファリドというアラブの詩人の小詩集と、〈シティ・ライツ〉から出ているアメリカの若手詩人選集をくすねてやった。僕が店を出たとき、モンシバイスはもういなかった。

これはメキシコシティの本屋に捧げられた章からの抜粋である［第一部「メキシコに消えたメキシコ人たち」（一九七五年）の冒頭部分、十二月八日、九日、十日、十一日の記述］。さらにいえば、この箇所は本そのものと同じくらい古い歴史をもつ書籍窃盗症《ビブリオクレプトマニア》にも捧げられている。その後、〈レベーカ・ノディエ〉、〈ソタノ（地下室）〉、〈メヒカーナ〉、〈オラシオ（ホラティウス）〉、〈オロスコ〉、〈ミルトン〉、〈エル・ムンド（世界）〉、〈エブロ河の戦い〉といった書店へ行ったという記述もある。〈エブロ河の戦い〉の店主は「年老いた小柄なスペイン人で、名前をクリスピン・サモラという」。ガルシア＝マデーロはその店主に向かって、「金がないので本を万引きした」と打ち明ける。彼がただで手に入れたのは、クリスピンがくれた二冊と、三日間で盗んだ二十四冊。そのうちの一冊はレサマ＝リマの本だが、タイトルはわからない。

自己形成小説《ビルドゥングスロマン》において、書店が貪欲なまでの欲望と結びついていることは必然のようだ。レサマ＝リマの『パラディーソ』では、登場人物の一人が本と関係した性的不能に悩み、まさに書店にいたとき、ある友人にそのことをからかわれる。

書店主が入ってくると、彼は訊ねた。「ジェイムズ・ジョイスの『ゲーテ』は入荷しました？ ジ

ユネーヴで出たばかりのやつですよ」その質問にこめられた冗談に気づいた書店主は目くばせした。
「いや、まだだね。でも、もうじき入ると思うよ」
「入ったら、一冊取り置きしておいて」と、フォシオンと話していた男がこの世に存在しない本の冗談に気づかずにいった。その声は固いメレンゲ状の唾でねっとりしていて、両手と額の汗は彼の自律神経の発作の暴力を露わにしていた。「同じシリーズに紀元前四世紀に書かれた中国のサルトルの本がある」とフォシオンはいった。「これも一冊取り置きを頼んでおくといい」「中国のサルトルとなれば、無為《ウーウェイ》とサルトルの実存主義の虚無との接点をなにか発見したにちがいない」

架空の本をめぐる奇妙な会話はさらにつづき、やがて書店主の話し相手は店を出て、オビスポ通りに出ると、住まいにしているホテルの部屋に戻る。そのあと語り手は、「書店で最新刊の本を前にしたり珍しい本が出版されたのを知ったりするとなぜか不意に襲ってくる文化的不安からくる性的発作」に悩まされていると語る。フォシオンはそのことを知っていて、「迷宮」——彼は書店をそう呼んでいる——で生じるつかのまの戯れを楽しんでいる。勃起。フェティッシュ。在庫の集積。エロチックな経験を重ねることは、読書を重ねることに似ている。その道筋はバーチャルであり、純粋な記憶である。本を盗むこと、あるいは買うこと、または贈り物として受け取ることは、それらを所有することである。体系的な読書をする人の場合、その人の書棚の形成は、人生全体の相関物とはいわないまでも、少なくとも本を所有することが重要になった若いころの人間的な成長を映し出すものとして解読ができる。

メキシコの出版人ギジェルモ・キハスは十八歳のとき、教師で書店主だった祖父のベントゥーラ・ロペスに、本のファイルを装丁家に届け、それから印刷所へ持ってゆき、最後にできあがった本を取りに行くようにと言われた。まるで魔法のように、コンピューターの目に見えない情報からページと匂いと重さをもつ本が出現した。しかし、その本は実際のところ無から生まれたわけではない。その存在は一九三〇年代までさかのぼる意味のつらなりの一部をなしていた。まだ若かったベントゥーラ・ロペスは勉学に励んで奨学金を得、農村教育の教師の資格をとり、やがて小学校の教師になった。しかし、農業協同組合を支援し、一九四九年には共産党員になったせいで教師の仕事をくびになった。そこで、同じような状況下にあった何人かの同志とともに共同で資金を集め、それを元手に文房具店を兼ねた書店を開くことができた。その店は文化センターと識字教育の場ともなり、さらには地方文化についての本を出す出版部門ももつようになった。ベントゥーラ・ロペスは二〇〇二年に世を去ったが、ラ・プロベエドーラ・エスコラール（学校への供給者）書店は孫息子の使命感のおかげで、いまもオアハカにある。孫が受け継いだ二軒の店舗と新しく開業した五軒の店は、キハスの個人的なプロジェクトである出版社アルマディーア——アラビア語で「船」を意味する——と共存している。

一般に、新刊書を売る書店が秩序立っている一方で、中古本を売る店は雑然としている——知識の無秩序な集積。しばしば書店の名前そのものもそれを伝えている。メキシコシティのドンセレス通りとその近隣の通りには〈インフラムンド（アンダーワールド）〉、〈エル・ラベリント（迷宮）〉、〈エル・カジェホン・デ・ロス・ミラグロス（奇跡の小路）〉といった書店があるが、どれもコンピューターを導入していないので、本を見つけるには不確かな分類システムか、客の運と力量か、とりわけ書店員の記憶と勘に頼るしかない。洞窟か地下蔵を思い出させるツァラトゥストラ書店について、バリェ＝インクラン——スペイン、メキシコおよび世界で活躍したきわめて頭脳明晰な作家——は『ボヘミアの光』でこう書いている。「山積みになった本が列をなし、壁一面を覆っている。ある連載小説のぞっとする挿画が四枚、扉の四つのガラスに貼ってある。そんな穴倉で、猫、オウム、犬、書店主がおしゃべりをしている」。カラカスの〈グラン・プルペリア・デル・リブロ（本の大きな雑貨店）〉は、店を溢れかえさせる地下の書店の現実を極限まで突きつめている店だ。本を収めようと長年にわたってがんばってきた書棚からついに見放されたかのように、床にまで本が積み上げられている。歴史家でジャーナリストでもある店主のラファエル・ラモン・カステジャーノスは一九七六年にこの書店を開いて以来、書店の経営と執筆業を両立させてきた。あるインタビューで本の分類法について訊かれた彼は、コンピューター化しようと何度も挑戦したが、そのたびに失敗し、結局、「自分と書店員たちと息子ロムロの記憶」が頼りだと答えている。

二〇一二年の半ばごろ、カラカスのレストランでウリセス・ミジャと昼食をとっていたとき、私は、自分がいま『野生の探偵たち』の登場人物ウリセス・リマに最も近づいているのではないか（少なくとも発音上は）という気がした。彼の語ってくれた歴史は、スペインおよびラテンアメリカの亡命の歴史、その

地域に住みついて文化を築き上げた移民たちの歴史だった。ボラーニョが描いたそのルートマップはジグザグを描いている。長く自然で、かならずいつかは終わる悲しみを、人間的で短く、つねにはかない個人の記憶へと変貌させる書店。ベニート、レオナルド、ウリセス——三代にわたる出版人兼書店主の姓は、速度と距離と翻訳を想起させる。クリームチーズとアボカドを添えた肉を供するそのレストランで私は考えた——ウリセス・ミジャは、ほとんど同語反復だ〔ウリセスは「オデュッセウス」、ミジャは「マイル」（距離の単位）の意〕。彼は最初、一族の伝統を引き受けまいとして、十五年のあいだグラフィック・デザインにたずさわった。だが、彼がデザインしたのは本だった。そして、最後には出版人兼書店主になった。

ベニート・ミジャは一九一八年にスペインのアリカンテ県にあるビジェナに生まれた。カタルーニャの無政府主義青年同盟の書記となった彼は、一九三九年に亡命した共和派の一人だった。数年をパリで過ごした——その間、長男のレオナルドが生まれた——あと、妻に説得されて（「祖父の引っ越しのきっかけになったのはつねに祖母だった」）ウルグアイの首都モンテビデオに引っ越した。そこのリベルター広場で、彼は屋台の本屋から始めて、やがてアルファ出版を設立し、一九五一年から六七年までの十六年間、文化雑誌を何冊か発行した。この間、ウルグアイは経済危機に見舞われ、政治的な軋轢が高まって、やがて長期にわたる軍事政権のもとに置かれた。「祖父は一九六七年にモンテビデオを離れてカラカスに移り、新しく設立されたモンテ・アビラ社の運営にたずさわった」とウリセスは私に話した。「モンテビデオのアルファ出版は引きつづき父が経営にあたっていたが、一九七三年に一家は出版社ごとブエノスアイレスに引っ越した。しかし、ペロンの死後、軍事政権下のアルゼンチンから逃げ出さなくてはならなかった。一九七七年になって、ようやくレオナルドはカラカスに行き、アルファ出版のベネズエラ時代が始まる。行政手続き上の理由から、その会社はアルファディルと名乗ることになった」。祖父が始めたプロジェクトは、さらにバルセロナで第三期を迎えることになる（「祖父はカタルーニャ人なんだ」）。一九八〇年から八七年に世を去るまで、祖父はライア出版の共同経営者だった。その出版社は失敗に終わった。円環が閉じた。円環が具体的な空間としてパラレルワールドにおける複数の時間で閉じることができるかのように。祖父は、ファン・カルロス・オネッティ、エドゥアルド・ガレアーノ、マリオ・ベネデッティ、クリスティーナ・ペリ＝ロッシといったウルグアイの作家たちの編集者だった（ウリセスの声には誇らしさがにじむ）。祖父はアナキズムからユマニスムへと進み、そのキーワードは——スペイン人でウルグアイに長く暮らした文芸批評家フェルナンド・アインサが指摘したとおり——「橋」だった。人間と読書のあいだの橋、ラテンアメリカの国々をつなぐ橋、大西洋の両岸をまたぐ橋。そして家族の異なる世代をつなぐ橋。レオナルド・ミジャ——子供のころ、その日最初の本が売れるまで朝食を食べなかった——は、一九八〇年代にアルファ出版をアルファ出版グループに発展させ、〈ルーデンス〉という二軒の店と〈アレクサンドリア紀元前三三二年〉（その年、アレクサンドロス大王がエジプトでペルシア軍を打ち負かし、王の名を冠した都とその伝説を築くべく第一歩を踏み出した）という名の三軒の店とともに、書店のネットワークを拡大した（「とはいえ、それがチェーン書店と呼ばれるものだとは意識したことがなかった」）。

一九四二年、フェリスベルト・エルナンデスは速記《タキグラフィア》をもとにした独自の言語「タキ」を考案し、それを用いて数多くの文章を残す——まだ解読されていない——一方で、妻で画家のアマリア・ニエトとともに、親戚の家のガレージを借り、〈エル・ブリート・ブランコ（小さな白いロバ）〉という本屋を開いた。当然とはいえ、経営は立ち行かなかった。モンテビデオは謎めいた都市であり、このような逸話や物語に満ちた謎めいた国の首都である。その規模や速度は、どこかスイスやポルトガルに似ている。私はアルゼンチンで過ごしたあいだ、観光ビザを更新するため、三か月ごとに近隣の国々を旅行し、文芸別冊に寄稿した。スペインの「エル・パイス」紙の記事の原稿料を受け取り、書店を訪ね、アルゼンチンで絶版になっている本やウルグアイでしか買えないウルグアイの本、たとえばアルファグアラ社のウルグアイ支社やトリルセ社から出た本を探しまわったものである。そんな小旅行のあいだ、周期的な人びとの移動という歴史に埋もれた層を発掘した。そのため、何年かのちに一度だけペルーの首都を訪ねたとき、その別の道筋を発見しても驚かなかった。

リマの〈エル・ビレイ（副王）〉には二脚の肘掛け椅子にはさまれてチェス盤の置かれた一角がある。天井の扇風機はゆっくりと回転する。なにもかもが木、本、そして木。加えて、亡命の遠い記憶。私はこの書店の歴史が知りたくて、どこかにまとまった資料はないだろうかと書店主に訊ねた。彼女の名前はマレーナといった。母に訊いてみればいいといって、チャチ・サンセビエロのeメールアドレスを教えてく

れた。私はすぐそのアドレスにメールを送り、話を聞かせてほしいと頼んだ。だが、それはかなわなかった。当人によれば、声が出ないからとのことだったが、その返信に、彼女は「クアデルノス・イスパノアメリカノス」誌に依頼されて書いたという文章を添付してくれた。リマのエル・ビレイ書店は一九七三年の創業で、ウルグアイでの長期にわたる亡命を見越して貯めていた金が元手になった。そのロゴには、インカ帝国のアタワルパが片手に本を持ち、もう一方の手にキープ〔縄の結び目を用いる古代ペルーの結縄文字〕を持っているところが描かれている。二つの文化におけるコミュニケーションの手段——強いられたものと本来のもの——が、ひとつの身体のなかで同化されているのだ。インカの指導者だったアタワルパは、伝えられるところによれば、かの本（聖書）が本物の神の歴史として売られていると知り、真理は自分の側にあることをふたたび表明するためにそれを大地に投げ捨てた。チャチはその文章で、書店主とは読むという行為をつねに遅延させ、書物を「永遠の積ん読」にしてしまうものだという。「なぜなら、ごくまれな例を除いて、本を最後まで読み終えることがないから」だ。本のページを繰って読みはじめ、本をカウンターに持ってゆき、ときには家にまで持ち帰り、デスクやベッドの脇のナイトテーブルに置いておくが、結局、最後まで読み通すことはない。

二〇一二年、家業はふたたび分岐し、思いがけない飛躍を遂げた。父のエドゥアルドが切り開いた道を継続するという使命とともに、マレーナと兄弟のワルテルが自分たちの書店〈スール〉を開いたのだ。インターネットで見たところ、魅力的な書店で、壁の書棚の直線と新刊書の置かれたテーブルの曲線とが連携して、本に完全な主役の座を与えている。ときどき思うのだが、インターネットはまだ訪れたことのない書店が待ち受けている煉獄《リンボ》ではないだろうか。バーチャルな亡霊たちのいる煉獄。

メキシコシティで思春期の重要な数年間を過ごしたあとの一九七三年、その二十年前にエルネスト・ゲバラがたどったのと逆のルートをたどり、ボラーニョは陸路でチリまで南下した。この地で、サルバドール・アジェンデの民主革命を支援するつもりだった。ピノチェトの軍事クーデターの数日後に逮捕されたが、監視にあたった警官の一人が昔の同級生だったおかげで、危うく死を免れた。同じく陸路でメキシコに戻ると、このあと彼の最初の傑作を育むことになるさまざまな出来事を経験した。私がチリの首都に到着したのは、彼が死んだ三か月後のことだった。フォンド・デ・クルトゥーラ・エコノミカ出版の書店で、私は『スケートリンク』と『アメリカ大陸のナチ文学』のプラネタ社版を買った。後者に収録された伝記のなかで、「素晴らしきスキアッフィーノ兄弟」（イタロと〈デブ〉ことアルヘンティーノ）および「忌まわしきラミレス＝ホフマン」（〈カルロス・ラミレス＝ホフマン〉）はとくに長大だ。二人はアルゼンチン人、一人はチリ人である。

生涯の大半をメキシコとスペインで過ごし、作品の多くもそれらの土地をおもな舞台としていたにもかかわらず、ボラーニョの文学的正典《カノン》はとりわけコノ・スール（アルゼンチン、チリ、ウルグアイ、パラグアイを含む三角地帯）にあった。ラテンアメリカ作家として、彼は南米大陸出身の作家を幅広く読み、移住先ではカタルーニャおよびスペインの作家として同世代の作家を読み、フランス詩の熱烈なファンとしてその偉大な詩人たちから学び、猛烈な読書家として目の前に差し出された世界文学を片っ端からむさぼり読んだ。メキシコで過ごした青年時代にはオクタビオ・パスおよび彼が——文化の政治という意味において——体現していたものと闘った。成年期にもくりかえし敵が現われ、戦争ゲームの愛好家たちとのブラーナスでの集いで闘ったその軍団は作品へと昇華された。しかし、ボラーニョはなによりも自分がコノ・スールの伝統——そんな伝統が本当にあったとして——の一部だと感じていて、野心的な作家の脳内で、その伝統はふたつに分かれていた。詩と小説。チリとアルゼンチン。詩人としてのボラーニョは、エンリケ・リンとニカノール・パラに親しみを感じていた。そして、パブロ・ネルーダにたいしては、近さと同時に遠さを感じていた。チリの詩におけるネルーダの存在は、アルゼンチンの小説におけるボルヘスに等しい。怪物であり、父であり、自分の子供たちを貪り食うサテュロスである。二十世紀後半のメキシコの作家たちにとってファン・ルルフォはそのような存在ではなかったが、その一方で、オクタビオ・パスがまちがいなく圧倒的かつ去勢的な存在だった(カルロス・フエンテスもまたそうだった)というのは興味深いことである。二十世紀末にルルフォがイスパノアメリカ作家の主要なモデルになっていたら、そして歴史がボルヘスに用意したような場所を彼が占めていたら、いったいどうなっていただろうと私はよく考える。田舎者で、時代錯誤的で、ミニマリストで、過去を見つめ、歴史を信じ、否といったルルフォが、都会的で、近代的で、正確で、未来を見つめ、歴史を軽蔑し、是といったホルヘ・ルイス・ボルヘスの代わりになっていたらどうなっていただろう、と。ボラーニョは短編「ダンスカード」で、彼が持っていた本——ネルーダの『二十の愛の詩と一つの絶望の詩』——が、「チリ南部のいろいろな町を、[中略]最後はスペインの三つの都市を」旅した長い道のりについて語っている。そして、十八歳のときにラテンアメリカの偉大な詩人たちの作品を読んだこと、友人たちがセサル・バジェホ派とネルーダ派で割れていたこと、そのなかでパラのファンだった彼が

NATIONAL BOOK CRITICS CIRCLE AWARD WINNER
ROBERTO BOLAÑO
2666
Sale Book
GREEN APPLE Books
see back for sale price
Keith Richards
2666—

完全に孤立していたことについて語る。その文章では、チリの詩人の名前がダンスの相手のように並べられ、ネルーダ、ウイドブロ、ミストラル、デ・ロカの子孫にして弟子、あるいはパラとリンの後継者とともに分類されている。ボラーニョはパラとリンに深く傾倒していたものの、その関係はネルーダによってひびを入れられ、その亀裂からさらにネルーダの偉大さが浸透してくる。スペイン語圏の詩人にとって、ネルーダの影響は避けがたいものである。「ダンスカード」では、ネルーダの政治的立場の矛盾が指摘され、そこからヒトラーやスターリン、そしてネルーダ自身についての狂った脱線へと発展し、いかにもボラーニョらしい文章で、制度の抑圧と共同墓地、国際旅団と拷問の苦しみについて語られる。それでも、結局のところ、ネルーダは矛盾に満ちた謎のままである。

妹からネルーダの本をもらったとき、ボラーニョはマヌエル・プイグの全集を読んでいるところだった。彼は短編の実践においては「センシニ」で、アントニオ・ディ・ベネデットの人物像を通してアルゼンチンの左翼文学とのつながりを明らかにした。エッセイの理論においては、講演「重厚の系譜」で、チリ人作家であるボラーニョはアルゼンチン文学の伝統にたいする自身の姿勢を表明し、正典という問題に切り込んでいる。彼はボルヘスとコルタサルから受けた恩恵についてくりかえし語り、彼らがいなければ、自分の作品の百科事典的な野心や、オートフィクションへの関心、短編小説や『野生の探偵たち』や『2666』の——『石蹴り遊び』によって開かれた道における——構造はありえなかっただろうと述べている。とくにこの文章で、ボラーニョはみずからがボルヘスとコルタサルの後継者であると宣言し、同時代のアルゼンチン作家たちを、ボルヘスという圧倒的な存在を避けて通るために近道をしたり、回り道をしたりしていると厳しく批判した。オスワルド・ソリアーノの追随者たち、ロベルト・アルルトをアンチ・ボルヘスと見なす人びと、オスワルド・ランボルギーニの支持者たち。すなわち、直接言及されていないが、リカルド・ピグリアやセサル・アイラなど多くの作家たちのことである。サンティアゴで三、四日過ごしたあいだ、〈リブロス・プロロゴ（プロローグ書店）〉こそ、最も私の興味を引く書店だと信じこんだ。そのときのメモがこれである。

アラメダ通りの大学図書館（床にはカーペットが敷き詰められ、一九七〇年代風の雰囲気）やチェーン書店〈フェリア・チレーナ・デル・リブロ〉ほど規模は大きくなく、サン・ディエゴ通りに並ぶ古本屋ほど魅力があるわけではないが、品揃えはよく、メルセー通りにあって、隣には映画館と劇場とカフェがあり、ラスタリア通りの骨董屋や古本屋にも近い。

手元に残っているメモはこれだけだ。記憶によれば、そこは独裁政権下で抵抗運動の拠点となり、文化生活を豊かにする中心だったはずだが、それを証明したり確認したりする方法は持ち合わせていない。検索エンジンではなにも見つからないのだ。もしかしたら、『チリ夜想曲』に魅了された旅人の白昼夢にすぎなかったのかもしれない。ボラーニョのこの小説は、セバスティアン・ウルティア＝ラクロワ神父の狂気じみた語りによって構成されている。彼はイバカチェという筆名のもと、『はるかな星』のラミレス＝ホフマンによる野蛮で反動的な詩学を称揚する。そして小説の最後では、軍事政権の閣僚を相手に行なった政治理論についての講義を回想し、マリア・カナレスの家での文学談義を思い返す。この人物は、オプス・デイの神父ホセ・ミゲル・イバニェス＝ラングロワがモデルである。彼はイグナシオ・バレンテという筆名でチリの「エル・メルクリオ」紙に記事を寄稿し、哲学や神学理論についての著書（『マルクス主義――批判的視点』『教会の社会的教義』）や文芸評論（『リルケ、パウンド、ネルーダ――鍵となる三人の現代詩人』『パラを読む』『作家としてのホセマリア・エスクリバー』）のほか、矛盾するタイトルをつけた詩集も出している（『教理的な詩』）。彼は独裁政権下と移行期において最も重要な文芸批評家であったばかりか、軍事政権の幹部のためにマルクス主義の講義も行なっていた。すなわち、ピノチェトも彼の生徒だったのだ。ピノチェトは読書家であり作家であり、そして書店を愛する者でもあった。チリの作家リカルド・クアドロスはこう書いている。

イバニェス＝ラングロワは、マリアナ・カジェハスが主宰する文学の夜会に参加したことを認めず、また否定もしなかった。カジェハスはサンティアゴの富裕層の住む地区にある広い邸宅で、DINA（秘密警察）の職員だった夫のマイケル・タウンリーとともに暮らしていた。あの集まりは実際にあったもので、その家の地下室では、国連職員のスペイン人カルメロ・ソリアを含む人びとが拷問されて命を落とした。

「占拠された」屋敷のその地下室は、世界各地の大多数の書店がそうであったもの、いまなおそうであり、これからもそうあるはずのものとまさに対極にある。コルタサルの短編「占拠された屋敷」から名前をとった書店はいくつかの都市にあったし、いまもある（ボゴタ、リマ、パルマ・デ・マヨルカ……）。というのも、そのタイトルは物語の内容とのつながりから解放され、「本に占拠された空間」を意味するようになったからである。だがこの小説は、どのように本が消えていくかを物語っている。「占拠された屋敷」の語り手は、一九三九年以来、ブエノスアイレスのフランス語の書店に新しい本が入荷しなくなったせいで自分の蔵書を豊かにすることができないと嘆く。もしこの短編の政治的な解釈が正しく、ペロン政権が個人の領域を侵すものだというメタファーを作り上げているなら、最初に占拠される屋敷の部分に書斎が含まれているのは偶然ではない。主人公の妹は編み物をし、主人公は本を読む。だが最初の占拠のあと、彼の生活から読書はしだいに消えていく。屋敷が完全に占拠されると、兄妹は最後に家のドアを閉め、本は一冊も持たず、着の身着のまま、腕時計をしただけで追い出される。糸は断ち切られる。

十年後にサンティアゴ・デ・チレを再訪したとき、私は昼間のルートに置いてきた目に見えない糸をたどりなおす夢遊病者のように夢うつつの状態だった。それは正午のことで、太陽が燦々と照っていたが、私はほとんど無意識のうちにラスタリア地区を歩きまわっていた。たまたま、たった一度きりの前回の訪問で泊まったホステルを見つけたところだった。おそらく、私の機械的な歩みを引き起こしていたのはあのエロチックな記憶の放出だったのだろう。それは突然、私の皮膚を二十代のころの自分の記憶で覆い、不意に自分が〈リブロス・プロロゴ〉の前にいるのに気づいたが、そのことに驚きもしなかった。この書店は、当時、ホステルで過ごした遊戯とキスと乱れたシーツの夜に続いたあの日々の私にとって大きな興味の的だったからだ。カウンターにワルテル・スニーガがいたことにも驚きはしなかった。十年ものあいだ、同じくしわのついた同じシャツで、ずっと私を待っていたかのようだった。

「そんなに熱心になにを読んでいるのですか?」二、三分、書棚のあいだをぶらついたあと、私は訊ねた。

「トゥッリオ・ケジチが書いたフェリーニの伝記だ。昨日、〈フェリア〉で買ってきた」と彼は答えた。その大きな耳は人の話を聞くことを心得ている老人のものだった。「変な話だ。この本はずっと前からここにあった。しかもいまは二冊だ。これまで売れなかったのは不思議だ」

「すでに持っているなら、なぜもう一冊買ったのですか？」

「あんまり安かったからね……」

私たちはしばらくのあいだ、閉店したという別のいくつかの支店の話をした。彼は、じつのところ採算がとれているのは〈カルマ〉という――「占い、タロット、ニューエイジ、武術に特化した」――書店の系列だけだと打ち明けた。私は欲しい本があるのだが、と訊いてみた。サルバドール・アジェンデ政権下で試みられた先駆的なサイバー技術プロジェクトについて最近出版された……

「『サイバーシン計画』だね」。彼はキーボードを打ちながら最後まで聞かずに口をはさんだ。「いまは在庫がないが、二日で入荷する」。そして、早くも電話を手にして取次に注文を始めた。

数分後、別れを告げるときに彼は名刺をくれた。電話番号が黒インクで訂正してあった。私の書店関係の資料のなかに持っていたのとまったく同じ名刺だった。ロゴも同じ赤の活字で、「リブロス・プロロゴ。文学・映画・演劇」とある。それは、十年前、旅行者だった私と強く結びついていた。この都市も私自身もすっかり変貌したが、その名刺だけは変わっていなかった。それに触れたせいで、私は白昼夢から目覚め、過去から乱暴に引き離された。

そこから五十歩ほどの距離を歩いて通りを渡り、〈メタレス・ペサードス〉の店内に、現在の時間の流れに足を踏み入れるのはごく自然なことだった。木製の棚はひとつもなく、棚はすべてアルミ製で、巨大なメカノ〔金属製組み立て玩具のメーカー〕を思わせるこの書店は、まるで金物屋か情報処理室のように決然として本を受け入れている。黒のスーツと白いシャツに身を包み、粋で活気にあふれたセルヒオ・パラがカフェテラスのテーブルの向こうで金属製の折りたたみ椅子に坐っている。私はコノ・スールに来て以来、何か月ものあいだ探していた、アメリカ生まれでチリ在住のスペイン語作家マイク・ウィルソンの『木こり』はあるだろうかと彼に訊ねる。その本を手渡す彼の目にどんな表情があるかは、分厚い眼鏡のレンズに隠れて見えなかった。ペドロ・レメベルの本のことを訊くと、彼はようやく私の目をまっすぐ見た。

のちに知ったのだが、彼はレメベルがチリの国民文学賞を取れるよう先頭に立って支援していた。二人は友人であり、ともに詩人で、近所に住んでいた。だが、そのとき私の視界に入っていたのは、このノンフィクション作家にしてパフォーマーの大きなポスターと、目立つところにきれいに並べられた彼の全著作だけだった。書店主というものは、誰しも可視性を繰るものだ。パラは私が持っていなかった二冊の本を勧め、私はそれを買った。「〈メタレス・ペサードス〉は本屋というより空港みたいなものだ。いつなんどき、マリオ・ベジャティンが入ってくるかもしれないし、彼か他の誰かからぜひここに立ち寄るよう勧められた人が現われるかもしれない。世界中の友人のそのまた友人が現われては、多くの人がスーツケースをここに預ける。ホテルをすでにチェックアウトしたが、丘に登ったり、美術館へ行ったりするくらいの時間はまだあるからだ。私は月曜から日曜まで働いていて、ほとんどここに住んでいるようなものだから、いわば案内窓口になってしまった」

空港としての書店。乗り継ぎの場所——乗客と本のための。ただひたすら行き来する読書。一方、サンティアゴ中心部から遠い住宅地の一画にある〈ロリータ〉は、人びとが留まることを望んでいる。そこのカウンターにも作家の姿があった——小説家フランシスコ・モウアットはサッカーを愛するあまり、店の隅にスポーツ関連の書籍のコーナーを作ったほどだ。最近オープンしたその書店に私を連れていったノンフィクション作家のファン・パブロ・メネセスは、メキシコのファン・ビジョーロ、アルゼンチンのマルティン・カパロス、レオナルド・ファッシオやその他共通の友人たちのいくつかの著作が小さなボールという神に捧げられたそのコーナーに置かれているのを見せてくれた。モウアットは威圧的なほどに背が高かったが、目つきは穏やかで、身振りは優しく気さくだ。彼が週に三度――月曜、水曜、金曜――開いている読書会が毎回満員御礼だと聞いても、私は驚かない。

「週に一冊読むのでもかなりのペースですよね」と私はいった。

「前は他の店でそんな感じでやってきた。私には何年も前から付き合ってくれる読者がいるから、〈ロリータ〉をオープンしたとき、彼らもこの新しい家に一緒に連れてくることにしたんだ」

忠誠心はこの店の謳い文句にも見てとれる――「本なしでは生きられない」。ロゴにも忠誠心が描かれている――モウアット家の一員である一匹の犬が、こちらを見つめている。ロリータ出版から出る本の背には、そのロゴがエンボス加工されている。

サンティアゴ滞在の最終日、私はついに〈ウリセス〉を訪ねた。本が溢れんばかりのその店には、底知れぬ鏡がいくつもあって、無限につづく書棚や書物を映し出し、客の頭上を飛び、その姿を増殖させる。鏡でできたすばらしい天井は、建築家セバスティアン・グレイがデザインしたものだ。世界で指折りの美しい書店、世界で最もボルヘス的な書店、目に見えない四角形の四つの頂点のひとつにいたせいだろう、私は他の三つ――〈リブロス・プロロゴ〉、〈メタレス・ペサードス〉、〈ロリータ〉――がすべての書店の三つの時間を具現化したものだと考えた。記録保管所としての過去、乗り継ぎの現在、欲望によってつながるコミュニティの未来。それらが組み合わさって理想の本屋ができる。私は無人島に持っていくならそんな本屋がいい。

そして私は突然、これまで忘れていた情景を思い出した。もはや遠いくりかえされた情景。消えゆくこだまか、海底に沈んだ事故機のフライトレコーダーの呼び声のように。私は九歳か十歳で、たぶん金曜の夜か土曜の朝、母が肉屋かパン屋かスーパーマーケットにいる。私は待っているあいだ、近所の文房具店

〈ロカフォンダ〉にいる。バルセロナの中心部からかなり離れた郊外にあるこの地区には本屋が一軒もなかったので、私はスーパーヒーローもののコミックとビデオゲームの雑誌が置いてあるキオスクや、ショーウィンドウに大衆向けの本や雑誌をかなり揃えていたたばこ屋のオルテガ、そしてベラスケス兄弟や他の同級生が住んでいた通りにあった〈ロカフォンダ〉に入り浸っていた。色とりどりの厚紙やバースデーカード、切り抜き細工などの回転式陳列棚の背後、店の奥には本が百冊もなかっただろう。私は完璧な探偵になるためのマニュアル本に夢中になった。その青い表紙を覚えている。そして私は思い出す（そして記憶の力に動揺する。〈ウリセス〉を出てタクシーに乗り、空港へ向かいながら）。週に二ページずつその本を立ち読みし、指紋の取り方や容疑者の似顔絵の作成方法を覚え、毎週通いつめたあげく、ついにクリスマスか「サン・ジョルディの日」〔カタルーニャで本を贈り合う日〕が来て、両親は私がそれほど欲しがったその本をプレゼントしてくれた。家で読んでみて、私は内容を丸暗記していたことに気づいた。

子供時代のほとんどずっと、二つの職業——作家と私立探偵——にあれほど憧れていたことをどうして忘れていられたのだろう。探偵という仕事への憧れの名残は、物語と書店のコレクションにたいする私の執着のなかに残っている。ひょっとすると、私たち作家は、なによりも自分自身を探し求める探偵なのではないだろうか。ロベルト・ボラーニョの小説の登場人物のように。

バルセロナのカフェ・チューリッヒのテラスで、ブエノスアイレスのクラシカ・イ・モデルナ書店を経営するナトゥ・ポブレは私にこんな話をした。一九八一年、建築をあきらめて家業に就くことを決めたとき——それは軍事独裁政権がまだあと二年はつづくというときだったが——彼女は店で、大学から追放された人びと、たとえばダビ・ビニャス、アベラルド・カスティージョ、ファン・ホセ・セベレーリ、リリアナ・エケール、エンリケ・ペッツォーニ、オラシオ・ベルビツキーなどを講師に招き、文学、演劇、政

治の講座を開くことにした。「この講座は対話の場となり、弟と私はワインとウィスキーを用意し、とても大勢の人が参加して、それは夜遅くまでつづきました」と話しながら、彼女はジェムソンのグラスを傾けた。バーを併設した書店というアイデアを思いついたのはそれがきっかけである。それは一八〇度の転回を意味していた。マドリードの書籍商だった祖父のドン・エミリオ・ポブレは、二十世紀初頭、アルゼンチンにポブレ兄弟社というチェーン書店を創業した。ナトゥの父であるフランシスコは一九三八年、妻のロサ・フェレイロとともに〈クラシカ・イ・モデルナ〉を開き、一九八〇年に父が亡くなると、その娘と息子——ナトゥとパコ——が商売を引き継いだ。それは軍事独裁政権がラテンアメリカ出版センターから刊行された百五十万冊の本を燃やすよう命じた年だった。七年間の地下活動のあと、ふたたび民主主義政権が樹立すると、この書店は建築家のリカルド・プラントを雇って大胆な改装に着手し、このときからバーとレストランができた。それと同時に、書店のスペースに加えて、美術展やコンサートができるホールも作った

(「最初の三年間は二十四時間営業でした。でも、やがて深夜の酔っ払いという問題が生じ、それからもっとふつうの時間に営業するようになったのです」)。それ以降、俳優のホセ・サクリスタン、歌手のライザ・ミネリなどがそのホールで公演した。ピアノは〈クラシカ・イ・モデルナ〉の初期からの常連である歌手のサンドロがプレゼントしてくれた。彼の波乱万丈の生涯は、いくつかのアルバムのタイトルからもうかがえる。「ビート・ラティーノ」「アメリカ大陸のサンドロ」「サンドロ……アイドル」「クラシコ」「ママのために」。

「よく父の書店の夢を見ます」と、ナトゥ・ポブレはグラスを飲み干しながら打ち明けた。私たちは夜のバルセロナの街を長いあいだ歩きまわった。リオデジャネイロでは、ミレナ・ピラッチーニが母ヴァンナの顧客一人一人との親密な接し方が重要だったと率直に話してくれた。そんな性格はヨーロッパの祖先たちから受け継いだものだったのだろうと。カラカスでは、ウリセス・ミジャが彼のウルグアイの家族とモンテビデオおよびカラカスの同業者のことを話してくれた。たとえばアルベルト・コンテは、彼に多くのことを教えてくれた。チャチ・サンセビエロはこう書いている。

私の師は父のエドゥアルド・サンセビエロでした。父は偉大な本屋であり、ウルグアイの傑出した書籍商ドン・ドミンゴ・マエストロの弟子でした。エドゥアルドの弱点はチェスと歴史と古本でしたが、その一方で詩を好み、笑い話をするように会話のなかに詩を挟みこむという風変わりな才能がありました。独裁政権下においても頑固なコミュニストだった父は、自分の小さな店で陰謀をたくらむ秘密集会を組織したものです。でも、一日の終わりには本来の仕事道具である羽根ばたきを手にし、本を整理していました。

書店主の伝統はきわめて秘密主義である。家業として伝えられることも多い。ナトゥ、ミレナ、ウリセス、ロムロ、ギジェルモ、マレーナは、他の多くの書店主と同様、みな書店主の子供または孫である。彼らのほとんどは親の書店の見習いとして出発し、あるいは印刷物の流通にたずさわる他の人びとのもとで修業を積んできた。ラファエル・ラモン・カステジャーノスの回想によれば、ベネズエラの内陸部からカラカスにやってきたとき、〈ビエホ・イ・ラロ（古書および稀覯書）〉という書店で働いたが、この店の持ち主はかつてのアルゼンチン大使だった。「その後、一九六二年になって、そこで得た知識をもとに自分の書店を始めました」。この〈リブレリア・デ・イストリア（歴史書店）〉が〈グラン・プルペリア・デル・リブロ〉の前身である。

書店主には風変わりな人物が多いのだろうか？　作家、印刷業者、出版人、取次業者、著作権エージェントでさえ、もっとわかりやすいのではないか？　このわかりにくさこそが、系図と解剖学の不足の理由なのではないか？　エクトル・ジャノベルは『ある書店主の回想』で、こうしたパラドックスを一瞬のうちに浮かび上がらせた。

この本はうぬぼれの強い書店主が書いた本である。これがその本の書き出しである。これらの言葉が本の最初のページの冒頭をなしている。そして、これらの単語、文章、ページのすべてでこの本ができている。書店主にとって、本を書くことがどんなに恐ろしいことか、あなたがた仮定上の読者には想像できるだろうか。書店主とは休憩のときに本を読む人間であり、なにを読むかというと書籍目録である。散歩に行けば、足を止めるのは他の本屋の店先だ。別の都市、別の国へ出かけたら、書店や版元を訪ねる。そんな人間がある日、自分の商売についての本を書こうと思う。別の本のなかにあり、やがて他の本とともにさまざまな書店のショーウィンドウや棚に収まるであろう本。棚に置き、在庫を確認し、埃をはらい、置き場を変え、最後には片づけられる本。書店主は本が取るに足りないものであることを、そしてその重要さを誰よりもよく知っている。だからこそ、引き裂かれた人間なのだ。本は売買される商品であり、そしていまや彼はその商品の一部になる。自分自身を売り買いすることになるのだ。

ジャノベルはブエノスアイレスにあるノルテ書店の経営者で、ポブレによれば、二十世紀最後の四半世紀で、ブエノスアイレスの最も偉大な書店主と見なされていたという。現在は娘のデボラが商売を引き継いでいる。ジャノベルはまたレコードのコレクターとしても有名であり、その音源のおかげでコルタサルやボルヘスといった作家が自作を朗読するようすを聴くことができる。『追い求める男』の著者が故国に帰ったとき、彼はノルテ書店を作戦本部にした。ブエノスアイレスでの最初の一日をそこで過ごし、彼のファンが手紙やプレゼントの本の包みを託したのもその店だった。それらの録音レコードがボラーニョのアーカイブの一隅にあるのか、彼がオペラやジャズのように故人たちの声に耳を傾けたのか、私にはわからない。他方、『伝奇集』の著者の人生において重要な役割を果たしたのは、彼の家のすぐそば、マイプー通りの向かい側の、〈ガレリア・デル・エステ〉という名のアーケードのなかにあった〈リブレリア・デ・ラ・シウダー（都市の書店）〉である。彼は毎日その店に通った。そこで関心のあるテーマについて無料の講演を十回以上も行ない、興味のもてるテーマを片端から取り上げ、そのいくつもの支店で「バベルの図書館」と題したシリーズの本を紹介した。これはミラノの版元フランコ・マリア・リッチの依頼で編纂したアンソロジーで、その一部はこの書店が共同出版元となった。ボルヘスとコルタサルは書店ではなく、ディアゴナル・ノルテ通りの私邸で知り合った。その家を訪ねたコルタサルは、彼の「占拠された屋敷」をボルヘスがいたく気に入ったために、すでにその原稿が印刷所にあることを知らされた。二人の作家は何年ものちにふたたびパリで顔を合わせたが、このときはどちらもすでにアカデミー・フランセーズによって顕彰されていた。コルタサルがどの書店でジャン・コクトーの『阿片』を買ったのか、私はつきとめられずにいる。この本は彼の作品を、ひいては人生を変えた。一方、ウーゴ・ゲレーロ＝マルティネスのインタビュー記事は見つかった。その記事で、『かくも激しく甘きニカラグア』の著者は、軍事独裁政権下のボルヘスの態度を正当化しようとしている。ボルヘスは独裁政権が秩序を取り戻してくれるのを期待し、また自分自身を「国家に反抗し、国が定めた境界線を認めない」「無害なアナキスト」、「革命思想を抱いた者」と定義していた（とりわけ、ボルヘスの伝記作家エドウィン・ウィリアムソンが指摘するところによれば）。そしてボルヘスはジュネーヴを終焉の地として選んだ。コルタサルのレトリックにある矛盾は、ネルーダについて評したボラーニョの文章に共通する。「彼は世界文学史上、最もすぐれた短編のいくつかを書いた。その一方で、彼は『汚辱の世界史』も書いた」。

ボラーニョの『アメリカ大陸のナチ文学』は、『汚辱の世界史』をモデルとして遠く離れたヨーロッパで書かれた。判断を下すのに複雑さほど厄介なものはない。イバニェス＝ラングロワは、詩人としてのボラーニョの父ともいえるネルーダとパラを擁護し、詩人ラウル・スリータの活動を支持した。空に書かれたスリータの詩は、「忌まわしきラミレス＝ホフマン」の詩に着想を与えているように見える。ボラーニョの全作品を、彼自身の傷つき、失われ、再構築された蔵書として読むのは深読みにはならないだろう。その蔵書は、旅の仲間たちのように行方がわからなくなった多くの本を欠き、距離によって貫かれてい

る。その距離は、彼が母国チリで起きていることを完全に理解することを防げた一方で、うがった読み方をするのに必要な批評的明晰さを与えてくれた。複雑で矛盾に満ちた蔵書、引っ越しで破棄され、やがてヨーロッパの書店を通じて再構築された蔵書。『余談』に収められたエッセイに、こんな一節がある。

> ところで僕の父は一冊も本を買ってくれたことがないが、ときたま本屋の前を通りかかると、僕にせがまれてフランスの電気詩人たちについての長文の記事が載った雑誌を買ってくれた。そんな雑誌を含め、僕が持っていたたくさんの本はすべて、旅の途中や引っ越しの最中になくしてしまったか、人に貸したまま返ってこなかったか、売り払ったか、人にやってしまった。

しかし、あの本のことは忘れられない。いつどこで買ったかを覚えているばかりか、それが何時ごろだったか、本屋の外で僕を待っていたのが誰だったか、その夜なにをしたか、その本を手にしたときに感じた（まったく非合理的な）幸福感さえも思い出せる。ヨーロッパに来て最初に買った本で、いまも本棚にある。一九七二年にアリアンサ／エメセ社から出版されたが長いこと流通していなかった『ボルヘス詩集』だ。僕はそれを一九七七年にマドリードで買い、それまでボルヘスの詩は読んだことがなかったが、その夜から読みはじめて翌朝八時までやめられなかった。まるでそれらの詩以外、僕に読むべきものはなく、それまでの僕の荒れた暮らしを変えられるもの、僕を思索に導いてくれるものは他になにもないというかのように。というのも、ボルヘスの詩の本質には知性が感じられるばかりか、勇敢さと絶望さえもあったからだ。言い換えれば、そこには内省をうながし、詩に生命を与えつづける唯一のものがあった。

ここにイデオロギー的な問いはない。モラル上の疑念もない。ボルヘスはたんに革命の伝統に属していなかっただけなのだが、だからといって彼の価値が減じるわけではない。ネルーダのほうが問題含みである。『モリソンの追随者からジョイスのファンへの助言』で、ボラーニョとA・G・ポルタはパリの書店について執拗に語る。政治関連の本の読者を防衛する塹壕としての書店（この登場人物はそこで「エル・ビエホ・トポ」〔「老いたモグラ」の意、スペイン民政移管期の雑誌〕を読む）。モラルの監視人にとって誘いとなる書店（「僕はいつも書店のウィンドウを眺めるのが好きだった。ガラス越しに覗きこんで、ろくでなしのなかのろくでなしや、やけになった連中のなかでも最も腹黒い奴の最新刊が並んでいるのを見てぎょっとする」）。そして、それ自体美しいものとしての書店（「自分の知るかぎり最も美しい二軒か三軒の書店にいたことがある」）。名指しこそしていないが、そのひとつは偽の〈シェイクスピア・アンド・カンパニー〉だろう。リメイクされた店。『ユリシーズ』を8ミリカメラで撮るというアイデアは、この書店を訪れたときに浮かぶ。

『売女の人殺し』に収められた短編「フランス、ベルギー放浪」では、Bという名の登場人物がパリの古本屋をめぐり歩き、ヴィユ・コロンビエ通りの店で「雑誌『ルナパーク』のバックナンバー」を見つけ、その雑誌の寄稿者の一人、アンリ・ルフェーヴルの名前が古本屋のなかで、「暗い部屋でともしたマッチみたいに突然輝いて見える」。Bはその雑誌を買い、彼より先にウリセス・リマとアルトゥーロ・ベラーノがそうしたように街へさまよいこんでいく。いま私が書いているこのページの上では別の――こんどは雑誌の――名前が輝く。「ベルト・トレパット」だ。ボラーニョとブルーノ・モンタネーは一九八三年にバルセロナで作ったガリ版刷りの雑誌を、『石蹴り遊び』の登場人物にちなんでこう名づけた。この光は長くはもたないが、私たちが作家と書店主のある種の伝統を読み取り、文学史と書店の歴史――すなわち、文化の歴史――に共通するある種の遺伝子を理解するには十分な光である。その伝統は揺れ動く。断層のように、地滑りのように――ろうそくと夜のあいだ、灯台と夜空のあいだ、はるかな星と暗い悲しみのあいだで。

9　神話の消えたパリ

一九九七年、映画監督で作家のエドガルド・コザリンスキーはドキュメンタリー・フィクション「タンジールの亡霊」を初公開した。台詞はフランス語とアラビア語である。主人公は危機に陥った作家で、このアフリカの岸にやってきたのは、本書ですでに取り上げたアメリカ人の亡霊たちの何人かと、白い街として国際的に知られるこの場所の神話を作り上げるのに寄与したフランス人たちについて調べるためだった。それにたいするのはスペインへの移民を画策する一人の少年である。文学者たちのタンジールはナレーションのなかで、恥ずべき貧困のタンジールと共存している。執筆と性的ツーリズムは同じ泥沼、ぬかるみのなかで行なわれていて、その境界は――見かけによらず――はっきりしている。顧客と労働者、搾取する者とされる者、フランやドルを持つ者とそれらを欲しがる者。その両者がともにフランス語を共通語《リンガ・フランカ》とし、対話しているようでいて対立している。フーコーとロラン・バルトの足取りがバロウズやギンズバーグの足跡と混じり合い、昔から若いモロッコ人たちが身を売ってきた娼館へと収束していく。

この映画はドキュメンタリーとしては、黄金時代だったとされている当時――どうやらそうではなかったらしいことを観客はじきに感じ取る――の生き残りを追う。コロンヌ書店のレイチェル・ムヤルはこう語る。「誰もがこの書店を通過していきます」。そして彼女はすぐに、何度も語ってきたにちがいないこの話をつづける。「あるとき〔モハメド・〕シュクリとコーヒーを飲んでいるジュネを見かけました。そこへ靴磨きが近づいてきて、靴を磨いてほしいかと訊ねました。すると、ファアン・ゴイティソーロが五百フラン札を取り出したのです。ジュネが死ぬ二年前だったはず」。ひとつの情景のなかに現代の伝説的人物が三人。この書店主だけがそれを無傷のままに保ちたがっているようだ。「国際都市タンジールなるものには郷愁などいっさい感じない。あれはひどい時代だった」と、この映画のインタビューでシュクリは語る。そしてボウルズは、ケルアックを初めとするビート詩人たちをさんざんこきおろす。ファアン・ゴイティソーロが私に語ったところによれば、タンジールでジュネに会ったことはないという。だが、レイチェル・ムヤルの後年の話によれば、それは私の勘違いだという。コザリンスキーの映画は私の旅行用トランクのひとつのなかにある。VHSのビデオにダビングしたものなので、いまではもう見ることができない。

真実というものがありうるとしても、誰が真実を語っていたかは誰にもわからない。あらゆる神話は壊されるためにある。

私がとくに興味を引かれるのは、『ただパンのみにて』の著者シュクリが、あの輝かしい外人部隊について述べていることである。経済的にポール・ボウルズに依存していた――このアメリカ人作家は彼が最初の本を書くのを助けたうえに、それを英訳して国際的な市場に彼を送り出した――シュクリの視点からすれば、ジュネはペテン師でしかなかった。ジュネの貧しさなど、モロッコ人が置かれている本物の貧困――シュクリの自伝的な作品で迫真的に描かれている――とは比べものにならないばかりか、ジュネは

スペイン語を一言もしゃべれなかったので、バルセロナやタンジールのある種の悪党どもを描いた彼の物語をまともに受け取れるはずがなかった。シュクリはボウルズを「タンジールの隠者」と呼んだ。晩年のボウルズはベッドに寝たきりで過ごしたからであり、彼にいわせると、ボウルズは自分の周囲のアラブ文化と本当に関わり合ったことはなかった。ボウルズの書簡集を読めば、現実にはモロッコに住んでいたにもかかわらず、彼の文化的な対話はもっぱらアメリカで起こっていたことが——まさしく——理解できる。年を重ねるにつれ、ボウルズの頭のなかでは、アメリカで過ごす時間がしだいに長くなっていった。それでも、彼の知性は終始、アングロサクソンの作家たちの往来がこの都市を一種の虚構、仮面舞踏会のようなものに変えていることに気づいていた。訪問者たちはタンジールを文学作品に描きながら、モロッコ社会を深く探究しようとはしなかった。おそらく、ボウルズ自身もそのような総合的な洞察にほとんど興味をもたなかったのだろう。「タンジールの世界」と題された一九五八年の記事に、彼はこう書いている。「都市は人に似ている。いったん親しくなると、ほぼつねにその顔はもはやたったひとつではなくなる」。そうなるには時間がかかる。つづく四十年間のある時点で、彼はもう十分に親しくなったと判断した。一九四八年、タンジールのホテル〈ヴィル・ド・フランス〉で書かれた手紙で、ジェーンが彼にこう綴っている。「私はいまでもタンジールが好きよ。たぶん、いつか自分が

その一部になれるはずの世界の端っこにいるという感じがするからかもしれない」

シュクリの『タンジールのポール・ボウルズ』は次のように始まる。「じつにばかげている。過去のタンジールへの誇大な懐旧の念ほどばかばかしいものはないと思う。国際管理地帯としての過去を懐かしむなんて」。しかし、私はいまも、シュクリがこの本、あるいはその双子ともいうべき『タンジールのジャン・ジュネとテネシー・ウィリアムズ』にしても、それを書いた本当の理由はなんだろうと自問せずにはいられない。神話のヴェールを剝ぎたいというシュクリの欲求は、彼の作品が西洋で読みつづけられるのはフランスや英米の名士たちのことを書きつづけるかぎりにおいてであるという事実とどれほど関係しているのだろう。その点は不明だし、今後も明らかにされることはないだろう。疑問の余地がないのは、彼の言葉からにじみ出る痛みだが、彼のしていることが父殺しだと考えればそれも当然である。「彼――ボウルズ――が好きなのはモロッコであって、モロッコ人ではなかった」。キャバレー・ヴォルテール社から刊行された『タンジールのポール・ボウルズ』のスペイン語版は、二〇一二年半ばにタンジールで、翻訳者のラジャエ・ボーメディアン・エル・メトゥニおよびフアン・ゴイティソーロによってお披露目された。もちろん会場はコロンヌ書店である。

レイチェル・ムヤルは思い出を記したノートに、シュクリとの最初の出会い（「夏のある晩、年下の可愛いいとこたちとレストラン〈ル・パラード〉の芳香がただようテラスで食事をしていたとき、見知らぬ若者が私たちに花束を差し出した。私たちがそれを受け取ろうとしないのを見ると、その若者は葉をむしり、花びらを食べはじめた」）、そして『ただパンのみにて』を読んだときの衝撃を回想している。その本を読むまで、彼女は自分の住む都市に歴然として存在する貧困に気づいていなかった。またムヤルは、シュクリが彼女の店をしょっちゅう訪れるようになり、文学や政治について議論を交わすようになったことについても記している。フェズ出身の詩人・小説家ターハル・ベン・ジェルーンが彼の作品をフランス語に翻訳した。こうしてシュクリは、出版界でとくに重要視される二つの言語において非凡な翻訳者を得たわけだが、『ただパンのみにて』はやがて原語で発禁処分になったことで名を馳せた本の一冊となる。「二、三週間で二千部が売れ、私のもとには内務省から、いかなる言語でもこの本の販売を禁じるというお達しがあった。しかし、アラビア語で書かれた彼の本の一部は、レバノンとイラクの新聞に掲載された」。テジュ・コールの小説『オープン・シティ』（二〇一一年）の語り手が別の登場人物に、「彼が考える本物の小説」を教えてくれないかと頼んだとき、その相手は迷わず、シュクリの最も有名な本のタイトルを紙切れに書いた。彼はシュクリをもっと抒情的な「オリエンタリスト」たるベン・ジェルーンに対置する。ベン・ジェルーンは西洋世界に溶けこんだが、シュクリは「モロッコにとどまって、同朋のなかで暮らし」、けっして「通り」を離れなかった。一年後に別の大陸で出版された別の小説『盗人たちの通り』のなかで、バルセロナ在住のフランスの作家マティアス・エナールは、やはり語り手にこのモロッコ人作家のもつ磁力について語らせている。「彼のアラビア語は、父親に浴びせられた殴打のようにぶっきらぼうで、飢えのごとく厳しい。その新しい言語は、私には革命的だと思えた」。ナイジェリアにルーツをもつアメリカ人作家であるコールは、西洋人が非西洋文化を理解するにあたってのエドワード・サイードの重要性を擁護しているが、それは本質を突いている――「違いはけっして受け入れられない」。シュクリが生涯をかけて行なってきたのは、まさにそれだった。彼は異なる存在である権利を守ろうとした。あらゆる類いの交渉ごとにおいて、批判的姿勢を保ちつつ、彼を偉大な作家として認めてくれる人たちに近づき、また距離を置きながら。

小説『パリに終わりはこない』で、エンリケ・ビラ＝マタスはパリの映画館でよくコザリンスキーに出会ったと語っている。「二つの都市、二つの芸術的な忠誠心をどう合致させるかを心得ているという彼の美点を私は尊敬していた」と、その小説の断章六十五に書かれている。ここでいう二つの都市とは、コザリンスキーの出身地であるブエノスアイレスと、のちに住みついたパリのことである。だが、事実をいえば、彼の作品すべてで、つねに二つの場所のあいだの緊張が伝わってくる。タンジールとパリ、西洋と東洋、ラテンアメリカとヨーロッパ。ビラ＝マタスはこう書き添えている。「私はとくに彼の本『都市のヴードゥー教』が好きだ。亡命者の本、国境を越えた本であり、異種混交の構成が用いられていて、当時としてはきわめて革新的な試みだった」。ボラーニョがマドリードでボルヘスに再会したとすれば、ビラ＝マタスはコザリンスキーの足跡を追って、パリのエスパニョール書店でボルヘスの短編を発見した。「啓示を受けた。おそらく未来は存在しないのだろうというその発想——彼の短編のひとつで見つかった——にとりわけ強く印象づけられた」

私もまた、ビラ＝マタスがこの発想をアントニオ・ソリアーノが経営する店で得たという事実に強く印象づけられた。ソリアーノは共和派の亡命者で、ファシズムのない未来という希望を育てようとした人物である。エスパニョール書店や〈ルエド・イベリコ（イベリアの輪）〉の店の奥で、スペインからの亡命者は文化的な抵抗運動をつづけた。そのプロジェクトは、一軒の書店の歴史を見るときほぼつねにあてはまるように、前身となる書店から引き継がれたものだった。エスパニョール・レオン・サンチェス・クエスタ書店は一九二七年にゲイ＝リュサック通りの五平方メートルの店で開業した。店には二つのショーウィンドウがあり、片方にはファアン・ラモン・ヒメネスの本が飾られ、もう片方はペドロ・サリーナスやホセ・ベルガミンのような若手詩人たちの場所だった。この店の経営者はファアン・ビセンス・デ・ラ・ジャべであり、彼はパリでスペイン語の本を出版することさえ考えた（その第一弾はダマソ・アロンソ訳による『ユリシーズ』だった）。一九三四年の動乱のさなかにマドリードへ帰るため、彼はかつての従業員ジョルジェット・リュカールに店をゆだねたが、スペイン内戦のあいだ、彼は在パリ・スペイン大使館内の共和派政府宣伝部を公式に代表して、フランコ軍に蹂躙されつつあった思想を広める拠点として店を使った。『書籍商サン・レオン――サンチェス・クエスタの文化活動』の著者アナ・マルティネス＝ルスによれば、第二次世界大戦後に一介の書店主としてトゥールーズに住みついていたソリアーノに連絡をとり、サンチェス・クエスタ書店の在庫を引き継ぐべきだと助言したのはリュカールだった。本書のタイトルは『書店』〔スペイン語の原題〕よりもむしろ『変身譚』のほうがふさわしいかもしれない。

一九七四年にマルグリット・デュラスの家の屋根裏部屋にたどり着いたとき、ビラ＝マタスはそんな世界の最後のあえぎを――検屍の写真ではなかったにしても――目撃した。成熟した作家となったのちの視点から、『ポータブル文学小史』の著者は、ヘミングウェイ、ギー・ドゥボール、デュラス、レーモン・ルーセルといった私的な神話に満ちたパリでの原体験を振り返っている。あらゆるものが輝かしい過去を思い起こさせるパリ。その過去は当然ながら失われているものの、逆説的に、パリはけっして流行遅れにならない。なぜなら、どの世代も、青年時代になんらかのパリを追体験していて、当人が年をとったときになって初めて、その神話は徐々に色あせていくからである。

ラ・ユヌ書店の非常用出口のひとつに、床に坐るデュラスの姿を描いたグラフィティがあった〔ミス・ティックと名乗る現代美術家のウォールペインティング〕。そこには左岸について記した彼女の有名な言葉――*Faire d'un mot le bel amant d'une phrase.*（言葉を文の美しい恋人にする）――が添えられている。私がパリにある何百もの書店のなかで最良の三軒を見つけるまで、五回の訪問が必要だった。〈コンパニー〉、〈レキューム・デ・パージュ（ページの泡）〉、〈ラ・

ユヌ〉の三つである。これまでパリを訪問したときは、絶対に欠かせない〈シェイクスピア・アンド・カンパニー〉のほかにも、書店を見かけるたびに入ってみるようにしていたが、どういうわけかこの三つの書店は私のルートに入っていなかった。そこで、いちばん最近の訪問では、出発の前にビラ＝マタス本人に助言を求め、パリに着いてからこれらの店を探し、そして発見した。〈コンパニー〉では壁に貼られたコルク板の上に、サミュエル・ベケットのポスター（彼の樹木のような顔）を見つけた。そして〈レキューム・デ・パージュ〉のアールデコ様式の書棚も見つけた。〈ラ・ユヌ〉の真ん中にそびえ立つ不似合いな階段と真っ白な円柱は一九九二年の改装によるもので、設計はシルヴァン・デュビュイッソンが手がけた。〈コンパニー〉はソルボンヌ大学とクリュニー美術館とコレージュ・ド・フランスに囲まれた場所にある。〈レキューム・デ・パージュ〉と〈ラ・ユヌ〉はカフェ・ド・フロールと〈ドゥ・マゴ〉に近いサン＝ジェルマン地区にあり、毎日真夜中まで営業していて、ワインとコーヒーを出す書店というところにかつてのボヘミアンの伝統が受け継がれている。

マックス・エルンスト（ペギー・グッゲンハイムと結婚し、〈ゴサム・ブックマート〉の常連になったあと）、アンリ・ミショー（文学に別れを告げて絵画に専念するようになったあと）、アンドレ・ブルトン（アメリカへの亡命のあと）がパリに戻ってきたとき、オデオン通りの二軒の書店はすでになく、かわりに仲間同士の会話や本の物色の場となったのが〈ラ・ユヌ〉だった。一九四四年に四人の友人たち、書店を営んでいたベルナール・ゲールブランと彼の妻となるジャクリーヌ・ルミュニエール、作家で映画人のピエール・ルスタングと、ブルガリア生まれのシュルレアリスム作家で社会学者のノラ・ミトラニによって創業された〈ラ・ユヌ〉がサン＝ジェルマン大通り百七十番地に移転したのと同じ年に、ジョイス（一九四一年没）の家族の意向で、彼のパリの住居に残された書籍、草稿、家具が、シルヴィア・ビーチが保管していたジョイスの傑作の出版にかんする資料の一部とともに展示され、競売にかけられた。その直後、ミショーがメスカリンを使った実験に着手し、そうして彼が制作した絵画は一九五〇年代半ばに『みじめな奇蹟』として出版され、画廊を兼ねていた〈ラ・ユヌ〉で「ある混濁の記述」と題した展覧会が開かれた。創業者のベルナール・ゲールブランは二〇一〇年に死去したが、生前の彼はパリの知的生活において重要な人物と見なされ、十年以上ものあいだフランス書店クラブの会長だった。文学と美術書の出版人としても重きを置かれ、彼が集めた資料はポンピドゥー・センターに保管されている。彼はここで一九七五年に開かれた「ジェイムズ・ジョイスとパリ」展のキュレーターを務めた。一時期、別の経営方式を試したこともあったがうまくいかず、〈ラ・ユヌ〉は二〇一五年六月についに店を閉めることになった。アーティストのソフィ・カルは、この店で最後に本を買う人間になろうとした。最後の客、最後の読者に。彼女のパフォーマンスはいまもなおつづく喪の幕開けとなった。喪に服したのはパリの顧客だけでなく、その店に足を踏み入れ、出てきたときにはほんのわずかとはいえ、決定的に自分が変わったという経験をした（私も含めた）すべての人間だった〔ラ・ユヌ書店は二〇一八年十一月に移転、再開した〕。

本書で取り上げてきた多くの書店と同様、この三つの書店もそれ自体がフェティッシュすなわちフェティシズムの対象であり、フェティッシュの展示される場でもあった。ここでいうフェティシズムとは、マルクス主義の古典的な定義を越えたものである。その定義によれば、すべての商品は錯覚されたフェティッシュであり、それによって、生産された商品という本来の立場を隠蔽し、生産者にたいして自律したものであるという幻想を保つ。資本主義の担い手たち（版元、流通業者、書店主、私たち全員）が、利益という暴政の支配下にあることなど気づかないような顔で、文化の生産と消費を擁護するというゲームに参加している。これは宗教との境界すれすれにあるフェティシズムであり、（フロイト式にいえば）性的な含みすらある。世俗化した寺院としての書店には偶像、崇拝の対象となるオブジェが置かれている。エロチックなフェティシズム、快楽をもたらす商品をあつかう店と同じである。部分的に世俗化され、セックスショップになった教会としての書店。書店はモノのエネルギーによって育まれるが、そのエネルギーは量の蓄積、供給の多さ、需要の不確かさによって誘惑を増し、ようやく自分を真に刺激するものを見つけたときに具現化して、いつ読むかわからないがどうしてもいまそれを買いたいという気にさせる（その興奮はいつまでも持続するとはかぎらないが、その本の価格の利益率、経費と儲けは、燃えかすの灰のようにあとに残る）。

社会学者のディーン・マキャーネルはツーリズムの構造を分析し、基本的な図式を描いてみせた。徴表《マーカー》を通して、観光客《ツーリスト》と視覚対象《サイト》の関係を示したのである。これらは換言すると、そこを訪れる人びと、観光名所、そしてその場所を指し示すあらゆるもののことだ。決定的な要素は、その場所の価値や重要性、関心を示すか価値を生み出し、観光名所になる可能性を秘めたもの、フェティッシュへと変貌させるマーカーである。骨董品と称するものをあつかう北京の店はすばらしいマーカーである。その価値は一義的には

象徴的なものだが、結局のところ、言説的なものともなる。エッフェル塔も、初めは一枚の絵葉書、ただの写真でしかないが、やがて、その考案者の生涯、議論が紛糾した建設の過程、世界各地にある他のさまざまな塔、エッフェル塔が建つパリの地形、そして塔のてっぺんから見た景観といった意味が付与されてゆく。「世界一の書店」という謳い文句は、程度の差こそあれ絶妙な仕方で、そこが比類なき場所であると強調し、結果として商売上の可能性を高め、観光客の立ち寄る場所へと変えるマーカーとなる。歴史の古さ（創業○○年、○○で最古の書店）、規模（○○で最大級、○○マイルの書棚、○○マイルの書籍）、文学史との関係の深さ（○○運動の拠点、作家の○○が訪れた、○○が買い物をした、常連だった、創業した、写真に映っているように、○○と姉妹関係にある書店）。

アートとツーリズムは、見る者を作品（場所）に引き寄せるための輝かしい記号を必要とするという点で似ている。ミケランジェロのダビデ像は、アジスアベバの市立美術館にある無名の作品だったら少しも興味をもたれないだろう。一九六二年に出版した『黄金のノート』で大成功を収めたドリス・レッシングは、一九八一年に本を出したことのない作家のふりをして、別名で新しい小説をいくつかの出版社に送ったが、一社を除いてすべてに断わられた。文学の場合、出版社がまず、本の背表紙やプレスリリースに書かれた推薦文によってマーカーを作り出そうとする。だが、やがて批評家、アカデミー、そして書店が独自のマーカーを生み出し、それらによって本の命運が定められる。ときとして、意識してか、あるいは無意識にか、作品の創作の状況や執筆時の著者自身の状況などをめぐる物語を作り上げることで、著者自身がマーカーを作り出すこともある。自殺、貧困、執筆の背景などはしばしばマーカーに組み込まれる一種の要素である。そんな物語、伝説はテクストを生き延びさせ、古典作品として読み継がれるための要因のひとつとなる。『ドン・キホーテ』の第一部は獄中で書かれたとされ、第二部はアベジャネーダによる盗用への反撃として書かれたことになっている。デフォーの小説『ペスト』が、フィクションとしてではなく事実であるかのように読まれること。『ボヴァリー夫人』と『悪の華』の作者たちを告発した裁判。ラジオで『宇宙戦争』が朗読されたとき、そこで物語られた世界の終末を信じこんだ人びとのパニック。死の床でマックス・ブロートに原稿をすべて焼くように頼んだカフカ。実際に焼かれ、失われたマルカム・ラウリーの草稿。『北回帰線』や『ロリータ』や『吠える』や『ただパンのみにて』をめぐるスキャンダル。マーカーはときとして予測不能であり、何年もたってから作られることもある。『百年の孤独』や『愚者の陰謀』のように出版社から軒並み出版を断わられた傑作というケースがそれである。もちろん、作品が――やっと――世に出たばかりのときには、それをセールスポイントにするようなことはないが、大成功を収めたあとなら、神秘的な物語の一部となる。それらの作品の、宿命として。

『ユリシーズ』や『裸のランチ』や『石蹴り遊び』など、パリで出版されたいくつかの本にまつわるエピソードは明らかにフェティッシュと化していて、いまや現代文化史のありふれた一部となっている。象徴主義とフランスの前衛芸術の後継者を自認していたビート世代にとって、『ユリシーズ』は断絶という概念を定義するのに格好の参照点だった。タンジールにおける不透明な数年間に着手され、ギンズバーグとケルアックによって形をなし、フランスで完成された『裸のランチ』は、左岸の出版社オリンピア・プレスの編集者モーリス・ジロディアスのもとへ持ちこまれた。ジロディアスはこの混乱した作品が理解できず、出版を断わったが、一年半後、その断片のいくつかが世に出たことからこの小説の評判が高まりはじめた。それもひどく猥褻だという評判で、それはひとつのマーカーとなり、ジロディアスは前言を撤回してこの原稿を出版する気になった。それ以前に『ロリータ』が売れたおかげで彼はひと財産を築いていたが、こうして、いまや著者のバロウズにとっては記憶もあいまいになっていたこの小説のおかげで、出版社はさらなる儲けを手にすることになった。ジロディアスはフランスのよき伝統にぴったりはまっていた。スキャンダルを巻き起こす書物――たいていはポルノ、または猥褻さを理由に発禁となった本――の売り手という伝統である。そのような本は十八世紀にはスイスで出版され、しかるべき賄賂を支払われて国境を越え、フランスに持ちこまれてきた。二十世紀になると、それらはパリで出版されるようになり、ピカレスク小説風のさまざまな口実を用いて、ときにはアメリカにまで届けられた。

ケルアックは『路上』についてこう書いている。「かつては難解と思われていた『ユリシーズ』が、今日では古典と見なされ、誰でも理解できるものだと思われている」。コルタサルも同じ考えをもっていた。コルタサルにとって、この伝統は重要なもので、彼とパリとのつながりは、代表作『石蹴り遊び』の舞台がそこであるというだけでなく、この作品がある意味でブルトンの『ナジャ』の焼き直しであることにも表われている。編集者フランシスコ・ポルーアに宛てた手紙で、彼は『ユリシーズ』をその当時の人びとのあいだに見られた困難、断絶、抵抗、差異を典型的に表わすものと見なして次のように書いてい

る。「思うに、これはつねに起こることなのでしょう。私は『ユリシーズ』の同時代の批評についてはよく知りませんが、たぶんこんな感じだったはずです。『ジョイス氏が書くものはまずい。なぜなら、彼は部族の言葉で書こうとしないからだ』」。『裸のランチ』と同じように、『石蹴り遊び』も断片の集積、コラージュ、偶然の働きからなる作品であり、政治的には革命の意図をもつ。秩序ある言説というブルジョワの価値観を壊し、社会の伝統をそのままなぞるかのような文学上の伝統を爆破しようとする。だからこそ、コルタサルは編集者への手紙で、自身の本の読み方を導く言説を方向づけようとする。手紙という手段によって引き起こされるさまざまな困難――遅延、誤解、紛失（たとえば、コルタサルがみずから考えた本のレイアウトを入れて送った封筒は行方不明になった）――について、私たちは思いをめぐらす必要がある。

私はこの本の「小説」としての面が強調されるのはまったくうれしくありません。それはいささか読者をだますことになるでしょう。私はこれが小説でもあり、おそらくは小説としての側面にその本来の価値があることもよく承知しています。しかし、私はこれを反-小説として書きました。〔登場人物の〕モレリはそのことについて語る役割を負っていて、私が先ほど引用した文章のなかで非常に明快に説明しています。最終的には、この本の価値論の側面と呼ぶべきものを強調すべきだと私は思います。人間の営みの欺瞞にたいするいらだちのこもった絶えざる糾弾、〔中略〕作者や登場人物が哲学的な「真面目さ」に落ちこむやいなや発揮される皮肉、嘲笑や自嘲。〔エルネスト・サバトの〕『英雄たちと墓』以後、あなたも理解したはずです。私たちがアルゼンチンのためにできるのはせいぜい、作家たちの目指している存在論的愚者たちの「真面目さ」を声のかぎり糾弾することなのです。

『石蹴り遊び』はたちまち同時代の若者たちの心を捉えた。コルタサルが描くパリはボヘミアンの街という古典的なイメージを蘇らせている。詳細に描写されたパリの地理は文化志向の観光客にとって格好のガイドとなり、地図が添えられ、作者のお気に入りのカフェのリストが加えられたいくつもの版がさらにその点を強調している。また百科事典としての側面（文学、絵画、映画、音楽、哲学……）もあるため、その読み方はほぼ無限にある。古典とは、つねに新たな読みを与えてくれるもののことである。古典とは、その作者がけっして流行遅れにならない作品のことである。そしてパリは、現代の私たちが理解するところのモード、すなわち流行が生まれた場所であり、少なくとも一九六〇年代までは、世界各地から芸術家がたえずパリに移り住んだおかげで、この街はある種の読者のある種の作品にたいする期待の地平——フェティッシュのオーラ——を作り出す力を保った。パスカル・カザノヴァはこう書いている。

ガートルード・スタインは近代の位置を特定するという問題をたった一行で要約した。彼女の『パリーフランス　個人的回想』（一九四〇年）には、「パリにはまさに二十世紀があった」とある。文学の現在の場所、モダニズムの首都であるパリが芸術の現在と一致するのは、ある部分、そこがモード――近代性の卓越した表現である――を生み出す場所だという事実のおかげである。ヴィクトル・ユゴーは一八六七年に刊行された有名な『パリ』のなかで、この光の都の権威について強調する。それは政治的かつ知的ことがらにおいてだけでなく、趣味とエレガンスの、つまりモードやモダンの分野にもおよぶのだ。

古代ギリシア文明と古代ローマ文明の関係を部分的に説明する論理――ローマ帝国が文化的覇権を確実なものにしたのは、翻訳による継続、模倣、輸入、強奪という手段によってであり、その過程でもとの神話は再構成され（ゼウスからユピテルへ）、叙事詩は書きなおされた（ホメロスの『イーリアス』と『オデュッセイア』からウェルギリウスの『アエネーイス』へ）――は、現代のアメリカ合衆国とフランスの関係を理解するためのモデルといっていい。十九世紀にはロンドンも文化的首都だったが、パリは――これまで見てきたように――文学と視覚芸術における国際的な中心地としての地位を固めている。一九二〇年代と三〇年代には、ヘミングウェイ、スタイン、ビーチ、ドス・パソス、ボウルズ、スコット・フィッツジェラルドといった名士たちが、首都にいるという感覚とボヘミアン生活の高揚をパリに見いだした。アメリカの知識人の一世代全体――なんらかの世代と呼ばれた者は、パリを訪れて、そこからアイデアを土産物のように持ち帰った人びとのごく一部にすぎない――にとって、フランスは文化的偉大さおよび象徴的遺産の活用法のモデルだった。ヘミングウェイがいうようにフランスの首都が「移動祝祭日」だったとしたら、一九三〇年代にドイツでナチが権力の座につき、ついに第二次世界大戦が始まる前に彼がパリを離れたのも意外なことではない。ピカソはパリに残り、そこで現代美術のための販路を拓いた。ビーチもパリに留まり、ヘミングウェイは解放軍の兵士として戻ってきた。だが、フランスの前衛主義者とアメリカの作家の大多数はニューヨークへ渡って旧知の顔と再会し、または初めて会い、画家、画廊主、歴史家、ジャーナリスト、建築家、デザイナー、映画監督、そして書店主と付き合うことになった。このニューヨークでは、ＭｏＭＡがファン・ゴッホやピカソの大規模な展覧会を開いたあと、その土壌の上に現代美術についての独自の物語を作り上げていった。最初は抽象表現主義がもてはやされ、それからアンディ・ウォーホルと〈ファクトリー〉が率いるポップアートが大きく取り上げられた。一九五〇年代と六〇年代は輝いていた。時代の流れに乗っていたアメリカの作家たちがふたたびパリへ行くようになったからである。だが、彼らの態度は異なっていた。ケルアックやギンズバーグはフランスを旅行するとき、パリとこの都市とのあいだに優劣はないというかのように――ボウルズの道筋を逆にたどって――かならずタンジールに立ち寄った。ケルアックの母語はフランス語だったし、ファーリンゲッティはジャック・プレヴェールのようなシュルレアリスム詩人の作品を英訳した。後年、ポール・オースター――マラルメの翻訳者――のように書店のイメージと強く結びついた他のアメリカ人作家たちがパリに旅することになるが、この世代にとって文学的に主要な参照点となったのは、ヨーロッパの作家ではなくアメリカの作家だった。パリが世界文学を集めた図書館のようなものへと変貌した一方で、サンフランシスコ、ロサンゼルス、シカゴ、ニューヨークなどでは二十世紀後半において重要な文化的拠点となる書店がたえず生まれつづけた。善きにつけ悪しきにつけ、大使館であれ侵略者であれ、アメリカ以外の場所にできた書店といえば、二代目の〈シェイクスピア・アンド・カンパニー〉が典型である。

〈シェイクスピア・アンド・カンパニー〉を描いた二〇〇三年のドキュメンタリー映画『一人の老人としての書店の肖像』のなかで、ある人物がこの書店の店主ジョージ・ホイットマンのことを、自分の出会ったなかで最もアメリカ人らしい人間だという。根っから実利的で、倹約家だからだ。この書店の雑用は文学好きの若者がこなし、給料は出なかったが、寝床と食事と――このことは口に出されなかったが――すばらしい経験が与えられた。パリの中心にある〈シェイクスピア・アンド・カンパニー〉で寝泊まりし、働けるのだ。ホイットマンはアメリカの若い読者すべての夢を現実のものにしただけだった。この書店は万人のもつ書店のイメージそのもの――たとえば『ハリー・ポッター』のフローリッシュ・アンド・ブロッツ書店――であり、じつに強力なマーカーとしての観光名所であり、文学を学ぶ者にとってはエッフェル塔や《モナリザ》と同じくらい重要だった。しかも、おまけとしてそこに住むことができるのだ。『石蹴り遊び』に添えられた地図と同じように、この店は文学を空間化し、そこを身体かホテルのようなものに変え

た。謳い文句は「夢を生きる」だったかもしれない。それを支えるのは、シルヴィア・ビーチの初代〈シェイクスピア・アンド・カンパニー〉にたいする概念的および商業的な作戦であり、それは二つの視点から見ることができる。ひとつは死後の名声あるいは遺産。そしてもうひとつは借用、またあえていえば強奪である。あるインタビューでホイットマンはこう語っている。「彼女はわれわれの意図をまったく理解しなかった。われわれは彼女が死ぬまで待った。なぜなら、彼女に許可を得ようとして拒否されたら、彼女の没後でも、この書店の名前を引き継ぐことはできなかっただろうからだ。それでもやはり、彼女はイエスといっただろうと思う」。〈本の友の家〉(La Maison des Amis des Livres) を選ばなかったのは、彼がアメリカ人であり、またビーチの店の名前には、ここを巡礼の地と見なして押しかける観光客を惹きつける商売上の旨みがあると思ったからである。そして、当然ながら予想される混同も見込んでいた。

この映画に登場するのは落ち着きのない横暴な書店主であり、人の心をえぐる侮辱の言葉を吐くかと思うと、詩人もどきの感傷をむき出しにし、泊まらせている著者をボランティアという名の労働に利用し、その労働環境について明らかにすることもない。書店はかなりの収益を上げ、建物の評価額は五百万ユーロと見積もられているにもかかわらず、彼はつましいボヘミアン暮らしの書店主であり、衣服や食べ物に金をかけず、彼が君臨する魅力あふれる王国の外には、どんな社交生活も親しい付き合いももたないように見える。カメラの前で自分の髪の毛を二本のろうそくの炎で焼いたのは、老人性認知症のせいか、それとも散髪代を節約するためなのか。そして現在、父の商売を引き継いでいる娘の名前はシルヴィア・ビーチ・ホイットマンという。

公平さを期すために、彼の人となりは、ジェレミー・マーサーによる回顧録『シェイクスピア&カンパニー書店の優しき日々』によって補われるべきだろう。この本に出てくるホイットマンはやはり落ち着きのない老人だが、とても寛大で、愛情深く、夢見がちで、この店のベッドで眠る者には誰でも、彼の大事な本と個人的なパリの思い出を惜しみなく分け与えようとする。たとえば『アレクサンドリア四重奏』の執筆に一日中費やしたあと、夜になると飲んだくれたロレンス・ダレルの思い出。書店主の愛人だったかもしれないアナイス・ニン。ヘンリー・ミラー、ビート世代、そして当然ながら来店してもほとんど口をきかなかったサミュエル・ベケット。この店が後押ししたあらゆる本と雑誌。マーゴ・ヘミングウェイを案内して、彼女の祖父が愛したパリの街のあちこちを歩きまわったこと。

その映画を見て、その本を読んだあとで考える。〈シェイクスピア・アンド・カンパニー〉とは、昔もいまも、結局のところなんだろう？　社会主義者のユートピア、それとも守銭奴が営む商売？　観光客の

憧れの巡礼地、それとも真に重要な書店だろうか？　その店主は天才だったのか、狂人だったのか？　これらの問いに答えがあるとは思わないし、たとえ答えがあったとしても、それは白黒つくものではなく、あいまいなもののはずだ。明らかなのは、〈レキューム・デ・パージュ〉とラ・ユヌ書店が、〈シェイクスピア・アンド・カンパニー〉のような意味での伝説的な書店ではなく、世界的に有名なわけでもないということである。こうして、私たちはふたたび問いかけることを余儀

なくされる。神話とはなにでできているのか？　そしてとりわけ、その神話を拭い去ることはできるのか？

　私もまたその神話化の過程に一役買っているという点で罪深い。あらゆる旅、あらゆる読書は偏ったものだ。一九二〇年代のサン゠ジェルマン゠デ゠プレに創業をさかのぼり、一九四七年にガリマールの手で蘇り、一九六九年以来、十五区に店を構える書店〈ル・ディヴァン〉をようやく訪ね、その歴史を調べているとき。一九二九年、かつてボヘミアンの住む場所だったがいまやシックな地区となったモンパルナスに、芸術家グループのあいだでリーダー的存在だった二人の友人が創業したチャン書店を見つけたとき。チャン家の娘マリー゠マドレーヌがフランスにおけるベケット作品の熱心な支持者だったと知ったとき、私はついに、翻訳家ハビエル・ヌエノの忍耐強さに報いることになるだろう。ヌエノは、現在の店の経営者で、インタビューを読むかぎりでは書店の過去と未来について考えていることが明らかなフェルナンド・バロスを私に紹介してくれるはずだ。読書や旅や友人たちを通じて、私が——ようやく——別の地区へ足を踏み入れ、未知の書店を発見するとき、私の頭のなかにあるパリの文化的地形は変化し、それとともに私の言説も変わるだろう。その間、私はこの完成不可能かつ未来に開かれた百科事典の限界を受け入れる。それはあらゆる百科事典と同じく光と影をもち、不完全で、永遠に書きなおされる運命にある。

10 チェーン書店

一九八一年から〈シェイクスピア・アンド・カンパニー〉も独立系書店のチェーン店になった。ニューヨークとその周辺にある大学のキャンパスに四つの支店を出すようになったのだ。多くの大学には自前の書店があり、そこで手引書や参考書、なによりもまず教科書、さらにTシャツ、スポーツ用のジャージ、マグカップ、ポスター、地図、絵葉書といった大学関連の観光客向けの土産物が売られているが、〈バーンズ＆ノーブル〉はこのような市場において大きな版図をもち、アメリカ合衆国の六百校以上のカレッジに出店しているのに加え、スターバックスが店を出す程度の規模の各都市に七百以上の支店がある（二〇一三年、その後の十年間で店舗の三分の一を閉じると発表したことがどれほどの影響を与えたかは現時点ではまだわからない）。

〈バーンズ＆ノーブル〉名義の最初の書店がオープンしたのは一九一七年のことだが、バーンズ家は一八七〇年代から印刷業に関心を抱いてきた。その百年後、この店は初めてテレビCMを流した書店となる。そして今世紀においては、小規模な独立系書店の存続を脅かす主たる要因となっている。それは大きな矛盾ともいえる。一店舗だけで始めた事業が支店を増やし、同じ商標のもとで結びついて——つまりチェーン店として――発展することは珍しくないからだ。繁栄しているチェーン店の多くも、もともと一店舗だけの独立した書店として始まった。メキシコ各地に十以上の支店をもつようになるずっと前の一九七一年、ガンディ書店はメキシコシティの南部にマウリシオ・アチャルが始めた一軒の本屋だった。ブラジル最大のチェーン書店は最初、移民によって着手された。ポルトガルのトラス＝オス＝モンテス地方出身のジョアキン・イナシオ・ダ・フォンセカ・サライヴァは、一九一四年に最初のサライヴァ書店を開き、当時、その店は〈リヴラリア・アカデミカ（大学書店）〉と呼ばれていた。最初のノベル書店は一九四三年、イタリア人のクラウディオ・ミラノが創業した（一九九二年に彼の孫がリースシステムを導入すると、支店が飛躍的に増えた）。〈リヴラリア・クルトゥーラ（文化書店）〉はドイツ系ユダヤ人の移民エヴァ・ヘルツの発案で生まれた。そのきっかけは、一九五〇年に自宅の玄関先で始めた貸し本サービスというアイデアで、それがようやく書店へと発展したのは一九六九年のことである。この三つの大手チェーン書店は同じ都市――サンパウロ――で誕生し、国中に広がった。〈ファミリー・クリスチャン・ストアズ〉はいまや三百近い支店をもち、二〇一二年には世界各地で布教に努める伝道師たちのために百万冊以上の聖書を寄付したが、ゾンダーヴァン兄弟が商売を始めたきっかけは、一九三〇年代、ある版元の目録に載らなくなった在庫の残りを入手したことだった。版権の切れた宗教関連書の廉価版――たとえば何種類かの英語版の聖書――を出すようになり、二人の商売は成功を収めた。

オランダはカルヴァン主義者にたいして寛容だったうえに、宗教的・政治的な検閲が存在しなかったため、十六世紀と十七世紀には世界有数の書籍産業の中心地となった。エルゼヴィル家はその地の印刷業者のなかでも屈指の存在で、一六二二年から五二年までに学者による注釈が入った権威ある古典叢書の小型本を出版した。マーティン・ライアンズによれば、一六三六年に出版されたウェルギリウスの全集が人気を博して十五回も版を重ねたという。携帯サイズの古典叢書は、版元がどこでも関係なくすべて「エルゼヴィル版」と呼ばれるようになった。よく売れたとはいえ、この種の出版物は文学に通じたエリート向けのものだった。およそ二万五千部も売れた本物のベストセラーだった『百科全書』を購入したのはおもに貴族と聖職者であり、彼らの属する社会階層を支える柱が崩れようとしていたことを忘れてはならない。ふつうの人びとが読むのはたいてい、薄くて安価な呼び売り本、挿絵がたくさん入った小冊子、あるいは「青本」だった。これは砂糖の包み紙に使われる青い紙で綴じたもので、行商人——フランス語では「コルポルトゥール」、ドイツ語では「ヤーマルクトシュトレードラー」、イタリア語では「レッジェンダイオ」と呼ばれた——が売り歩いた。聖人の生涯、ナンセンスな物語、喜劇、パロディ、酔っ払いの歌や民衆を煽動する歌、神話や伝説、騎士物語、農事暦、十二宮図、賭博のルール、料理本、さらには有名な古典作品の簡約版さえもがベストセラーとなり、やがて十九世紀になるとロマンス小説と写実主義小説が爆発的に売れ、続き物の小説という形で大量生産され、世間に広まった。

　ひと山当てれば金持ちになれる商売としての本はウォルター・スコットに始まり、チャールズ・ディケンズとウィリアム・サッカリーがその流れを確固たるものにした。スコットの本はヨーロッパであまりに

もよく売れたので、一八二二年からは英語とフランス語で同時に発売されるようになり、一八二四年には彼の小説のパロディ『ワラドモール』——スコット自身が登場人物の一人だった——がドイツで売り出された。周知のとおり、苦労せずに成功を手にするには模倣やパロディほど確実なものはないからである。レヴィ兄弟は十九世紀半ばのパリで一冊一フランのシリーズを売り出した。ミシェルとカルマンは、オペラや芝居の台本《リブレット》を商品化して大儲けし、イタリア大通りに書店を開いた。この店はやがて十九世紀の偉大な書店のひとつとなるが、ここにはバーゲン本のコーナーがあった。この書店に金を投じるだけでなく、彼らは鉄道、保険会社、植民地における公共サービスにも投資した。同じころ、カール・ベデカーとジョン・マレーが旅行ガイドを世に広め、いまやその他さまざまな種類の本と同様、食料雑貨店、キオスク、行商、独立系書店、チェーン書店など無数の販路で売られるようになった。アイリーン・S・デマルコの『読書と鉄道』は、フランスの鉄道駅に設けられたアシェット書店のネットワークについての研究である。この計画は一八二六年初頭から第一次世界大戦が勃発した一九一四年までおよそ百年つづき、パリの一号店は一八五三年に作られた。鉄道はたちまち本にとって必須の乗り物となる。貨物列車は用紙、印刷機、予備の部品、働き手、著者、完成した本を都市から別の都市へと運び、そしてなによりも読者を乗せて走った。このチェーン書店は利便性から、歴史上初めて女性の書籍販売員を雇い、その元締めは「鉄道図書館《ビブリオテーク・デ・シュマン・ド・フェル》」と呼ばれた。ルイ・アシェットからフランスの主要鉄道会社のオーナーに宛てて送られた、自分の申し出を受け入れてほしいと説得する手紙では、軽くて持ち運びしやすい本は、旅の退屈をまぎらすだけでなく、教育面での効用もあるからためになると強調されていた。一八五三年七月までにアシェットの四十三の支店が営業を開始し、およそ五百冊の本をあつかった。翌年には日刊紙を売るようになり、やがてこれが同社のおもな収入源になった。さらに三年後、他の出版社の一部を傘下に組み

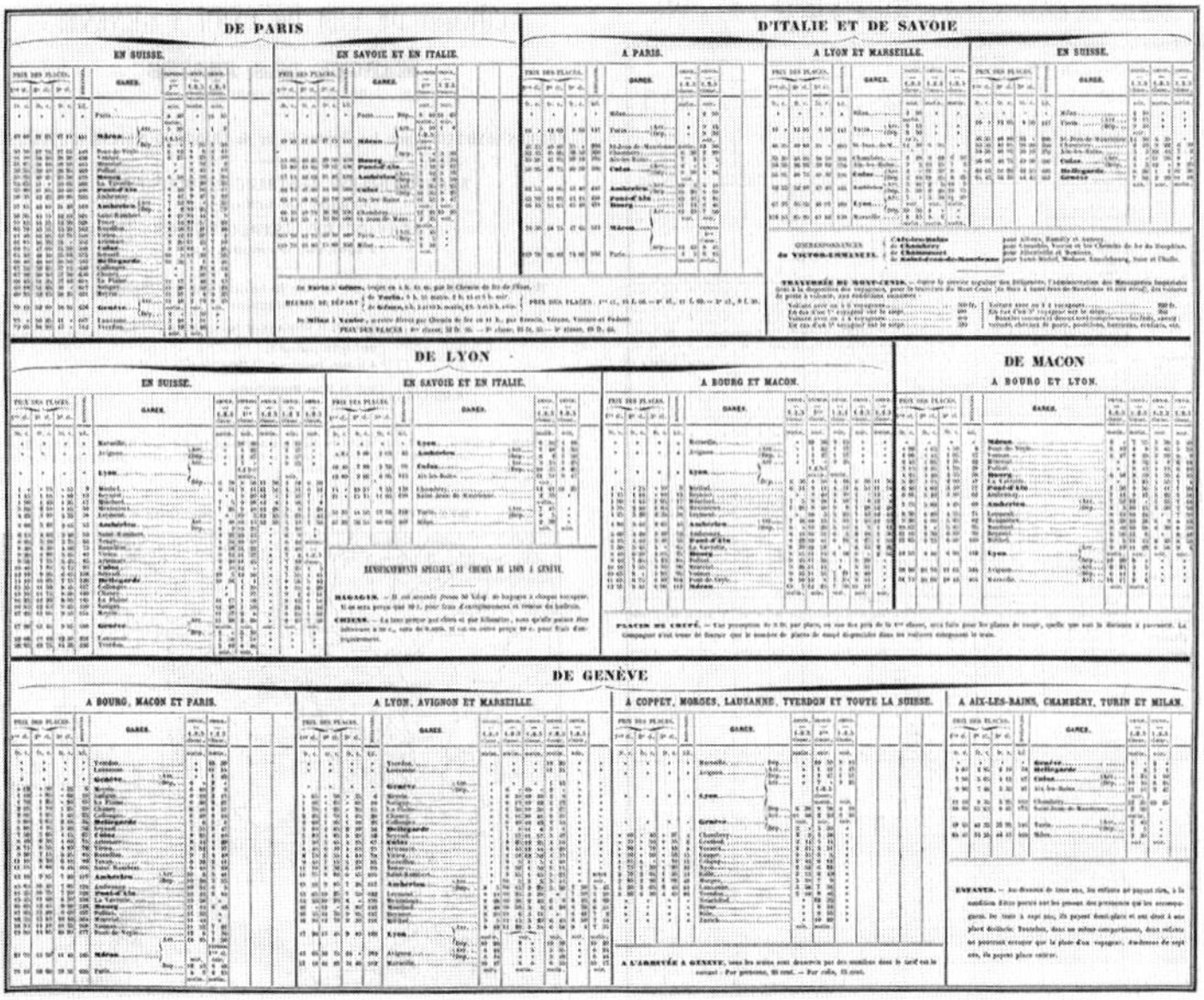

込み、こうして駅構内での本の販売を独占しつづけた。十九世紀末には、この販売網が地下鉄にまで広がった。

インドでは二〇〇四年まで、駅での書籍販売はチェーン書店の〈A・H・ホイーラー〉が独占してきた。アシェット――現在では国際的な出版グループとなり、年間二億五千万冊以上をあつかう――と同じように、鉄道と関連したこの書店の歴史をたどるのはじつに面白い。イラーハーバード駅に一号店がオープンしたのは一八七七年のことだった。エミール・モローと共同経営者のT・K・バナジーは、ロンドンにチェーン書店をもっていたアーサー・ヘンリー・ホイーラー――彼自身はおそらくアジアに足を踏み入れたことさえなかったはずだ――の名前を借りた。インド政府との合意により、彼らは社会的ないし教育的な意図を明らかにもつ書籍および新聞を駅構内で販売する独占権を得た。

一世紀以上にわたって、これがインド国内の最も辺鄙な地域に文化を伝播するおもな手段となり、そんな地域では、周囲何キロにもわたって、目につく唯一の書店が〈A・H・ホイーラー〉ということが珍しくなかった。インドの独立が視野に入ってきた一九三七年、モローは自分の株の持ち分を共同経営者であるインド人の友人に譲り、それ以来、家族経営がつづいている。二十一世紀に入ったとき、この会社はおよそ三百の駅に六百近い店舗をもっていたが、二〇〇四年にその独占は崩れた。愛国主義的方針をとった鉄道大臣のラルー・プラサド・ヤーダヴが、インドの会社なのにイギリス風の社名を掲げることに反対したのである。だが、六年後にその裁定は取り消された。このチェーン書店はインドの風景にごく自然に溶けこんでいたので、この国の文化遺産の一部と見なさないわけにはいかなかった。

これらの情報源となった「インディアン・エクスプレス」紙の記事でシェーカル・クリシュナンが書いているように、ムンバイでは「〈ホイーラー〉で会おう」という言い方がよく聞かれるという。その名前はインドの日常生活にあまりにも深く根づいている。列車に乗る前に〈ホイーラー〉の書店やキオスクで友達や知人と待ち合わせ、新聞を買い、並んで帰途につき、政治や文学談義を交わすという習慣は何十年ものあいだ定着してきた。そのスタンドでは人びとが一杯の紅茶を立ち飲みする。

ムンバイで生まれたラドヤード・キップリングの運命は、〈ホイーラー〉の名前と密接に結びついていた。未来の作家が最初に働いた新聞社――当時、彼は十七歳だった――の編集長の名字がそれだったからである。キップリングは、夏の焼けつくような暑さのなかでも一日の三分の二をこの新聞社「シヴィル・アンド・ミリタリー・ガゼット」の編集部で過ごした。汗とインクのしみで、同僚にいわせると彼のスーツは「ダルメシアン犬の毛皮」のようだった。ヒンドゥー教やイスラム教の地域で起こった事件を取材しに行く汽車の旅に加え、日本や南アフリカへの旅と六か月の滞在――のちに有名になる――から、彼はさまざまなエピソードや雰囲気を得て、それをもとに「鉄道文庫」シリーズの一冊として一八八八年に最初の短編集を出版した。このペーパーバックのシリーズはA・H・ホイーラー社から出ていて、したがってこの出版社がキップリングの処女作を世に送り出したことになる。時がたつにつれ、植民地での経験は、『少年キム』や『ジャングル・ブック』のような小説に見られる夢のような異国情緒のなかで記憶のヴェールに覆われた。

アシェットの場合もモローとバナジーの場合も、書店ネットワークはいずれもイギリスのものを手本にしていた。フランスの一号店ができる五年前の一八四八年、同じような店がすでにロンドンのユーストン駅にあった。それが〈WHスミス〉の店であり、おそらく世界初の大規模チェーン書店だったと思われる。この会社は鉄道ブームの恩恵を受けて急成長し、おかげで創業者の息子はその成功を足がかりに政界へ華々しく進出することができた。国中に支店が増えていくのと並行して、靴磨きや花屋が店を出せるほど大きなコンコースのある立派な鉄道駅がいたるところに建設された。そして、鉄道の旅そのものも進化し、快適さを増したことで、やがて鉄道は豪華客船やホテルと肩を並べる贅沢さと利便性を提供するようになった。十八世紀末から十九世紀初頭にかけて――フレデリック・バルビエが『本の歴史』で述べているように――ロンドンの書店はすでにショーウィンドウ、ポスター、看板などで客の目を引こうとし、ときには呼びこみやサンドイッチマンが声を張り上げて通行人を店に誘うことさえあった。それどころか、いまや本は商品としての性質をもつようになっていた。本の巻末ページには、同じシリーズの続刊や同じ版元から出る本のタイトルが広告として載るようになった。表紙はどこの本かひと目でわかるように統一されたデザインとなり、目を引くイラストが用いられるようになった。おとり、あるいは釣り針として、本に価格が印刷されるようになった。「鉄道図書館」は〇・七五フランから二・五〇フランの価格帯で本

を売った。フランスで販売される本の平均価格は、一八四〇年に六・六五フランだったのが、一八七〇年には三・四五フランまで下がっていた。印刷物の消費の形態が多様化するにつれ、それらを売る場所や借りられる場所も増えたため、一フランで買えるシリーズ物が作られた。移動図書館と書店は、鉄道網と同じく産業革命と連結した。さらにプロの読者という存在も生まれた。十九世紀には、ニュースを読み上げたりシェイクスピアの一節を朗々と音読することで生計を立てる人びとがいた。時代錯誤的で芝居っ気のあったブルース・チャトウィンは、子供時代にストラトフォード＝アポン＝エイヴォンで同じことをした。

可動性は十九世紀の偉大な発明である。列車は空間と時間の認識を変える。人間の生活を加速させるだけでなく、ネットワークやその構造についての概念を一変させ、たとえきわめて広い領域であってもほんの数日間ですっかり踏破できるものにする。システム全体が人体の尺度にまで縮んだ。それまで止まった状態でしか読めなかった旅行者が、適応期間のあとでは移動しながらでも読むことができるようになる。それだけではない。人びとは本のページから目を上げて、読んでいた文章の断片とそこから想像したものを窓越しに感じ、目にする断片とつなぎ合わせることすらできるようになる（こうして映画の到来に向けた準備は整っていく）。エレベーターが登場し、それまで何世紀ものあいだ水平方向に拡大してきた都市は垂直方向に成長しはじめた。貴族や上流のブルジョワがなじんでいた重厚な家具は軽いものに変わり、引っ越しが楽になった。ブラジルの社会学者レナート・オルティスはこのことを空間の問題として解釈し、「街路による部屋の支配」と表現した。人類の歴史において最も急速かつ最も大規模な移動が起こる。産業の発展と拡大する帝国主義の結実ともいうべきパリおよびロンドンの万国博覧会は、世界に優位を見せつけたいという欲求への応答である。それは進歩という神話を世界に知らしめる拡声器であり、巨大なショーウィンドウなのだ。モードが誕生し、めまいがするほどの勢いで成長したあげく、大量生産、新たな消費社会が求められ、そこではなにもかも、文字どおりすべてのものに賞味期限が設けられる。流行と軽さは本にも波及する。ペーパーバック、安価な豆本、割引された本、バーゲン本を入れた箱、古本を並べた台。そのすべてはイギリスとフランスで、ロンドンとパリで始まり、その同じ場所で近代の書店が生まれ、それとともにチェーン書店も作られる。

今日知られているように、新聞と一般書籍をスタンドで販売する〈ハドソン・ニュース〉は、ニューアークでの試験営業につづく一九八七年、ラガーディア空港に一号店を開いた。現在ではアメリカ国内に六百店舗を構えている。この会社はハドソン・グループの傘下にあったが、二〇〇八年、免税店を専門とするスイスの企業デュフリーに買収された。二〇一二年に死去するまで、ロバート・ベンジャミン・コーエンは社長としてこの会社を率い、何十年ものあいだ、おもに新聞と雑誌の流通を手がけた。「ニューヨーク・タイムズ」紙に載った死亡記事によれば、彼は一九八一年に新聞販売同業組合への贈収賄で有罪判決を受けたという。ハドソン・グループは世界中の空港、鉄道駅、バスターミナルに何百という書店とキオスクを展開し、そこに隣り合うファストフード店も経営した。十九世紀に世界が加速したとすれば、二つの世界大戦のあとに起こった二度目の大幅な加速を引き起こしたのはアメリカだった。そして書店は、独立系もチェーン店も——このように二極化して捉えるのはあまり正当なことではないし、その中間に存在する無数の形態を無視することになるのだが——二十世紀になってそれぞれの地理を描き、一九五〇年代から北米の大衆文化によってもたらされた空間と時間の消費における大きな変化に組み込まれていく。もともとヨーロッパの見本（アーケード）の模倣だったショッピングセンターが都市の中心部に建設され、やがて郊外特有の現象となる。そして、テーマパークがファストフード店と融合する。ディズニーランドが開業した年、マクドナルドのフランチャイズ一号店がオープンする。そしてモーテルとともに、アメリカ中の道路網を通じてショッピングセンターとファストフード店が結びつき、巨大な複合体が生まれ、十九世紀のヨーロッパ鉄道網の二十世紀版ともいうべき空路網でも同じ現象が起きている。

二十世紀後半の書店にはショッピングモールの特徴が凝縮されている。そこでは、本がディスプレイされ、託児所や子供の遊び場があり、ゲームセンター、レストランを備え、やがてビデオ、CD、DVD、ビデオゲーム、土産物などが共存し、またはすぐ近くに置かれる。この活気に満ちた、都会的で活気のある、したがって書物的《ブッキッシュ》な北米のモデルは、日本、インド、中国、ブラジルなど、その他の大国でさかんに模倣されるようになる。そして、かつての帝国は、娯楽の大量供給というその覇権的な傾向に適応するしかなくなり、こうして文化的な消費財が見境なく売りつけられるという状況ができあがる。その結果、

〈WHスミス〉とスーパーマーケットの〈コールズ〉が合併して〈チャプターズ〉が生まれる。社会主義の精神をもった一種の文学クラブとして一九五四年に誕生した〈フナック〉はやがてテレビを売るようになり、フランス国内におよそ八十、世界のその他の地域に六十以上の支店をもつようになる。すべてのチェーン店には共通点がある。彼らの品揃えはすべてアメリカ文化に支配されているのだ。

『ヨーロッパ小説の地図帳　一八〇〇―一九〇〇年』で、フランコ・モレッティはスコット、ディケンズ、デュマ、ユゴー、スタンダール、バルザックといった作家たちの影響と、ロマンス小説、海洋冒険小説、宗教小説、オリエントを舞台にした小説、ヴィクトリア朝時代に流行した上流社会を舞台にした小説（特定の地域でしか読まれない場合もあった）といったサブジャンルの旧大陸における波及を地図に描き出した。それによって、十九世紀の小説の形式は支配的な二つのモデルの翻訳であると結論した。

異なる形式、異なるヨーロッパ。それぞれのジャンルは独自の地理学、さらには幾何学をもつ。だが、それらはすべて、中心をもたずに形成される。小説の地理学がどれほど奇妙かをここで見てみよう――しかも、それらは二重に奇妙なのだ。なぜなら、第一にヨーロッパの小説はヨーロッパ文学への外部からの影響を完全に排除しようとする。それはヨーロッパらしさを強め、さらにいえば確立しているかもしれない。しかし、このきわめてヨーロッパらしい形式はその後、ヨーロッパのほぼ全体からあらゆる創造的な自由の多くを奪う。ロンドンとパリという二つの都市は、一世紀以上も小説を支配し、ヨーロッパのすべての小説の半分（かおそらくそれ以上）がそこで出版され、非情にして先例のない文化的な中央集権化が起こる。中央集権化――その中心は誰もが知っている。だが、現実を観察してみれば、それは所与のものではなく過程である。しかも、きわめて尋常ならざる過程であ

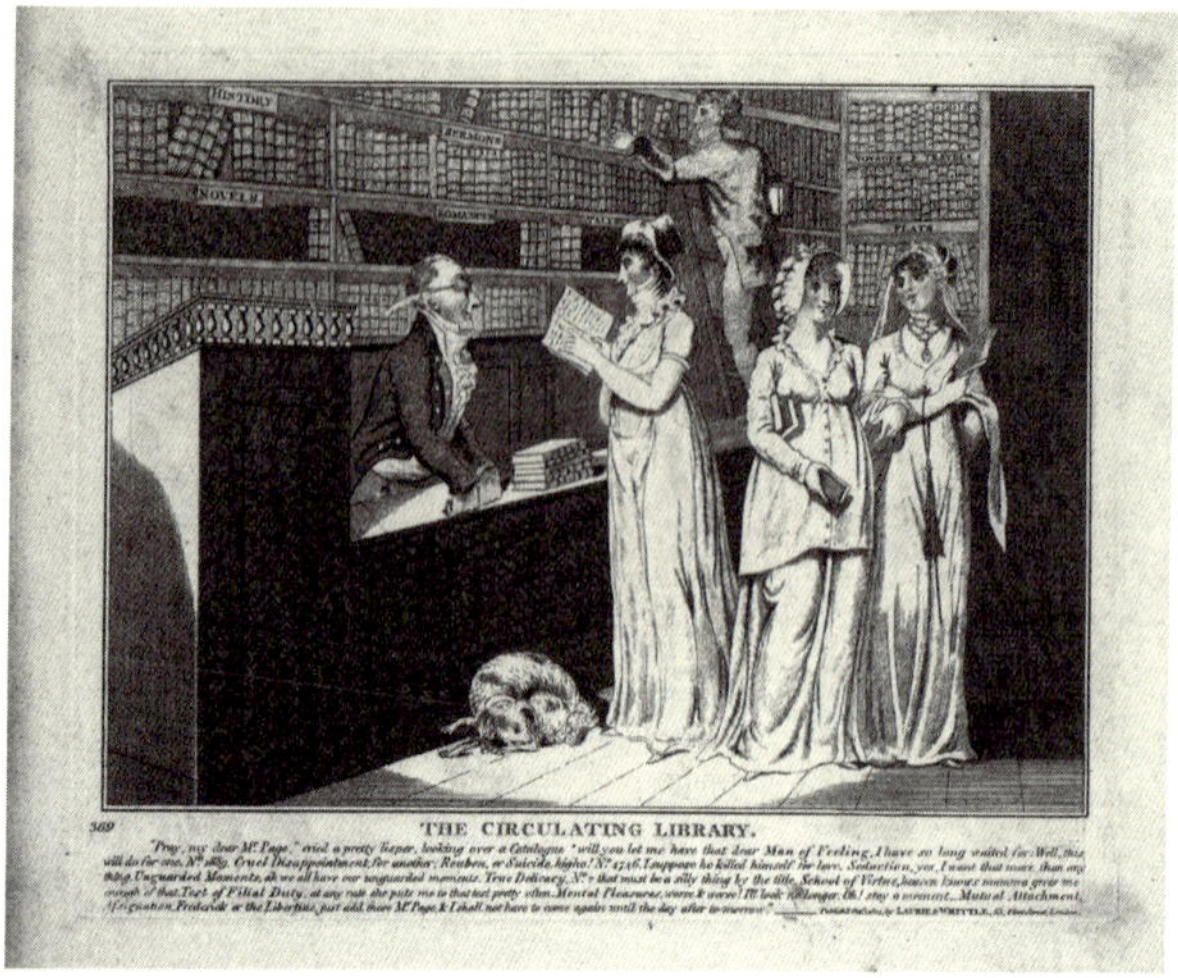

る。ヨーロッパ文学の法則ではなく、例外なのだ。［中略］そして、小説とともにヨーロッパで共通の文学市場が生まれる。唯一の市場——それは中央集権化の結果である。そして、きわめて不均衡な市場——これも中央集権化の結果である。一七五〇年から一八五〇年という決定的な百年間で、中央集権化の結果とは、大方のヨーロッパ諸国において、小説の大多数がごく単純にいって外国の書物だということである。ハンガリー、デンマーク、イタリア、ギリシアの読者は、フランスやイギリスの小説を通じて新しい形式になじんでいった。そうして不可避的に、イギリスとフランスの小説は模倣すべきお手本となった。

モレッティが十九世紀の巡回図書館や閲覧室《キャビネ・ド・レクチュール》を対象に行なった分析を、〈バーンズ&ノーブル〉、〈ボーダーズ〉、〈チャプターズ〉、〈アマゾン〉、〈フナック〉などのカタログにあてはめて、地元の書籍の割合がどれくらいになるかを調べたら、世界規模で消費されるフィクションはまず北米の商品、またはその影響を受けたものであることがわかるはずだ。十九世紀に小説の形式においてイギリスとフランスが採ったのと同じ戦略をアメリカは受け継ぎ、ハリウッド映画とのちのテレビドラマシリーズは映像のフィクションにおける模倣されるべきモデルを作り出した。ロンドンとパリにおける書店の概念が支配的なものとなったように、(中心にテレビが鎮座する)家庭生活の経験、(マルチスクリーンの映画館で)映画を見る経験、(書店と土産物屋とスターバックス式のカフェテリアを融合させた)読書の経験を空間化するアメリカのモデルが世界を支配するようになったのだ。

結果として、北米の大規模なチェーン書店は、私たちが「チェーン書店」と呼び、しばしば「巨大な」という形容詞をつけて区別する文化の流通と販売のそうした捉え方のひな型となる。同じオーナーが同じ店名を掲げ、五、六軒の店を経営する小さなチェーン書店は、個人経営の商売としていまだに地方では成り立っているかもしれないが、一方、巨大チェーンはほとんどつねに多国籍の複合企業であり、そのなかで、書店主はもはや書店主ではなくなる。なぜなら、本と顧客との直接的な——職人的な——関係を失うからである。ここで書店主とは一介の店員であるか、または重役、仕入れ係、人事管理者である。株主や役員会の支配下にあるチェーン書店では、大企業に特有の出来事が次々と起こる。〈ウォーターストーンズ〉は一九八二年、〈WHスミス〉をくびになったティム・ウォーターストーンによって創業された。〈WHスミス〉は一九八九年にその店を買収したが、数年後、主要なライバル書店の〈ディロンズ〉を買収していた会社にそれを売却した。これらの支店が〈ウォーターストーンズ〉の名でチェーン書店となった。新しい経営陣のもと、カーディフの〈ウォーターストーンズ〉は、クリスチャン・ヴォイス〈キリスト教徒の声〉協会から「冒瀆的」で「猥褻」な本なのでイベントをボイコットするようにと脅迫され、詩人パトリック・ジョーンズの朗読会を中止した。

二〇一六年の初めにロンドンを訪れたとき、〈ダウント・ブックス〉の八つある支店のオーナーで、かつ〈ウォーターストーンズ〉の三百の支店の経営責任者であるジェイムズ・ダウントにインタビューする機会があった。ピカデリーにある〈ウォーターストーンズ〉のカフェテリアで会ったとき、驚いたのは、彼が開口一番、私になにを飲むかと訊いて、みずからカウンターに行き、コーヒーを注文すると、満面の笑みを浮かべてそれを私に運んできてくれたことだった。五十二歳のジェイムズ・ダウントは長身で身のこなしが洗練されていて、親しみやすく、態度はじつに穏やかだったが、射抜くような鋭い目つきとの対比が印象的だった。彼は二〇一一年にロシアの億万長者アレクサンドル・マムートからその仕事をまかされた。ほぼ破産状態だったチェーン書店を、マムートがHMVグループから六千七百万ユーロで買った直後のことである。要するに、このインタビューの相手はまさに〈ウォーターストーンズ〉を救った男だった。

「二〇一一年に〈ウォーターストーンズ〉の経営をまかされたときは、どんな状況だったのですか?」

「この店は破綻を来たしていた。キンドルが大規模に進入してきて、市場は二十五パーセント縮小していた。私はなにをしたか? まず、書店員たちのモチベーションを上げようと考えたが、残念ながら、それを実行する前にスタッフの三分の一を解雇しなければならなかった。私の考えは、〈ウォーターストーンズ〉を自分自身が快適に働ける会社にすることだった。定価販売が過去のものとなり、アマゾンがこちらの四割も安い値段で売るような状況ではそう簡単にはいかない。結果として、書店主は値段の差に対抗する手段として、読者や本や自分自身とのあいだに人間らしい関係、そこから生まれる喜びといったものを築き上げなければならない。そうした関係はアマゾンにはないものだ」

「スタッフの削減以外に、導入したおもな変革はなんですか?」

「ひとつの書店を変えるには時間がかかる。〈ハッチャーズ〉は歴史あるとても重要な書店だ。しかし、売り上げは下り坂だった。〈ウォーターストーンズ〉の枠組みのなかで再建するのに三年かかった。私たちはチェーンの他の店でも再建を成功させつつある。店の収益は去年、九百万ポンドから千三百万ポンドに増えた。私が最初にやったのは、書店員を心の底から信頼すること、そしてどんな本を売りたいか、また売りたくないかの判断を彼らの裁量にまかせることだった。その目的を果たすため、〈ウォーターストーンズ〉を、出版社にショーウィンドウや平台のスペースを売らない唯一のチェーンにしなくてはならなかった。それ以前、〈ウォーターストーンズ〉はディスプレイのスペースを売って二千七百万ポンドの収益を得ていた。だが、そうすると出版社側から圧力がかかり、書店員が本を自由に選べず、自分の店に置く本の管理ができなくなる。そうなると、この仕事の面白みが失われる。ディスプレイのスペースを売ると、書店はみな似たり寄ったりになる。もうひとつ導入した大きな変革は返品率にかんしてだ。すでに二十七パーセントから三パーセントに削減した。最終的な目標はゼロにすることだ」

「全体のシステムは新刊の受け入れと定期的な返品が基本です。版元との交渉は厳しかったでしょうね……」

「版元はそういう手段をいやがった。だが、出版界を変えたいなら、勇敢に立ち向かわなければいけない。私は彼らと会い、こんなふうに頼んだ。『ほかによい考えがありますか？　ここで変えなければ、この商売はおしまいです』。しだいに彼らも振り向いてくれるようになった。すぐれた本をつねに作りつづけていれば、書店とともに生き残れる。だが、目新しいものばかり追いかけ、二流の作品を派手な宣伝だけで売っているようなら、いずれ沈んでいく運命だ」

「顧客、つまり読者との関係はどうですか？」

「私たちが直面する難題は、最も知的な顧客を満足させながら、それほど知的でない顧客をひるませないようにすることだ。われわれの書店ではどこでも、タクシーの運転手が居心地よくいられるようにしたい。新聞であれ本であれ、たくさん読む人たちだから、彼らに店に来てもらって、読みたいものを見つけてほしい。率直にいって、〈ウォーターストーンズ〉が中流階級の書店で、〈ダウント〉の顧客はより上品であることはわかっている。どんな書店も自分たちの顧客を知ろうとしなければいけないし、スーパーマーケットなど、本をあつかう他の店と競い合おうとすべきではない」

「〈ウォーターストーンズ〉の書店員はどのような人たちですか？〈ダウント〉と同じ？」

「いずれは同じようになってほしいと思う。よい書店員とは、親しみやすく、文化に関心があり、その興味を人に伝えることができて、本のために献身的であり、さらにはエネルギッシュでなくてはならない（書店員という仕事が肉体労働でもあることを忘れてはいけない）。われわれは本好きの若者にここで働きたいと思ってほしい。そういう若者なら、ここが効率と標準化が優先されるチェーン店ではなく、本にたいする好奇心と愛というある種の精神に出会える場所だと感じてくれるだろう。それで、店内のレイアウトを変えているところだ。私はスペインへ行くたびに、私のお手本のひとつ、ラ・セントラル書店を訪れる。イタリアでいえば〈フェルトリネッリ〉だ」

「暖かく迎え入れてくれる一階の木製の床は、マドリードのカジャオ広場にある〈ラ・セントラル〉を思い出します。この二つの店の設計には同じデザイナーが関わっていますね。アルゼンチン人のミゲル・サル――」

「そのとおり！　ミゲルがロンドンに来るといつも食事をともにしていた。知的で、愉快で、刺激的な男だった……そのうえ、顧客としてもすばらしく、いつも気がふれたみたいに本を買いあさっていた。つい最近、彼が急死したのはたいへんなショックだった」

「リアル書店をオープンするというアマゾンの新しい画期的な計画をどう思いますか？」

「私はシアトルから戻ってきたばかりだ。あの書店は強烈だね。本は棚差しではなく、表紙が見えるように面出しになっている。五千冊しか置かず、配置は数学的な計算で決められている。キュレーションもなければ序列もなく、なにかを発見するという感覚はもてない。書店という概念の解体だ。別の名前だったら、ばかげているというしかないが、アマゾンだからこそすばらしい。〈WHスミス〉は書店ではなく、アマゾンこそが書店だということを人の記憶に刻みつけられるからだ」

「ニューヨーク・タイムズ」紙に掲載された〈マクナリー・ジャクソン〉についての記事で、ヤン・ホフマンは「アマゾンに対抗するのにアマゾーン族の女戦士以上の存在はあるだろうか？」と問いかけた。この戦いに挑むのはサラ・マクナリーかもしれない。ラテンアメリカの作家たちを厚遇し、多岐にわたるイベントと地域別に分類された著作の品揃えで知られるこの書店（ハビエル・モレアが経営する）の象徴的な一画には、エスプレッソ・ブックマシンが設置されている。このマシンは、マンハッタンにあるリアル書店に依拠した書店のクラウドにある七百万冊のなかから、どの本でもほんの数分で印刷し、製本することができる。

リアル書店では〈バーンズ＆ノーブル〉、ネット書店ではアマゾンが先導する状況において、チェーン書店〈ボーダーズ〉の数百の支店が閉店に追い込まれたあと、アメリカ小売書店協会（ABA）は「ブックセンス」〔ABAが一九九九年に開始した独立系書店の販売サイト〕および「インディバウンド」〔ブックセンスが二〇〇八年改称〕のキャンペーンに乗り出した。その要となるのは、文学賞と独立系書店での売り上げのみにもとづくベストセラーリストである（「ニューヨーク・タイムズ」のベストセラーリストは、キオスク、チェーン書店、ドラッグストア、ギフトショップなどで売れた本の数を出版社が発表した部数と合計しているので、往々にして同じ本の売り上げが二倍に計上されることがある）。二〇一〇年、アンドレ・シフリンは『言葉と金』でこのような状況についてコメントしている。

戦後の数年間、ニューヨークには三百三十三軒の書店があった。それがいまでは、チェーン店も含めてたった三十軒しかない。同じようなことが英国でも起こっている。チェーン書店の〈ウォーターストーンズ〉が大幅な値下げ攻勢を展開したせいで、英国では多くの独立系書店の商売が立ち行かなくなった。だが、その〈ウォーターストーンズ〉自体も、昔から商売第一の精神と政治的な保守性で知られてきた新聞と雑誌を売るキオスクのチェーン〈ＷＨスミス〉に買収された。

みずからも編集者であるシフリンは、良質な書店とチェーン書店を区別するためにさまざまな名称――「文化的機能をもつ書店」「インテリの書店」「参照されるべき書店」など――を用いている。独立系書店の存続を保証するためにフランス政府がとった保護主義的な政策についても触れている。後年、オランド政権はまた別の政策を採り入れた。レンタルビデオ店とはちがって、書店は――図書館とは比べものにならないとはいえ――高尚な雰囲気を漂わせ、劇場や映画館に匹敵する伝統的な重要性をもち、国家の支援のもとで保護され発展させられるべき空間である。そのような意識はアメリカには存在しない。だが、〈ボーダーズ〉が消えたあとの空白を他のチェーン店が埋めるのではなく、顧客に合わせた個別の対応を前面に打ち出し、文化の中心となり、将来的には参照される場所になりたいと願う知的野心を抱いた地元の新しい書店によって埋められるという成り行きは、まったく意外なことではないだろう。そのような店はソーシャルメディアで積極的に発信し、よくできたウェブサイトをもち、オンデマンド印刷やデジタル印刷といったサービスを提供する。小規模な店ではコーヒーと自家製ケーキが供されたり、創作のワークショップが開かれたりする。おしゃれなワインバーを備え、テイスティング教室を開いたりする店もある。無名の清掃会社ではなく書店員が棚の埃をはらい、大規模なチェーン書店には置かれない珍しい本、マイナーな手製本、流行から外れた本が棚のどこにあるか正確に思い出すことができる。彼らはビーチ、モニエ、ジャノベル、ステロフ、サンセビエロ、ファーリンゲッティ、ミジャ、モントローニ、マクナリーの一族であり、新刊本を棚や平台のどこに置くべきか、どうしたら読者の目にとまるかを知っているはずだ。

11 世界の果ての本と書店

シドニーに到着した私が最初にしたことはなにか？　書店を探し、しばらく前にスペイン語版で読んだチャトウィン『ソングライン』のペーパーバック、英語版が出たばかりのゼーバルト『アウステルリッツ』を買った。翌日、私は〈グリー・ブックス〉を訪ね、目には見えないパスポートに最初のスタンプを捺した。当時（二〇〇二年の半ば）の私にとって、それは常識をはるかに超えた意味があった。私は巡礼のごとく、書店、墓地、カフェ、美術館といった、当時はまだ崇めていた現代文化の神殿をめぐり歩いた。ここまで来ればもう察しはつくだろうが、私はしばらく前から、文化好きな観光客、またはメタ旅行者という自分の立場を受け入れ、目には見えないパスポートを信じなくなっている。にもかかわらず、この比喩はじつにふさわしく、とくに書店を愛する人びとにとって、フェティシズム的、そしてとりわけ消費主義的な動機、ディオゲネス症候群〔不要なものを溜めこむことを特徴とする高齢者の症候〕にも通じる悪癖を隠すのに役立つ。オーストラリアへの二か月の旅行から帰るとき、私のリュックサックには二十冊の本が入っていた。そのうちの何冊かは、何度かの引っ越しのさいに処分した。読みもせず、ページを繰ることもなく、開いて見ることさえせずに。

閑話休題。翌日、私は〈グリー・ブックス〉へ行ったが、この旅にとって重要な二冊の本はごくふつうの書店で買った。世界に名だたる偉大な書店と、必要に迫られて利用する書店は、はっきり区別しなければいけない。もちろん後者は、せっぱつまった読書の必要を満たしてくれる。欲しくてたまらない、飛行機や列車の旅のお供、ぎりぎりになって用意するプレゼント、そして待ち望んでいた本を——発売当日に——手に入れるための本屋だ。そんな緊急時の書店がなければ、その他の書店は存在しないし、意味ももたないだろう。都市には本を買うためのさまざまな場所がなければいけない。キオスクから大型書店までのあいだには、ありとあらゆる規模の店がある。小さな書店や中型書店、チェーン書店、スーパーマーケットのベストセラー本売り場、屋台もあれば、映画やコミックや犯罪小説、大学の教科書、メディア、写真、旅行などの専門書店もある。

私は勇んで、グリーブポイント・ロード四十九番地のその書店——ウラル石でできたポーチのある金属製の柱で支えられたコロニアル様式の建物——に足を踏み入れた。ガイドブックにはオーストラリアを代表する書店で、この国の最優秀書店として何度も賞をもらっていると書いてあったからだ。二〇〇二年七月のことで、本書はいくつものプロジェクトのひとつにすぎなかった。このときの訪問で私がとった過去のメモは、書店のウェブサイトを参照して修正され、たえずアップデートされた。「一九七五年創業、棚は木製」。時をへた自分の手書き文字で、こんなことが書かれている。

見かけは混沌としている〈床の上にまで本がある〉。店の裏手は、木々のある簡素な中庭になっている。オーストラリア文学、英米文学、それに翻訳文学が豊富だ。モレスキンの手帳も売っている。著者のサイン本を面出しで並べた壁面。居心地のよい屋根裏は下の階と同じくカーペットが敷かれ、自然光がたっぷりと入り、むき出しの天井には扇風機と木の梁。古い新聞とタイポグラフィーを模した、ケリー・ギャングについて書かれた［ピーター・］ケアリーの小説。雑誌の最新号が並ぶスタンド。文学関連のイベントは屋根裏で開かれる。十九世紀の監獄をナンセンスなユーモアを交えて綴った小説『カリオン・コロニー』を拾い読みする。

ピーター・ケアリーの『ケリー・ギャングの真実の歴史』は、私が旅に出る数か月前にエンリケ・デ・エリスの翻訳でスペイン語版が出ていた。このオーストラリアの作家は、腹話術師のように語るという才能をまたしても見せつけながら、ネッド・ケリーによる一人称で物語を綴る。この主人公は孤児、馬泥棒、開拓者、改革者、無法者、警官、オイディプス王であり、世界の果てのロビン・フッドの生まれ変わりである。つまり彼は、国家としての自己イメージを創出するために、古い土着の複雑な文化を無視するとともに先住民族を抹殺ないし同化しようとしたある国における、ヨーロッパの神話の翻訳である。オーストラリアのすべての書店と同様に、〈グリー・ブックス〉の棚の配置は、火薬の痕跡のごとくこの孤立した大陸に走る、癒されることのない傷痕を見せている。「アボリジニ研究」や「オーストラリア研究」のコーナーがそれだ。二つのオーストラリアがひとつの地図の上でせめぎ合い、両者ともにみずからの境界線を守ろうとしている。

このときのオーストラリア旅行で、私の資料に残っている書店は他にはない。ブリスベン、ケアンズ、ダーウィン、パースなどで訪れた書店には、とくに心惹かれるものがなかったようだ。自分の研究のための、地球の反対側の大陸に渡ったスペイン移民の動きについての主要な書目はいくつかのミュージアムショップで見つけた。十年後にメルボルンを訪れたときには、この街を代表する二軒の書店を知る機会を得たが、それらはたしかに印象に残ったようだ。〈リーダーズ・フィースト〉（読者の饗宴）では備え付けの安楽椅子にくつろぎ、オーストラリアの作家タラ・ジューン・ウィンチを通じて現代アボリジニ文学を発見した。もう一軒、まちがいなく私のお気に入りとなった〈ヒル・オブ・コンテント〉（満足の丘）は、店自体だけでなく、周囲もすばらしかった。メルボルンはいまやカフェ文化で有名になり、書店はカフェという習慣の添え物のように見えるが、その習慣は完全に読書のそれと一致している。〈ヒル・オブ・コンテント〉から百メートルも離れていないところには、歴史の古いカフェテリア兼イタリア料理店で、メルボルンの真の名物といえる店〈ペレグリーニ〉があり、その向かいの建物の三階には〈マダム・ブラッセルズ〉という洗練された店がある。年代ものの骨董品（キッチンで店主が助手に話しかける言葉は方言丸出し）とレトロモダン（〈マダム・ブラッセルズ〉で本当に古いのは食器だけ）のあいだで、私はチャトウィンの書簡集『太陽の下で』とボウルズの紀行文を集めた『旅』を読んだ。どちらも刊行されたばかりで、バルセロナの行きつけの本屋ではまだ見かけなかったのに、この世界の果ての書店のショーウィンドウには飾ってあった。

メルボルンで供されるカプチーノ、厳密に守られるお茶の時間、美味なワインとビーチに並ぶ小屋、舗道のカフェと修復されたアーケードはすべて、地中海、ヨーロッパ、お望みなら国際的なライフスタイルと、イギリスの植民地だった過去、すなわち英連邦の遺産を捨てることへの抵抗とのあいだのせめぎ合いとして読むことができる。そんな状況は南アフリカと似ている。同じカプチーノ、同じお茶の時間、やはり上等なワイン、同じビーチに並ぶ色とりどりの小屋、いまや世界中の多くの国々で見られる舗道のカフェ文化、そして同じアーケード（背景には同様の虐殺）。ケープタウンのいちばんの見どころとされているロング・ストリート・アンティーク・アーケードでは、骨董品の市やミリタリーグッズを売る店に混じって書店とカフェが軒を接しており、そんな混交物はかつて大英帝国の一部だった都市のあらゆるアーケードで見ることができる。

二〇一一年九月、ヨハネスブルグに降り立った私が最初にしたことはなにか？ 当然ながら、いちばんよい書店はどこかと訊いてまわった。滞在の最終日までそこを訪ねることができず、空港へ向かうタクシーの運転手に、そこへ立ち寄ってしばらく待っていてほしいと頼んだ。それはアフリカーンス語で書かれた文学を専門にあつかう〈ブケハイス（本の家）〉だった。私の知るかぎり、ひとつの邸宅をまるごと占める本屋はここだけである。周囲には庭園があり、高い壁で守られ、見張りの塔がある。築百年のコロニアル様式の建物は、かつて反アパルトヘイト運動の指導者だったブラム・フィッシャーの娘の住まいだった。暖炉はふさがれているが、まだ家庭的な雰囲気の名残があり、カフェテリアは一種のオアシスになっている。児童書のコーナーの床にはカーペットが敷かれていて、週末には読み聞かせの会が催される。私もいまや必要なだけの蔵書をすでにもち、タブレットに本が保存できるようになったので、旅先では本当に役に立つ本だけを買うようになった。自分の住む街では容易に見つけられず、心から読みたいと思う本である。そんなわけで、〈ブケハイス〉ではなにも買わなかった。ケープタウンのいちばんよい本屋〈ブック・ラウンジ〉でも同様だった。

　私のスーツケースのなかには、アンドレ・ブリンクの『カマキリ』があった。南アフリカの暗い夜明けを舞台に実話を書き換えたこの小説は、厄介ごとを起こすクピド・コクローチという人物が主人公である。熱心な宣教師となった彼は、自分の黒い肌を通して南アフリカの将来を毒することになる葛藤を経験する。『ケリー・ギャングの真実の歴史』やJ・M・クッツェーのいくつかの作品も同じ手法を採り入れている。発見され、書き換えられた手稿、過去の記録との対話。祖国の不透明な起源の見直しは、小説家としてのクッツェーの起源にも見られる。彼の最初の本『ダスクランズ』の第一部「ヴェトナム計画」はこんなふうに始まる。「ぼくの名前はユージン・ドーンだ。それはどうすることもできない。さあ行くぞ」。そして、J・M・クッツェーが翻訳者として登場する第二部「ヤコブス・クッツェーの物語」はこのように始まる。「五年前のことだ。アダム・ヴァイナントは『バスタルト〔ヨーロッパ男性とコイコイ女性の子から始まる混血の総称、もとは私生児の意〕』ながらそれをまったく恥じることなく、荷物をまとめてコラナの地へと移住した」。Disgrace（不名誉）は、スペイン語に翻訳するとVergüenza（恥辱）となるだろう。南アフリカへ旅立つ直前、私はアルゼンチン出身の文学研究者レイナルド・ラッダガの『実験室の美学』を読んだ。この本は『世界文学共和国』や『ヨーロッパ小説地図』と同様、評論では数少ない良書のひとつである。著者のラッダガは、特定のある言語や地理的領域に注目するのではなく、世界地図を描き出そうと試みている。国境にたいする古臭い信仰に囚われていては、文学というものは理解できないからだ。ラテンアメリカ文学について書かれたラッダガの過去の著作とは異なり、この新刊は私の好みと重なる同時代の作家たち（ゼーバルト、セサル・アイラ、セルヒオ・チェフフェック〔二人ともアルゼンチンの作家〕、ジョーン・ディディオン、マリオ・レブレーロ〔ウルグアイの作家〕、マリオ・ベジャティン）について、音楽や視覚芸術といった現代芸術の別のジャンルと関連づけて論じている。ある章ではクッツェー『恥辱』の、私がそれまで何度か読んでいたにもかかわらず見逃していたある側面が指摘されていた。この小説で、主人公のデイヴィッドはイタリア時代のバイロン卿を主題にしたオペラを書こうとしており、この物語は荒涼たるイメージで締めくくられる。主人公はビーチパラソルの下で古い椅子に坐って、娘の古いバンジョーの音程を合わせながら、オペラに必要な悲しげな調べをもたらすのに死にかけた犬の鳴き声はどうだろうと考えている。見渡すかぎり広がる、理解しがたい漆黒のアフリカ、それは英語をしゃべらず、古いヨーロッパの神話や言語も知らない。ラッダガによれば、この小説で始終デイヴィッドが取り憑かれるこの構図のなかに、のちのクッツェーの著作すべての種子が含まれているという。メモ、日記、インタビューや手紙など、「文学」の威光を欠く乏しい素材から書かれた未完のエッセイ、傑作にはなりえない音楽のトーンを整えようとする試み。そこに作家の分身が現われ、この二十一世紀に瑕疵のない完璧な物語を作る能力が自分にはないのだと伝えている。

〈ヒル・オブ・コンテント〉や〈エテルナ・カデンシア〉の姉妹ともいえそうなほどそっくりな〈ブック・ラウンジ〉も魅力的な書店だ。木製の大きなテーブルとソファを備え、地下にはカーペットが敷かれていて、人はつい長居をしたくなり、そこに住みたくなる。その美意識はまったく古典的で、つまり親しみやすい。だが、店内を歩きまわっていたとき、私はひとつの謎に直面した。棚から棚へと本を見ていくと、ぽっかりと空いたスペースがあることに気づいたのだ。最初はパウロ・コエーリョ。彼の小説と自己啓発書が見当たらず、小さなカードにそれらがないことが記されていた。次はガブリエル・ガルシア＝マルケス。三人目はクッツェー。そのいずれの場所にも、同じ文面の小さなカードが置いてあった。「これらの本についてはカウンターにお訊ねくださ い」。コエーリョとガルシア＝マルケスとクッツェーに共通するものはなんだろう？　書店員は友人とおしゃべりにふけっていて、邪魔するのは気がひけた。そこで、店内の写真を撮ったり、本をめくってみたりして時間をつぶした。ようやく店員が一人になったのを見定めてか

ら、この謎のことを訊いてみた。彼女の答えはこうだった。その三人はいちばん万引きされやすい作家なのだ。盗まれるのは彼らの本ばかりだった。だから、彼らの本はここにあるのよ、といって彼女は自分の背後に積み上げられた本の山を指さした。私はクッツェーの本を見せてくれといった。そこにあったのはすでに家にあるものばかりだったが、私はペンギンから出た美しいクロス装のノーベル賞受賞スピーチのページをぱらぱらとめくった。その本は何年も前に〈セミナリー・コープ〉で買っていた。ペンギン・クラシックスから大学生向けの註釈付きで出たばかりの『恥辱』の版に、不確かさの美学、デイヴィッドが作曲している最中で作者の後年の小説の種子となるオペラ、犬しかいない場所で調子はずれのバンジョーによって奏でられる演奏のお粗末さについてなにか言及がないか探した。何も見つからなかった。

『サマータイム』はラッダガの洞察が最も顕著に表われている作品である。彼が分析対象としているのは『厄年日記』までだが、その啓示的洞察は本書の執筆時点で最新のクッツェーの傑作にもあてはまるだろう。この虚構化された容赦ない自伝は、中心のない、クライマックスのない小説である。それでも私は、ジョンが従姉妹とともにトラックのなかで過ごした夜のことをとりわけはっきりと覚えている。表面的には動きがなく、気だるく見えるが、じつは大渦巻きのなかのつむじ風を思わせる力強いシーンである。まさにその瞬間、読者は自分が地の果てにいるのだと感じる。それは強烈な感覚だ。たとえばオーストラリアか南アフリカかアメリカ合衆国かメキシコ北部かアルゼンチンを横断しているとき、単調な風景のなかを何時間も移動したあと、不意に立ち止まる。ガソリンスタンドかどこかの村で突然、見知らぬ場所のただなかに置かれたときのめまい、辺境の地でけっしてやってくることのない夷狄《いてき》を待ちながら地平線を見つめ、そこから避けがたい問いかけが生じる。いったい私は、こんなところでなにをしているんだろう？

パタゴニアで私は、地球上の他のどの場所でもしたことがないくらい熱心にチャトウィンの足跡をたどった。私が持っているムーチニク版の彼の処女作には、その数週間でさまざまなものが挟みこまれ、原形をとどめないほど分厚くなっていた。鉛筆で下線を引いたせいでできた畝に加え、バスのチケット、絵葉書、観光客向けの――ハーバートン牧場やミロドンの洞窟などの――パンフレット。『さすらいの解学』の作者に最も近づいたと思える瞬間が二回あった。プンタ・アレナスでヘルマン・エベルハルト（「翌朝、私はどしゃ降りの雨の中をエベルハルトと歩いた。彼は毛皮で裏打ちをしたでっかいコートを着て、コサック帽の下から鋭い目つきで嵐をにらんでいた」）の孫に話を聞いたとき。彼は、小説家で伝記作家でもあるニコラス・シェイクスピアの奇妙な訪問について話してくれた。インタビューのさなか、この作家は彼の古い冷蔵庫を買いたいという思いに取り憑かれた。そういうものを集めているのだという。そして、会話は家電製品のほうにそれていき、結局その話ばかりになってしまった。もうひとつは、伝説の洞窟を目指してプエルト・コンスエロの周辺を歩いていたら野犬の群れに追いかけられたときのことだ。道は私有地に遮られていたので、私は柵を飛び越えながら逃げ、ついにここで死ぬのかと震え上がったとき、いまや固定された家と化した錆びついたキャンピングカーから不潔で荒っぽい感じの男が出てきて、荒れ狂う犬どもを鎮めてくれた。チャトウィンは虚言癖の持ち主である――きみの本に書かれていることのすべてをきみが実際に体験したはずはないが、それでも、きみが書いたすべてには、真実こそがもつ強烈な効果がみなぎっている。

二〇〇三年の春、南米最南端のウシュアイアに到着した私が最初にしたことはなにか？　監獄博物館へ行き、その土産物屋でE・ルーカス・ブリッジスの『最果ての地』を買った。ヤーガン族（カヌーで移動する先住民族）やオナワ族（遊牧の狩猟民）、イギリスからの移民である彼の家族（ティエラ・デル・フ

エゴの最初の牧場であるハーバートン牧場のオーナー）との暮らしが描かれている。私が読んだ紀行もののなかで最良の一冊であり、チャトウィンの物語と対照をなす。チャトウィンが断片的なのにたいし、ブリッジスの本は統一的だ。チャトウィンが表層的なのにたいし――最も記憶に残るその旅の速度を考えれば当然のこと――ブリッジスの本には「さすらいの伝統」にはめったに見られない深みがある。彼は先住民の言語を学び、彼らと友達になり、二つの文化をつなぐ橋を架けた。『パタゴニア』では、ヒスパニック文化とアングロサクソン文化のあいだに橋を架けることなど試みられもしない。ブリッジスの真実はチャトウィンのそれをしのぐ。奇妙に思われるかもしれないが事実である。文学的な真実にはそれ独自の度合いがあり、出来事から時間がたつにつれて率直さは確証不可能になっていくとはいえ、ある本が読み手の心の奥深くに入っていくのを後押しする。旅人は往々にして、現地の人には気づけないものを見ることができるが、この地の果てを旅するただの観光客であるということは、そこで暮らした人であるということと同じではない。

　思うに、私がティエラ・デル・フエゴ、喜望峰、あるいは西オーストラリアへの短い旅で受けた、はるか遠く地の果てまで来たという身震いするような感覚は、古代ローマ時代の旅人や中世の巡礼が、ケルト語の響きが残る最果ての地、西洋が海になだれ落ちる場所にたどり着いたときに抱いた思いと似ているのではないだろうか。一四九五年から毎年恒例の本の市および貸本市が開かれる大学都市サンティアゴ・デ・コンポステラに到着したあと、巡礼はさらに三日か四日かけて西端のフィニステレ岬まで行く。この海岸で、何か月もの旅のあいだ着ていた衣服を焼き捨て、それからゆっくりと、それまでと同じく徒歩で帰途につく。すべての宗教に共通するものがあるとしたら、それは書物の必要性、歩くことで神に近づけるという考え、そしていつか世界には終わりが来るという確信である。古代人にとって、その確信は物質的な形をとっていた。実際、ある地点、ある辺境にたどり着いたら、そこから先には行けない。この世の最果ての場所まで地図に描き、その空間の謎を解決した私たちに残されたのは、ただ時の終わりを証明することだけである。

私たちは紙の本の緩慢な消滅を目撃することになったが、それは完全には起こらないのかもしれない。私はベシュレル――クレチアン・ド・トロワがこしらえ、さかんに模倣された物語が生まれたのと同じフランスのブルターニュ地方、フィニステール県からほんの数キロのところにある――で、翻訳家のフランソワ・モンティとともに、インクと手書き文字でつながっている十七軒の書店および画廊を訪れた。ベシュレルは小さな本の村のネットワークに参加しており、時代遅れに見えるかもしれないが、それらの村はとても印象的だ。ウェールズ地方にできた最初の「本の村」は、一九六二年にリチャード・ブースによって始められたヘイ・オン・ワイで、ここには三十五軒の書店がある。「本の村」はスコットランド、ベルギー、ルクセンブルク、ドイツ、フィンランド、フランス、スペインなどにもある。一九八九年以前、ベシュレルには書店が一軒もなかった。かつて織物で栄えた名残が、街路の名前――シャンヴルリー（麻）通り、フィランドリー（織物）通りに見てとれる。堂々たる商館は十五世紀、十六世紀、十七世紀のもの

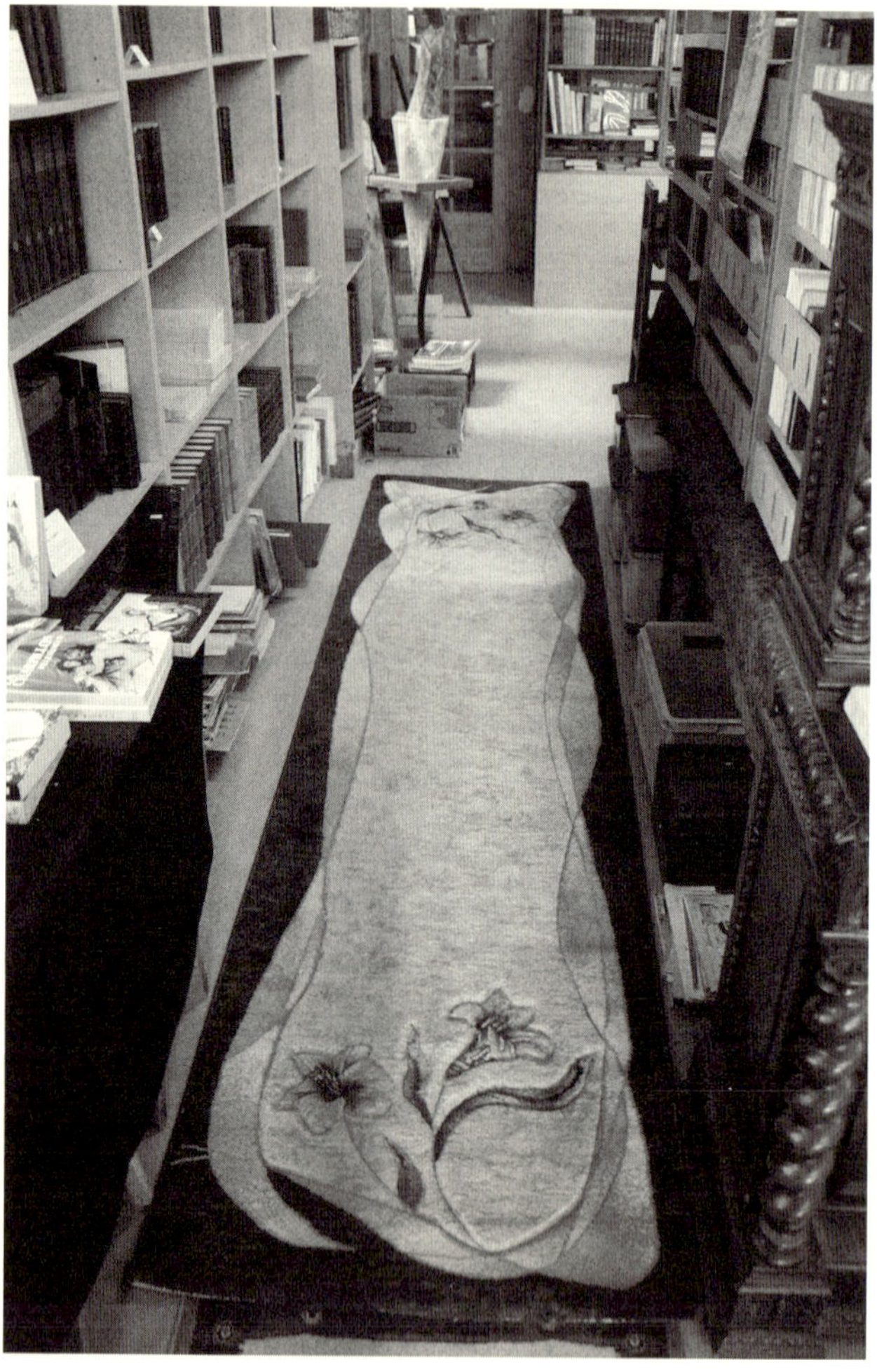

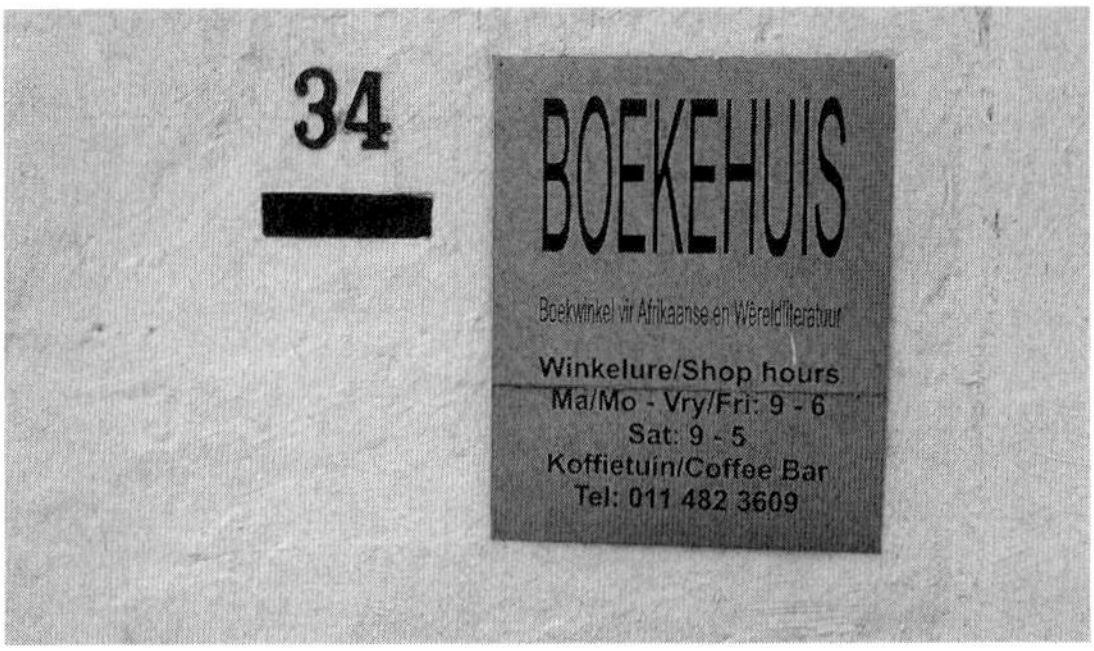

らしく、当時、この地方はブルターニュ産の最高級のリネンを輸出していた。私たちが滞在したB&Bには、糸巻き棒と本の詰まった書棚があった。床一面がカーペット敷きの本屋をこれほどたくさん見たのは初めてである。

建物は古いが、古書をあつかうこれらの店は最近できたものであり、一見乱雑なところは、じつは慎重に計算されている。年代物の建築のなかでレトロな演出がなされているのだ。二階建てで、司祭館の庭につづく金属の彫刻を飾った温室のあるドンジョン書店は、私がこれまでの人生で訪ねた書店のなかでもとくに美しい一軒である。それでも、自分がいままさに観光しているのだという感覚がつきまとう。ベシュレルは本のテーマパークだ。かつての力学の反転である――深刻な経済危機のまっただなかで、図書館はゲームやビデオを所蔵するようになり、かつてなく活況を呈している。その一方で書店は、生き残りの戦略として博物館に変貌しつつある。

さもなければ消滅しかけている。私は〈ブケハイス〉が二〇一二年に閉店したことをインターネットで知ったばかりだ。

バルセロナから距離を測るなら、いくつかの書店は世界の果てにある。だが、あらゆる書店、文字どおりあらゆる書店は、とてもゆっくりとではあるが、終わりに向かっているのであろう世界に存在している。

12 ショー・マスト・ゴー・オン

　ヴェネチアでもまた、私たちが世界と呼んでいる数多くの世界のひとつが終わりに近づきつつあることを私は感じた。それは十二月の初めのことで、高潮が毎日のようにサン・マルコ広場を、円柱の映りこむ池、ゴム長靴をはいた観光客が渡る浅瀬に変え、漂流する長い脚の金属テーブルは、水面の反射のせいで金属化した鷺の脚のように見えた。〈アックア・アルタ（高潮）〉を訪ねるにはうってつけの季節だ。ルイジ・フリッツォによって世界でも指折りの写真映えする書店となったこの店には、中央通路の真ん中に古本をぎっしり詰めた大きなゴンドラが配置され、端の部屋は年に何度も洪水の被害に遭う。私は渡された木の板の上から、潮水に浸かった床、漂流する都市の一部を撮影した。フリッツォが本を積み上げて作った階段を上ると、運河のすばらしい眺望が目に飛びこんできた。〈アックア・アルタ〉はただの本屋ではない。絵葉書の店、猫の集会所、雑誌や書籍を詰めこんだ舟やバスタブのある店、観光客に会おうと日参する愛想のよいヴェネチア市民と会話ができる場所。それは——とどのつまり、なによりも——観光名所なのだ。戸口に掲げられた看板には英語で「世界で最も美しい書店」と書かれている。そこを立ち去るとき、記憶はたくさんの写真であふれ、しおり、カレンダー、絵葉書などの記念の品を買いこみ、はてはヴェネチアの歴史やこの都市を訪れた著名人による紀行文のアンソロジーを手にしている。それは博物館への入場料のようなものだ。

伝統のある美しい書店の多くは、観光名所に加わることなく、あるいはその誘惑の声をなんとか拒絶してきた。たとえば、ロンドンの〈ジョン・サンドー・ブックス〉にはアマチュア写真家の求めるすべてがある。十八世紀の建物を三棟つらねたファサードは、窓ガラスに空の雲が映る黒っぽい木製の窓枠が、一幅の絵のような雰囲気をかもし出している。三階建ての内部には、三万冊の本が平台の上に積まれたり、可動式の書棚に置かれたりしていて、階段が詩や児童書のある地下と他の部屋をつないでいる。カメラのメモリーをどんどん消費する魅力的なコーナーがあちこちにある。しかし、数冊の本のページをぱらぱらとめくったあと、そろそろ出ようかというとき、私はこの豪華な身体に魂があることに気づかされた。いつもどおりレジのところで、この店の歴史についての本がないかと訊ねた。すると、ジョニー・ド・ファルブ——あとで読んで知ったのだが、彼は一九八六年からこの店で働いていて、小説家でもある——が魔法を使いはじめた。釣り針につけた餌のように、彼は可愛らしい小さな本『ザ・サンドー・バッグ』を出してきて私を喜ばせた。店の五十周年を祝う文集である。その本に目を通しているとき、彼の背後に飾ってある小冊子が目についた。私はそのデイヴィッド・メイソンの「古書店の作法」を五ポンドで買った。私たちはカナダの書店主であるこの著者について話をした。すると途中でファルブはふと姿を消し——腕に自信のある魔術師なら誰でも、どこかのステージでそうするように——戻ってきたときには、つい最近オンタリオから輸入したメイソンの回想録『教皇の製本師』を手にしていた。北米を代表する書店主になる前、メイソンはビート・ホテルに住んでいた。隣の部屋ではバロウズが猛烈な勢いでタイプライターのキーを叩いていたので、一度ならずホイットマンの〈シェイクスピア・アンド・カンパニー〉に避難した。カナダに戻ると、心の奥底で芽生えていた書店主になるべきだという天命を自覚した。欲しいかどうかわからないまま、私は喜んで二十五ポンドと引き換えにその本を手に入れた。一方、〈アックア・アルタ〉ではなにも買わずに出てきた。

バルセロナのパウ・クラリス通りにあるライエ書店のカフェテリアには、初代〈シェイクスピア・アンド・カンパニー〉を写した二枚の写真がある。一枚は店の外観を写したもの、もう一枚は店内の写真で、テーブルを挟んでジョイスと出版人たちが話をしている。右手の壁、ふさがれた暖炉の上には、作家を撮った十枚あまりの写真が見える。それはミニチュアの画廊であり、文学史の要約であり、偶像崇拝の祭壇である。モニエは〈本の友の家〉についてこう述べている。「この本屋はとても店らしい感じがしなかった。わざとやったわけではない。不本意ながらやむをえずそうするしかなかったのだが、あとになってそんな店があれほど賞讃されることになろうとは思ってもいなかった」。シルヴィア・ビーチは店に置くソファを蚤の市で買い、後年、同じ蚤の市でホイットマンもおそらく自分用のソファを買った（同じものだったかもしれない）。ステロフは初めて自分の店のためのわずかな家具と本を運ぶとき、一頭立ての荷馬車を使った。そのような一見して無頓着な態度は何十年かはつづき、スタイル上の特徴となり、したがって徴表《マーカー》の一部ともなった。ツーリズムの精髄はそのような過去の反響にあり、歴史の古さというわべを身にまとう古典的な書店は、ある程度の無秩序、一般に「知の偉大な伝統」と同一視されるものと結びつくいくつもの層の集積を演出しなければならないからだ。うわべは混沌だが、しだいにその秩序が明らかになる。〈アックア・アルタ〉の入口には地元で作られた商品が並んでおり、さらに別の部屋に足を踏み入れると、埃や雑然たる配置にもかかわらず、どんな書店であれ逃れることのできない一種の分類システムが見えてくる。

同じように、もともとのベルトラン書店、レロ書店、アビラ書店、シティ・ライツ書店、コロンヌ書店、あるいは〈シェイクスピア・アンド・カンパニー〉は、それ自体が博物館へと変貌し、彼らが体現する文化史の断片となる。そして、つねに哲学者や歴史家よりも作家たち——活字の象徴的な偶像として——の写真を多く飾る。だからこそ、まったく不当な形容ながら、人は文芸書店などというのである。リスボンとパリの書店に例外はあるとはいえ、それは支店やクローンをもたない一軒の書店からなる博物館でもある。シティ・ライツ書店が観光名所に変貌する過程は、差異に取り憑かれた文化という構造のなか、ポップカルチャーに特有の神話化の狂騒的なペースを保ちながら、ほぼリアルタイムで起こっている。初代〈シェイクスピア・アンド・カンパニー〉は、アメリカン・エキスプレスの観光ルートの一部であり、観光客を乗せた大型バスが、ジョイスの有名な小説が出版された場所、ヘミングウェイや魅惑的なフィッツジェラルド夫妻の溜まり場だった店の写真を撮れるよう、オデオン通りに数分間だけ停車した。昨今、これらすべての書店はボヘミアンのイメージをまねたり、歴史的な重要性を売り物にしたりする店とともに「世界で最も美しい書店」として新聞やウェブサイトで取り上げられる機会が増えている。読書会を主宰し、英語の本をあつかうベルリンの古書店〈アナザー・カントリー〉もその一例である。詩集の品揃えに洗練された趣味をもち、文学カフェのある作家書店《アウトーレン》、その近

くにあり、高架下の五つの倉庫に現代アートおよび映画の関連書を集めた〈ビュッヒャーボーゲン（本のアーチ）〉は、どちらもザヴィニー広場にあり、上に鉄道線路が走っている。これらはベルリンでも指折りの、またとりわけ美しい書店である。作家書店は現代の書店についての古典的な理想を具現化している。〈ビュッヒャーボーゲン〉はいわばスペクタクルとしての理想だ。その内装は、店の棚に並んでいる本の内容と完全にシンクロしている。一方、〈アナザー・カントリー〉はただ古書店のイメージをこぢんまりした規模で再現し、その埃っぽい書店をホステル——ホイットマンにあれほどの利益をもたらしたもの——と同化させている。ビールの詰まった冷蔵庫があり、アメリカ人の大学生たちが二日酔いか夜更かししたのか、ソファに身を預けて本を読んでいる。リストにこの三軒の店が含まれるのは二つの理由による。英語で（記者たちのリストは英米文化圏に偏りがちだ）位置がつきとめられる（そして認識される）こと、そしてひとつのイメージに要約できることである（それは絵のように美しく、人が絵画や版画や写真で知っていて、観光と文化を規定する基本的メカニズム——模倣——を通じて反復され、つまり永続するイメージと合致する）。

そのリストの第一位に置かれるのは、私がまだ訪れたことのない書店、マーストリヒトの〈ブークハンデル・セレクシス・ドミニカーネン〉である。最新刊の本が置かれた書棚や平台が壮観なゴシック建築のなかにある。もとは本物のドミニコ会の教会で、二〇〇七年に建築家メルクス+ジロ・アーキテクツの手で改修され、われわれの時代が文化と理解するものに捧げる神殿へと変貌させた。身廊の天井の高さを十分に活かすため、金属製のフロアの三層構造となっており、階段は円柱とともに高みへ、光といにしえの神が坐する場所へと伸びていく。皮肉なのは、身廊の突き当たり、祭壇があったはずの空っぽの空間に置かれた十字形のテーブルで、聖餐の儀式がひたすら読書に捧げられているかのようだ(聖餐式で口にするパンと葡萄酒の代わりに、飲食物は近くのカフェテリアで供される)。四年後、同じ建築事務所がもとからあったファサードを改造して錆色の扉をつけた結果、開いたときには三連画、閉じたときには箱か衣装戸棚を連想させるようになった。建築や内装デザインという点ではまちがいなく傑作だが、すばらしい本屋かどうかはいわくいいがたい。午後六時には閉店し、オランダ語の本しかない。だが、そんなことはどうでもいい。イメージが世界中に流通する時代には、中身よりも容れ物のほうが重要なのだ。読書につながる言語より、絵になることのほうがずっと大事というわけだ。書店の存在を支える読者のコミュニティと、次々と訪れては写真を撮っていくだけの観光客のあいだの隔たりこそ、二十一世紀の書店の本質的な特徴のひとつである。これまで、書店が観光名所になるのは、歴史的な重要性と美しい外観に価値が与えられたときだった。ところが近年、独創的な建築とそれがメディアを魅きつける力——ほとんどの場合、規模の大きさと過剰さを伴っている——がマーカーとして、これまでの二つの要素よりも影響力を増しているようだ。

前の段落の冒頭に、やたらと傍点を使ったことをどうか許してほしい。私は壮観《スペクタクル》さ、真正さ、文化の三つの概念を強調したかった。二十世紀にはオペラハウス、劇場、コンサートホール、文化施設、図書館の建物が現代の大聖堂の模範となることを目指したとすれば、今世紀にはそれと同じ傾向が、書店という領域で顕著に見られるようになったのだ。その筆頭にあった――〈セレクシス〉が開業して以来、一位の座を明け渡し、いまやほとんどのリストで二位に甘んじている――のが〈アテネオ・グランド・スプレンディド〉である。ブエノスアイレスのサンタ・フェ大通りにある一九一九年に開館した映画館兼劇場の内部を二〇〇〇年に改修してできた書店で、油彩画で装飾された丸天井、バルコニー、ボックス席、手すり、深紅色の緞帳のある舞台がそのまま残されている。弧を描いて三層に並ぶ電球による照明がまばゆく、人はその記念建造物に足を踏み入れたとたん、まさに目の前で大がかりな見世物《スペクタクル》がくり広げられていると感じる。中断されることのないショー、その主役は客でも書店員でもなく、それらすべてを含む容れ物だ。〈アテネオ・グランド・スプレンディド〉はチェーン書店〈ジェニー〉に属し、とくにこれといった品揃えではないとはいえ、たまに訪れる客にも、地元の住民や熱心な読者にも観光もどきの体験を保証してくれる。置かれている本はチェーンの他の店と変わらないのに、比類ない場所にいると思わせてくれるのだ。〈フナック〉はどんな歴史的建造物のなかにあっても、かならず同じ内装で揃える。ナント王宮内の証券取引所に入っている支店でさえ、バルセロナのアレナス・ショッピングセンターの地下にある店とそっくりなのだ。外観はといえば、前者は新古典様式の建物、後者は闘牛場のまま保たれている。だがその一方で、〈アテネオ・グランド・スプレンディド〉が示しているのは、バーチャル・ツーリズム（イメージ）または現実のツーリズム（訪問）という象徴的な市場において、比類のなさこそが最も重視されるという事実である。

私は、同じブエノスアイレスのパレルモ地区の端にある〈エテルナ・カデンシア〉のほうがよい書店だし、美しさという点でも〈アテネオ・グランド・スプレンディド〉より上だと確信している。木の床、ゆったりした肘掛け椅子とテーブル、壁一面を覆う書棚に並べられた選り抜きの本、改修された中庭の明るいカフェと、そこで行なわれるさまざまな文学関連のイベント、同名の版元が手がける出版活動、ハリウッドの書店にいるのかと錯覚させるランプの輝き。そのスタイルは、ブエノスアイレスのカジャオ大通りにある書店の名前〈クラシカ・イ・モデルナ〉が意味するとおり、クラシックかつモダンである。そのすぐ近くにある、スペイン各地の出版社から刊行された本を専門にあつかうグアダルキビール書店も、〈エテルナ・カデンシア〉が二十一世紀になって再編集したスタイルに似たものを踏襲している。この三軒は落ち着いた内装で、一九八〇年代から九〇年代に登場した偉大な一流書店のいくつか――ライエ書店、〈ロビンソン・クルーソー389〉、作家《アウトーレン》書店など――の伝統を受け継ぎ、細部に日を配っている。他にも、二〇〇〇年代にオープンした〈ブック・ラウンジ〉のような店とも共通している。趣味についてはさまざまな意見があり、われわれの時代はその趣味の多様性において特徴づけられている。

　バルセロナの書店〈ラ・セントラル〉のプロジェクトは、比類なさの重要性をつねに念頭に置くなら、二十世紀最後の四半世紀において主流だった傾向を二十一世紀に移し替えたものといえるかもしれない。一号店がマヨルカ通りにできたのは一九九六年のことで、内装は先に触れたいくつかの書店に似ていて、親しみやすく人間（読者の身体）の尺度でできている。一方、二〇〇三年にオープンした二号店の〈ラ・セントラル・デル・ラバル〉は、十八世紀のミゼリコルディア教会を書店に改装しているという意味で〈セレクシス〉や〈アテネオ・グランド・スプレンディド〉に同調している。もとの建築、したがってそのモニュメントとしての価値を尊重した結果、高い天井のおかげで人が小さく感じられるほどである。そこには禁欲的な謹厳さがあり、一種の節度が感じられたものの、自然発生的に生まれたこのプロジェクト

の第三段階にはそれが見られなかった。二〇一二年にオープンしたマドリードの〈ラ・セントラル・デ・カジャオ〉は、二十世紀初頭に建てられた邸宅を全面的に改装したもので、木製の階段、煉瓦造りの壁、木とセラミックスでできた天井、タイル敷きの床、それに絵の描かれた礼拝堂さえもそのままに、本がぎっしり詰まった書棚のほか、レストラン、バー、読書と直接的または間接的に関連するさまざまな品々――ノート、ランプ、トートバッグ、マグカップなど――を展示するコーナーを常設している。三階建てで、各フロアの天井はどちらかといえば低いのに、建物内の吹き抜けはとても高く、壁にはスープの具に入れるパスタのようなアルファベットの文字が飾りとしてあしらわれているさまは、まさにモニュメントといえる。それによって、現代建築の他の文化的アイコンと競い合う存在となるのだ。

開業後、経営陣の一人（他はマルタ・ラモネーダとマリベル・ギラオ）で、さすらいの書店主という伝統を体現するアントニオ・ラミレス（彼の人生の歩みはボラーニョのそれを連想させる。コロンビアに生まれ、メキシコシティで商売を始め、パリのラ・ユヌ書店とバルセロナのライエ書店で修業を積んだあと、自分の店を始めた）は「未来の書店を想像する」という記事を寄せ、こう述べている。

おそらく未来の書店は、私たちがその置き換えのきかない次元、すなわち紙の本の物質性が内包する文化の密度を認識することによってのみ可能なのだ。あるいはむしろ、生身の人間が、ここぞというときに比類なき外見と重さとユニークな形をもつ物質としての本に出会える現実の空間として書店を考えることが必要なのだろう。

さらにラミレスは、そのような未来の、とはつまり部分的にはもう現在のものとなっているはずの空間の特徴を列挙している。彼は、読者と本のあいだのいかなる障壁ももはや存在せず、喜びと感情をもたらす建物について語る。そこでは理解の助けになるように、考えうる要素を序列にしたがって説明する。書店員は振付師、気象予報士、ハイパー読者あるいは仲介者として行動し、読者の記憶を刺激し、読者にとって最も喜ばしい方向へと選択──購入──を促すことができるよう、感情的および実践的に準備を整えておかなくてはならない。書店は具体的かつ身体的な経験の総和であるべきだという彼の主張は、〈ラ・セントラル・デ・カジャオ〉のような場所で見られる建築および内装デザインと一致している。そこでは派手なスペクタクルと親密さが対話し、最新刊が書棚の本を補い合い、紙やボール紙のリアルな感触がバーやレストランで刺激される食欲と結びつく。いまの時代の他の偉大な書店とはちがって、この書店は大勢の人が行き交う都市の中心にあり、〈フナック〉や〈エル・コルテ・イングレス〉と直接競争しなければならない。しかし、建築上の個性を欠いたそれらの店とは逆に、イメージが流通するこの世界にモニュメントとしての規模と見映えのする外観をアピールできれば、書店が観光名所になりうることを意識している。

チェーン書店が支店それぞれの個性を尊重するタイプと、すべての支店を同じ内装で統一するタイプに分かれるという考えは、メキシコの二つの例でも問題が顕在化している。出版社〈フォンド・デ・クルト

ウーラ・エコノミカ〉が運営するグループと、〈エル・ペンドゥロ〉グループである。前者はラテンアメリカに展開するチェーン書店で、まったくもって壮観な書店をいくつももっている。たとえば、二〇〇八年に開業したボゴタのガブリエル・ガルシア＝マルケス文化センター内の店は千二百平方メートルの広さを誇る。また、その二年後に開業し、面積はやや狭いとはいえ、メキシコシティの〈ベル・エポック〉文化センター内の店も壮観である。前者の書店とそれが入居している建物は、コロンビアの首都の歴史地区に建築家ロヘリオ・サルモーナがゼロから作り上げたものだが、ロサリオ・カステジャーノス書店は、一九四〇年代の象徴的な映画館〈リド〉をテオドロ・ゴンサレス・デ・レオンが改装したものである。まばゆいほどに真っ白な、大聖堂の身廊に似た店内には書棚とソファが並び、その配置は古代エジプトの象形文字を思わせる。この書店の天井はオランダ人アーティストのヤン・ヘンドリクスによる植物をイメージしたデザインである。もちろん店内にはカフェもあるが、そのスペースは最小限だ。

それとは対照的に、〈エル・ペンドゥロ〉の一号店は一九九〇年代にメキシコシティのラ・コンデサ地区に誕生したときから、書店《リブレリア》とカフェの融合を明らかに打ち出していった。それだけでなく、当時の西洋世界の各地で増えつつあった文化センターのようにコンサートホールと文学アカデミーも併設されていて、それはデジタル化の脅威にたいしてやがてこの書店が出す主たる答えを先取りしたものだった。そんな混合体を表わす言葉が「カフェブレリア」である。待ち合わせ場所、仕事の打ち合わせ場所、個人レッスンやイベントができる場所としての書店であり、そこはかとなくメキシコの雰囲気がある（テーブルクロスや植物など）。やがて六軒の支店ができたが、それぞれの空間の特徴に合わせながらも統一されたスタイルを維持している。たとえば、ポランコにある支店ではレストラン、書店、バーが、面積としてはほとんど同じ割合を占めているが、全体のトーンをまとめ、さまざまな文化的商品——音楽、映画、テレビドラマシリーズ、美術書——からなる種類の異なるセクションをつなぎ、調和をもたらしているのは書棚である。ローマ地区では、書店の奥にある壁がそうしたつなぎの役目を担っている。本がぎっしり詰まった過剰な書棚となっているその壁に

沿って、二階のフロアとテラスにつづく階段が伸びていて、そのようすはパトリック・ブランの垂直庭園を思わせる。〈エル・ペンドゥロ・デル・スール〉には、現代アートの作品にも見える紫色の巨大なパネルがある。サンタ・フェの支店では、そのかわりに先コロンブス期の絵かミロの作品のようないくつもの壁画がある。共通の企業イメージはあるが、それが個々の支店の個性的なデザインと戯れていて、じつに印象的だし、しゃれている。たしかに書店の大型化は今日の重要な傾向のひとつである。インスタレーションや現代アートおよびデザインのその他の特徴との相互作用はおもに、壁やとりわけ天井といった広い平面で見ることができる。ブエノスアイレス、マーストリヒト、マドリード、メキシコシティの書店に加えて、今世紀に入ってから同じようなプロジェクトがアメリカ、ポルトガル、イタリア、ベルギー、中国でも広がっている。

〈ザ・ラスト・ブックストア〉はロサンゼルスの繁華街にある元銀行の建物に入居していて、巨大な円柱がそのまま残っている。カウンターそのものが本でできていて、天井近くには何百冊もの本でできた大きな魚の彫刻がぶらさがっている。リスボンのアルカンタラ地区には、古い工場を店舗にした〈レール・デヴァガール〉がある。かつてここで使われていた印刷用プレス機が錆だらけのまま完全な形で残されており、奥の大きな壁は本で埋め尽くされている。翼のある自転車が頭上を飛んでいて、ゆっくり閉じたり開いたりするその翼はスローモーションで拍手をしているかのようだ。称賛されているのは書店業界で並ぶもののないプロジェクトである。バイロ・アルトと古い武器工場にあった二軒の店を経て、〈レール・デヴァガール〉はいまやポルトガルで最も品揃えの豊富な書店になっている。これは百四十人が出資する有限会社で、出資者たちは見返りを受け取らず、また受け取るつもりもない。なぜなら、彼らは本に出資しているのであって、本店と国内各地の支店のすべての本は誰かによって買われることになるからである。そこは本を売る巨大な図書館であり、読者にはゆっくり読むように勧める。同時に、この店は第一級の文化センターでもあり、ここではつねになにかが起きている。理想の書店の定義としてこれ以上のものは考えられない。ローマのエスポジツィオーニ宮殿にある書店兼カフェ〈ブッカバール〉の天井を覆

う真っ白なパネルは傾けられ、穴を開けられて、まるでシュプレマティスムの彫刻作品のようだ。ブリュッセルの〈クック&ブック〉に足を踏み入れたとたん、天井から紐で吊り下げられた本のインスタレーションが目に入る。北京の〈ザ・ブックワーム〉で空間恐怖症と闘っているのは、オレンジ色の巨大な日よけである。なぜなら、これらすべては空間に人間らしさを与え、壁と壁のあいだの巨大な空白から引き起こされるめまいを抑えようとする試みにほかならず、人間の尺度ではなく工業的サイズで作られた天井の高さをごまかすための努力なのだ。

二十一世紀の書店の大多数は、レストランとまではいかずとも、一つか二つのカフェテリアを備えており、本がアリアドネの糸〔正解へ導くもの〕の役割を果たす変化に富んだ全体像に快いアクセントを与える。内装、家具、遊び部屋を装った子供向けのコーナー、さまざまな色彩と質感の組み合わせが心に作用するインテリアを作り出していて、それが目的とするのは、書店に顧客をなるべく長くとどめ、その滞在時間をあらゆる感覚が刺激され、人間らしい関係の育まれる場所にすることである。思うに、ミニマリズムとはただの様式として片づけるべきではない。それは意思の表明として読むこともできる。そこでは三つのレベルで序列化が行なわれている。その最上位には建築がある。建築はほとんどつねに直線からなり、あまりに広い空間を占めるので、そこに住まいはするがけっして満たすことはない文字のような小さな存在を圧倒する。中間の層では、階段、大窓、ショーウィンドウ、壁画、彫刻、時代ものの家具、照明などが主役となり、それらはもともと異なる種類の社会的機能をもっていたが、いまや再利用され、一新された空間の緊張を和らげる働きが与えられる。いちばん下位の層には、本という小さくシンプルなものが陳列される。本こそがこの構造全体の存在理由《レーゾンデートル》である。本は建物の壮大さや照明、あるいは画廊や古い倉庫といった特徴のために、書店がそれ自身の尺度——つまり人の手や目に合った尺度——で作られていた二十世紀に保持していたのと同じ重要性をもつことはもはやできない。

　こうして、書店はある意味でインターネットの比喩ともなった。ウェブ上と同様、文字は書店で重要な場所を占めてはいるが、視覚的なもの――そして、なににも増してあいまいかつ空虚なもの――によって侵略された分野に比べると、それは小さく限られたスペースでしかない。サイバー空間ではつねになにかが起こり、その無数の出来事のほとんどは不可視だが、それと同じように、多様な空間からなる書店を訪れる人もそこでなにかが起こっていることは察知している。児童書のコーナーでは本の読み聞かせが行なわれ、カフェテリアではシンガーソングライターがパフォーマンスを披露し、新刊台やウィンドウディスプレイはその日の朝に替えられたばかりで、もうすぐある本の刊行記念イベントが始まるところで、レストランではデザートのメニューが新しくなり、文芸ワークショップが第一回目を終えようとしている。バーチャルな世界にいるときと同じく、私たちは社交やSNSの新しい形を目撃しているが、本との関係は、いまだに個人や感覚的な満足といった、インターネットでは得られない唯一のものに依存している。〈10《ディエチ》 コルソ・コモ〉はこうした意図を「スロー・ショッピング」というラベルを通じて明確に示しているが、この言葉こそショー、スペクタクルとしての書店のキーワードである。心身ともにその店の雰囲気に長く浸れば浸るほど、人はたくさん買い物をし、金を落とす。このイタリア発祥のチェーン店は、ソウルと東京にも支店を出しているとはいえ、ホテル、カフェ・レストラン、庭園、画廊、ファッションとデザインの店の混交に書店を加えているのは、ミラノにある元祖の店だけだ。二〇〇一年にオープンしたカラカスの文化複合施設〈トラスノチョ・クルトゥラル〉の重力の中心はまだ映画館にあるが、その映画館の周囲にはレストラン街や画廊や書店〈エル・ブスコン（ペテン師）〉のスペースがある。これは二十世紀にけっしてマイノリティではなかったひとつのトレンドの延長である。というのも、ショッピングセ

ンターではマルチスクリーンの映画館はふつう最上階に置かれるが、書店はとくに目立つものでも権威あるものでもない、ただの店舗にすぎないからだ。〈10コルソ・コモ〉の中核はレストランとホテルだが、その周囲に二か所の文化施設があり、この施設全体の目的が文化活動だということを正当化している。〈10コルソ・コモ〉の書店は、たんに「ブック&デザイン・ショップ」という名前のみで呼ばれる。というのも、その魅力的な施設の外では意味をもたないからだ。いまや美食がひとつのアートと見なされる時代に、文化はその領域を広げ、文化的な消費のあらゆる形を包含する観光客ならではの体験へと溶解する。同じようなことは、近代の始まりからすでに起こっていた。ゲーテがイタリアを訪れたとき、書店への訪問は、教会、遺跡、知識人の家、レストラン、ホテルなどとともに、あらゆる移動を形成する空間的な連続体の一部をなしていた。旅と書店は、つねに広場への愛をかきたててきた。

　知的な快楽はエロチックな歓びと混同される。今日の書店は、現代のミュージアムショップの成功からかつてないほど多くを学んでいる。ミュージアムショップは図録を売るだけでなく、またたいていの場合、図録が最も重要な商品というわけでもなく、むしろアクセサリーや服、それにたいてい、さまざまな工業デザイン製品を売っている。オブジェが関心の的となり、ミニマリズムの観点から個々の商品の比類のなさが強調されることでより魅力を増す。私が北京で見つけた急須の例でもわかるとおり、別の店でも同じTシャツやマグカップがもっと安い値段で買えるかもしれないが、それではポンピドゥー・センターやニューヨーク近代美術館がかもし出す特権的なオーラは味わえない。だから、正確にはそれらは同じものではない。ほんの数メートル先の展覧会場のなかだったら触ることは許されないが、ショップでなら触ることができる。書店ではすべてを手に取ることができ、それは美術館や権威ある図書館ではできないことだ。それに買うこともできる。美術館で買われるプレゼントの利益率は、本に比べるとかなり高い。新しい書店は、手で触れるという経験が商品の価値を高めていることをはっきり意識している。オンラインショップの実店舗としての存在を正当化するだけでなく、ウェブサイトにはできないあらゆることを提供しなければならない。

そして当然ながら、そこには贅沢さが含まれている。書店へ行くことは、その店の歴史、建築、内装あるいは本の品揃えなどによって特別な行為となり、読書家は贅沢好きで、ショッピングセンターや大手チェーン店で文化を消費する人びとと

は異なるコミュニティのメンバーとして区別される。ポール・オトレは『ドキュメンテーション概論』（一九三四年）で早くもこう看破していた。「売り場では、快適さが贅沢や美と競い合う。洗練された雰囲気、居心地のよいラウンジ、生花。〈ブレンターノ〉や〈スクリブナーズ〉、また〈マクミラン〉のような書店はまさに宮殿だ」。誇大妄想的な書店は、少なくとも十九世紀の〈ミューズの神殿〉から存在した。十八世紀のサロンのあり方は、まさしく上品さがなによりも大事であり、貴族的に洗練された趣味が求められた。民主主義の到来とともに、吟遊詩人の夢は一気に多様化した。読者がその時代の最もすぐれたコミュニティに属せるかどうかは、彼らの文化、教育、芸術を見る目次第であり、権力や血統は意味をなさない。そうはいってもたしかなのは、建築やデザインやスペクタクルとしての書店が提供するものの価値をきちんと評価し、理解したいと思うなら、金のかかる教育を受ける必要があるし、誰もが観光ガイドブックに大きく載っている書店を訪ね歩く旅ができるわけではないということである。それに、あらゆる観光の舞台がそうであるように、そうした書店には、意識のレベル、知的洞察力、階級という虚構にかんして、その瞬間にそこを見てまわる頭脳と視線の数だけ、さまざまな差異が共存する。

もう一冊の古い本、ジョイス・ソープ・ニコルソンとダニエル・リクソン・ソープの『本の生命』がはっきり指摘するのは、一九七〇年代のオーストラリアの書店主たちが、店を繁盛させるには、著者のいう「最新流行の外観」が大事であることを自覚していたことである。その本では、シドニーの〈アンガス&ロバートソン〉の例が挙げられ、新しい店舗に移転するとき、オーナーは各階の床を異なる色で塗装することに決めたという。西オーストラリアの〈アンガス&ロバートソン〉では、由緒あるホテル兼バーのなかに移転したとき、「本とビール」を組み合わせたキャンペーンを打ち出した。シドニーのヒルトン・ホテルの地下にあるアビーズ・ヘンリー・ローソンズ書店は、黒い木製の書棚と「オーストラリアで出版されたすべての本」を揃えているという印象的な謳い文句で名を馳せた。スペクタクルとしての書店の前身ともいうべきものは他にもたくさんあり、図書館やアーカイブ、または個人の回想から掘り起こされるのを待っている。現存する書店のなかで特筆すべきは、ヴィクトリア朝時代の駅舎を改造した二軒の書店である。一九九一年に開業したノーサンバーランドのアニックにある〈バーター・ブックス〉、そしてその四年後にできたフィラデルフィアの〈ウォーク・ア・クルックト・マイル・ブックス〉。

したがって、ホテル、鉄道駅、映画館、宮殿、銀行、印刷所、画廊、博物館を改造して書店にする動きはこの数十年間たえず見られたもので、二十一世紀になってさらに拍車がかかっている。再利用にも新たな意味が付与されることになり、文化がデジタル化され、またなによりも、リアルなものはすべて物理的であると同時にバーチャルでもあるという新しい歴史的文脈において、書物に捧げられたこれらの大聖堂は宗教的かつ黙示録的な意味を帯びることになり、さらにもともと資本主義に根ざした存在でありながら、ほとんど前例のない芸術的野心さえ示している。その両面で、スペクタクルの影響は決定的である。メキシコの〈エル・ペンドゥロ〉のウェブサイトでは、各地のカフェブレリアをバーチャルに訪ねることができる。グーグルなどのイメージ検索サイトには、世界で最も美しい書店、最も興味深い書店、最も壮観な書店の写真があふれている。文化史上初めて、これらの書店は国際的な観光名所となり、人を呼び寄せ、ウェブサイト、ソーシャルメディア、ブログ、ツイッターを通じてたちまち——コピー&ペーストの速度で——感染を引き起こし、そこへ行ってみたい、もっと知りたい、旅をして写真を撮りたいという欲望を駆りたてる徴表《マーカー》となった。歴史の知識などいらないし、著名な作家や伝説的な本を持ち出す必要もない。書店として生まれ変わった教会、鉄道駅、劇場の写真。ツーリズムという新たな論理のなかで、そのイメージは、写真のなかの十万冊の本やそこに書かれた百億の言葉よりも、価値があるものなのだ。

13 日々の本屋

J・R・R・トールキンの最初の詩「ゴブリンの足音」を収めた詩集は、オクスフォードのブラックウェルズ書店から刊行された。この書店はトールキンの未払いの本代を、印税で帳消しにしたのだった。なぜなら、トールキンは一八七九年にベンジャミン・ヘンリー・ブラックウェルが創業したこの書店の常連客だったからだ。この店はやがて息子ベイジルに引き継がれて出版業に重きを置くようになり、一族のなかで初めて大学進学を果たしたこの息子が、『指輪物語』の作者の最初の出版人となった。商売が繁盛してチェーン店へと発展すると、それぞれの支店は近所に住む教区民、札付きの不良ども、信徒たちを惹きつけ、エディンバラ、リヴァプール、ベルファストなどにあるブラックウェルズの支店を、人びとは日々の本屋として選んだ。

オクスフォードにある〈ブラックウェルズ〉の本店を見てまわれば、商売を始めたほんの数平方メートルの小さな店がしだいに周囲を吸収してゆき、やがて怪物のような一軒の店舗に成長していった過程が思い描けるだろう。店に入って左手には、十九世紀の暖炉と木の梁がもとの店の考古学的な痕跡を残している。上階の暖炉の横には創業者の事務室が再現されていて、頼めば見せてもらえる。デスクの上には、一

世紀前ではなくほんの数時間前に置かれたかのように、パイプ、眼鏡、ペーパーナイフなどが並んでいる。〈ブラックウェルズ〉の歴代オーナーは、事業が拡大するにつれて、この建物の部屋を次々と買い取っていった。最後の決定的な拡張では、店の裏手、トリニティ・カレッジの庭園の下にある巨大な地下室を買い取った。その地下室には名前――ノリントン・ルーム――もある。そこにはオリンピックの競泳プール並みの空間に書棚と本がぎっしり詰まっている。一九六〇年代および七〇年代、しょっちゅう停電があったころ、ここには灯油ランプが置かれ、どんな障害があっても本が読めるようになっていた。私は、核戦争後の掩蔽壕に取り残されたかのような読者の姿を想像する。上から見ると、部屋は長方形だが、卵形の広場か巨大な脳のように見える。そう、集合知の頭脳だ。書店員が大部分を占める八十人従業員、そしてオクスフォード大学のように。この大学もまた、その最良の書店と同様、幾何学級数的かつ知的に拡大しつづけている。

最後にベルリンを訪ねたとき、カール・マルクス書店の跡地の写真を撮りに行こうとしていた私は、作家のセサル・アイラとばったり出会った。私たちは最寄りのカフェに入り、アルゼンチンで出版された最近の文芸書についてしばらくおしゃべりした。会話の途中で彼がこういった。「われわれはフランシスコ・ガラモーナの書店〈インテルナシオナル・アルヘンティーナ〉で毎日のように顔を合わせているんだ。ラウル・エスカーリ、フェルナンダ・ラグーナ、エセキエル・アレミアン、パブロ・カチャディアン、セルヒオ・ビッツィオや他の友人たちと」。ワイングラスを載せられる小さなテーブルとソファが目につくマンサルバ出版の本社はおそらく、アイラの著作——翻訳も含めて——のほとんどが買える世界で唯一の書店だが、もちろんこのガラモーナの店でさえ入手できない本がつねに十冊か二十冊はある。彼の店は別の時代の習慣を現代に導入した新しい書店のひとつである。ベネズエラのメリダにあるアレハンドロ・パドロンの書店〈ラ・バジェーナ・ブランカ〉でも、ディオメデス・コルデーロのような大学教授やエドノディオ・キンテーロのような作家たちが毎日のように訪れては、この国の偉大な詩人たち、日本文学、スペインやアルゼンチンで起きている論争について語り合うかたわら、アイラの作品『文学会議』における作者とカルロス・フエンテスのクローン軍団の冒険にインスピレーションを与えた有名な「マリアーノ・ピコン＝サラス文学ビエンナーレ」の次回開催の準備に余念がない。文学とは論争であり、未来であり、作り話をするためのテクストであるからだ。

「午後になると、われわれの書店はむしろ科学者、文学者、芸術家などが集まるクラブに近いものとなり、彼らが会話を交わし、日常生活の無味乾燥さから逃れて安らぎを見出す場所になるように見えた」と、ミハイル・オソルギンはモスクワの伝説的な共同運営の書店、〈クニージナヤ・ラーフカ・ピサーチェレイ（作家書店）〉について書いた。文学談義は西洋文明と同じくらい長い歴史をもつが、もちろん、それが文学サロンとして制度化されたのは十七世紀から十八世紀にかけてのことである。となれば、エイドリアン・ジョンズが『本の性質』で述べているように、書店とカフェがひとつの有機体として融合しはじめた時期とその動きが一致するのは意外なことではない。当時、徒弟は家族の一員であり、私的な空間と公的な商売の境界は明確ではなかった。したがって、本を読みながら酒を飲めるような肘掛け椅子やソファが書店に置かれたのは、しばしばそこが書店主の自宅そのものだったからである。それ以来、多くの書店主がサロンの中心となり、そうした場では文化的な催しや書籍の売買も行なわれた。「『水陸両生の人間』の典型的な例は、まちがいなくジェイコブ・トンソンである。彼は貴族たちに混じっていると書店主に見え、書店主たちのあいだにいると貴族に見えた」。私生活と公的生活の混交は、書店と図書館の混交と並行している。サミュエル・ピープスは日記に、書店では「客が好きなだけ本を読めるよう、椅子が用意されている」と書いている。十八世紀には、書店主みずからが蔵書の貸し出しを推進するようになった。本の貸し出しは文学サークルよりもはるかに民主的で、本好きの徒弟や学生や女性たちにとって、高くつく本代を払わずに本が読める唯一の機会だった。見た目とちがって、書店はみずからの境界がどこにあるのかはっきりとわかっていたためしはないのかもしれない。

旅行中、私は何度となく書店を避難所にしたものだった。家から——私には本当の意味で家といえるものはなかったが——遠く離れた仮のわが家として、書店のあいまいな性質に逃げ場を見出した。リオデジャネイロ滞在中は毎日のように地下のレオナルド・ダ・ヴィンチ書店に通った。シカゴに住んでいたときは〈セミナリー・コープ〉、イスタンブールではトルコ人旅行者について書かれた本を手に入れようとして、愚かな値切り交渉がつづくあいだサハフラル・チャルシュスに通いつめた。アルゼンチンの岸辺のない川の都市ロサリオでは、滞在するたびにロス書店へ行ったものの、エドガルド・コザリンスキーの全集を見つけたのは近くにある〈エル・アテネオ〉で、そこのカフェではセルバンテスの『リンコネーテとコ

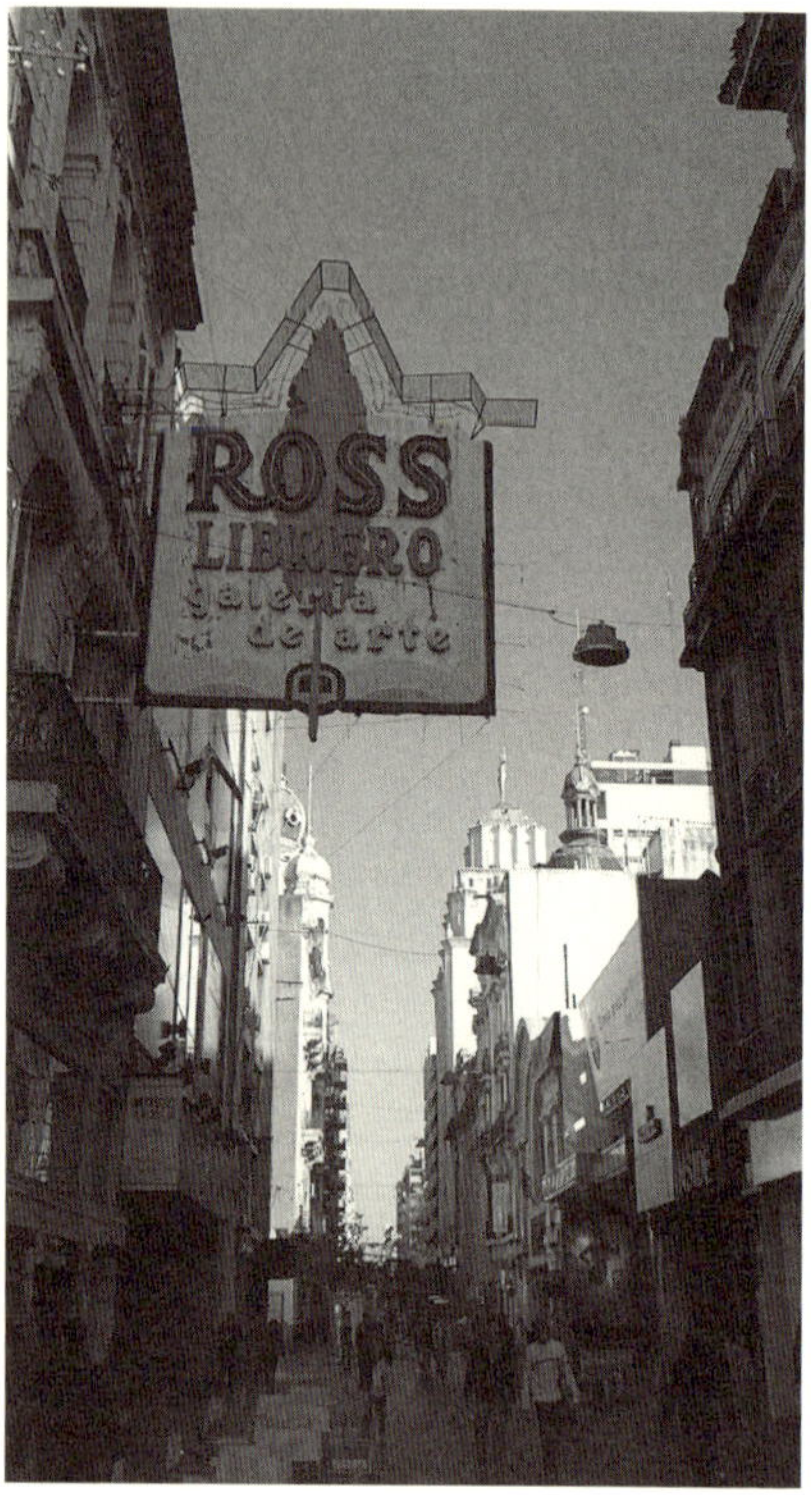

ルタディーリョ』と『ガラスの学士』を読んだ。バルセロナにふたたび居を定めてからは、マドリードへ抜け出すときはいつも、ソフィア王妃芸術センター内とカジャオ広場にあるラ・セントラル書店へ行くのはもちろん、国際的な書店の最新トレンドにならってバーと画廊を備えた〈ティポス・インファメス（下劣な奴ら）〉でコーヒーを飲むことにしている。そして正確かつ魅力的にラファエル・アルベルティ書店を経営するロラ・ラルンベのところに顔を出す。詩人で画家のアルベルティが一九七五年に設計したこの店は、地下に渦巻く水のようだ。〈シルクロ・デ・ベジャス・アルテス（マドリード総合芸術センター）〉の地下にあるアントニオ・マチャード書店にもかならず足を運ぶが、スペインの小出版社の本を集めたコーナーはすばらしく、またレジの脇には書店に関する重要な研究書が並んでいて、長年のあいだにそこで発見したものが本書の素材となった。ナポリには年に二回出かけるが、中央駅内にあるフェルトリネッリ書店とサン・ピエトロ・ア・マイエッラ通りの〈コロンネーゼ〉には欠かさず立ち寄ることにしている。〈コロンネーゼ〉の周囲にはたくさんの教会、キリスト生誕の小屋を作る職人たち、古い壁の名残、聖ディエゴ・マラドーナを祀る祭壇がある。

くりかえし通うことで、あるいは偶然によって書店員の誰かと友人になれたら、書店の居心地がさらによくなることはまちがいない。ブエノスアイレスとロサリオに住んでいたとき、三か月ごとに国外に出なければならなかったが、いつもこれ幸いとウルグアイの各地を、海、陸、川経由でめぐり歩くことにしていた。どのルートも最後には〈ラ・ルパ〉に行き着いた。その書店へ行くたびに、共同経営者の一人グスタボ・グアリーノがウルグアイ文学について少しずつ手がかりを与えてくれた。インターネットで可視化されることに抵抗するあらゆるものにアクセスするには、その出来事が起こる場所へ出かけていくしかない。パルマ・デ・マヨルカで私を待っている楽しみのひとつは、〈ラ・ビブリオテカ・デ・バベル（バベルの図書館）〉を訪れ、エッセイと小説の棚で過ごすことである。批評家で文化活動家でもあるマリーナ・P・デ・カボがカウンターにいる〈リテランタ〉もある。パルマ・デ・マヨルカ出身の作家クリストバル・セラの作品に関心をもつ者同士として、彼女のほうが私を見つけてくれた。長年、私は金曜日になると決まってバルセロナの〈ラ・セントラル・デル・ラバル〉へ顔を出した。セサル・ソリスが店にいて、ラテンアメリカの最新刊を勧めてくれたり、ゼーバルトの遺作やヨーロッパの主要言語で書かれたゼーバルト関連の本を教えてくれたりすると知っていたからだ。ソリスがマドリードに引っ越したあと、私は読者としての悩みを解決したいとき、バルセロナ現代文化センターのライエ書店にいるダミア・ガリャルドのもとを訪ねるようになった。よい書店員には医者や薬剤師やカウンセラーに通じるところがある。あるいはバーテンダー。フランシスコ、アレハンドロ、グスタボ、マリーナ、セサル、ダミアといった人びとが、私にとっての書店員の伝統の系譜を形作っていて、彼らのおかげで、私は以前ある程度住んでいたことのある遠く離れた都市に着いたとたん、かつての習慣をすぐに取り戻すことができる。

W・G・ゼーバルトの小説『アウステルリッツ』に登場する同名の主人公は、大英博物館に近いある古書店で、彼の人生を左右する決定的な瞬間を経験する。その店は一人の美しい女性が経営しており、彼女の名前――ペネロピ・ピースフル――はまさしく憩いの場所を意味する。クロスワードパズルを解く彼女の傍らで、アウステルリッツがぼんやりと建築物を描いた版画をぼんやりと繰っていると、ラジオから「一九三九年の夏、まだ子供だったころ、特別移送によってイギリスに送られたとき」のことを話す二人の女性の声が聞こえてくる。アウステルリッツの心と体は一種のトランス状態に襲われる。「……私は金縛りにあったごとく動けなくなり、いささか甲高い音のする機械から出てくる言葉を一音節も聞き逃すまいと」した。なぜなら、それらの言葉は一瞬のうちに、彼自身の子供時代、彼自身の旅、そして戦火のヨーロッパを逃れてイギリスに到着したときのこと、彼自身の亡命を思い出させたからである。その数年間は彼の記憶から完全に消し去られていた。その書店で、彼は不意に自分が何者か、自分の故郷《イタカ》がどこなのかを思い出したのだ。

子供時代、そしてとりわけ思春期に、人は書店と恋に落ちる。私は土曜の午後になると、マタローのシウダー・ハルディン（ガーデン・シティ）の一階、改修されて古書店となったロジェス書店の棚のあいだを何度ぶらついて過ごしたことか。それがいつからいつまでのことだったか覚えていないし、記憶の時系列も定かでない。ただ、学校のある日は、逆方向にある市の中心部へ通っていたので、週末や休暇中だけだったことはたしかだ。私はライエタナ貯蓄銀行の図書館へ行く途中――そこで『アステリックスとオベリクス』とタンタンの漫画を読破し、「ヒッチコック・ミステリー」シリーズやシャーロック・ホームズの小説を片っ端から借り出した――あるいは夕食の時間に合わせて家に帰る途中〈ロバファベス〉に立ち寄った。ずいぶんあとになって、それが共同組合であり、カタルーニャでもとくに重要な書店であることを知った。ほぼ毎日、夕方になると新刊の出版記念イベントが行なわれ、私はミサや授業にいるときのようにその言葉に耳を傾けた。その言葉は人の口とマイクという、周囲の棚にある本と同じくらい実体のあるものから発されているのに、当時の私にはとても遠いもの、意味のわからないつぶやきのように聞こえ、作家になりたいという私の確固たる思いとはまったく切り離されていた。

　十四歳か十五歳のとき、私はマタローの別の地区、競輪場と市営プールがある中央公園の辺りにある家々を訪問する父に同行した。子供のころはそこで孔雀や競輪や競輪選手を眺め、あの何リットルもの青い塩素系漂白剤をものともせずにプールに飛びこんだものだった。電話会社での八時間の勤務を終えたあと、父はシルクロ・デ・レクトーレス（読書クラブ）社のセールスマンとして働いていた。私たちはまず、お客の家に新しいカタログを届け、それからその地区のすべての会員から注文を書き入れたカードを回収し、情報を整理した。二、三週間後、注文した本がわが家に届くと、母が私たちを手伝って住所ごとに本

を分け、最後にこれらの本を新しい持ち主のもとへ届け、代金を受け取る。なかには代金の九百五十ペセタ、または二千百十五ペセタが用意できていなくて、二度、三度、ときには四度も足を運ばせる人がいた。一方、二か月ごとに五冊、七冊、九冊も本を購入する人もいて、そうした人たちは、本が読みたくて、到着を心待ちにしていたので、代金の一万三百ペセタや一万二千五百ペセタはいつも用意してあった。そんな家族の部屋、あるいは高齢のご婦人や独身男性といった見知らぬ

人たちが住むアパートのいくつかで、私は初めて、豊富に揃った個人の蔵書というものを見たと思う。そして、いつか作家になれたら、自分もそんな書斎をもとうと心に決めた。ひとつめの憧れは抽象的すぎてつかみどころがなかった。だが、二つめの望みは女の子の体のように手で触れられるものであり、純粋な欲望だった。

　エリアス・カネッティは『眩暈』で、「子供は立って歩きはじめ、文字を解しはじめるや、本を商う老いた行商人の意のままになる」と書いている。だから、小さな子は個人の森の書斎のなかで育てるべきだと彼は結論づける。たぶんそれは正しい。私の場合も、ロジェス書店や〈ロバファベス〉で買った一冊の本が自分の人生を変えたという記憶はないからだ。人生における大事な読書はもっとあとで、（あるいはたんに遅れて）マタローを離れてから経験した。それでも、〈ロバファベス〉は私の人生で最も重要な書店である。なぜなら、私はその店において、あの個人の家々で垣間見たもの、つまり本とともに生きるという可能性を体験したからだ。ボラーニョ『２６６６』第二部の登場人物アマルフィターノは、「自分はこの本をライエ書店からラ・セントラル書店に哲学書を買いに行ったときに手に入れたのだろう」とつぶやく。私の書斎にある本のかなりの部分、たぶん三分の一についても同じことがいえ、そこに〈アルタイル〉で買った「さすらいの」本と〈アーカム〉で入手したコミックも加わる。残りの三分の二は旅先で手に入れたものと、出版社の宣伝部から送られてきたものだ。私はロサリオ、ブエノスアイレス、シカゴから何十箱もの本を送ったことがある。私のなかで、蔵書と放浪の概念はつねに固く結びついている。さまざまな都市で得た経験は、散策と書店の交わりによって形成されているため、私の旅程のほとんどには、ハブまたは停泊地としてのいくつかの店が含まれている。街路、書店、広場、カフェは、近代という時代がたどったルートを表わし、二つの重要な行為――会話と読書――の舞台となる。二、三十年ほど前までカフェのテーブルでなされていた文学作品の執筆は、個人の空間かせいぜい図書館でしか行なわれなくなったがその一方で会話と読書、あらかじめ予定された、あるいは偶然の出会い、日記、小説、雑誌などは、いまだに大都市生活の社交の領域で存続している。なぜなら、ブログやソーシャルメディアはインターネットという国際都市におけるデータやアイデアの交換を可能にしたが、人間の体はあいかわらず国内のローカルな地形を歩きつづけるからだ。

短編集『鼻持ちならないガウチョ』に収められた一編「アルバロ・ルーセロットの旅」を読めばわかるとおり、ボラーニョはブエノスアイレスの書店とそこにある本には生命が宿っていると考えていた。言い換えれば、都市のいくつもの書店のあいだを動き回ってひとつにつなぐのは読者の体だけではなく、本そのものが位置を変え、さまよい出て、逃亡の道筋を開き、旅程を作り上げるのだ。そのアイデアに触発されて、バルセロナの舞台演出家マルク・カエリャスは、ローベルト・ヴァルザーの『散歩』の脚色にあたって、舞台をアルゼンチンの首都に変更した。そのページはとたんに、一人の俳優――散策者――によって肉体を与えられた。小説におけるのと同様に、彼はこの近代都市を象徴するさまざまな場所をさまよい歩く。もちろん、そのひとつは書店である。

非常に立派な、品ぞろえも充実した書店が視界に飛び込んできて、ちらと一目覗いていこうという欲求、衝動にかられたわたしは、その店にいかにもそつなく足を踏み入れることをためらいはしなかったのですが、むろんその際には、どちらかといえば、歓迎、歓待されるべき懐温かな購買者、良い筋の顧客というよりは、むしろ視察官、書籍検閲官、情報収集者、違いの分かる専門家とみなされるよう、配慮することにしたのです。礼にかなった慎重このうえない声音と、言うまでもなく、選びぬかれた言葉遣いで、わたしは文芸分野における最新、最高の作品について訊ねました。「承知いたしました」。店員は返事をしました。彼は矢のように視界から飛び出していったかと思うと、もう次の瞬間には欲望に身を震わせる購買者でもあれば関心を寄せる者でもある人間のところに戻ってきました。もっとも購入され、もっとも読まれている、真に永遠なる価値を有する書物を手にたずさえて。店員はその貴重なる精神の産物を、あたかも祝別する聖遺物を捧げ持つように、注意深く恭しい手つきで運んできました。その顔は恍惚の境地をあらわしていました。その表情からは最高度の畏敬の念がうかがわれました。そして信仰者、心の底まで震撼された者のみに可能な微笑を唇に浮かべ、彼は持ち来たったものをこのうえない好意とともにわたしに提示したのです。わたしはその本を眺めて、こう訊ねました。

「これが今年、もっとも多くの人に読まれた本であることに間違いはないのですね？」

「疑問の余地ありません」

「この本が必読書であると、断言なさるのですね？」

「それはもう」

「本当に良い本なのですね」

「まったく、なんと無用な、許し難い質問でしょう！」

「ご厚意に大変感謝いたします」わたしは冷たく言い放つと、絶対の必読書ということで世間でもっとも読まれていること疑いなしのその本をそこに置き去りにして、それ以上は一言も発することなくその場を離れたのでした。「無知無教養者め！」むろん売り子は、なるほど無理からぬ深い不快感もあらわに、わたしに罵声を浴びせました。

スイスの作家が生み出したこの散歩する男は、カエリャスの指示どおり、ブエノスアイレスのボエド地区にあるどこかの書店にいて、アルゼンチン訛りで会話を交わし、伝統、ベストセラー狙いの文化の業界のばかばかしさを笑いとばす。周縁にある中心と中心にある周縁、無効にされた国境、翻訳、都市の変更、大幅な飛躍、文化の越境的な相互作用——すべての書店でそれらは歓迎される。

ロジェス書店と〈ロバファベス〉、つまり中古本や稀覯本をあつかう書店と新刊をあつかう店を、まるでなぞなぞを解こうとするように訪れていたことに私が無意識のうちに体験していたのと同じ中心と周縁の関係性は、バルセロナの中心部にある書店と郊外の書店のあいだにも見てとることができる。バルセロナで私が初めて入った書店はギルガメシュ書店で、やがて、その周囲にあった——いまもある——コミック、SF小説、ヒーローもののファンタジーをあつかう書店も探索するようになった。そうした店は、エイリアンが媒介する伝染病のように、サン・ジュアン通り一帯にどんどん増えていた。〈ライエ〉、〈ドクメンタ〉、〈アルタイル〉、〈アリブリ〉、〈ラ・セントラル〉といった多くの書店が集中する中心部はごく狭く、徒歩でまわれる。二〇一五年の暮れまで、バルセロナの裏通りでパコ・カマラーサが十五年近くつづけてきたネグラ・イ・クリミナル（暗黒犯罪）書店へ行くには、書店のないボルン地区を突っ切るだけでよかった。書店は、その店を受け入れる地域のあり方を模倣する——この店は、近隣の漁師たちの家なしには存在しえなかった。凱旋門から徒歩十五分ほどのところにあるグラシア地区のタイファ書店とピークォッド書店は、地元ならではの歴史やこの一帯の状況抜きでは語れない。カマラーサとホセ・バトリョ――〈タイファ〉（現在はジョルディ・ドゥアルテとロベルト・ガルシアが経営を引き継いでいる）の生みの親――の二人はバルセロナの書物の世界、セルバンテスの『ドン・キホーテ』の数ページに起源の神話をもち、この都市における文学的二言語使用とつねに折り合いをつけてきた世界の重鎮的存在である。一九九三年以来、〈タイファ〉がディアゴナル通りの北側でひときわ有名な書店だとすれば、ロンダ・リトラルの南では〈ネグラ・イ・クリミナル〉がそれと肩を並べていた。バトリョは詩人にして編集者、そして伝説である。彼は教養があり、親しくなった人びとには厚い友情を示し、客が買おうとする本によっては遠慮なく叱りつけ、喧嘩になることでも有名だった。この二十年間で、彼が最もたくさん売ってきたのはコルタサルの『石蹴り遊び』とメンドーサの『奇蹟の都市』である。奥の独房のような空間に押しこめられた古書のコーナーは、小説やエッセイが流通しなくなり、版元は倒産し、読者は忘れられる定めだということを思い出させる。同じように、〈ピークォッド〉――店の説明によれば、昨日生まれた鯨の腹――も新刊書と中古本の両方を売っている。なぜなら、私たちは混交の時代に生きているからだ。壁面は少ないにもかかわらず、この書店は極小規模の展覧会を開くギャラリーに変身し、イタリア文学について語り合う場となり、週末にはアペリティフが飲めるバーにもなり、ソーシャルメディアで発信する。人の手で触れられるこの世界に、それ自体で存在する新しいものなどひとつもないからだ。

第二の軌道――軌道の外側の軌道――では、ここ数年、バルセロナのその他の書店がみずからの存在を主張している。たとえば思い浮かぶのは、フランセスク・マシア広場に隣接する書店兼レストラン〈＋バルナット〉である。モンセ・セラーノが経営し、「文化をあつかう店」と称するこの店は、エンリケ・ビラ＝マタスがこの近くに越してきて以来、彼の隠れ家となっている。また、サン・アントニ地区の議会通りにある、ピアノが置かれイベント尽くしのカルデルス書店。あるいは、シャビ・ビダルが重要な文化センターへと作り替えたポブラノウ地区の〈ノリャジウ〉。幸いにも、これらの書店だけが、都市の中心から離れた場所で市民のあいだにネットワークを作り出してきたわけではない。たとえば、マッシモ・ガッタが「ナポリのチャリング・クロス通り」と呼んだ人気のあるポルタルバ、あるいはアムステルダムの上品なエト・スパイ周辺の通りのように、書店が集中する都市の中心部が保存されることで価値ある遺産が残されるが、一方で、民主的な都市とは公立および私立図書館や大小さまざまな書店のネットワークのことである。そこでは、複数の中心部に住む読者とさまざまな周縁部に住む読者の対話がある。

私の散策は、しばしばリブラテリア通りに向かう。この通りは古代ローマ時代から存在し、現在は、文房具店の〈パピルム〉があり、バルセロナ市歴史博物館にはラ・セントラル書店が入っている。そのような場所のひとつ——たとえば、バルセロナ建築学校の地下の書店など——は、バルセロナという都市の記憶のアーカイブである。サン・ジェロニ書籍業組合は一五五三年に創立された。教会の初期の財産を管理していた聖ラウレンティウスが書類整理における仕事ぶりのために図書館員の守護聖人として定着した一方で、教会の最初のゴーストライターともいうべき（教皇ダマスス一世の手紙を代筆した）厳格な聖ヒエロニムスは

翻訳者と書店主の守護聖人とされている。いくつかの伝説では、聖ラウレンティウスは暴動から守るために聖杯を隠した謎めいた人物とされており、彼自身はローマ郊外で火あぶりにされて殉教者となった。毎年八月十日になると、彼の頭部を収めた聖遺物箱がヴァチカンで展示され、図書館員ばかりかどうかは知らないが、それを崇める人びとがいる。一方、聖ヒエロニムスはすぐれた翻訳者として頭角を現わしたあと、ベツレヘムへ亡命し、洞窟に住んで、ヨーロッパの悪習を批判する文章をひたすら書きつづけ、悔い改めの証として自分の体を石で打った。ふつう絵画では、机の上に開かれたウルガタ聖書――古代ギリシア語の専門家であったにもかかわらず、ヘブライ語からラテン語に翻訳した聖書――と「人生の虚飾《ウァニタス》」の象徴たる頭蓋骨と例の石とともに描かれる。口さがない人びとによれば、その石は彼が翻訳するときに用いた一種の辞書（当時はまだ存在しなかった）なのだという。彼はみずからを打ちすえ、神はそんな彼にすぐさま、ヘブライ語の原文に対応するラテン語を明かした。

都市は書店のウィンドウを通って、顧客の足取りとともに店のなかに入りこむ。書店は完全に私的な空間でもなければ完全に公的な空間でもなく、両者が混じり合った場所である。都市は、その都市のどこかにある書店に入りこむかと思うと、また出てゆく。なぜなら、一方は他方の存在なしに理解できないからだ。それゆえ、土曜の午後や日曜の午前中、〈ピークォッド〉や〈ネグラ・イ・クリミナル〉のある通りでは、大勢の人が群がってワイングラスを片手に、新刊本の出版記念イベントで始めた会話をつづける。バルセロナについて書かれたすべての本はこの都市のあらゆる書店に置かれる。なぜなら当然、そここそがこれらの本の属する場所だからだ。そして、市民たちがくりかえし触れ、所有してきた小説、エッセイ集、伝記、詩集は、老いはじめると都市の露店へ、サン・アントニ市場へ、中古書店へ、古本屋が並ぶアーケードへ、エンカンツの蚤の市の裏のウラル石の屋根のもとへと戻ってゆき、そこでは通りすがりの人びとが蒐集家になり、骨董屋になり、屑拾いになる。

この大都市バルセロナで、日曜のサン・アントニ市場やエンカンツの蚤の市が開いている日に、「本の街」としての側面が強まるとすれば、年に一度、この街のあちこちにドン・キホーテを魅了したのと同じ興奮が再現される日もある。この日、街全体が活字に満ちあふれる。スペインの「本の日」〔サン・ジョルディの日〕は、あるバレンシア人の思いつきから生まれた。ビセンテ・クラベルは若くしてバルセロナの出版社セルバンテスのオーナーとして身を立て、書籍会議所を基盤に、カタルーニャ出身の労働大臣エドゥアルド・アウノスの後ろ盾を得て、プリモ・デ・リベラ独裁政権下の一九二六年、勅令を通して自分の計画を実現させた。このアイデアは行政のあらゆるレベルにおいてスペインの読書文化を推進するものだったので、すべての図書館、すべての都市がなんらかの形でこの祭りに参加することになったが、最初から、バルセロナでの大衆的なお祭りと、マドリードでの形式的でアカデミックなイベントとに二極化することはまぬがれなかった。作家のギジェルモ・ディアス＝プラジャはクラベルの死後、ある記事にこう書いている。

およそ半世紀が過ぎて、勅令はいまだに存続している。唯一の重要な変化はといえば、一九三〇年九月七

日の勅令で当初合意された十月七日――セルバンテスの洗礼証明書にある日付の二日前――から、セルバンテスの命日であるのが確実な四月二十三日に変更されたことだ。こうして歴史的な正確性を求めた結果、この日付は、バルセロナではカタルーニャの守護聖人であるサン・ジョルディの日と重なることになった。ドン・グスタボ・ジリがそのことを指摘すると、クラベルは答えた。「いっこうにかまわない。サン・ジョルディのバラの花は永遠に咲きつづけるだろう。むしろ、失われる危険性があるのはセルバンテスの記憶だ」。歳月がたつにつれてわかったとおり、この二つの記念日はバルセロナの祝日カレンダーにおいて幸せな結びつきとなった。バルセロナ公爵の都市はまちがいなく、この半島で「本の日」が最も盛大に祝われ、人びとのあいだに根づいている場所である。

一九三〇年、カタルーニャの出版社は「サン・ジョルディの日」に合わせてカタルーニャ語の新刊書を刊行しはじめ、一般大衆はその日を楽しみにするようになった。一方、マドリードは別の日程でブックフェアを計画しはじめ、スペインの他の都市もしだいにセルバンテスの日を忘れていった。スペイン内戦によって出版産業は麻痺状態に陥り、フランコ独裁政権下ではカタルーニャ語の使用が禁止され、カタルーニャ書籍会議所は廃止されて国立スペイン語書籍協会に統一された。「本の日」がふたたびカタルーニャで重要なものとなるのは、一九五〇年代になってからである。一九六三年、カタルーニャ語文学の振興の必要性を主張した情報観光大臣マヌエル・フラガ゠イリバルネが開会の辞を述べた。一九七七年四月二十三日付「ラ・バングアルディア・エスパニョーラ」紙（十五ペセタ）の第一面には、大勢の人で埋め尽くされた街路の写真とともに、ジュセップ・マリア・ダ・サガーラの以下の詩がカタルーニャ語で印刷されていた。

バラは彼に歓びと苦しみを与えた
彼がどれほどそれを愛したか、誰が知ろう
彼の血管にはさらに多くの血が流れこむ
世界中のすべての龍を打ち負かすために

第一回ラテンアメリカ書籍協会・会議所大会の先導により、一九六四年から四月二十三日はスペイン語およびポルトガル語が話されるすべての国で「本の日」に制定され、一九六六年からは「世界図書・著作権の日」となった。おそらく、セルバンテスとシェイクスピアの命日というだけでなく、インカ・ガルシラーソ・デ・ラ・ベーガ、エウヘニオ・ノエル、ジュール・バルベー・ドールヴィイ、テレサ・デ・ラ・パラといった国際的に名高い作家たちも同じ日に没しているからだろう。

私は「サン・ジョルディの日」を前にした数日間、お気に入りの書店をめぐり歩くのが好きだ。そのあいだに買おうと思っていた本を全部買い、「特別な日《ラ・ディアーダ》」は、ヴァルザーがいうように、「ほどほど上等なならず者、そこそこ上品なのらくら者にして殻つぶし、あるいは、流れ者にして暇つぶしといった風体」で街を歩き観察するだけにとどめる。自惚れ屋の作家や編集者の例にもれず、私もそうして歩きまわるときは欠かさず、自分の本がそこにあるかどうか、行きつけの本屋の棚の正しい場所にちゃんと置かれているかどうかを確かめる。そして行きつけではない書店でも。〈エル・コルテ・イングレス〉の書籍売場でさえも。街の真ん中にある〈フナック〉の二階でさえも。それらの場所で、別の——まちがいなく、もっとよい——世界でなら、文学の学士号や修士号や博士号をもつ若い販売員の多くはすばらしい書店員になれただろうと想像する。あるいは、この世界でもすでにそうなのかもしれない。危機のただなかではあるが、私たちにとって唯一のものであるこの世界で。

エピローグ　バーチャル書店

二〇一三年になって最初の数か月、私は百年近い歴史をもつ一軒の書店がマクドナルドに変わっていくのを目撃した。もちろん、これはひとつの比喩であるが、だからといって衝撃が減るわけではない。一九二四年、カタルーニャ広場の端で創業したこのカタロニア書店が、ファストフードの店に転じた最初の例でないことは重々承知している。だが、そのような変貌の過程を自分の目で見たのはこれが初めてだった。三年のあいだ、私は毎朝、そのガラスのドアの前を通り過ぎ、ときどき店内に入って棚を眺めたり調べ物をしたりした。それが、ある日突然、シャッターが下りたままになり、告知の紙切れがいつの間にか貼られていた。一枚きりのその告知にはこう書かれていた。

創業八十八年、ロンダ・ダ・サン・ペラ三番地での営業を開始して八十二年。内戦、大火災、地権争いを乗り越えてきたカタロニア書店ですが、いよいよ閉店することになりました。
書籍販売業においてとりわけ深刻となっている現在の経済危機により、この四年間、本の売れ行きは落ちこみ、当店の置かれた状況および条件下で営業をつづけることが不可能になりました。

Llibreria Catalònia S.A.
Ronda de Sant Pere, 3
08010 Barcelona

Telèfon: 934 813 316
Fax: 933 024 793

LLIBRERIA CATALÒNIA

1924

www.llibreriacatalonia.cat

Després de més de 88 anys de la seva obertura i amb 82 anys d'activitat a la Ronda de Sant Pere 3. Després d'haver superat una Guerra Civil, un incendi devastador, un conflicte immobiliari, la Llibreria Catalònia de Barcelona tancarà definitivament les seves portes.

L'actual crisi, més accentuada al sector del llibre, ha generat una devallada de vendes els darrers quatre anys, que en les nostres circumstàncies i condicions, han fet impossible la continuïtat de la llibreria.

Aquesta decisió, ja irrevocable, ha resultat molt difícil, trista i dolorosa de prendre. Hem intentat totes les sortides possibles, potser massa tard, però o bé no existien o no les hem sabut trobar.

Tampoc no podíem perllongar la situació, atès que si bé ara l'empresa tancarà de manera ordenada i fent front, en la mesura del possible, a totes les obligacions contretes; perllongar-ne l'activitat només hagués abocat a finals pitjors.

En el moment de fer pública aquesta decisió també volem dedicar un record a totes les persones que al llarg de tants anys han treballat a Llibreria Catalònia i a les empreses que en depenien, especialment l'Editorial Selecta, a tots els que n'han estat clients - alguns durant dècades i generacions - i a tots els autors, editors, distribuïdors... que al llarg dels anys hi han col·laborat. Tots plegats han fet que la contribució de la Llibreria Catalònia a la cultura de Barcelona i de Catalunya hagi estat d'una importància notable.

Ara i en el futur, amb totes les noves formes que pren la difusió cultural, hi ha i hi haurà persones, associacions, col·lectius i empreses que fan i faran possible la pervivència de la literatura i en general de la cultura escrita. Malauradament, en aquest futur, la Llibreria Catalònia no hi podrà ser present.

Miquel Colomer. Director

Barcelona, 6 de gener de 2013

このような取り返しのつかない決定を下すのはとても困難で悲しく、受け入れがたいことです。あらゆる可能な解決策を試みましたが、遅きに失したのかもしれません。いずれにせよ、解決策はなく、あるいはそれを見つけるすべがわれわれにはなかったのです。

この状況を長引かせることもできません。なぜなら、事業を整然と処理し、可能な範囲ですべての義務を果たそうとするなら、事業をこれ以上長びかせるのは、さらに惨憺たる結末をもたらすことにしかならないでしょう。

この決定を公にするにあたって、これまでの年月、カタロニア書店で働いてきたすべての人びと、お世話になった会社、とくにセレクタ出版、そしてすべてのお客さま――なかには何十年、何世代にもわたって顧客となってくださった方々もいらっしゃいました――そして著者の方々や出版社および流通業者の方々にもお礼を申し上げます。これらの方々の後ろ盾があればこそ、カタロニア書店はバルセロナおよびカタルーニャの文化に重要な貢献を果たすことができました。

いま現在、そして将来、文化の普及活動は新たな形でなされていき、そこで文学および活字文化全体の存続のために尽くす個人、協会、集団、企業が存在し、また存在しつづけるでしょう。残念ながら、カタロニア書店がその未来の一翼を担うことはできません。

二〇一三年一月六日、バルセロナにて、社長ミケル・コロメル

私は、日ごとに減っていく本、空っぽの棚、積もる埃を見つづけた。埃は本の大敵だが、その本はもはやそこにはなく、あるのはただ亡霊、記憶、本の忘却だけだった。やがてある水曜日、それらの居場所となる書棚さえなくなった。店は空っぽにされ、大勢の作業員がやってきて書架と商品陳列棚を解体してゆ

き、店内にドリルの騒音が鳴り響いた。そこにただよう静寂と清潔さに何年間も慣れきっていた私は、数週間その音に慣れることができなかった。その同じドアを通り過ぎたとき、舞い上がる埃とゴミや瓦礫を積んだ荷車が目に入った。読書の場、本をあつかう商売が、タンパク質と糖分の消化、ファストフードの店へと徐々に変貌していった。

ファストフードに恨みはない。それどころか、マクドナルドが好きだ。それどころか、マクドナルドに興味津々だといってもいい。旅行中はたいていマクドナルドを探して入り、地元の特別メニューを試してみる。朝食メニューやファヒータ〔テクス・メクス料理〕、ハンバーガーやスイーツなど、現地の人びとに好まれるメニューのマクドナルド版がかならずあるからだ。しかし、だからといって、こうした変化から受ける苦痛が減じるわけではない。何か月ものあいだ、私は毎朝、ある小さな世界が破壊され、その同じ空間が異世界からの大使に乗っ取られてゆくのを目撃した。そして午後になると、読書についての本に読みふけり、本書を書き上げようとした。

トリノには伝統的かつカラフルな書店、〈ラ・ブッソラ（羅針盤）〉がある。すべての書店は羅針盤である。書店について学ぶことで、他の偶像や空間が差し出すものよりはるかに洗練された現代世界についての解釈を知ることができる。現在の書籍販売業界の分裂について部分的な――完璧な説明はありえない――説明を与えてくれる別の書店を挙げるなら、イスタンブールの〈パンドラ〉だろう。品揃えのよい二つの店舗をもち、その二軒は向かい合っている。一軒はトルコ語で書かれた本のみをあつかい、もう一軒は英語の本をあつかう。一軒の店では価格がトルコリラで表示され、もう一軒はドルである。〈パンドラ〉は象徴的な現実をあからさまに見せつける――すべての書店は二つの世界のあいだで生きている。地域社会とアメリカ合衆国の影響下にある世界。〈地元密着型の〉伝統的な商売の世界と巨大なショッピン

グセンターの世界〈チェーン書店〉、物理的な世界とバーチャルな世界。この比喩は、カタロニア書店のようなクラシックで伝統的な店の比喩ほど明白ではないだろう。ジュセップ・ロペス、マヌエル・ボラス、ジュセップ・マリア・クルーゼが創業したカタロニア書店は、フランコ独裁政権下の冬の時代と不動産会社の組織的いやがらせを生き延び、政治的および倫理的な激しい抵抗のあと、冷たく無慈悲で抽象的な経済法則のもと、閉店を余儀なくされたからである。数メートル先にはアップルストア、二百メートル先には〈フナック〉、反対側には〈エル・コルテ・イングレス〉があるその場所は、マクドナルドにとって代わられた。実際、〈パンドラ〉の比喩はもっと遠回しだが、より希望がある。閉店よりも存続につながるからだ。すべての書店は少なくとも二つの世界に分かれていて、いっさいの無邪気さなしにいえば、他の可能世界のことを考えさせる。

〈グリーン・アップル・ブックス〉は――『わが書店』と題するアンソロジーの一編でデイヴ・エガーズが回想しているように――一九〇六年と八九年にサンフランシスコを

大混乱に陥れた二つの地震を生き延びた建物に入っている。おそらく、だからこそ、そこの書棚のあいだに立った人はこんなふうに感じるのだ。「書店が本と同じくらい、また作家や言語と同じくらい因習にとらわれない奇妙な存在だとしたら、すべては大丈夫だと思えてくる。人はこの店で買うだろう」。私は二言語版の薄い本をそこで買った。香港で開かれた詩のフェスティバルで出版されたもので、『夢中書店（*Bookstore in a dream*）』（羅智成）である。可能世界をめぐるフィクションとしての書店についての四行詩が私の目を引いた。空間における増殖、その精神的実体、どんな地震に遭ってもかならずや生き残るウェブ上のパラレルワールドにおける存在。ダニロ・キシュの語り手が終わりのない『死者の百科事典』を蔵する不可能な図書館を夢見るとしたら、羅智成は地図に載ることのない書店を夢見る。あらゆる書店がそうであるように、心を落ち着かせてくれる物質性を備えた書店であると同時に、恐ろしいほどにバーチャルでもある。デジタルなものであるがゆえ、あるいは精神的《メンタル》なものであるがゆえ、あるいはもはやなくなってしまったがゆえに。サンティアゴ・デ・チレの〈ロリータ〉のように、ベルリンの〈バートルビー・アンド・カンパニー（バートルビーと仲間たち）〉のように、バレンシアの〈バートルビー〉のように、サバデイ郊外の〈リブレリオ・デ・ラ・プラタ（ラプラタ川書店）〉のように、あるいはもうひとつのカタルーニャの小都市、わが故郷マタローの〈ロバファベス〉があった場所にできたドリア書店のように、いままさに生まれつつある書店。どの地点で、プロジェクトは完全に現実のものとなるのだろう？　フィクションによってしだいに侵食されてゆく記憶のなかの書店。

『百年の孤独』に登場するカタルーニャ人の学者が経営する本屋のように——彼はバナナ会社のブームのさなかにマコンドに住み着き、本屋の商売を始め、古典作家にもお客にも自分の家族であるかのように接するようになった。その知識の巣穴にアウレリャノ・ブエンディーアが訪れたときのことを、ガブリエル・ガルシア＝マルケスはひとつの啓示として描いた。

彼がカタルーニャ生まれの学者の本屋へ出かけていくと、四人の口達者な若者が、中世に用いられたごきぶり退治法について盛んに議論を戦わせていた。ビード卿しか読んだことのない本にたいするアウレリャノの嗜好を心得ている本屋の老主人は、父親のような意地の悪さで議論に加わるようすめた。すると彼は即座に、地上でもっとも古い羽のある昆虫、ごきぶりはすでに旧約聖書においてスリッパで手ひどい目に遭っている、しかし種としては、硼砂《ほうしゃ》をまぶしたトマトの輪切りから砂糖入りの小麦粉にまで及ぶ、あらゆる退治法をしのぐことができる、と説明した。千六百三の数に達するその異種は、人間が遠く原始時代からあらゆる生物——人間それ自身を含めて——に加えてきた執拗かつ非情な迫害によく耐えてきた。その迫害ぶりのひどさは、生殖本能とは別に、人間にはより明確な、より強い、ごきぶり絶滅の本能が与えられていると思われるくらいである。ごきぶりが人間の残酷な手を逃れえたとすれば、それはひとえに、ごきぶりが闇に身をひそめたからである。人間に生まれつきそなわった闇への恐怖のおかげで、ごきぶりは不死身を誇っていられるのである。そのかわり、ごきぶりは昼間の明るい光に傷つきやすくなった。したがって、すでに中世においてそうであったように、現代においても、また未来においても、ごきぶり退治に有効な手段は、太陽のまぶしい光、これ以外にはない。

この博識をちりばめた宿命論が、あつい友情の糸口になった。その日からアウレリャノは、夕方になると、最初でしかも最後の友人となったアルバロ、ヘルマン、アルフォンソ、ガブリエルという四人の論客と落ち合った。書物の世界に閉じこもっていた彼にとって、午後六時の本屋で始まり夜明け

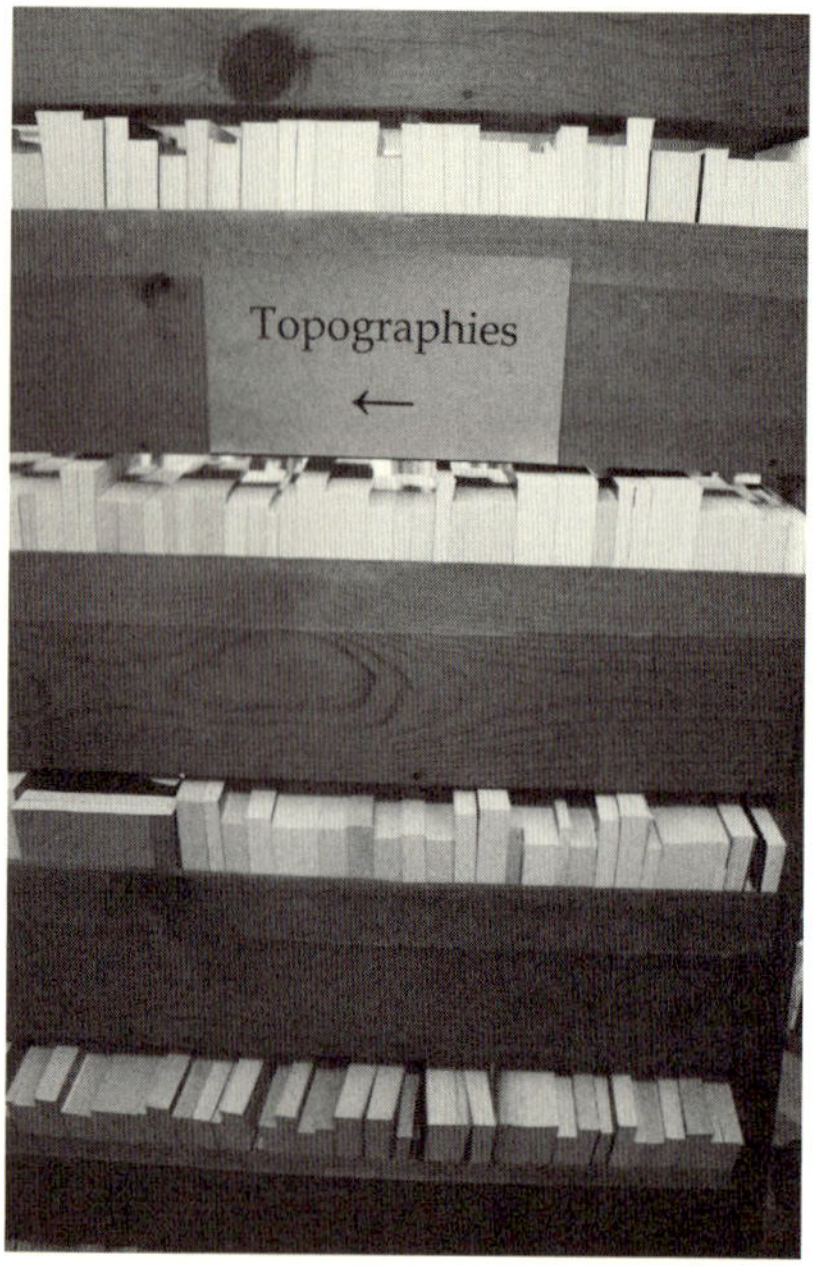

の私娼窟で終わるこのにぎやかな会合は、天啓のようなものだった。

カタルーニャ生まれの学者とは、現実にはバランキージャの書店主で文化活動家、「ボセス（声）」誌（一九一七―二〇年）を創刊したラモン・ビニャスのことである。最初はスペインからの移民、のちに亡命者となり、教師、劇作家、物語作家でもあった。文化の中心として名高かったその書店、〈R・ビニャス＆Co.〉は一九二三年に火事で焼失したが、現在もなおバランキージャでは、コロンビアのカリブ海沿岸地域にあった伝説的な書店のひとつとして記憶にとどめられている。共和派の知識人として、フランスを横断したあとラテンアメリカへの亡命を決めたとき、彼は教師およびジャーナリストの職に就き、「バランキージャ・グループ」と呼ばれる若い世代（アルフォンソ・フエンマヨール、アルバロ・セペーダ＝サムディオ、ヘルマン・バルガス、アレハンドロ・オブレゴン、〈フィグリータ〉ことオルランド・リベラ、フリオ・マリオ・サント・ドミンゴ、ガルシア＝マルケス）の師匠となった。それは私が経験したなかでもとくに奇妙な朝だったが、バランキージャのバスターミナルで、タクシーの運転手にサン・ブラス通りの、交差するプログレソ通りと七月二十日通りに挟まれたブロックにあるムンド書店に連れていってほしいと頼んだ。車を走らせながら、運転手は通りの名前がだいぶ前に変わっているといった。彼はあちこちに訊いて、私が目指しているのは三十五番通りの四十一番通りと四十三番通りのあいだであることを突き止めてくれた。私たちはそこに向かった。ホルヘ・ロンドン＝エデリッチが経営するムンド書店は、四〇年代に知識人たちの伝説的なグループが集った場所であり、その二十年前に灰燼に帰した〈R・ビニャス＆Co.〉の精神を受け継ぐ店だった。その住所に着くと、私はその書店ももはや存在しないことを知った。予想できたことだったが、作家のファン・ガブリエル・バスケス（私にその情報をくれた）も私も、前もって調べようとは思わなかった。その書店はそこにあるはずだったが、なくなっていた。もうしばらく前から、本のなかにしか存在していなかったのだ。

とにもかくにも、私たちの生活の核となっていたのはムンド書店であり、昼の十二時と夕方の六時に、サン・ブラス通りの一番人通りの多いブロックに私たちは寄り集った。オーナーのドン・ホルヘ・ロンドンは、親しい友人だったヘルマン・バルガスの勧めでこの店を始めたのだったが、短い間にそこは新聞記者や作家や若い政治家などの集会場のような場所になった。ロンドンはこの商売の経験がなかったが、じきに習熟して、熱い心と気前のよさを兼ねそなえた忘れがたいメセナ［芸術文化の後援者］となった。ヘルマンとアルバロとアルフォンソが本の仕入れの助言をし、とくにブエノスアイレスからの新刊に力を入れた。ブエノスアイレスの出版社は第二次大戦後、世界じゅうの新しい文学作品を大量に翻訳して出版して販売しはじめていたのだ。彼らのおかげで私たちは、この町に到達することのなかったはずの本をいくつも、新鮮なうちに読むことができたのである。彼ら自身が店頭で買物客に熱気を吹きこんだせいで、バランキーヤは何年も前、歴史に残るドン・ラモンの本屋が店じまいしたときに読書の都という地位からすべり落ちてそれきりになっていたのだが、そのかつての地位に返り咲いたのだった。
私が町に移り住んであのグループに加わったばかりのころ、彼らはいつも、アルゼンチンの出版社の本を売りに来るセールスマンの到着を天からの使いのように首を長くして待っていた。このセールスマンたちのおかげで私たちは世に先んじてホルヘ・ルイス・ボルヘスやフリオ・コルタサル、フェリスベルト・エルナンデスに熱中し、また、ビクトリア・オカンポの仲間の手になるよい翻訳でイギリスやアメリカ合衆国の小説家の作品を読んでいたのである。アルトゥーロ・バレアの『ある反逆者の軌跡』は、二度にわたる戦争のせいで沈黙に陥っていた遠きスペインから届く初めての希望のメッセージだった。

ガルシア＝マルケスはこのように二つの書店について書いている。ひとつは彼の知らない店、もうひとつは常連になることのできた店で、両者は彼が生み出した傑作の虚構の現実のなかでひとつに溶け合っている。私はR・ビニャス&Co.書店やムンド書店の写真をウェブ上で見つけることができず、そこではたと気づいた。本書のリズムは、本という物質とスクリーン上の非物質の探究のリズムだったのだ、と。人生そのものと同じように、それはたえまない行き来の、連続的かつ断続的なシンタックスだ。モンテーニュが検索エンジンを手にしていたら、どれほど楽しんで関連性やリンクや実り豊かな脱線や類似を見出しただろう。彼の後継者アルフォンソ・レイエスが検索エンジンの使い方を知っていたら、どれほど多くを学んでいただろう。彼について『野生の探偵たち』第一部の語り手は次のように語っている。「レイエスは僕のささやかな隠れ家になってくれるかもしれない。彼の作品や彼の愛した作家だけを読んでいたら、このうえなく幸せな気分になれるかもしれない」。『古代の書物と書籍商』で、この博識なメキシコの作家はこう書いている。

　羊皮紙はパピルスと比べると安価で、より耐久性があったが、書籍業界はそれをなかなか受け入れなかった。〔中略〕書物の製作に携わった古代の人びとは、軽くて優美なパピルスを好み、羊皮紙の重さや粗さにたいする一定の嫌悪があった。紀元二世紀の偉大な医師ガレノスも、衛生上の理由からその意見に与し、なめらかで不透明なために光を反射しないパピルスと比べて、光る羊皮紙は目を傷め、疲れさせると主張した。法学者のウルピアヌス（紀元二二九年没）は、図書館の遺産のなかで、上質皮紙《ベラム》〔仔牛、仔羊、仔山羊などの皮で作った皮紙〕あるいは羊皮紙でできた写本を本と認めるべきかどうかという点を法的問題として吟味した。それは、パピルスで作られたものの場合は議論するまでもない論点であった。

　およそ二千年後、紙の読書からスクリーン上の読書への緩慢な移行が起こるにつれ、この議論が現代的な装いで再登場した。現代のわれわれも、バックライト付きのスクリーンで読むのは、電子インク——暗闇では読めない——よりも有害でないのかと疑問をもつ。あるいは、誰かが死んだあと、彼らの購入した本、レコード、CD、ハードディスクとともに、彼らの購入した歌や文章を物質的な記録媒体と直接結びつけずに遺産継承者が受け継ぐのは法的に正しいことだろうか。また、テレビやビデオゲームは子供たちの反射神経を刺激する一方で脳の働きを妨げ、しかも内容が暴力的にすぎるので子供や思春期の青少年の想像力を損なうのではないだろうか、と。ロジェ・シャルティエが『記入と削除——十一世紀から十八世紀までの活字文化と文学』で研究しているように、小説が読者にとって危険なものになりうると初めて公に言及されたのは黄金世紀のカスティーリャにおいてであり、『ドン・キホーテ』はその社会的な恐れの文学的表現として代表的なものである。「十八世紀には、この言説が医学の領域に持ちこまれ、読書のしすぎという病理学的な解釈ができあがり、それは個人の病気、あるいは集団的な伝染病と見なされた」。この時期、読者の病気は想像力の過剰な働きおよび体を動かさないことに関連づけられた。その脅威は精神的なものだけでなく生理学的なものでもあった。こうした流れを追って、シャルティエは伝統的な読書――集中的な読書――と近代の読書――拡散的なと形容される――をめぐる十八世紀の議論についても分析している。

ロルフ・エンゲルジングが提起したこの二分法にしたがえば、集中的な読者が直面するのは制限された量のテクストであり、それを何度も読みなおし、暗記し、暗誦し、耳で聞き覚え、世代から世代へと伝えていった。そのような読書法は「聖なるもの」という考えに強く影響されており、読者をテクストの権威に服従させるものであった。十八世紀後半に登場した拡散的な読者は、それとはまったく異なり、次から次へと現われては消えてゆく無数の新しい活字本を読み、熱心に早々とそれらを消費する。その視線は距離を保ち、批評的である。こうして、書かれたものへの敬意にもとづく共同体的な関係が、不遜で自由闊達な読書にとって代わられた。

スクリーンやキーボードと切っても切れない関係にある私たちの読書の仕方はその拡散が集中化したものといえるかもしれない。これはテクストが何百年もかけてさまざまな形をとり、情報およびしだいに視聴覚的なものになっていく知識のプラットフォームにおいてますます速度を上げて伝達されるようになっ

たことの結果であり、そこには政治的含みがある。ひとつのテクストに集中する能力が失われると、そのかわり、明晰な詩や、批評的かつ皮肉な距離、そして同時に発生する複数の現象を関連づけ、解釈する能力が得られる。その結果、読書を制限しようとする権威からの解放がもたらされ、人類の進化のこの段階ではもはやほとんど自然と見なされるべき行動が世俗化されることになるだろう。歩くことや息をすることと同様、読書は私たちが意識さえせずに行なうことなのだ。

　終末論的な考えをもつ人びとが、もはや存在しない世界の言い古された議論を蒸し返し、歴史の不変の原動力であるたえざる変化を拒んでいるあいだ、〈フナック〉の書籍売り場はビデオゲームやテレビドラマシリーズだらけになり、権威ある書店はビデオゲームやテレビドラマシリーズについての注釈本に加えて、電子書籍の端末と電子書籍も売るようになった。ひとつの表現様式がファッションやトレンドでなくなり、主流になると、それは芸術的な洗練の過程をたどり、やがて書店や図書館の棚、また美術館の展示室のなかに収まるだろう。文化的な商品として。芸術作品として。日用品として。他の分野と同じく、文化――流行とエゴと経済に支配される――の領域において、新興のものや主流の様式への蔑視はよくあることだ。本書で言及した書店の大半は、私が世界をめぐる旅の途中で観光客または旅行者として立ち寄った場所だが、階級というフィクションを助長する。近年はそれを求めて――運よく――たどり着く人びとの数も何百万人と増してはいるが、そうした人びとはまだ少数派である。われわれは、ゲーテがイタリアの書店で出会った選ばれた人びとをさらに拡大した存在を体現している。階級のフィクションは教育というある程度洗練された衣をまとっているものの、あらゆるフィクションと同様、主として経済の上に成り立つ。なぜなら、現実はこうだからだ――書店は文化の中心であり、神話であり、会話と議論の空間であり、友情を育み、ときには似非ロマンチックな道具立てのおかげで恋が芽生える場所でもある。それはしばしば、書店主という仕事を愛する職人肌の読者によって、さらには自分たちが文化史の一部を形成するという自覚をもった知識人、出版人、作家によって率いられる。とはいえ、書店はなによりもビジネスである。しばしばカリスマ性のある書店主でもあるそのオーナーは、同時に従業員に給料を支払い、彼らの労働者としての権利を尊重する責任を負う上司でもあり、経営者にして監督者、労働法の抜け道に通じた交渉人でもある。『オデオン通り』に収められた文章でとりわけ心を打ち、誠実だと思えるのは、本を買う人びとの闊達さを記した部分だ。

私たちにとって、この商売には感動的な深い意味がこめられている。私たちにいわせれば、書店はまさしく魔法の部屋だ。通りがかった人が、万人に解放されている入口の敷居を越えて、この一見非個性的な場所に入ってくるとき、その顔に浮かぶ表情や声のトーンにはいささかの変化も感じとれないだろう。人は自分が完全な自由をもっているという感覚で、そこから予想もしなかった結果が生じるかもしれないなどとは考えもせずに行動する。

しかし、書店はこうした結果によって定義されるものだ。ジェイムズ・ボズウェルはラッセル通りにあるトム・デイヴィスの書店でサミュエル・ジョンソンと出会うだろう。ジョイスは『ユリシーズ』の版元を見つけるだろう。ファーリンゲッティはサンフランシスコに自分の書店を開こうと決心するだろう。子供だったジュゼップ・プラは、フィゲラスのカネット書店に足を踏み入れて、文学への忠誠を誓うことになる。ウィリアム・フォークナーは書店で働くことになる。バルガス＝リョサはリマで映画『ボヴァリー夫人』を見たあと、何年もたってからパリのカルチエ・ラタンの本屋でその原作本を買うだろう。ジェーン・ボウルズはタンジールで親友を見つけるだろう。ホルヘ・カマーチョはハバナの書店で『夜明け前のセレスティーノ』を買い、レイナルド・アレナスのフランス一の擁護者となるだろう。ある精神分析医はリモノフという名の怠惰な少年にロシアの地方都市にある41書店へ行くように助言し、それがきっかけで少年は物書きになるだろう。フランソワ・トリュフォーはパリのドラマン書店の古本のなかにアンリ＝ピエール・ロシェの小説『ジュールとジム』〔映画『突然炎のごとく』の原作〕を見つけるだろう。一九七六年のある夜、ボラーニョはメキシコシティのガンディ書店で「第一インフラレアリスモ宣言」を発表するだろう。コルタサルはコクトーの作品を発見するだろう。ビラ＝マタスはボルヘスを発見することになる。書店に足を踏み入れなかったことでよい結果が得られた例はたったひとつかもしれない。一九二三年のある日、黒澤明は東京の書店〈丸善〉へ行こうとした。この書店は、佐野利器《としかた》の設計で一九一〇年に建てられたビルと、日本の知識人向けに洋書を輸入することで有名だった。黒澤は姉のために本を買うつもりだったが、店は閉まっていたので立ち去った。二時間後、関東大震災でこのビルは倒壊し、周辺一帯は火災で焼け落ちた。文学には魔力があり、交換可能である。何世紀ものあいだ、紙幣と同じく紙で作られてきたが、そのせいで何

LISHING
More Books
ZINES!
OCCUPY
CHALLENGING CAPITALISM
Years
City
PROMISE
Dear White America
TIM WISE
GREEN NEW RED
The Art of Fielding
WHEN THE KILLING'S DONE
MARK TWAIN

度となく炎で焼き尽くされてきた。書店は二つの意味でビジネスであり、その二つの側面――経済性と象徴性――は分かちがたい。書店は本を売り、名声を作るかと思えば壊し、主流となる嗜好を追認し、あるいは新しい流行を作り出し、品揃えと信用を生み出す。書店はつねに正典《カノン》にとっての集会であり、だからこそ文化的地政学において重要な役割を担ってきたのである。そこでは、文化がより物質的になり、したがってより操作しやすくなる。その場所では、地区ごと、町ごと、都市ごとに、人びとがどんな本にアクセスできるか、どんな本が流通し、したがって消費され、捨てられ、リサイクルされ、コピーされ、盗作され、パロディにされ、称賛され、脚色され、翻訳される可能性をもつかが決定される。影響をもたらす可能性の大部分が決定されるのはおもに書店においてである。ディドロが『出版業についての歴史的・政治的書簡』に当初は「出版業、その過去および現在、その規制、特権、黙許、検閲官、行商人、通関、その他の出版統制に関する事項について一行政官に宛てた政治的・歴史的書簡」という題名をつけたのもゆえなきことではなかった。

インターネットによって、本の流通と選択にかんするこの民主制――あるいは、見方によっては独裁制ともいえる――に変化がもたらされつつある。私はよくアマゾンやその他のウェブサイトで、行ったことがある都市で出版された本だが、そこにいたときには買えなかった本を買うことがある。去年、メキシコの小出版社から出たルイス・フェリペ・ファブレのエッセイ集を探してメキシコシティの十軒以上の書店をまわり、くたびれ果てて帰ってきたあとで、ふと思いついてスペインのチェーン書店〈カサ・デル・リブロ〉のサイトを見てみると、そこでは現地で買うより安い値段で売っていた。検索エンジンのなかでグーグル、チェーン書店のなかで〈バーンズ&ノーブル〉をその業界の雄と認めるなら、アマゾンが世界最大のバーチャル書店であることは言うまでもない。とはいえ、それは非常に不正確な表現でもある。アマゾンは一九九四年にカダブラ・ドットコムという名称で書店として誕生し、すぐに名前を現在のものへと変更した。グーグル以前のインターネットでは、検索結果がアルファベット順に並んでいたからである。だが実際のところ、しばらく前からこの店は大きなデパートへと変貌しており、その売り場で本はカメラや玩具や靴やコンピューターや自転車と変わらない位置を占めている。アマゾンが顧客を引きつける力はキンドルのような象徴的なデバイスに大きく拠っており、電子書籍を読むための道具《リーダー》であるこれらのおかげで、彼らは忠実にアマゾンで本を買いつづける。実際、一九九七年には〈バーンズ＆ノーブル〉がアマゾンを相手に、虚偽の広告（同意反復ではある）を打っているとして訴訟を起こした。アマゾンは書店ではなく、書籍卸売業者であるという理由で「世界最大の書店」という謳い文句に異を唱えたのである。いまやアマゾンは、キンドル以外の電子書籍端末を除いて、売れるものならなんでも売っている。

　人は本能に突き動かされてこの現実世界を探索する――バランキージャのいまはなき書店を私が探したことは、無数にある例のひとつにすぎない――が、バーチャルな世界でもその欲望は抑えがたい。電子書籍の歴史は推理小説に負けず劣らず興味深い。始まりは一九四〇年代だったが、六〇年代にはハイパーテクスト編集のシステムによって加速し、七〇年代にはマイケル・Ｓ・ハートによってフォーマットが作られ、八〇年代半ばにブラウン大学のアンドリース・ヴァン・ダム教授によって用語（electronic book ＝電子書籍）が定着した。一九九二年にソニーが自社のＣＤ-ＲＯＭドライブ付き電子書籍端末データ・ディスクマンを発売したときは、「未来の図書館」という宣伝文句が使われた。キム・ブラッグは一九九八年に初めて電子書籍のためのＩＳＢＮを取得した。以上のことはデータであり、可能な年表であり、いくつかの手がかりである。これらを考え合わせると、十六世紀に生きたセルバンテスの同時代人、二十世紀初頭のシュテファン・ツヴァイクの同時代人、あるいは一九八〇年代末の東欧に住んでいた人びとがそうだったように、自分たちが二つの世界のあいだに生きているのだという感覚は拭えない。終末に向かってゆっくりと進む世界で、神託であると同時に特権的な観測所であり、また戦場であり、黄昏の地平線である書店は取り返しのつかない変異の過程をたどってきた。アレッサンドロ・バリッコは『夷狄たち』でこう述べている。

> それは変異である。誰もが例外なしに気にかけるもの。あそこの防壁の小塔にいる技師たちでさえ、自分たちが闘っている相手であるはずの遊牧の民たちの身体的特徴をすでに帯びている。そしてポケットには遊牧の民たちの硬貨を持ち、糊のきいた襟には大草原の砂埃がついている。それは変異である。小さな変化、説明のつかない退行、謎めいた病といったものではなく、生き延びるために辿らざるをえない変異なのだ。別の救いをもたらす精神的居住地を求める集団的選択。なにが原因でそんなことになったのか、われわれは漠然とでもわかっているだろうか？　私に思いつくのは、まちがいなく決定的であった技術革新のいくつか、時間と空間を圧縮するとともに、世界を圧縮した一連の発明である。だが、おそらくそれだけではなく、そうした技術革新が同時に、社会の様相を一気に明るみに出してしまうような出来事があった。これまで人類の大部分を欲望と消費という型にはまった行動から引き離していた障壁が崩れ落ちたのだ。

ここでまた欲望という言葉が本書に登場する。そのプラトニックで化学的なエネルギーが私たちを特定の肉体や物体へと引きつけ、複数の知へと私たちを媒介する。一九九一年以降、ソ連の崩壊によって新自由主義が勢いを増し、デジタル方式が増え、さらにデジタル化が進んだ世界では、欲望はピクセルの消費という形で具現化されるようになった。ピクセルとは私たちの文章、写真、会話、ビデオ、地図——人がどこで汗をかき、運転し、飛行し、読むか——を説明する意味の最小単位となっている。書店がウェブサイトをもつのはそのためである。すなわち、書店はピクセル化された書籍を売り、同様に私たちもまたピクセル化されたイメージや物語、目新しい商品やからくりを消費する。このすべては偶然ではなく、本質的なことである。私たちの頭脳は変化しつつあり、コミュニケーションや人間関係の形も変わってゆく。私たちは同じ人間ではあるが、じつは大きく異なっている。バリッコがいうように、この数十年で、私たちが「経験」を通じて理解すること、さらには私自身の存在の基盤さえもが変化をこうむった。この変異の結果は次のように説明される。「深みよりも表面、沈思よりもスピード、分析よりも連続、洞察よりもサーフィン、表現よりもコミュニケーション、専門性よりもマルチタスク、努力よりも快楽」。十九世紀のブルジョワ意識という構造が徹底的に解体され、日常生活における神聖さ——もはや難破船にも似た状態だったが——の最後の残滓が拭い去られた。アイロニーの政治的な勝利が「聖なるもの」を打ち負かした。紙の上で二つの世界大戦をなんとか生き延びたごとく少数の古い神々にとって、スクリーンの鈍い光のなかで人を悩ませつづけるのはいっそう困難なことである。

文化は記憶なしでは存在できないが、忘却も必要である。図書館がすべてを記録することに執念を燃やすとすれば、書店は必然的な忘却のおかげで、選別し、捨て、現在に順応する。未来は忘却の上に築かれる。人は、偽りだったりすたれてしまったりした過去の信念、フィクションやかすかな光さえ放たなくなった言説を捨てなければならない。ピーター・バークはこう書いている。「このようにして知識を捨てることは、少なくともある程度までは、望ましく必要でさえあるだろうけれど、われわれはそうすることで得ることばかりでなく失うものもあることを忘れてはならない」。だからこそ、選択し捨てるという必要

なプロセスが生じたとき、人は「何世紀ものあいだになにが失われてきたかを学び、情報、思想そして人間をも含む知的な廃物を研究する必要がある」。その過程で、人類はまちがいを犯してきたかもしれないし、消えるのがふさわしいデータや信仰にまぎれて、なによりも大事なものが忘却の淵に捨てられてきたかもしれない。何世紀ものあいだ、長きにわたって生き延びてきた本だが、いまや電子メディアとともに、一定の時間が過ぎれば古びるものとして、賞味期限の論理に支配されるようになった。それによって、私たちとテクストの関係はいっそう大きく変化していくだろう。私たちは、今の時点ではまだ想像がつかないところまでテクストを翻訳し、改変し、パーソナライズすることができるようになるだろう。文献学が古くからの役立たずの権威に疑問を投げかけ、聖書が迷信にもとづく判断ではなく合理的な基準に従って私たちの言語に翻訳されはじめたときが、人文主義において開始された道のりの暫定的な到達点である。

世界各地の書店へと通じる愚かなパスポートにむなしくスタンプをためていこうとする人が私も含めて大勢いると

したら、宗教的な神々にとって代わった文化の神々の痕跡がそこで見つかるからである。ロマン主義の時代から現在まで、基地のように、考古学の遺跡のように、いくつかのカフェやあまりにも多くの図書館のように、あるいはそののちに現われた映画館や現代美術館のように、書店はこれまでも、そしていまもなお儀式的な空間であり、しばしば観光や他の制度によって歴史や文化を理解するために重要な場所、エロチックな地形図、私たちのこの世界における居場所を作り上げるための素材が見つかる刺激的な空間である。私たちが拠りどころにしてきたこれらの物理的な空間がヤーコプ・メンデルの死、またはボルヘス的ハイパーテクストによって、よりはかないものとなり超越性が減じるとしたら、インターネットの出現によって、それらは私たちの想像力が思い描いていた以上にバーチャルなものとなった。私たちは新たな精神の道具を作り出さなければならず、これまで以上に、より批評的に、より政治的に読み、これまでにないやり方で想像力を働かせ、関係づけ、分析し、ネットサーフィンをつづけ、より深く掘り下げ、より速く動き、「情報」へのアクセスという前代未聞の特権を「知識」の新たな形態へと転換させなくてはならない。

日曜の午後はたいてい、私にとっていまだ完全には存在しないもののどこかに存在していて私を待っている書店を探しながらネットサーフィンをして過ごす。長年にわたり、私はまだ訪れていない象徴的な店の読者-観客だった。つい最近、ひょんなことからそんな二軒の書店を見つけた。コーラル・ゲイブルズ——私にとってはファン・ラモン・ヒメネスとしか結びつかなかった地名〔スペイン内戦を逃れてアメリカに渡った詩人が住んでいた街〕——では、思いがけず乗り継ぎで二十四時間の待ち時間があったので、〈ブックス&ブックス〉に立ち寄ることができた。マイアミにあるこの美しい書店は、一九二〇年代に建てられた地中海様式の建物に入っている。ブエノスアイレスでのある週末には、とくに予定がなかったので、フェリーに乗ってモンテビデオまで出かけ、いっそう美しい、そして品揃えも充実した書店〈マス・プーロ・ベルソ（より純粋な詩）〉をついにこの目で見ることができた。同じく一九二〇年代のアールデコ様式の建築のなかにあり、堂々たる階段を上りきったところにはガラスの陳列ケースがある。そんな空間を求める一方で、私は長年のあいだ、本や雑誌、ウェブサイト、動画など、その他の書店につながる手がかりを集めてきた。そんな書店がたとえば、ブリュッセルの十九世紀に建造されたアーケード内にある〈トロピスム〉。本を積み上げて作られた壮大なアーチと、床の上に坐って本が読めるように敷かれた東洋風の絨毯が目を引くリヨンの〈ル・バル・デザルダン（燃える人びとの舞踏会）〉。すべての愛書家の夢をまさに現実にして、書店で一夜を過ごすことを可能にしたボルドーの〈モラ〉。ここの完璧なウェブサイトはつねにおすすめ本やイベントであふれており、完全な家族経営だった伝統的な書店が二千五百平方メートルの広さをもつ活字文化の拠点となって、旅する哲学者だったモンテスキューが十八世紀に暮らし、執筆し、読書にふけった同じ建物から情報発信をつづけている。バンコクにある、竹林のように軽い建物のカンディード書店は、作家で編集者、活動家でもあるドゥアンルタイ・エーサナーチャータンが経営している。セース・ノーテボームがその店のもつ古典的な美意識と、とりわけ文化センターおよび作家のレジデンスとしての重要性から強く推奨してくれたアムステルダムのアテネウム書店。ウェールズの森に呑みこまれそうなカントリーハウスという風情の〈ペンドルベリーズ〉。天井からアンティークの自転車がぶらさがり、読書用の二脚の肘掛け椅子のあいだにチェス盤が置かれたトロントの〈スワイプ・デザイン〉。インドのラクナウにあった神秘的な店〈ラム・アドヴァニ・ブックセラーズ〉は、店主のラム・アドヴァニが二〇一五年末に九十四歳で亡くなったのでもはや会うことはできないが、彼の記憶は義理の娘アヌラーダ・ロイによって永遠のものとなった。〈アトミック・ブックス〉は脚本家兼コミック評論家サンティアゴ・ガルシアお気に入りの書店で、彼はグラフィック・ノベルの読者にとってこの店がアメリカ随一だとeメールで知らせてきた。それだけでなく、この店では文学作品、カウンターカルチャー的なファンジン、さらには玩具やパンクロックのレコードまで売っている。「おまけに、自分宛ての郵便物を取りに来るジョン・ウォーターズにも会えるんだ」。その他の書店については歴史や重要性についての情報をもっているわけではなく、ただ写真に心を奪われただけだ。というのも、それらの店についての情報はすべて、たとえば日本語のように、私にはまったくわからない言語で書かれているからだ。寄木張りの床とモンドリアンの作品を思わせるモダンな照明、木と金属でできた書棚に美術書やデザイン関連書が詰まった東京の〈オリオン・パピルス〉〔二〇一六年に閉店〕。同じく東京にある〈シブヤ・パブリッシング&ブックセラーズ〉には、変化にとんだ幾何形体の書棚が並んでいる。

　グアテマラシティを再訪することがあれば、いまはなき〈エル・ペンサティーボ〉への郷愁は〈ソフォス〉で補うだろう。借金を返すようにそれらの店を実際に訪ねたら、私はきっと感想をノートに書きとめるだろう。そのノートははるか遠い国々を旅したときに使ったのと似たものだ。というのも、iPadのモレスキン・アプリを使うことはもはや断念し、携帯電話をカメラや手帳として使うのは好きではないからだ。どうなるにせよ、とどのつまり、大事なのはアーカイブの意志なのだ。

　クラリッセ・リスペクトールの短編「ひそかな歓び」に、「太っていて、小柄で、そばかすだらけで、ちりちりの髪の毛」だが、「物語が好きな子供なら誰もがうらやましいと思うもの」をもっている女の子が登場する。「父親が書店主」なのだ。何年も前から、私は自分が買った本についている値段とバーコードのステッカーを剥がし、裏表紙の内側、盗難防止チップの隣に貼りなおすことにしている。それは、ほとんど父親のような絆を保とうとする私なりの手段である。二〇一〇年にニューヨークで没した作家のデイヴィッド・マークソンは遺言で、書斎の本をすべてストランド書店に売却するように指示した。大勢の名もない読者の数えきれない書棚に蔵書が分散されることを願ったのだった。一ドル、二十ドル、五十ドルといった値段で彼の本は買われてゆき、かつて属していた市場にふたたび出て、自分たちの運命——善きにつけ悪しきにつけ——を待つことになった。マークソンは蔵書をどこかの大学図書館に遺贈することもできた。そうなったら、本には埃がたまり、彼の作品を専門に研究する少数の人びとだけがそこを訪れることになったはずだが、彼は正反対の選択をした。蔵書をあちこちに分散させ、まったく予想外の未来の読者にゆだねることにしたのだ。このニュースが広まったとき、『これは小説ではない』の著者の熱烈なファンが何十人もマンハッタンのストランド書店に駆けつけ、彼が余白に書きこみをしたり線を引いたりした本を手に入れようとした。ウェブ上でもグループが作られた。スキャンしたページがインターネットで公開されるようになった。彼の持っていた『代書人バートルビー』には、「せずにすめばありがたいのですが」という台詞が出てくるたびに下線が引かれていた。『ホワイト・ノイズ』では「驚き、驚き、驚き」という言葉が「退屈、退屈、退屈」に変えられていた。パステルナークの伝記には、ページの余白にこう書いてあった。「イサーク・バーベリがモスクワの監獄の地下で処刑されたのは事実だ。いまもスターリン関連のアーカイブのどこかに未発表の小説の原稿がある可能性はきわめて高い」。マークソンの蔵書の余白に書かれたコメントを全部集めれば、彼らしく断章からできている一篇の小説ができそうだ。そこには、まるでテレビのチャンネルを次々と切り替えるときのように、読書の際のメモ書き、詩的な印象を書きとめたもの、内省などが次々に現われる。それは不可能な小説である。というのも、彼の蔵書すべての所在が特定されることはおそらくないからだ。その多くはストランド書店で、マークソンの名前を聞いたことさえない人たちにすでに買われたか、いままさに買われている。そんな身振りも彼の遺産の一部である。死、相続、父親であること、そして無数に存在する書店のうちたった一軒を結びつけた最後の決定的な身振り、それはしかし、彼の遺産全体を、世界文学に捧げられた比類なき物語として要約している。

観念はものごとのなかにのみある。

デイヴィッド・マークソン『読者の孤独』

訳者あとがき

「書を捨てよ、町へ出よう」といったのは寺山修二だが、その言葉を借用すれば、本書の著者は旅をするとき、つねにリュックのなかに何冊かの本を入れているので、「書とともに、本屋を探して旅に出よう」ということになる。

スペイン語のシンプルな原題 *Librerías*（英語版は *Bookshops*）が示すように、これは書店――なじみのある呼び名でいえば本屋――をめぐって、その歴史、存在意義、過去と現在の見るべき店、作家や顧客との密接なつながり、危機に瀕している現状、そして未来像について考察したものだ。

著者のホルヘ・カリオンは、世界最古の（といわれる）書店、観光名所となっている最先端の――または最も美しい、世界一大きな、他に類のない――書店、その他さまざまな書店を求めて、自分の住む街バルセロナからパリ、ロンドン、サンフランシスコ、ポルトなど各地の都市を訪れ、北アメリカを東から西へ横断するかと思うと、中南米を北から南へ縦断し、アジアをめぐり、オーストラリアや南アフリカといった世界の果てと呼ばれる土地へ旅し、その地にある書店を見て歩く。

というわけで、本書のもうひとつのテーマは「旅」である。

著者は空間を旅すると同時に時間をもさかのぼる。書店の成り立ちは図書館に比べると明快ではない。権威と結びつきやすい公的な存在である図書館は、創設者の名前が明らかにされ、来歴や分類法もはっきりしている。だが、書店の創業や店舗の移り変わりは日常にまぎれがちだ。とりわけ日々の商売に追われる書店は、世間の経済状況に左右され、繁盛するかと思うといつのまにか閉店に追い込まれていたりする。その書店を愛する顧客が大勢いたとしても、その記録はほとんど残らない。

本書がユニークなのは、書店の歴史や現状をドキュメンタリーとして描くというより、むしろ自身の旅と絡めて語り、さまざまな文学作品を手がかりにして思いをめぐらしているところである。書店はまず本を売る場所ではあるが、同時に小説や映画といったフィクションの舞台になることもしばしばで、重要な設定として使われもする。店内にはおびただしい数の本があり、それらのページには物語の舞台となる書店が登場する。また読者が手にする本はかならずどこかの書店を経由しており、店内に足を踏み入れた読者は、その書棚のあいだの狭い通路を出発点として広い世界への旅の一歩を踏み出す。そこにはそんな複雑な入れ子構造がある。

「書店とはなにか」を考察するにあたって、著者は書店主や読者が登場する小説や映画を取り上げ、また現実に書店と密接に関わった作家たちのエピソードに注目する。

タンジールのコロンヌ書店とポール・ボウルズ、〈シェイクスピア・アンド・カンパニー〉とジェイムズ・ジョイス、映画『善き人のためのソナタ』の最後に登場するベルリンのカール・マルクス書店、ビート詩人たちの朗読会の場となったサンフランシスコの〈シティ・ライツ〉、ロベルト・ボラーニョの小説の主人公である若者たちが歩きまわった（ついでに万引きもした）メキシコシティの何軒もの本屋。どれも文学と書店と旅を愛する著者ならではのユニークな着眼点である。

著者の興味を惹くのは、たんなる書店の歴史ではなく、「バベルの図書館」に本を納入する書店、ツヴァイクが描いた店をもたない巡回書籍商メンデルというひとりの男に体現される書店、つまり私たち（読者、著者、書店員、愛書家、読書中毒の人びと、遺憾ながら書籍窃盗症の患者たち）にとって「書店とはなにか」という普遍的なテーマだ。

ただ本を売るだけでなく、書店はさまざまな謳い文句を掲げる――「賢者はここで釣りをする」、「本なしでは生きられない」、「探検し、記述し、インスピレーションを与えよ」、「爆弾ではなく本を」、「愛書家のみなさん、ようこそ。ここではあなたは友に囲まれています」。

著者がとくに重んじるのは、人と人との出会いの場としての書店の役割である。識字運動を推し進め、読書会や朗読会など読者と作家が交流する場を設け、レジスタンスの砦になり、反政府運動に加わる人たちの掩蔽壕になる。書店がそんな役割を担うためには、店主や店員の人間性がとても重要だ。書店とは、読者同士の会話がはずむ場所であり、書店主と客、書店員と客、作家と読者、そして客同士が「読書」という共通の話題で結びつくことを可能にする空間なのだ。

とはいえ、この本はもっと単純に、世界の魅力的な書店をめぐる旅のガイドブックとして読むこともできる。どんな書店が好みかは人によって分かれるかもしれないが、本好きの人なら、ここに登場する書店のどれかにいつか行ってみたいと思うはずである。

リスボンの〈ベルトラン〉、ロンドンの〈ハッチャーズ〉、パリの二代目〈シェイクスピア・アンド・カンパニー〉、ニューヨークの〈ストランド〉といった有名な書店へ行く。伝説的なチャリング・クロス通りやレトロな演出で観光客を惹きつける新しい古本屋の村を訪ねる。メルボルンまたはケープタウンのカフェで、カプチーノを味わいながら書店めぐりをする。タンジールのコロンヌ書店でかつての黄金時代をしのぶ。床が水浸しになったヴェネチアの〈アックア・アルタ〉でインスタ映えのする写真を撮る――この本はいろいろな書店の楽しみ方のヒントを与えてくれる。

しかし、書店はひとつのビジネスでもある。自分の思い出をたどってみても、子供のころに通った近所の本屋さんから、学生時代に足しげく通った繁華街の大型店、店主となじみになった古書店など、すでになくなった店がいくつもある。とくに最近は電子本の隆盛に押されて街の小さな書店がどんどん消えていく。著者のカリオンも故郷の街の小さな書店を懐かしみ、ごく最近、通い慣れたバルセロナの歴史の古い書店が紙切れ一枚の通知を店先に掲げて店を閉じたことに衝撃を受けている。

書店の未来はどうなるのか。それを考えると暗澹たる気持ちになるが、しかし長い歴史をしぶとく生き抜いてきた書店がそう簡単に音を上げるとも思えない。昨今、隣国の韓国では新しいコンセプトの書店がいくつもできて人気を博しているという。世界各地の都市でも店主のセンスで品揃えを決める小さな本屋が続々と登場している。日本でも海外でも、書店からはまだまだ目が離せない。

著者のホルヘ・カリオンは、一九七六年タラゴナに生まれ、幼少期から青年期をバルセロナにほぼ隣接する自治都市マタローで過ごす。父が通販式書籍のセールスに携わっていたことから、個人の書斎（書棚）に憧れを抱き、いつか自分もそんなコレクションをもちたいと願うようになったという（作家か探偵になりたいというのがもうひとつの夢だった）。バルセロナのポンペウ・ファブラ大学で学び、現在はバルセロナに住んで、同大学で現代文学と創作を教えている。「ナショナル・ジオグラフィック」や「ロンリー・プラネット・マガジン」に紀行文やエッセイを寄稿し、「ニューヨーク・タイムズ」「エル・パイス」「ラ・バングアルディア」などの新聞にも記事を書いている。本書は二〇一二年度アナグラマ・エッセイ賞の最終候補となり、二〇一九年現在、十六か国で翻訳され、スペイン本国では二万部以上が売れた。

個人的な思い出をひとつ。何年か前、本書に出てくるアルゼンチン最南端の町ウシュアイアに行ったことがある。ここに監獄博物館があるとはつゆ知らず、南極クルーズの船の出航を待つあいだ町を歩きまわっただけだが、いかにも地の果てという雰囲気が記憶に残っている。なにかの罪を犯して逃亡者になったらこういう町に隠れるのがいいだろう、いや、かえってよそ者はすぐに目立ってしまう、などと考えた。その当時、スペイン語を習い始めたばかりだった私は、飛行機で隣の席にすわった青年に（図々しくも）スペイン語で「どこから来たのか」と話しかけた。彼は「自分はスペイン人だが、一人で旅をしている、変でしょ?」といって照れくさそうに笑った。スペイン人は旅をするときもたいてい家族ぐるみか大勢の友達といっしょなので、一人旅をするのは変わり者と思われるのだ、と。翻訳をしながら、この青年のことが思い出されてならなかった。

ちなみに、著者と同じスペイン語圏のアルゼンチン出身の作家で『図書館　愛書家の楽園』の著者アルベルト・マンゲルは、本書についてこう語っている。「南極に書店があったなら、カリオンはかならずやそこを訪れ、ペンギンたちがなにを読んでいるか、私たちに教えてくれるだろう」。

翻訳にあたっては、英語版 *Bookshops*（MacLehose Press, London, 2016, translated by Peter Bush）を底本としたが、スペイン語版 *Librerías*（Anagrama, Barcelona, 2013）も適宜参照した。なお、スペイン語の原書には各章の前後に文芸作品からの引用が置かれているが、英語版では省略されており、形式としてはそちらを踏襲した。また、書店の現状に関する情報は、調べがつくかぎりで最新情報に訂正した。引用されている著作については邦訳を参考にして、必要に応じて手を加え、または新たに訳出した。

各国語の読みや表記、事実関連の調査、スペイン語の原著との対照など、いつものように綿密かつ的確な作業で助けてくれた白水社編集部の金子ちひろさん、また金子さんを通じてご教示くださったみなさんに心からお礼を申し上げます。ありがとうございました。

二〇一九年五月

野中邦子

図書館　愛書家の楽園〈新装版〉

アルベルト・マンゲル 著／野中邦子 訳

アレクサンドリア図書館、ネモ船長の図書室、ヒトラーの蔵書、ボルヘスの書棚……古今東西、現実と架空の〈書物の宇宙〉をめぐる旅。稀代の愛書家による至福のエッセイ。

奇想の美術館　イメージを読み解く12章

アルベルト・マンゲル 著／野中邦子 訳

『図書館　愛書家の楽園』の著者がひらく、美術鑑賞の新たな扉。絵画、写真、彫刻、建築など独自の視点で選ばれた作品を、既存の図像学や美術批評にとらわれず自由奔放に読み解く、魅惑の十二章。図版多数収録。

読書礼讃

アルベルト・マンゲル 著／野中邦子 訳

半世紀以上にわたり、出版や翻訳業にたずさわりながら世界を旅してきた著者が、ボルヘスをはじめとする先人を偲びつつ、何よりも「読者」である自身の半生を交えて、書物との深い結びつきを語る。

写本の文化誌　ヨーロッパ中世の文学とメディア

クラウディア・ブリンカー・フォン・デア・ハイデ 著／一條麻美子 訳

本が一点物だった時代、本の書写、テキストの制作、パトロンによる発注は、どのような意味をもっていたのか。印刷以前の書籍文化誌。

訳者略歴
一九五〇年生まれ
多摩美術大学絵画科卒業
主要訳書
R・ヘンライ『アート・スピリット』（国書刊行会）
A・ボーディン『キッチン・コンフィデンシャル』（土曜社）
A・マンゲル『図書館　愛書家の楽園』『奇想の美術館』『読書礼讃』
H・スパーリング『マティス　知られざる生涯』
E・ウィルソン『ラブ・ゲーム』
F・ジロー『ピカソとの日々』（以上、白水社）
F・ジロー『マティスとピカソ　芸術家の友情』
A・ウォーホル『アンディ・ウォーホルのヘビのおはなし』（以上、河出書房新社）など

世界の書店を旅する

二〇一九年六月一日　印刷
二〇一九年六月二〇日　発行

著者　ホルヘ・カリオン
訳者　©野《の》中《なか》邦《くに》子《こ》
発行者　及川直志
印刷所　株式会社三陽社
発行所　株式会社白水社
東京都千代田区神田小川町三の二四
電話　営業部〇三（三二九一）七八一一
編集部〇三（三二九一）七八二一
振替　〇〇一九〇‐五‐三三二二八
郵便番号　一〇一‐〇〇五二
www.hakusuisha.co.jp
乱丁・落丁本は、送料小社負担にてお取り替えいたします。

株式会社松岳社

ISBN978-4-560-09693-2

Printed in Japan

索引

[人名]

サ行

マ行

ワ行

[事項]

ア行

カ行

サ行

タ行

ナ行

ハ行

マ行

ヤ行

ラ行

ワ行

数字・アルファベット

参考文献

Aínsa, Fernando, *Del canon a la periferia: Encuentros y transgresiones en la literatura uruguaya*, Trilce, Montevideo, 2002.

Báez, Fernando, *Historia universal de la destrucción de libros: De las tablillas sumerias a la guerra de Irak*, Destino, Barcelona, 2004.［フェルナンド・バエス『書物の破壊の世界史――シュメールの粘土板からデジタル時代まで』八重樫克彦・八重樫由貴子訳、紀伊國屋書店、2019年］

Banerjee, Anjali, *La librería de las nuevas oportunidades*, trad. de Rita de Costa García. Lumen, Barcelona, 2012,

Barbier, Frédéric, *Histoire du livre*. Armand Colin, Paris, 2006.

Baricco, Alessandro, *The Barbarians: An Essay on the Mutation of Culture*, translated by Stephen Sartarelli, Rizzoli Ex Libris, New York, 2006.

Barthes, Roland, *Empire of Signs*, translated by Richard Howard, Jonathan Cape, London, 1983.［ロラン・バルト『表徴の帝国』宗左近訳、ちくま学芸文庫、1996年］

Battles, Matthew, *Library: An Unquiet History*, W. W. Norton and Company, New York, 2003.［マシュー・バトルズ『図書館の興亡――古代アレクサンドリアから現代まで』白須英子訳、草思社、2004年］

Bausili, Merce and Emili Gasch, *Llibreries de Barcelona: Una guia per a lectors curiosos*, Columna, Barcelona, 2008.

Beach, Sylvia, *Shakespeare and Company*, Nebraska University Press, Lincoln and London, 1980.［シルヴィア・ビーチ『シェイクスピア・アンド・カンパニイ書店』中山末喜訳、河出書房新社、2011年］

――, *The Letters of Sylvia Beach*, edited by Keri Walsh, Columbia University Press, New York, Lincoln, NE, 2010.

Becerra, Juan José, *La interpretación de un libro*, Candaya, Avinyonet del Penedés, 2012.

Bechdel, Alison, *Are You My Mother? A Comic Drama*, Houghton Mifflin Harcourt, New York, 2012.

Benjamin, Walter, *The Arcades Project*, edited by Rolf Tiedemann, translated by Howard Eiland and Kevin McLaughlin, Belknap Press, New York, 2002.［ヴァルター・ベンヤミン『パサージュ論第１巻』今村仁司・三島憲一訳、岩波現代文庫、2003年］

――, *One Way Street and Other Writings*, translated by Amit Chaudhuri, Penguin Books, London, 2009.［ヴァルター・ベンヤミン「一方通行路」『ベンヤミン・コレクション３　記憶への旅』所収、久保哲司訳、ちくま学芸文庫、1997年］

Bolaño, Roberto, *Los detectives salvajes*, Anagrama, Barcelona, 1998.［ロベルト・ボラーニョ『野生の探偵たち』上・下、柳原孝敦・松本健二訳、白水社、2010年］

――, *2666*, Anagrama, Barcelona, 2004.［ロベルト・ボラーニョ『2666』野谷文昭・内田兆史・久野量一訳、白水社、2012年］

――, *El Gaucho Insufible*, Anagrama, Barcelona, 2003.［ロベルト・ボラーニョ『鼻持ちな

らないガウチョ』久野量一訳、白水社、2014年］
——, *Entre Paréntesis. Ensayos, Artículos y discursos (1998-2003)*, ed. de Ignacio Echevarría, Anagrama, Barcelona, 2004.
——, *Putas asesinas*, Anagrama, Barcelona, 2001.［ロベルト・ボラーニョ『売女の人殺し』松本健二訳、白水社、2013年］
——, *Consejos de un discípulo de Morrison a un fanático de Joyce*, con Antoni García Porta, Anthropos, Madrid, 1984.
Borges, Luis Jorge, *Obras completas*, Círculo de Lectores, Barcelona, 1992.［ホルヘ・ルイス・ボルヘス『伝奇集』鼓直訳、岩波文庫、1993年］
Bourdieu, Pierre, *Distinction: A Social Critique of the Judgement of Taste*, translated by Richard Nice, Routledge, 1984.［ピエール・ブルデュー『ディスタンクシオン』１・２、石井洋二郎訳、藤原書店、1990年］
Bowles, Jane, *Out in the World: Selected Letters (1935-70)*, edited by Millicent Dillon, Black Sparrow Press, Santa Barbara, 1986.［ミリセント・ディロン『伝説のジェイン・ボウルズ』篠目清美訳、晶文社、1996年］
Bowles, Paul, *In Touch: The Letters of Paul Bowles*, edited by Jeffrey Miller, Farrar, Straus, Giroux, New York, 1994.
——, *Without Stopping*, Putnam, New York, 1972.［ポール・ボウルズ『止まることなく——ポール・ボウルズ自伝』四方田犬彦・越川芳明編、白水社、1995年］
——, *Travels: Collected Writings, 1950-93*. Sort of Books, London, 2010.
Bradbury, Ray, *Fahrenheit 451*, Rupert Hart-Davis Ltd., London, 1954.［レイ・ブラッドベリ『華氏451度』伊藤典夫訳、ハヤカワ文庫ＳＦ、2014年］
Bridges, Lucas E., *Uttermost Part of the Earth*, Dutton Books, New York, 1949.
Burke, Peter, *A Social History of Knowledge II: From the Encyclopaedia to Wikipedia*, Polity Press, Cambridge, 2012.［ピーター・バーク『知識の社会史２　百科全書からウィキペディアまで』井山弘幸訳、新曜社、2015年］
Campaña, Mario, *Baudelaire: Juego sin triunfos*, Debate, Barcelona, 2006.
Campbell, James, *This Is The Beat Generation New York — San Francisco — Paris*, Secker & Warburg, London, 1999.
Canetti, Elias, *Auto da Fé*, translated by C. V. Wedgwood, The Harvill Press, London, 2005.［エリアス・カネッティ『眩暈』池内紀訳、法政大学出版局、2014年］
——, *The Voices of Marrakesh*, translated by J. A. Underwood, Marion Boyars Publishers, London, 1967.［エリアス・カネッティ『マラケシュの声　ある旅のあとの断想』岩田行一訳、法政大学出版局、2004年］
Carey, Peter, *The True History of the Kelly Gang*, Faber & Faber, London, 2001.［ピーター・ケアリー『ケリー・ギャングの真実の歴史』宮木陽子訳、早川書房、2003年］
Carpentier, Alejo, *Los pasos recobrados: Ensayos de teoría y crítica literaria*, Biblioteca Ayacucho, Caracas, 2003.
Casalegno Giovanni（ed.）, *Storie di Libri: Amati, misteriosi, maledetti*, Einaudi Editore, Turin, 2011.

Casanova, Pascale, *The World Republic of Letters*, translated by M. B. DeBevoise, Harvard University Press, Cambridge, MA, 2004. ［パスカル・カザノヴァ『世界文学空間——文学資本と文学革命』岩切正一郎訳、藤原書店、2012年］

Cavallo, Guglielmo, Roger Chartier and Lydia G. Cochrane, *A History of Reading in the West*, University of Massachusetts Press, Amherst, 2003. ［ロジェ・シャルティエ、グリエルモ・カヴァッロ編『読むことの歴史——ヨーロッパ読書史』田村毅他訳、大修館書店、2000年］

Certeau, Michel de, *Le Lieu de l'Autre: histoire réligieuse et mystique*, Éditions du Seuil, Paris, 2005.

Chartier, Roger, *Inscription and Erasure. Written Culture and Literature from the Eleventh to the Eighteenth Century*, translated by Arthur Goldhammer, Pennsylvania University Press, Philadelphia, PA, 2007.

Chatwin, Bruce, *In Patagonia*, Vintage, London, 1998. ［ブルース・チャトウィン『パタゴニア』芹沢真理子訳、河出文庫、2017年］

——, *Under the Sun: The Letters*, edited by Elizabeth Chatwin and Nicholas Shakespeare, Jonathan Cape, London, 2010.

Chih Cheng, Lo, *Bookstore in a Dream*, The Chinese University Press, Hong Kong, 2011.

Choukri, Mohamed, *Paul Bowles in Tangier*, translated by Gretchen Head and John Garret, Telegram, San Francisco, 2008.

Clemente San Román, Yolanda, "Los catálogos de librería de las sociedades Anisson-Posuel y Arnaud-Borde conservados en la Biblioteca Histórica de la Universidad Complutense", *Revista General de Información y Documentación*, vol. 20, 2010.

Cobo Borda, Juan Gustavo, "Libreros colombianos, desde el constitucionalista don Miguel Antonio Caro hasta Karl Buchholz" (http://www.ciudadviva.gov.co/portal/node/32).

Coetzee, J.M., *Disgrace*, Vintage, London, 2000. ［J・M・クッツェー『恥辱』鴻巣友季子訳、早川書房、2006年］

——, *Dusklands*, Secker and Warburg, London, 1982. ［J・M・クッツェー『ダスクランズ』くぼたのぞみ訳、人文書院、2017年］

Cole, Teju, *Open City*, Faber & Faber, London, 2011. ［テジュ・コール『オープン・シティ』小磯洋光訳、新潮社、2017年］

Cortázar, Julio, "Casa tomada", *Bestiario*, Editorial Sudamericana, Buenos Aires, 1951. ［フリオ・コルタサル「占拠された屋敷」『悪魔の涎・追い求める男』所収、木村榮一訳、岩波文庫、1992年］

——, *Cartas: 1937-1963*, ed. de Aurora Bernadez, Alfaguara, Madrid, 2000.

——, *Rayuela*, Editorial Sudamericana, Buenos Aires, 1963. ［フリオ・コルタサル『石蹴り遊び』土岐恒二訳、水声社、2016年］

Cuadros, Ricardo, "Lo siniestro en el aire" (http://critica.cl/literatura-chilena/lo-siniestro-en-el-aire).

Dahl, Svend, *A History of the Book*, The Scarecrow Press, New Jersey, 1968.

Debord, Guy, *Comments on the Society of the Spectacle*, translated by Malcolm Imrie, Verso,

London, 1990. ［ギー・ドゥボール『スペクタクルの社会』木下誠訳、ちくま学芸文庫、2003年］
DeMarco, Eileen S., *Reading and Riding: Hachette's Railroad Bookstore Network in Nineteenth Century France*, Associated University Press, Cranbury, 2006.
Diderot, Denis, *Letter on the Book Trade*, translated by Arthur Goldhammer, Daedalus, vol. 131, no. 2: pp. 48-56. ［ドニ・ディドロ「出版業についての歴史的・政治的書簡」『ディドロ著作集第3巻』所収、小場瀬卓三・平岡昇訳、法政大学出版局、1989年］
Didi-Huberman, Georges, *Atlas: How to Carry the World on One's Back*, TF Editores/Museo Nacional Reina Sofia, Madrid, 2010. ［ジョルジュ・ディディ＝ユベルマン『アトラス、あるいは不安な悦ばしき知』伊藤博明訳、ありな書房、2015年］
——, *Confronting Images: Questioning the Ends of a Certain History of Art*, translated by John Goodman, Penn State University Press, 2005. ［ジョルジュ・ディディ＝ユベルマン『時間の前で——美術史とイメージのアナクロニズム』小野康男・三小田祥久訳、法政大学出版局、2012年］
Domingos, Manuela D., *Bertrand. Uma livraria antes do Terremoto*, Biblioteca Nacional, Lisbon, 2002.
Donoso, José, *Diarios, ensayos, crónicas: La cocina de la escritura*, ed. de Patricia Rubio, Santiago de Chile, Ril Editores, 2008.
Edwards, Jorge, *Persona non grata*, Alfaguara, Madrid, 2006. ［ホルヘ・エドワーズ『ペルソナ・ノン・グラータ　カストロにキューバを追われた作家たち』松本健二訳、現代企画室、2013年］
Eliot, Simon, Andrew Nash and Ian Wilson, *Literary Cultures and the Material Book*, The British Library Publishing Division, London, 2007.
Énard, Mathieu, *Street of Thieves*, translated by Charlotte Mandell, Fitzcarraldo Editions, London, 2015.
Fernández, Benito J., *Eduardo Haro Ibars: los pasos del caído*, Anagrama, Barcelona, 2005.
Fernández, Eduardo, *Soldados de cerca de un tal Salamina. Grandezas y miserias en la Galaxia Librería*, Comanegra, Barcelona, 2008.
Fernández del Castillo, Francisco (ed.), *Libros y libreros en el siglo XVI*, Fondo de Cultura Económica, Ciudad de México, 1982.
Foucault, Michel, *The Order of Things: An Archaelology of the Human Sciences*, translated by E. Frost, Routledge, 2001. ［ミシェル・フーコー『言葉と物——人文科学の考古学』渡辺一民他訳、新潮社、1974年］
García Márquez, Gabriel, *Cien Años de Soledad*, Editorial Sudamericana, Buenos Aires, 1967. ［ガブリエル・ガルシア＝マルケス『百年の孤独』鼓直訳、新潮社、2006年］
——, *Vivir para contarla*, Barcelona, Mondadori, 2002. ［ガブリエル・ガルシア＝マルケス『生きて、語り伝える』旦敬介訳、新潮社、2009年］
Gil, Manuel y Joaquín Rodríguez, *El paradigma digital y sostenible del libro*, Trama, Madrid, 2011.
Goethe, J.W. von, *Italian Journey*, translated by W. H. Auden and Elizabeth Mayer, Penguin

Classics, London, 1970.［ヨハン・ヴォルフガング・フォン・ゲーテ『イタリア紀行』上・下、相良守峰訳、岩波文庫、1960年］
Goffman, Ken, *Counterculture Through the Ages: From Abraham to Acid House*, Villard Books, New York, 2004.
Goytisolo, Juan, *Novelas (1988-2003). Obras Completas IV*, Galaxia Gutenberg, Barcelona, 2007.
——, *Autobiografía y viajes al mundo islámico. Obras Completas V*, Galaxia Gutenberg, Barcelona, 2007.
Guerrero Marthineitz, Hugo, "La vuelta a Julio Cortázar en 80 preguntas", *Julio Cortázar: Confieso que he vivido y otras entrevistas*, ed. de Antonio Crespo, LC Editor, Buenos Aires, 1995.
Hanff, Helene, *84, Charing Cross Road*, Avon Books, New York, 1970.［ヘレーン・ハンフ『チャリング・クロス街84番地——書物を愛する人のための本』江藤淳訳、中公文庫、1984年］
Hemingway, Ernest, *A Moveable Feast*, Vintage, London, 2000.［アーネスト・ヘミングウェイ『移動祝祭日』高見浩訳、新潮文庫、2009年］
Hoffman, Jan, "Her Life Is a Real Page-Turner", *New York Times*, October 12, 2011.
Jenkins, Henry, *Convergence Culture: Where Old and New Media Collide*, New York University Press, New York, 2006.
Johns, Adrian, *The Nature of the Book: Print and Knowledge in the Making*, Chicago University Press, Chicago, 1998.
Kiš, Danilo, *A Tomb for Boris Davidovitch*, translated by Duška Miki-Mitchell, Penguin Classics, London, 1980.
——, *The Encyclopedia of the Dead*, translated by Michael Henry Heim, Faber & Faber, London, 1989.［ダニロ・キシュ『死者の百科事典』山崎佳代子訳、東京創元社、1999年］
Krishnan, Shekar, "Wheels within wheels", *Indian Express*, June 17, 1997.
Kubizek, August, *The Young Hitler I Knew*, translated by Lionel Leventhal, Greenhill Books, London, 2006.
Labarre, Albert, *Histoire du livre*, Presses universitaires de France, Paris, 2001.
Laddaga, Reinaldo, *Estética de laboratorio*, Adriana Hidalgo Editora, Buenos Aires, 2010.
Lernout, Geert and Wim Van Mierlo, *The Reception of James Joyce in Europe Vol.1: Germany, Northern and East Central Europe*, Thoemmes Continuum, London, 2004.
Link, Daniel, "Flaubert & Baudelaire", *Perfil*, Buenos Aires, August 28, 2011.
Lispector, Clarice, "Covert Joy", *The Collected Short Stories*, translated by Katrina Dodson, Penguin Modern Classics, 2015.
Loeb Schloss, Carol, *Lucia Joyce: To Dance in the Wake*, Farrar Straus Giroux, New York, 2004.
Lovecraft, H. P., "The Battle that Ended the Century", *The Complete Fiction Collection, Vol. III*, Ulwencreutz Media, 2012.［H・P・ラヴクラフト「新世紀前夜の決戦」『定本ラヴクラフト全集7-1』所収、福岡洋一訳、国書刊行会、1985年］

Lyons, Martyn, *Books: A Living History*, J. Paul Getty Museum, Los Angeles, 2011. ［マーティン・ライアンズ『ビジュアル版　本の歴史文化図鑑　5000年の書物の力』蔵持二三也監訳、柊風舎、2012年］

Llanas, Manuel, *El libro y la edición en Cataluña: apuntes y esbozos*, Gremi d'Editors de Catalunya, Barcelona, 2004.

MacCannell, Dean, *The Tourist: A New Theory of the Leisure Class*, Shocken Books, New York, 1976. ［ディーン・マキァーネル『ツーリスト――高度近代社会の構造分析』安村克己他訳、学文社、2012年］

MacNiven, Ian S.(ed.), *The Durrell-Miller Letters 1935-1980*, Faber & Faber, 2003. ［ヘンリー・ミラー、ロレンス・ダレル『ミラー、ダレル往復書簡集』中川敏・田崎研三訳、筑摩書房、1973年］

Mallarmé, Stéphane, *Quant au livre: Le livre, instrument spirituel*, William Blake and Co., 2011. ［ステファヌ・マラルメ「書物はといえば：書物、精神の楽器」『マラルメ全集Ⅱ　ディヴァガシオン他』所収、松室三郎・菅野昭正編、筑摩書房、1989年］

Manguel, Alberto, *A History of Reading*, Harper Collins, London, 1996. ［アルベルト・マングェル『読書の歴史　あるいは読者の歴史』原田範行訳、柏書房、2013年］

――, *The Library at Night*, Yale University Press, London, 2008. ［アルベルト・マンゲル『図書館　愛書家の楽園』野中邦子訳、白水社、2008年］

Manzoni, Cecilia, "Ficción de futuro y lucha por el canon en la narrativa de Roberto Bolaño", *Jornadas Homenaje Roberto Bolaño (1953-2003)*, Ramón Férriz González(ed.), *Simposio internacional*, ICCI Casa America Catalunya, Barcelona, 2005.

Marchamalo, Jesús, *Cortázar y los libros*, Fórcola Ediciones, Madrid, 2011.

Markson, David, *Reader's Block*, Dalkey Archive, Champaign, IL, 1996.

Martí Monterde, Antoni, *Poética del Café: Un espacio de la modernidad literaria europea*, Anagrama, Barcelona, 2007.

Martin, Gerald, *Gabriel García Márquez: A life*, Vintage, London, 2010.

Martínez López, María Esther, *Jane Bowles y su obra narrativa: ambigüedad moral y búsqueda de una respuesta existencial*, Ediciones de la Universidad de Castilla-La Mancha, Cuenca, 1998.

Martínez Rus, Ana, *"San León Librero": las empresas culturales de Sánchez Cuesta*. Trea, Gijón, 2007.

Mason, David, *The Pope's Bookbinder: A memoir*, Biblioasis, Windsor, 2013.

Melo, Adrián, *El amor de los muchachos: homosexualidad y literatura*, Lea, Buenos Aires, 2005.

Mercer, Jeremy, *Time Was Soft There: A Paris Sojourn at Shakespeare and Co.*, St. Martin's Press, New York, 2005. ［ジェレミー・マーサー『シェイクスピア＆カンパニー書店の優しき日々』市川恵理訳、河出書房新社、2010年］

Michaud, Joseph A., *Booking in Iowa: The Book Trade In and Around Iowa City. A Look Back*, The Bookery and The Press of the Camp Pope Bookshop, Iowa City, 2009.

Mogel, Leonard, *Making It in Book Publishing*, Arco, New York, 1996.

Monnier, Adrienne, *Rue de l'Odéon*, Albin Michel, Paris, 1960. ［アドリエンヌ・モニエ『オデオン通り――アドリエンヌ・モニエの書店』岩崎力訳、河出書房新社、2011年］
――, *The Very Rich Hours of Adrienne Monnier*, translated, with an introduction and commentary by Richard McDougall, University of Nebraska Press, Lincoln, NE, 1996.
Montaigne, Michel de, *The Complete Essays*, translated by M. A. Screech, Penguin Classics, London, 1991. ［ミシェル・ド・モンテーニュ『エセー抄』宮下志朗訳、2003年］
Montroni, Romano, *Vendere l'anima: Il mestiere del libraio*, GLF Editore, Laterza, Rome, 2006.
Morand, Paul, *Venices*, translated by Euan Cameron, Pushkin Press, London, 2002.
Moretti, Franco, *Atlas of the European Novel 1800-1900*, Verso, London, 1998.
Morgan, Bill, *Beat Generation in New York: A Walking Tour of Jack Kerouac's City*, City Lights Books, San Francisco, 1997. ［ビル・モーガン『ビート・ジェネレーション――ジャック・ケルアックと旅するニューヨーク』今井栄一訳、スペースシャワーネットワーク、2008年］
――, *Jack Kerouac and Allen Ginsberg: The Letters*, edited by Bill Morgan and David Stanford, Viking, New York, 2010.
Muyal, Rachel, *My Years in the Librairie des Colonnes*, Khbar Bladna, Tangier, 2012.
Nancy, Jean Luc, *On the Commerce of Thinking: of Books and Bookstores*, translated by David Mills, Fordham University Press, New York, 2008.
Nooteboom, Cees, *All Souls Day*, translated by Susan Massotty, Picador, London, 2001.
Ordóñez, Marcos, *Un jardín abandonado por los pájaros*, El Aleph, Barcelona, 2013.
Osorgin, Mikhail, Alexei Remizov y Marina Tsvetaeva, *La Librería de los Escritores*, trad. de Selma Ancira, Edicions de La Central /Sexto Piso, Barcelona-Ciudad de México, 2007.
Ortiz, Renato, *Modernidad y espacio: Benjamin en París*, trad. de María Eugenia Contursi y Fabiola Ferro, Norma, Buenos Aires, 2000.
Otlet, Paul, *Traité de Documentation: le libre sur le libre, théorie et pratique*, Éditions Mundaneum, Brussels, 1934.
Palmquist, Peter, and Thomas Kailbourn, *Pioneer Photographers of the Far West: A Biographical Dictionary, 1840-1865*, Stanford University Press, Stanford, 2006.
Parish, Nina, *Henri Michaux. Experimentation with Signs*, Rodopi, Amsterdam, 2007.
Pascual, Carlos, Paco Puche y Antonio Rivero, *Memoria de la Librería*, Trama Editorial, Madrid, 2012.
Paz, Octavio, *El Mono Gramático*, Galaxia Gutenberg, Barcelona, 1998. ［オクタビオ・パス『大いなる文法学者の猿』清水憲男訳、新潮社、1977年］
Petroski, Henry, *The Book on the Bookshelf*, Vintage Books, London, 2000. ［ヘンリー・ペトロスキー『本棚の歴史』池田栄一訳、白水社、2004年］
Pirandello, Luigi, *Cuentos para un año*, trad. de Marilena de Chiara, Nórdica, Madrid, 2011. ［ルイジ・ピランデッロ「紙の世界」『月を見つけたチャウラ』所収、関口英子訳、光文社古典新訳文庫、2012年］
Ponte, Antonio José, *Un seguidor de Montaigne mira La Habana / Las comidas profundas*,

Verbum, Matanzas, 1985.

Primera, Maye, "La librería del exilio cubano cierra sus puertas", *El País*, April 26, 2013.

Ramírez, Antonio, "Imagining the bookshop of the future", *Huffington Post*, September 18, 2012.

Reyes, Alfonso, y Pedro Henríquez Ureña, *Correspondencia 1907-1914*, ed. de José Luis Martínez, Fondo de Cultura Económica, Ciudad de México, 1986.

Rice, Ronald, *My Bookstore: Writers Celebrate Their Favorite Places to Browse, Read, and Shop*, Black Dog & Leventhal Publishers, New York, 2012. Excerpt from "Green Apple Books, San Francisco. CA" by Dave Eggers.

Roy, Claude, *El amante de las librerías*, translated by Esteve Serra, Olañeta, Palma, 2011

Ruiz Zafón, Carlos, *Las sombra del viento*, Planeta, Barcelona, 2011.［カルロス・ルイス・サフォン『風の影』上・下、木村裕美訳、集英社文庫、2006年］

Rushdie, Salman, *Joseph Anton: A Memoir*, Jonathan Cape, London, 2012.

Saint Phalle, Nathalie, *Hoteles literarios: Viaje alrededor de la Tierra*, trad. de Esther Benítez, Alfaguara, Madrid, 1993.

Sansieviero, Chachi, "La librería limeña El Virrey", *Cuadernos Hispanoamericanos*, n. 691, December 2008.

Schiffrin, André, *Words and Money*, Verso Books, London, 2010.

Scott, Anne, *18 Bookshops*, Sandstone Press, Dingwall, 2013.

Sebald, W. G., *Austerlitz*, translated by Anthea Bell (Hamish Hamilton 2001, Penguin Books 2002), London 2002.［W・G・ゼーバルト『改訳 アウステルリッツ』鈴木仁子訳、白水社、2012年］

——, *The Rings of Saturn*, translated by Michael Hulse, Vintage Books, London, 2002.［W・G・ゼーバルト『土星の環——イギリス行脚』鈴木仁子訳、白水社、2007年］

Sennett, Richard, *The Craftsman*, Penguin Books, London, 2009.［リチャード・セネット『クラフツマン　作ることは考えることである』高橋勇夫訳、筑摩書房、2016年］

Serra, Cristóbal (ed.), *Apocalipsis*, Siruela, Madrid, 2003.

Service, Robert, *Lenin: A Biography*, Macmillan, London, 2000.［ロバート・サーヴィス『レーニン』上・下、河合秀和訳、岩波書店、2002年］

——, *Stalin: A Biography*, Macmillan, London, 2004.

Shakespeare, Nicholas, *Bruce Chatwin*, Vintage, London, 2000.

Smith, Gibbs M., *The Art of the Bookstore: The Bookstore Paintings of Gibbs M. Smith*, Gibbs Smith, Layton, UT, 2009.

Sontag, Susan, *I, etcetera*, Farrar, Straus, Giroux, New York, 1978.［スーザン・ソンタグ『わたしエトセトラ』行方昭夫訳、新潮社、1981年］

Sorrel, Patricia and Frédérique Leblanc, *Histoire de la librairie française*, Éditions du Cercle de la Librairie, Paris, 2008.

Steiner, George, *Extraterritorial: Papers on language and the language revolution*, Athenaeum, New York, 1971.［ジョージ・スタイナー『脱領域の知性』由良君美訳、河出書房新社、1981年］

Steloff, Frances, *In Touch with Genius: Memoirs of a Bookseller*, Marian Seldes, Direct

Cinema Ltd, Los Angeles, 1987.

Sterne, Laurence, *A Sentimental Journey Through France and Italy*, Lanham Start Classics, 2014. ［ロレンス・スターン『センチメンタル・ジャーニー』松村達雄訳、岩波文庫、1952年］

Talese, Gay, *A Writer's Life*, Knopf, New York, 2006.

Thorpe Nicholson, Joyce, and Daniel Wrixon Thorpe, *A Life of Books. The Story of D.W. Thorpe PTY LTD 1921-1987*, Courtyard Press, Middle Park, 2000.

Unwin, Sir Stanley, *The Truth about Publishing*, Macmillan, London, 1960.

Verne, Jules, *The Lighthouse at the End of the World*, translated by William Butcher, Nebraska University Press, 2007. ［ジュール・ヴェルヌ『地の果ての燈台　驚異の旅』大友徳明訳、角川文庫、1972年］

Vila-Matas, Enrique, *París no se acaba nunca*, Anagrama, Barcelona, 2003. ［エンリーケ・ビラ＝マタス『パリに終わりはこない』木村榮一訳、河出書房新社、2017年］

Vitkine, Antoine, *"Mein Kampf": histoire d'un livre*, Flammarion, Paris, 2009. ［アントワーヌ・ヴィトキーヌ『ヒトラー「わが闘争」がたどった数奇な運命』永田知奈訳、河出書房新社、2011年］

Vollmann, William T., *The Royal Family*, Penguin Books, New York 2000.

——, *Central Europe*, Penguin Books, New York, 2006.

V.V.A.A., *El libro de los libros. Guía de librerias de la ciudad de Buenos Aires*, Asunto Impreso Ediciones, Buenos Aires, 2009.

V.V.A.A., *Kerouac en la carretera. Sobre el rollo mecanografi ado original y la generación beat*, trad. de Antonio Prometeo Moya, Anagrama, Barcelona, 2010.

V.V.A.A., *El origen del narrador: Actas completas de los juicios a Baudelaire y Flaubert*, Mardulce, Buenos Aires, 2011.

Walser, Robert, *The Walk and Other Stories*, translated by Christopher Middleton, Serpent's Tail, 2013. ［ローベルト・ヴァルザー「散歩」『ローベルト・ヴァルザー作品集４』新本史斉他訳、鳥影社、2012年］

Weiss, Jason, *The Lights of Home: A Century of Latin American Writers in Paris*, Routledge, New York, 2003.

Whitman, George, *The Rag and Bone Shop of the Heart*, Shakespeare and Company, Paris, 2000.

Williamson, Edwin, *Borges: A Life*, Viking, New York, 2004.

Yánover, Héctor, *Memorias de un librero*, Anaya & Mario Muchnik, Buenos Aires, 1994.

——, *El regreso del Librero Establecido*, Taller de Mario Muchnik, Madrid, 2003.

Zweig, Stefan, "Mendel the Bibliophile," *The Collected Stories of Stefan Zweig*, translated by Anthea Bell, Pushkin Press, London, 2013. ［シュテファン・ツヴァイク「書痴メンデル」『チェスの話　ツヴァイク短篇選』関楠生他訳、みすず書房、2011年］

——, *The World of Yesterday*, translated by Anthea Bell, Pushkin Press, London, 2009. ［シュテファン・ツヴァイク『昨日の世界』1・2、原田義人訳、みすず書房、1999年］

映像作品一覧

"Before Sunrise" (1995), Richard Linklater.『ビフォア・サンライズ　恋人までの距離《ディスタンス》』リチャード・リンクレイター監督
"Before Sunset" (2004), Richard Linklater.『ビフォア・サンセット』リチャード・リンクレイター監督
"Chelsea Girls" (1966), Andy Warhol and Paul Morrisey.『チェルシー・ガールズ』アンディ・ウォーホル、ポール・モリセイ監督
"Fun in Acapulco" (1963), Richard Thorpe.『アカプルコの海』リチャード・ソープ監督
"Funny Face" (1957), Stanley Donen.『パリの恋人』スタンリー・ドーネン監督
"Hugo" (2011), Martin Scorsese.『ヒューゴの不思議な発明』マーティン・スコセッシ監督
"Julie & Julia" (2009), Nora Ephron.『ジュリー&ジュリア』ノーラ・エフロン監督
"Fantômes de Tanger" (1997), Edgardo Cozarinsky.『タンジールの亡霊』エドガルド・コザリンスキー監督
"Das Leben der Anderen" (2006), Florian Henckel von Donnersmarck.『善き人のためのソナタ』フロリアン・ヘンケル・フォン・ドナースマルク監督
"Lord Jim" (1965), Richard Brooks.『ロード・ジム』リチャード・ブルックス監督
"Notting Hill" (1999), Roger Mitchell.『ノッティングヒルの恋人』ロジャー・ミッチェル監督
"9 1/2 Weeks" (1986), Adrian Lyne.『ナインハーフ』エイドリアン・ライン監督
"Portrait of a Bookstore as an Old Man" (2003), Benjamin Sutherland and Gonzague Pichelin.『一人の老人としての書店の肖像』ベンジャミン・サザーランド、ゴンザーグ・ピシュラン監督
"Remember Me" (2010), Allen Coulter.『リメンバー・ミー』アレン・コールター監督
"Reservoir Dogs" (1992), Quentin Tarantino.『レザボア・ドッグス』クエンティン・タランティーノ監督
"Short Circuit" (1986), John Badham.『ショート・サーキット』ジョン・バダム監督
"Short Circuit 2" (1988), Kenneth Johnson.『ショート・サーキット２　がんばれ！　ジョニー５』ケネス・ジョンソン監督
"The West Wing" (1999-2006), NBC.『ザ・ホワイトハウス』
"Vertigo" (1958), Alfred Hitchcock.『めまい』アルフレッド・ヒッチコック監督
"You've Got Mail" (1998), Nora Ephron.『ユー・ガット・メール』ノーラ・エフロン監督

ウェブサイト一覧

American Booksellers Association: http://www.bookweb.org
Bloc de Llibreries: http://www.delibrerias.blogspot.com.es
Book Forum: http://www.bookforum.com
Book Mania!: http://www.bookmania.me
Bookseller and Publisher: http://www.booksellerandpublisher.com.au/
Bookshop Blog: http://www.bookshopblog.com
Books Live: http://www.bookslive.co.za/
Bookstore Guide: http://www.bookstoreguide.org
Book Patrol: http://www.bookpatrol.net
Courrier du Maroc: http://www.courrierdumaroc.com
Día del Libro: http://www.diadellibro.eu
Diari d'un llibre vell: http://www.llibrevell.cat
El Bibliómano: http//www.bibliographos.net
El Llibreter: http://www.llibreter.blogspot.com.es/
El Pececillo de Plata: http://www.elpececillodeplata.wordpress.com/
Gapers Block: http://www.gapersblock.com
José Luis Checa Cremades. Bibliofilia y encuadernación: http://www.checacremades.blogspot.com.es
Histoire du Livre: http://www.histoire-du-livre.blogspot.com.es
Kipling: http://www.kipling.org.uk
Le Bibliómane Moderne: http://www.le-bibliomane.blogspot.com.es
Libbys Book Blog: http://www:libbysbooksblog.blogspot.com.es
Library Thing: http://www.librarything.com
Libreriamo: http://www.libreriamo.it
Paul Bowles Official Site: http://www.paulbowles.org
Rafael Ramón Castellanos Villegas: http://www.rrcastellanos.blogspot.com.es
Reading David Markson: http://www.readingmarksonreading.tumblr.com
Rare Books Collection de Princeton: http://www.blogs.princeton.edu/rarebooks/
Reality Studio. A Williams S. Burroughs Community. http://www.realitystudio.org
Rue des Livres: http://www.rue-des-livres.com
The Bookshop Guide: http://www.inprint.co.uk/thebookguide/shops/index.php
The Bookseller: http://www.thebookseller.com
The China Beat: http://www.thechinabeat.org
The Haunted Library: http://www.teensleuth.com/hauntedlibrary
The Ticknor Society Blog: www.ticknor.org/blog/